Es war noch dunkel, als sie sich erhob. Sie machte sich nicht die Mühe, nach der Kerze zu tasten, bevor sie aufstand, den Raum durchquerte und zu dem Tisch ging, wo die Waschschüssel stand. Da sie in der Nacht nicht sehr viel geschlafen und die letzten Stunden damit verbracht hatte, auf das Anbrechen des Tages zu warten, waren ihre Augen an die Dunkelheit gewöhnt.

Ihre Haut zog sich unwillkürlich zusammen, als sie die dünn gefrorene Oberfläche des Wassers durchstieß. Es war noch November, doch der Winter hatte bereits Einzug gehalten. Unwillkürlich erinnerte sie sich an ein Jahr, in dem der Frost ähnlich früh gekommen war, an einen anderen November, der zwanzig Jahre zurück lag: den November, in dem sie geheiratet hatte. Sie holte kurz Luft und tauchte ihr Gesicht vollständig in das Wasser. Sie hatte nicht die Absicht, sich jetzt an ihre kurze, verhaßte Ehe zu erinnern, da die Gegenwart ohnehin genug Probleme bereithielt. Außerdem schienen jenes sechzehnjährige Mädchen, deren Furcht und deren Zorn einem anderen Leben anzugehören.

Es war besser, an alltägliche Ärgernisse wie den Umstand zu denken, daß sie noch keinen Ersatz für ihre entlassene Zofe gefunden hatte. Allerdings war ihr das gelegentlich sogar angenehm. Es dauerte gewiß länger, sich allein anzukleiden, aber auf diese Art konnte sie sich auf die Ereignisse des kommenden

Tages konzentrieren und nochmals in Gedanken die Dinge durchgehen, die es zu erledigen galt.

Vom gestrigen Tag war noch eine Menge Korrespondenz übriggeblieben, zumeist Briefe von Verwandten, die sich mit der baldigen Hochzeit ihrer Cousine beschäftigten und deren Beantwortung sich noch eine Weile hinausschieben ließ. Die monatliche Abrechnung der Sieurs Tallemant und Rambouillet über die finanziellen Einlagen ihres Onkels, die sie heute erwartete, war dringlicher; außerdem mußte sie die Dokumente der Gesellschaft, die sie in Neufrankreich gründen wollte, noch einmal durchgehen.

Sie zögerte kurz, als sie ihr Leibchen verschnürte. Es war seltsam, wie empfindlich ihr Körper in der letzten Zeit zu sein schien; ihr kam es vor, als nehme sie alles intensiver wahr, den Druck des Stoffes auf ihrer Haut, das streichelnde Gefühl der Seide, als sie in ihr Hemd schlüpfte. Es war nicht unangenehm, aber es verwirrte sie.

Entschlossen richtete sie ihre Gedanken wieder auf die Liste der zu erledigenden Dinge, die sie sich erstellt hatte. Es war nötig, den Louvre zu besuchen, da die Königin heute ihre zweimonatige Klausur, in die sie sich traditionellerweise nach der Geburt des neuen Prinzen hatte begeben müssen, beendete und ihren ersten großen Empfang gab. Nicht zu erscheinen hätte den Feinden ihres Onkels nur eine weitere Angriffsfläche geboten. Sie erinnerte sich noch zu gut an ihre Zeit als Hofdame der Königinmutter, als sie ständig das Gefühl gehabt hatte, jede ihrer Handlungen würde auf einen unentschuldbaren *faux pas* hin belauert.

Sie seufzte; das würde die Zeit für den Besuch im Hôtel-Dieu knapp werden lassen, aber sie hatte es dem Gründer des Hospitals, Monsieur Vincent de Paul, versprochen. Inzwischen war sie auch mit der Verschnürung ihres Kleides fertig

Tanja Kinkel
Die Schatten von La Rochelle

Tanja Kinkel

Die Schatten von La Rochelle

Roman

Blanvalet

Umwelthinweis
Dieses Buch und der Schutzumschlag wurden auf
chlorfrei gebleichtem Papier gedruckt.
Die Einschrumpffolie (zum Schutz vor Verschmutzung)
ist aus umweltschonender und
recyclingfähiger PE-Folie.

Der Blanvalet Verlag
ist ein Unternehmen der Verlagsgruppe Bertelsmann

1. Auflage
Copyright © 1996 by Blanvalet Verlag GmbH, München
Satz: Uhl + Massopust, Aalen
Druck und Bindung: Graphischer Großbetrieb Pößneck
Printed in Germany
ISBN 3-7645-2557-6

Für A.D., L.F. und C.S.L.,
in respektvoller Bewunderung

PROLOG

Herbst 1640

und entzündete den Docht der Lampe an ihrem Frisiertisch, um sich das Haar richten zu können. Sie war nicht eitel, aber der mangelnde Schlaf der letzten Nacht schien sich doch bemerkbar zu machen, denn sie schaute länger in den Spiegel, als es notwendig gewesen wäre. Es gab Augenblicke, in denen sie nicht glauben konnte, daß das ruhige Oval mit den dunklen Augen ihrer Familie ihr selbst gehörte, weil es so wenig von dem, was sie beschäftigte, reflektierte.

Heute war das nicht der Fall. Der Blick in den Spiegel zeigte ihr zu ihrem Ärger den verstörten, angespannten Ausdruck des jungen Mädchens, das sich heute schon zum zweiten Mal aus dem Gefängnis der Vergangenheit rührte, wo sie es eigentlich eingesperrt hatte. Sie runzelte die Stirn; vielleicht sollte sie diese Anwandlungen nicht einfach ignorieren, sondern darüber nachdenken, was sie bedeuteten. In der letzten Zeit war es hin und wieder vorgekommen, daß sie ohne jeden Grund plötzlich zusammenzuckte und dachte: *Gefahr*!

Für was, für wen? Es war ein unlogischer Gedanke, genauso unlogisch wie das kurze, gelegentliche Aufblitzen der Erinnerung an etwas, das sie hinter sich gelassen zu haben glaubte. Es sei denn, beides hing zusammen. Aber diese Art von Schlußfolgerungen führten nur allzuleicht zu ... Nein, darüber würde sie nicht nachdenken. Sie atmete die kühle Luft des Zimmers ein, voll von dem kalten Rauch des erloschenen Kaminfeuers von gestern abend, und sagte laut: »Es wird nicht geschehen.«

Dann kniete sie nieder, versuchte ihren Geist von allen Befürchtungen frei zu machen und betete, wie sie es jeden Morgen tat. Sie betete für die Armen von Monsieur Vincent, für die Patres und Nonnen in Neufrankreich, für ihren Bruder, der sich wie gewohnt von einer törichten Unternehmung in die nächste stürzte, für Margot, an die sie absichtlich die ganze Zeit über nicht gedacht hatte, für ihre Verstorbenen, für die gesamte

Familie und schließlich, wie immer zum Schluß, damit nichts anderes mehr sie von diesem letzten Gebet ablenken konnte, für ihren Onkel, den Kardinal de Richelieu.

Es war unerwartet leicht gewesen, Paris nach so langer Zeit wiederzusehen. Aber schließlich war Paris nicht die Stadt, die Gespenster für ihn bereithielt, nicht mehr als das gesamte restliche Frankreich – mit einer Ausnahme, und er hatte nicht die Absicht, nach La Rochelle zu gehen. Er stand auf dem Pont-Marie und starrte zu der Kathedrale Notre-Dame, dann zu den zahlreichen Neubauten im Universitätsviertel. »Die Stadt des Lichts«, sagte er spöttisch und ließ sich die Worte in der französischen Sprache, die er lange nicht mehr benutzt hatte, auf der Zunge zergehen. »*La cité de la lumière.*« Im Augenblick traf das sicher zu, und er war nicht unempfänglich für den Anblick, den der Sonnenaufgang ihm bot. Er war auf alle Fälle angenehmer als die Verwüstung, die der jahrzehntelange Krieg im deutschen Reich, wo er den größten Teil der letzten Dekade verbracht hatte, angerichtet hatte. Er dachte an die verödeten Dörfer, an die Leichen, die inzwischen häufig nicht einmal mehr verscharrt wurden und dort auf den Feldern liegen blieben. Ein Bild kam ihm in den Sinn, das den Krieg dort für ihn symbolisierte, ein vergessener, halb verwester Säugling in einem Graben, aber es war frei von Empörung, Mitleid oder jeder anderen Emotion. Er hatte längst gelernt, sich vom Ballast der Gefühle freizumachen. Es gab Dinge, die sie wieder wachrufen konnten; aber er hatte auch gelernt, die meisten seiner Erinnerungen von den Farben, welche ihnen die Empfindungen, die er zu dieser Zeit gehabt hatte, verliehen, zu entkleiden, ohne sie deswegen zu verdrängen oder zu unterdrücken. Der unkontrollierbare Rest diente gelegentlich auch dazu, ihm bei der Tätigkeit zu helfen, die er sich gewählt hatte.

Er beabsichtigte, diese Tätigkeit bald zu beenden, denn selbst er hatte dem Überdruß und dem Abscheu nicht Einhalt gebieten können, die sich mit den Jahren bei ihm einstellten. Aber noch eines gab es, was er tun mußte, sein Meisterstück, und wenn er es geleistet hatte, dann konnte er sich wie ein guter Handwerker zurückziehen. Seine Aufgabe, die er sich vor zwölf Jahren gestellt hatte und die er nicht eher hatte erfüllen können als eben jetzt. Es war die Zeit, es war der Ort; er war der Mann.

In der Tat, er war ein Meister geworden, begabt mit der Geduld eines Meisters. Er war sich durchaus im klaren darüber, daß bis zur Vollendung seiner Aufgabe mindestens ein Jahr vergehen konnte, vielleicht auch zwei. Er hatte nicht die Absicht, dieses Spiel durch einen überhasteten Zug zu verlieren.

Jede einzelne Schlinge mußte makellos gelegt sein. Olivares fiel ihm ein, das breite Gesicht purpurrot, die Adern angeschwollen, mit Haß in der Stimme: »Gott möge mein Zeuge sein, ich würde mich solcher Mittel nicht bedienen, wenn *er* es nicht hundertmal getan hätte. Aber man braucht einen Wolf, um einen Wolf zu erledigen.«

Gewiß. Doch ihm war die Zielperson, als er sie damals zum ersten Mal gesehen hatte, eher wie ein Raubvogel erschienen. Er schloß kurz die Augen und rief sich das eine Bild zurück, bei dem er nie eine Veränderung versuchte: der rote Mantel, der im Wind flatterte, im Seewind, der den Salzgeruch des Meeres in sich trug. Die tiefliegenden dunklen Augen, die langen, dünnen Finger, die sich wie Krallen um die Papierrolle schlugen, und die unerbittliche Stimme, die den Pastor bei seiner Rede schneidend unterbrach.

Untertanen, die gegen ihren Herrscher rebellieren, haben keine Bedingungen zu stellen.

13

Ja, er erinnerte sich; er erinnerte sich nur zu gut. Er öffnete die Augen wieder und sprach den Namen aus, der ihn zwölf Jahre lang verfolgt hatte: »Richelieu. *Richelieu*!«

I

DIE ZIELE

Wir sehen die Bestimmung »glücklich« für die Definition des Staates nicht als wesentlich an.

Jean Bodin: Über den Staat

1. Kapitel

Charlotte Dieudonnée hatte lange in der Rue Saint Honoré gewartet, ehe sie das Palais Cardinal betrat. Sie war viel zu früh gekommen, aber sie hatte nicht gewagt, vor dem Zeitpunkt vorzusprechen, der ihr genannt worden war.

Es überraschte sie ohnehin, daß die Herzogin von Aiguillon sie persönlich zu sehen wünschte. Gewöhnlich überließen vornehme Damen die Einstellung ihres Personals dem Haushofmeister; die Herzogin von Elbeuf hatte es gewiß so gehalten. Unwillkürlich straffte sie die Schultern; die Stäupung lag nun lange genug zurück, aber sie spürte immer noch die Schläge auf ihren Schultern, als sei es gestern gewesen.

Während sie Le Val, dem Lakai, dem sie es verdankte, daß man sie heute hier empfing, durch die Gänge des Palais Cardinal folgte, nagte der Hunger an ihr. Sie wußte nicht, wann sie zum letzten Mal gegessen hatte; was ihr an Geld verblieben war, hatte dazu gedient, ihr Kleid zu waschen und aufzubessern, damit sie auf die Herzogin einen guten Eindruck machte. Um das hohle Gefühl im Magen zu vergessen, hob sie den Blick von Le Vals eilig klackenden Schuhen, die vor ihr herschritten, und schaute sich um.

Sie hatte noch nie so viele Bilder hintereinander gesehen; auch kleine weiße Statuen gab es, aber im Vorbeigehen konnte sie keine erkennen, die wie ein Heiliger oder ein Engel aussah. Das bestätigte, was Annette d'Elbeuf ihr von der Gottlosigkeit

17

des Mannes erzählt hatte, dem das Palais gehörte und den Madame d'Elbeuf nur als »diesen furchtbaren Priester« bezeichnete. Aber so vieles, was Annette und Madame behauptet hatten, waren Lügen gewesen, daß es sie nicht wundern würde, wenn sich seine Eminenz, der Kardinal Richelieu, als frommer Einsiedler erwies. Außerdem war sie inzwischen fast bereit, im Haus des Antichristen selbst zu dienen.

Le Val blieb vor einer Tür stehen und drehte sich um. »Du bist dünner geworden«, sagte er. »Und noch kleiner.« Charlotte schoß das Blut in die Wangen. Sie wußte genau, worauf er jetzt anspielte, und sah sich, wie er sie gesehen hatte: mit entblößtem Oberkörper und kurzgeschorenen Haaren, während sie ihre Strafe empfing. Irgendwie fand sie den Mut, ihm zu antworten. »Wenn dir dein Angebot leid tut, dann laß es doch.«

»Nein, nein, ich bleibe dabei«, gab er spöttisch zurück. »Schließlich seid ihr Mulattinnen selten, und es täte mir leid, wenn ich dich in ein paar Monaten auf dem Pont-Neuf wiederfände, nachdem jeder dich schon gehabt hat.«

Früher, in der unbekümmerten Selbstsicherheit ihrer Stellung als Annettes Ziehschwester und Freundin, hätte sie ihn dafür ins Gesicht geschlagen, oder vielleicht hätte sie auch nur darüber gelacht und wäre fortgegangen, wie sie es einmal getan hatte, als er zum ersten Mal andeutete, was er von ihr wollte. Jetzt wußte sie, daß er recht hatte. Noch ein paar Monate, und sie würde sich verkaufen und Glück haben, wenn es Männer gab, die für eine freie Mulattin wegen ihres exotischen Reizes mehr zahlten als für jedes andere Straßenmädchen.

»Nun komm«, sagte Le Val, während er beobachtete, wie sie ihren Zorn hinunterschluckte, »Madame wartet.«

Er klopfte, öffnete die Tür und sagte mit einer Stimme, der völlig der Poiteviner Akzent fehlte, mit dem er sonst redete: »Madame, das Mädchen, von dem ich sprach, ist hier.«

Charlotte machte einen Schritt nach vorne, versank sofort in einen Knicks und starrte auf den Boden, bis eine kühle, gleichmäßige Stimme sie aufforderte: »Komm näher.«

Erst dann gestattete sie sich, während sie sich langsam erhob, einen ersten Blick auf die Nichte des Kardinals.

Marie de Vignerot, Herzogin von Aiguillon, stand hinter einem breiten, ausladenden Tisch mit geschwungenen Beinen, und als erstes fiel Charlotte auf, daß sie beide etwa die gleiche Größe haben mußten, denn sie konnte ihr direkt in die Augen sehen, während sie sich näherte. Dann bemerkte sie mit dem geübten Auge einer Zofe, die an Annettes prächtige Roben gewöhnt war, daß die Herzogin offensichtlich weniger Wert auf Prunk denn auf Haltbarkeit legte, denn an ihr Kleid waren keine Juwelen genäht, die ihm Glanz verliehen hätten, die Reinigung aber ungeheuer erschwerten. Gleichwohl, der schwarzglänzende Stoff war gutes Material, Satin wahrscheinlich. Für ihr Haar brauchte sie wirklich eine Zofe, stellte Charlotte fest. Es war glatt und dunkel wie ihre Augen, ganz gegen die Mode ohne auch nur die kleinste eingebrannte Locke, und statt in der Mitte gescheitelt, trug sie es nach hinten gekämmt, so daß es fast wie der Schleier einer Nonne wirkte. Der Haarreif allerdings bestand aus sehr wertvoll aussehenden Perlen, und Charlotte mußte eingestehen, daß diese altmodische Frisur, die das Gesicht völlig frei ließ, seine Schönheit betonte: die hohen Wangenknochen, die gerade, lange Nase und die kräftigen, geschwungenen Augenbrauen.

Sie hatte Zeit für all diese Beobachtungen, weil die Herzogin sie ebenfalls sehr ausführlich und schweigend mit ihren seltsamen schwarzen Augen musterte. Charlottes eigene schimmerten in einem warmen Braun, und sie hatte bisher noch nie jemanden mit wirklich schwarzen Augen gesehen. Es war beunruhigend, von ihnen derartig fixiert zu werden, weswegen sie ihre Betrachtungen über die Erscheinung der Herzogin fortsetzte. Sie wollte jetzt nicht darüber nachdenken, ob dieser lange starre Blick bedeutete, daß die Herzogin sie nicht mochte.

»Es ist gut«, sagte die Herzogin schließlich und nickte Le Val zu. »Du kannst gehen.«

Als Le Val die Tür vorsichtig hinter sich geschlossen hatte, schaute sie wieder zu Charlotte. »Le Val hat mir erzählt, daß du die Zofe von Annette d'Elbeuf warst.«

»Ja, Madame«, erwiderte Charlotte, die annahm, daß eine Bestätigung von ihr erwartet wurde. Die Herzogin wartete, doch Charlotte sprach nicht weiter. Das Mädchen zuckte allerdings zusammen, als ein gelbbraun getigertes Etwas auf den Tisch sprang. Seine Herrin setzte sich, nahm es auf den Schoß und begann, es zu streicheln, worüber Charlotte unwillkürlich fasziniert war. Sie hatte noch nie eine zahme Katze aus nächster Nähe gesehen; die Damen, die sie kannte, hielten, der Mode entsprechend, Schoßhunde.

»Ich habe Annette d'Elbeuf in den letzten Jahren gelegentlich zu Gesicht bekommen«, sagte Marie de Vignerot mit gleichbleibend kühler Stimme. »Ihre äußere Erscheinung ließ nichts zu wünschen übrig. Weswegen bist du also entlassen worden?«

Charlotte biß die Zähne zusammen. »Wegen Schamlosigkeit und Unzucht«, entgegnete sie tonlos. Wenn die Herzogin überrascht oder empört war, so ließ sie es sich nicht anmerken. »Hast du noch etwas hinzuzufügen?« erkundigte sie sich sachlich.

Es würgte sie in der Kehle, aber Charlotte schüttelte den Kopf und brachte schließlich ein »Nein, Madame«, heraus. Sie hatte nicht die Absicht, sich zu verteidigen, obwohl sie es hätte tun können. Aber die Erinnerung an das, was ihre letzte Verteidigung ihr eingebracht hatte, brannte noch auf ihren Schultern. Schlimmer jedoch war Annettes aufgebrachte, schrille Stimme, die in ihrem Kopf widerhallte.

»Du Hure, du wagst es, zu behaupten, er hätte dich vergewaltigt? Du hast ihn in dein Bett gelockt, meinen Verlobten, du undankbare kleine Schlampe…«

Bis zu diesem Moment hatte sie wirklich geglaubt, was Annette ihr während ihrer beider Kindheit immer wieder versichert hatte: *Du bist nicht meine Dienerin, Charlotte, du bist meine Freundin. Wir sind fast wie Schwestern.* Sie hatte wirklich angenommen, Annette würde ihre Partei ergreifen und sie vor dem jungen Enghien beschützen. Etwas in ihr hatte sich sogar dann noch daran geklammert, als sie gestäupt wurde, bis sie endgültig begriff, daß sie für die Familie d'Elbeuf, einschließlich Annette, nur eine Dienerin von vielen war, weniger als ein Nichts, ein Spielzeug höchstens, das man besser los wird, wenn es anfängt, lästig zu werden.

Schließlich hatte die Herzogin von Elbeuf sie einst als kleines, heimatloses Kind aus den Pariser Straßen nur deshalb aufgelesen, weil die kleine Annette sie gesehen hatte und als Spielgefährtin haben wollte. *Das braune Mädchen, Mama, ich will das braune Mädchen haben!*

»Charlotte Dieudonnée. Ich nehme an, du bist Waise?« unterbrach Marie de Vignerot ihre Gedanken.

»Ja, Madame«, erwiderte Charlotte einsilbig und dachte erbittert, daß sie vermutlich von Glück sagen konnte, wenn man sie nicht als Sklavin, sondern als Bedienstete einstufte. Wahrscheinlich hatte sie das ihrem Namen zu verdanken; »*Dieudonnée*«, gottgegeben, nannte man bei der Taufe all die Kinder, die auf kirchlichen Schwellen ausgesetzt wurden, und Charlotte mußte getauft worden sein und in einem Spital ihre ersten Lebensjahre verbracht haben, auch wenn sie kaum noch etwas davon wußte. Sonst hätte sie sich nicht an diesen Namen erinnern können, als Annette sie damals danach fragte. Und Sklavenkinder taufte man nicht.

Das Schweigen zwischen ihr und der Herzogin von Aiguillon dehnte sich aus, bis es beinahe in der Luft zu spüren war. Charlotte gab die Hoffnung auf, hier eingestellt zu werden – oder bei irgendeiner anderen Dame. Sie hatte es in den letzten Monaten bei allen versucht, die sie durch Annette d'Elbeuf kannte, und bei einigen, von denen sie nur den Namen wußte, und hatte ähnliche Gespräche mit vielen Haushofmeistern geführt, bis sie schließlich verzweifelt genug war, um auf Le Vals Angebot einzugehen.

Was wißt Ihr schon davon, dachte sie, und erwiderte den Blick der Herzogin zum erstenmal mit gleicher Intensität, was wißt Ihr schon davon, wie es ist, auf einmal auf der Straße zu stehen und alles verloren zu haben, alles. So etwas geschieht Damen Eures Standes nicht. Wenn Annette von demselben Mann schwanger geworden wäre, hätte man sie höchstens etwas schneller verheiratet.

Sie bemerkte, daß sich ihre Hände über dem Bauch ineinander verkrampft hatten. Über ihrem flachen, harten Bauch. Sie hatte ihr gutes Kleid, das ihr Lucile heimlich gegeben hatte, verkaufen müssen, um die Engelmacherin zu bezahlen, und das goldene Kreuz um ihren Hals, um sich zu ernähren. Wenn je jemand erfuhr, daß sie bei einer Engelmacherin gewesen war, dann konnte sie gleich zurück ins Gefängnis gehen. Aber Charlotte wäre lieber gestorben, als Enghiens Kind zur Welt zu bringen.

»Gut«, sagte die Herzogin von Aiguillon knapp. »Ich werde dich einstellen, zunächst auf eine Probezeit von sechs Monaten. Wende dich anschließend an Monsieur Dupont, er ist der Haushofmeister und wird dir in Zukunft deinen Lohn auszahlen.« Sie nannte eine Summe, die der betäubten Charlotte erst später ins Bewußtsein drang. »Daß du dafür deine Pflicht tust, versteht sich von selbst, aber ich muß dich darüber hinaus mit der wichtigsten Regel vertraut machen, die für alle Angestellten hier gilt. Es wird nicht geredet. Damit meine ich nicht, daß ihr untereinander nicht über das Wetter oder eure alltäglichen Obliegenheiten sprechen könnt, sondern daß ihr zu niemandem außerhalb dieses Haushalts ein Wort über Monseigneur, mich oder irgendein anderes Mitglied unserer Familie verliert. Mir ist gleichgültig, ob es sich nur um Geschwätz darüber handelt, was er zu Mittag ißt, oder wie oft er das Palais verläßt; wenn ich erfahre, daß du geredet hast, entlasse ich dich sofort.«

Charlotte fragte sich unwillkürlich, was aus ihrer Vorgängerin geworden war; sie war immer noch zu überwältigt, um Freude oder Erleichterung zu empfinden, auch wenn ihr inzwischen klar geworden war, daß das, was die Herzogin von Aiguillon ihr an Gehalt zu zahlen beabsichtigte, mehr als das Doppelte von dem war, was sie im Haushalt der d'Elbeufs bekommen hatte, wenn man Annettes Geschenke und ihre abgelegten Kleider nicht mitrechnete. Sie wußte, daß jetzt eine Reaktion von ihr erwartet wurde, also murmelte sie: »Ich verstehe, Madame.«

Ein winziges Lächeln erschien auf Marie de Vignerots marmorkühlem Gesicht. »Dessen bin ich mir sicher.«

Sie rührte sich, und die Katze sprang von ihrem Schoß. Ihre Röcke raschelten, als sie sich erhob. Sie weiß, was geschehen ist, dachte Charlotte fassungslos, irgendwie weiß sie es, und wenn ich etwas über Annette oder die anderen gesagt hätte, dann stünde ich jetzt wieder auf der Rue Saint Honoré.

»Wann soll ich meinen Dienst beginnen, Madame?« fragte sie leise. Die Herzogin hob eine Augenbraue. »Sofort natürlich. Ich verschwende nicht gerne Zeit.« Dann glitten ihre Gesichtszüge wieder in die reglose Maskenhaftigkeit zurück, die sie während des gesamten Gespräches beibehalten hatte.

Langsam begann die Erleichterung sich in Charlotte bemerkbar zu machen. Ihre Knie zitterten, und sie fragte sich, ob der Weg zum Haushofmeister an der Küche vorbeiführte.

Marie de Vignerot sah flüchtig auf die italienische Uhr, als das Mädchen gegangen war. Sie hatte für das Gespräch nicht länger gebraucht als erwartet, eine Viertelstunde. Das war gut, denn ein Bote der Marquise de Rambouillet hatte die Nachricht gebracht, Corneille sei in der Stadt und werde heute abend nach dem Empfang der Königin im Salon der Marquise sein neues Stück vorlesen.

Sie seufzte und machte sich an die Haushaltsabrechnungen. In ein paar Tagen würde ihr Onkel zurückkehren, und dann wollte sie soviel Zeit wie möglich für ihn haben. Doch heute war kein guter Tag, sie spürte es. Ein Kurier hatte auch einen Brief von Margot gebracht, und sie erkannte die Anzeichen darin nur allzugut. Sie hatte erwartet, Margot nicht vor der Hochzeit ihrer Cousine Claire Clémence im Januar wiederzusehen, aber nun schien es, als sei es nötig, sie vorher einzuladen. Sie war sich nicht sicher, wie sie sich bei dieser Aussicht fühlte, und wandte sich statt dessen noch einmal in Gedanken dem Mädchen zu, das sie gerade eingestellt hatte.

Die Herzogin von Elbeuf hatte zu ihren Feindinnen gehört, als sie noch Hofdame bei der Königinmutter gewesen war, und nach allem, was Marie gesehen hatte, handelte es sich bei Annette d'Elbeuf um eine Miniaturausgabe ihrer Mutter, um ein verzogenes Balg. Als der Fürst Condé sich entschieden hatte, die Verlobung seines Sohnes mit dem Mädchen zu lösen und statt dessen eine Verbindung mit der Familie des Kardinals einzugehen, hatte Marie keine Sekunde des Mitleids an die d'Elbeuf verschwendet. Sie machte sich höchstens Sorgen um ihre kleine Cousine, die mit zwölf noch viel zu jung war, um ab dem nächsten Januar in einer Familie zu leben, die im Rang gleich nach der königlichen Familie kam und das auch jeden spüren ließ.

»Aber natürlich muß man sich über Eure Manieren nicht wundern«, hörte sie die Herzogin in Gedanken sagen. »War Euer Urgroßvater nicht ein einfacher Advokat aus dem Poitou?«

Der Tag der Geprellten lag zehn Jahre zurück, aber sie hatte keine Sekunde dieser entsetzlichen Stunden vergessen.

Dennoch hätte sie das Mädchen nicht eingestellt, nur weil die d'Elbeuf sie entlassen hatte. Aber Verschwiegenheit und Standfestigkeit bei Domestiken waren selten, und wenn sie glaubte, diese Eigenschaften bei jemandem gefunden zu haben, ließ sie ihn nicht so schnell gehen.

»An Eurer Stelle, Henri«, sagte Auguste de Thou ernst, »würde ich mir allmählich Sorgen machen.«

Henri de Cinq Mars lachte spöttisch. »Warum? Nur weil der König ein wenig länger schmollt als sonst?«

Die beiden jungen Männer standen in einem Erker der Großen Galerie des Louvre. Es war de Thou, der vorgeschlagen hatte, den Empfang der Königin zu besuchen, um auf diese Weise wenigstens dem in Paris verbliebenen Hof deutlich zu machen, daß Cinq Mars, auch wenn er sich nicht an der Seite des Königs befand, wo er nach Meinung seiner Freunde hingehörte, bei weitem nicht in Ungnade gefallen war.

»Im übrigen«, fuhr Cinq Mars fort und strich sich die hellbraunen Locken zurück, die ihm ins Gesicht gefallen waren, »ist es an ihm, sich zu entschuldigen.«

Selbst unter den für den Empfang aufgeputzten Hofleuten wirkte er wie ein seltener Paradiesvogel. Er trug sein Haar lang wie alle anderen, doch er verzichtete auf den üblichen Spitzenkragen, in dem die Gesichter gewöhnlich ertranken. Das gelbe Wams mit den zahlreichen dünnen roten und blauen Bändern lag so eng an, wie es nur möglich war, und zeigte, daß Cinq Mars es nicht nötig hatte, mit Polstern breitere Schultern vorzutäuschen oder eine mangelhafte Figur durch breite Schärpen oder riesige Pluderhosen zu kaschieren. Cinq Mars sah aus wie ein junger griechischer Gott, und er wußte es.

De Thou schüttelte den Kopf. »Ihr *seid* wahnsinnig«, sagte er leise.

Sein Freund schlug ihm auf die Schulter. »Auguste, seid doch kein solcher Schwarzseher! Seit ich bei Hofe bin, habe ich ständig gehört, was der König seinen Günstlingen alles nicht durchgehen läßt. Aber hat er nicht meine Partei ergriffen, als ich diesen Narren Nemours vor allen lächerlich gemacht habe, königliches Blut hin oder her? Und damals behauptete jeder, der König halte nichts höher als fürstliche Abstammung. Und dann lag mir jeder in den Ohren, ich solle doch keusch wie ein Mönch leben, weil der König bei seinen Günstlingen keine Mätressen dulde. Und was ist geschehen? Jeder weiß von mir und Marion de Lorme.«

»Ja«, unterbrach de Thou ärgerlich, »jeder weiß es. Es ließ sich auch nicht vermeiden, nachdem Ihr jede Nacht vom Feldlager aus nach Paris zurückgeritten seid und dann morgens wie ein Gespenst aussaht.«

Cinq Mars machte eine wegwerfende Handbewegung. »Was ich sagen will, Auguste, ist, daß ich eben kein Günstling wie jeder andere bin. *Mich* liebt der König.«

De Thou sah ihn an und dachte, daß der letzte Satz bei jedem anderen unerträglich eitel geklungen hätte. Doch es gehörte zu

Cinq Mars' Charme, daß es bei ihm nur eine schlichte Feststellung war, über deren Anmaßung er nicht weiter nachdachte.

»Ja«, sagte er langsam, »aber das Kommando über den Konvoi hat er Euch dennoch nicht anvertraut.«

Schlagartig verdunkelte sich Cinq Mars' Gesicht. Bei der Belagerung von Arras hatte er um das Kommando über einen Konvoi gebeten, der die Aufgabe hatte, in regelmäßigen Abständen insgesamt siebentausend Karren Munition für die französischen Mörser und Kanonen nach Arras zu bringen. Da die Agenten des Kardinals einige spanische Depeschen abgefangen hatten, wußte man im französischen Lager, daß die Spanier die Absicht hatten, diesen Konvoi zu überfallen und sich die Munition zu verschaffen. Cinq Mars, dem nicht verborgen geblieben war, daß man ihn bei Hof nur als eine Art Spielzeug des Königs ansah, wollte dem König und dem Kardinal den Irrtum dieser Einschätzung beweisen und sah in der Eskortierung des Konvois die ideale Möglichkeit dazu.

Zu seiner Überraschung hatte der König, der ihm bisher noch nie etwas verweigert hatte, nicht ja und nicht nein gesagt und ihn an den Kardinal weiterverwiesen. Der Kardinal wiederum hatte ihm vorgeschlagen, statt dessen das Kommando über eintausendvierhundert junge adlige Freiwillige zu übernehmen, die sich zur Befreiung der Stadt Arras gemeldet hatten. Cinq Mars war begeistert gewesen. Er hatte seinem Corps den Namen »Die Unsterblichen« verliehen und war mit ihnen gen Arras gezogen, nur um festzustellen, daß die Prinzen von Geblüt, die sich unter den Freiwilligen befanden, sich weigerten, seine Befehle entgegenzunehmen. Besonders der junge Herzog von Enghien, Sohn des Fürsten Condé, schien zu glauben, daß in Wirklichkeit er das Kommando innehatte. Um das Maß vollzumachen, hatte, als es endlich zu einer Konfrontation mit den Spaniern kam, die erste spanische Kugel sein

Pferd getroffen. Das Gelächter der Soldaten, als er sich aus dem Staub aufrappelte, gellte Cinq Mars noch jetzt in den Ohren.

»Ich hätte damals gekämpft, und niemand hätte es dann noch gewagt, zu lachen«, sagte er in Erinnerung an diesen Tag zu de Thou. Doch Enghien, dieser arrogante Dreckskerl, hatte ihm barsch erklärt, genug sei genug, er würde vor dem König nicht die Verantwortung für den Tod seines Lieblings übernehmen, und ihn mit Gewalt aus der Frontlinie entfernen lassen.

Als die Berichte über die erfolgreiche Militäraktion in der *Gazette* erschienen, war Cinq Mars endgültig davon überzeugt, daß es sich um eine Verschwörung gegen ihn gehandelt hatte. Er wußte, daß entweder der König oder der Kardinal diese Artikel verfaßten, und in keinem einzigen wurde er auch nur erwähnt. Statt dessen wurde das Kommando über die »Unsterblichen« einfach Enghien zugeschrieben. Cinq Mars hatte dem König erklärt, er warte auf eine öffentliche Wiedergutmachung, und bis diese erfolge, müsse er, der König, auf die Gesellschaft von Henri d'Effiat, Marquis de Cinq Mars, verzichten.

Er hatte nicht damit gerechnet, daß nach diesem Ultimatum Monate ohne ein Wort des Königs verstreichen würden, und war, auch wenn er sich gegenüber seinen Freunden und Anhängern nichts anmerken lassen wollte, langsam beunruhigt.

»Wenn Ihr mich fragt, Henri«, sagte de Thou eindringlich, »so ist es an Euch, den ersten Schritt zu tun. Versöhnt Euch mit dem König. Es ist ein Wunder, daß er bis jetzt nichts anderes getan hat, als zu schweigen. Ihr wißt doch, wieviel Wert er auf seine Würde legt. Er hätte Euch Eure Ämter nehmen können.«

»Nur, weil ich die Wahrheit gesagt habe?« Cinq Mars sah de Thous Miene und fügte hastig hinzu: »Schon gut, Auguste, schon gut, ich weiß, was Ihr meint.«

»Wirklich? Es ist sehr, sehr wichtig, daß Ihr Euch mit dem

König versöhnt, nicht nur für Euch, sondern für das ganze Land. Zu lange hat der König nur auf einen Einfluß gehört.«

Cinq Mars lachte. Er hatte wegen der Sache mit der *Gazette* zwar eigene Ressentiments gegen den Kardinal, aber die ernsthafte, idealistische Feindschaft, die de Thou bewegte, war ihm fremd, und er fand sie belustigend. »Kommt schon, Auguste. Der Kardinal ist gar nicht so übel. Mein Vater, Gott hab ihn selig, hat ihn vergöttert, und Ihr wißt doch, daß *er* mich dem König ursprünglich vorgestellt hat. Ich wette, er wäre auch bereit, zwischen mir und dem König zu vermitteln, wenn ich ihn nur darum bäte.«

Er zog eine Grimasse. »Was mich allerdings Überwindung kosten würde. Der Mann riecht in der letzten Zeit ständig nach Krankenstube.«

Es war hoffnungslos, dachte de Thou. Cinq Mars schien dieser Tage einfach nichts ernst nehmen zu wollen. Er beschloß, sich der Stimmung seines Freundes anzupassen. »Nun, wenn es Euch damit ernst ist – ich habe heute die Herzogin von Aiguillon hier gesehen. Bittet sie doch um ihre Fürsprache.«

Cinq Mars stieß sich federnd von der Fensterbank ab, an die er sich gelehnt hatte. »Wißt Ihr, das ist eine hervorragende Idee. Ich hatte ohnehin Pläne mit der Herzogin.«

Das entgeisterte Gesicht seines Gegenüber entlockte ihm erneut ein Lachen. Das nagende Gefühl der Beunruhigung war verschwunden; er fühlte sich wunderbar. Die Sonne schien, er war jung, und später, wenn er die Angelegenheit mit Madame d'Aiguillon erledigt hatte, würde er einen Ausritt machen, um die angenehm beißende Luft dieses Novembertags auf der Haut zu spüren, nur um zu spüren, daß er lebte.

»Mit der Herzogin?« wiederholte de Thou fassungslos. »Der Eisprinzessin?«

»In meinen Armen wird sie schmelzen«, sagte Cinq Mars

und kniff ein Auge zu. »Ihr wißt doch, ich liebe die Herausforderung, und ich habe gestern beim Spiel eine Wette darauf abgeschlossen, daß ich die unerreichbarste Frau Frankreichs erobere.«

Nicht, daß er Marion de Lormes überdrüssig war, aber daß sie ihn bedingungslos anbetete und daß der König sich offensichtlich mit ihr abgefunden hatte, ließ sie von einem Abenteuer zu einer lieben Gewohnheit werden. Und er brauchte das Abenteuer. Die Herzogin von Aiguillon galt als unnahbar, und soweit er wußte, hatte sich noch keiner der Galane bei Hof rühmen können, sie erobert zu haben. Warum nicht das Angenehme mit dem Nützlichen verbinden? Heute war der richtige Tag dafür.

Der Empfang bei der Königin war zu Maries großer Erleichterung vorbei. Sie hatte sogar noch etwas Zeit und ging langsam in Richtung des Vorhofs, wo die Kutschen warteten. In Gedanken war sie bei ihrem Brief an Margot, und sie schrak zusammen, als jemand sie ansprach.

»Madame, was für eine Freude! Ich habe Euch überall gesucht.«

Sie neigte den Kopf. »Monsieur le Grand«, sagte sie mit einiger Zurückhaltung. Insgeheim hatte sie den Verdacht, daß die offizielle Anrede, die sich Cinq Mars mit seinen Ämtern als Großstallmeister und Großkämmerer errungen hatte, ihm das liebste an diesen Würden war.

»Madame, ein Ratloser bittet Euch um Hilfe, ein zutiefst Verwundeter sucht Trost. Kann ich mit Euch sprechen?«

Sie glaubte zu wissen, worum es sich handelte, und willigte resignierend ein. Unter den Protegés ihres Onkels war ihr Cinq Mars nie der liebste gewesen, obwohl sie seine Mutter und seine Schwester, die mit einem ihrer La-Porte-Vettern verheiratet war, sehr gern hatte. Der vielgerühmte jugendliche Charme schien ihr immer der einer glänzenden Schatulle zu sein, die im Innern leer war, und sein Verhalten dem König gegenüber fand sie schlichtweg töricht. Aber sein Vater hatte zu den Freunden ihres Onkels gehört, lange ehe dieser Kardinal und Erster Minister geworden war, also schuldete sie ihm die Beachtung und Höflichkeit, die dem Sohn eines alten Freundes der Familie zukam.

Da sie annahm, daß jemand mit dem empfindlichen Stolz eines Cinq Mars keine Zeugen bei seinem Bittgang schätzte, befahl sie der neuen Zofe, stehenzubleiben und zu warten, als er sie in einen ruhigen Gang zog.

Cinq Mars lächelte, als sie dies tat. Unnahbar, wie? dachte er. Wir werden sehen. Er betrachtete sie von der Seite, während er neben ihr den schmalen Gang hinunterging. Kein Wunder, daß man sie »die Eisprinzessin« nannte, es paßte zu ihrer weißen Haut und der ruhigen, distanzierten Miene. Eigentlich war sie etwas zu schlank für seinen Geschmack, ganz anders als Marion, deren üppige Schönheit angeblich den Maler Rubens, als er wegen seiner Gemäldereihe für die Königinmutter hier gewesen war, dazu angeregt hatte, sie zu bitten, ihm nackt Modell zu stehen. Zumindest hatte Marion ihm das erzählt, ohne jedoch zu verraten, ob sie eingewilligt hatte. »Ich war noch sehr jung« war alles, was sie dazu sagte. Nicht daß er eifersüchtig gewesen wäre, genausowenig, wie es ihm Gewissensbisse verursachte, Marion jetzt zu betrügen. Er fragte sich, wie diese hier wohl aussah, wenn sie alle Hemmungen verlor. Nun, er würde es bald herausfinden. Als sie an einer Nische vorbeikamen, entschied er, daß sie weit genug entfernt waren.

»Madame«, sagte er, »wenn Ihr wüßtet, wie lange ich auf diesen Augenblick gewartet habe. Wenn Ihr ahntet, was es für mich bedeutet, hier neben Euch zu stehen, nah genug, um Euren Atem zu spüren, Eure Wärme, Euren zarten Duft...«

Er hatte beschlossen, mit dem angenehmen Teil anzufangen, da es unhöflich erschienen wäre, erst vom Geschäft und dann, gleichsam als Bedingung, von Liebe zu sprechen. Seine Taktik schien die richtige zu sein, denn er erkannte aufrichtige Verwirrung auf den Zügen der Herzogin. Dann trat sie einen Schritt von ihm zurück.

»Monsieur«, unterbrach sie, »ich weiß nicht, ob ich Euch recht verstehe. Aber wenn dem so sein sollte, dann bedauere ich, Euch sagen zu müssen, daß ich mich entschlossen habe, nie wieder zu heiraten...«

Jetzt war es an ihm, verwirrt zu sein. »Aber wer spricht denn von Ehe?« sagte er und lachte kurz auf. »Seid versichert, mein Engel, ich weiß, daß die Ehe der Tod der Liebe ist. Man braucht nur den König und die Königin zu beobachten, um das zu wissen. Ich...«, jäh zog er sie an sich, »ich liebe Euch!«

Es mußte sich um einen Albtraum handeln, eine böse Nachwirkung der vergangenen durchwachten Nacht. Marie war im ersten Moment zu fassungslos, um sich zu wehren, und begriff erst, daß er es ernst meinte, als er seine Lippen auf die ihren preßte. Heftig machte sie sich los. »Ihr vergeßt Euch, Monsieur!« stieß sie hervor. Sie wandte sich um und spürte immer noch mehr Überraschung als Schmerz, als er ihren Arm ergriff, gewaltsam festhielt und sie zurückzog.

»Grausame!« sagte er.

Sie entschied, daß es an der Zeit war, die höfische Sprache fallenzulassen. »Wir befinden uns nicht in einem von Monsieur d'Urfés Romanen«, sagte sie eisig und versuchte erneut vergeblich, sich zu befreien. »Laßt mich los, oder...«

»Oder was?« unterbrach er sie höhnisch. Er atmete heftiger; ihr Widerstand erregte ihn. »Ihr werdet schreien? Schreit ruhig. Hier hört Euch niemand, außer ein paar Domestiken vielleicht, und die werden sich hüten, den Favoriten des Königs bei seinen privaten Vergnügungen zu belästigen.«

Damit hatte er recht. Es war ihr auch noch aus einem anderen Grund nicht möglich, zu schreien. Sollte sie doch jemand hören, der den Mut hatte, sich mit Cinq Mars anzulegen, würde sie am nächsten Morgen das Gespött des ganzen Hofes sein. Sie machte sich keine Illusionen, sie wußte nur zu genau, in welcher Form die Geschichte die Runde machen würde. Die Herzogin von Aiguillon in Cinq Mars' Armen überrascht...

»Oder ich werde Euch so zurichten, daß der König einen weiteren Monat auf Eure Gesellschaft verzichten muß«, erwiderte sie kurz entschlossen und schlug ihm ins Gesicht, nicht mit der geöffneten Handfläche, sondern mit ihren Nägeln, wie es eine ihrer Katzen getan hätte. Er fuhr sich mit der Hand an die Wange, und als er sie wieder senkte, starrte er ungläubig auf das Blut.

»Bei Gott«, sagte er leise, »das werdet Ihr mir büßen!«

Er griff nach ihrem Ausschnitt und riß mit einer brutalen Stärke, die sie ihm nicht zugetraut hätte, ihr Kleid fast bis zur Taille auseinander. Dann schlug er sie mit der Faust ins Gesicht, drückte sie gegen die Wand und begann, mit einer Hand an seiner Hose zu zerren.

In diesem Moment, während die Wirkung seines Schlages gerade erst einsetzte, nahm sie undeutlich eine Bewegung in den Augenwinkeln wahr. Dann verschwanden Cinq Mars' Hände und der Druck seines Gewichts, und sie erkannte, daß jemand ihn fortgezerrt hatte. Sie kniff die Augen zusammen; in ihrem Kopf hallte Cinq Mars' wütende Stimme wider, ihre Wange schien aufgeplatzt zu sein, denn sie schmeckte Blut, aber ihr Sehvermögen kehrte wieder in aller Deutlichkeit zurück. Cinq Mars wandte ihr halb den Rücken zu und schrie einen in Schwarz gekleideten Mann an, der neben ihm wie ein Rabe neben einem Pfau wirkte.

»Wie könnt Ihr es wagen!« brüllte er gerade.

Die Stimme des Unbekannten klang ruhig, unbeteiligt, fast belustigt. »Ich würde Euch raten, zu gehen, Monsieur.«

»Ihr ratet …«, Cinq Mars hielt kurz inne, um Atem zu schöpfen. Dann zog er seinen Degen.

»Das würde ich Euch nicht empfehlen.«

»Wehrt Euch, Feigling!«

Es geschah so schnell, daß Marie vermutete, Cinq Mars' Schlag habe ihr Wahrnehmungsvermögen doch stärker beeinträchtigt, als sie geglaubt hatte. Der Degen des Mannes in Schwarz saß an Cinq Mars' Kehle, und seine eigene Waffe lag schon auf dem Boden, während sie noch dabei war, sich aufzurichten. Das war kein Duell, dachte sie ungläubig, das war eine Demütigung.

Der Unbekannte senkte seinen Degen und las Cinq Mars' Waffe auf, machte aber keine Anstalten, sie ihm zurückzugeben. Cinq Mars starrte ihn an. »Dafür werdet Ihr bezahlen!«

»Das glaube ich nicht«, sagte Marie. Ihre eigene Stimme klang fremd in ihren Ohren, heiser, als habe sie tatsächlich geschrien, und das sehr lange. »Es sei denn, Ihr legtet Wert darauf, in die Bastille zu wandern, Monsieur le Grand. Das ist nämlich die Strafe, die auf Duelle steht, und wie Ihr wissen dürftet, ist das Verbot von Duellen ein großes Anliegen von Monseigneur le Cardinal.«

Dieser Hinweis und die soeben erlittene Niederlage genügten, um ihn einigermaßen abzukühlen. Er warf ihr noch einen haßerfüllten Blick zu, dann stürmte er davon. Erst jetzt wurde ihr der Zustand bewußt, in dem sie sich befand. Hastig versuchte sie, die Überreste ihres Kleides zusammenzuzerren.

34

Wortlos reichte ihr der Unbekannte seinen Umhang, den sie dankbar entgegennahm.

»Ich...«, begann sie.

»Es besteht kein Grund, um mir zu danken. Es gibt ein paar Dinge, die mir zuwider sind, und das eben gehört dazu. Seid Ihr in der Lage zu gehen, Madame?«

Sie nickte, leicht verwundert über seinen abweisenden Tonfall. Er bot ihr seinen Arm, und in dem Augenblick, als sie ihn berührte, geschah etwas Merkwürdiges. Sie wandte sich jäh zu ihm hin.

»Der Schmerz«, flüsterte sie, ohne zu wissen, weswegen, »warum all dieser Schmerz...«

Und das Seltsamste war, daß er nicht fragte, was sie meinte. Für einen Moment sah sie etwas in seinen Augen aufblitzen, dann lief er los, und ihr blieb keine Wahl, als es ihm gleichzutun. An der Stelle, wo der Seitengang in die Galerie mündete, wartete ihre neue Zofe auf sie, Maries eigenen Mantel über dem Arm.

»Monsieur«, sagte Marie und entschied, über das, was ihr geschehen war, später nachzudenken, »Ihr wißt es vielleicht nicht, aber der Mann, den Ihr Euch eben zum Feind gemacht habt, ist hier bei Hofe sehr einflußreich. Es könnte sein, daß Ihr Hilfe braucht. Ich...«

»Oh«, unterbrach er sie wieder, »ich weiß, wer Ihr seid – Madame. Euer Diener.«

Damit ließ er sie los und verschwand. Wortlos bedeutete sie dem Mädchen, ihr zu folgen. Erst als sie in der Kutsche saß, die sie zum Palais Cardinal brachte, wo sie sich umkleiden konnte, erkannte sie, daß die wenigen Worte des Unbekannten sie stärker gekränkt hatten als Cinq Mars und sein ganzes widerwärtiges Verhalten. Es war das eigentümliche Gefühl, sagte sie sich, das sie bei der kurzen Berührung überwältigt hatte; in jenem Moment war sie von Zorn und einem tiefen, unwiderruflichen Verlust erfüllt gewesen, der nicht der ihre war. Nun war es ihr schon öfter geschehen, daß sie wußte, was die Menschen, die ihr nahestanden, dachten und empfanden, vor allem bei ihrer Cousine Margot und dem Kardinal. Aber noch niemals hatte sie so etwas bei jemandem außerhalb ihrer Familie gespürt, geschweige denn bei einem völlig Fremden.

Der Weg zwischen dem Louvre und dem Palais Cardinal war so kurz, daß sie ihn zu Fuß hätte zurücklegen können, wenn sich das bei einem offiziellen Anlaß geschickt hätte. So blieb ihr wenig Zeit, um nachzudenken. Während das Trittbrett heruntergeklappt wurde, stand immer noch das Bild des Unbekannten vor ihr, die merkwürdigen Haare, die so silbrig blond waren, daß sie genausogut weiß hätten sein können, und die ausdruckslosen, blauen Augen, die wie Spiegel wirkten und nur das wiedergaben, was sie sahen, und nichts von seinem Inneren verrieten.

2. Kapitel

Raoul d'Irsdmasens saß mit Gédéon Tallemant in der Garküche an der Ecke der Rue Saint Honoré und der Rue de l'Arbre Sec und verzehrte gerade mit dem größten Vergnügen eine Pastete, als er seinen Bruder vor sich stehen sah. Errötend sprang er auf.

»Paul!«

Insgeheim dachte er, daß Paul eine entschieden unheimliche Art hatte, plötzlich aufzutauchen, aber er war zu froh über die Rückkehr seines Bruders, um diese leise Kritik nicht sofort zu unterdrücken.

»Paul«, sagte er mit überschwenglicher Geste, »darf ich dir meinen Freund vorstellen, Gédéon Tallemant, wie ich ein brotloser Verehrer der Musen? Tallemant, hier siehst du den Mann vor dir, von dem wir zwölf Jahre lang glaubten, er existiere nur in Briefen.«

»Brotlos wohl kaum«, bemerkte Paul d'Irsdmasens trocken und setzte sich zu ihnen.

»Der Wirt hier hat ein weiches Herz für Poeten«, warf Tallemant ein.

Paul d'Irsdmasens blickte ihn an. »Tallemant? Von den Bankiers Tallemant aus La Rochelle?«

»Ja«, erwiderte der Angesprochene. »Kennt Ihr...« Er verstummte jäh. Paul d'Irsdmasens musterte ihn noch einen Moment länger, dann wandte er sich an seinen jüngeren Bruder.

»Raoul«, sagte er abrupt, »was weißt du über die Herzogin von Aiguillon?«

Raoul grinste. »Da bist du an der richtigen Stelle. Der Kardinal und seine Familie sind Tallemants Spezialität.«

Sein Freund ließ sich nicht zweimal bitten. Seit Raoul ihm von diesem plötzlich wieder aufgetauchten älteren Bruder, der das schwarze Schaf der Familie sein mußte, erzählt hatte, war er neugierig auf ihn gewesen. Jetzt nutzte er die Gelegenheit und verglich die beiden Männer, während er sprach. Beide hatten blaue Augen, aber während sie bei Raoul offen und vertrauensvoll dreinschauten, luden sie bei dem unbekannten Paul höchstens dazu ein, rasch wieder wegzublicken. Raoul war in seinem Alter, zweiundzwanzig Jahre; bei Paul d'Irsdmasens ließ sich das schwer schätzen. Alles zwischen dreißig und vierzig mochte zutreffen.

»Unser erlauchter Erster Minister«, sagte Tallemant unterdessen, »hat zwar genügend bezahlte Lobredner, die behaupten, seine Familie väterlicherseits lasse sich fast bis auf die Kapetinger zurückführen, aber jeder weiß, daß seine Familie mütterlicherseits es nur bis zum Advokatenstand gebracht hat. Ach ja, und sein Großvater hat außerdem noch seine Gegend im Parlament repräsentiert. Was seine derzeitigen Verwandten angeht, der älteste Bruder ist im Duell umgekommen, der zweitälteste war lange Kartäuser, bis...«

»Tallemant«, unterbrach Raoul ihn, »die Herzogin von Aiguillon.«

»Richtig. Nun, sie ist die Tochter der ältesten Schwester Richelieus. Als er noch nicht Kardinal war und dringend Verbündete brauchte, verheiratete er sie mit einem Neffen von Luynes, der damals der Günstling des Königs war. Das war der bedauernswerte Sieur de Combalet, der nach einem knappen Jahr Ehe starb, zweifellos an der nunmehrigen Verwandtschaft mit unserem Durchlauchtigsten. Madame de Combalet ist seither Witwe, und zu meiner Schande muß ich gestehen, daß meine Lieblingsvermutung, Eminentissime habe vor, sie mit dem Bruder des Königs zu verheiraten, doch nicht zuzutreffen scheint. Vor zwei Jahren ließ er sie vom König zur Herzogin machen, in eigenem Recht. So etwas haben noch nicht einmal die königlichen Mätressen in unserer glorreichen Vergangenheit geschafft; denen gab man in solchen Fällen herzogliche Ehemänner oder erhob diejenigen Gatten, die sie schon hatten, aus dem einfachen Adel in diesen Stand.«

Tallemant lächelte maliziös. Er merkte, daß Paul d'Irsdmasens leicht gelangweilt wirkte, und gab nun zum besten, was er sich bis zum Schluß aufgehoben hatte.

»Natürlich ist sie keine königliche Mätresse, aber … wenn man einigen Pamphleten glauben darf, dann ist sie die Mätresse eines Kardinals.«

Befriedigt stellte er fest, daß er jetzt Paul d'Irsdmasens' ungeteilte Aufmerksamkeit besaß. Er hob den Kopf und schnupperte in die Luft. »Ist das ein Braten, den ich da rieche? Irsdmasens«, sagte er, zu Raoul gewandt, »glaubst du, wir könnten unsere empfindsame Seele von einem Wirt dazu überreden, uns auch mit Fleisch zu verköstigen?«

Paul d'Irsdmasens zuckte die Achseln und holte eine Börse hervor. »Wirt«, rief er, und Tallemant fiel auf, daß seine Stimme so mühelos trug wie die eines Schauspielers, »ein Stück Braten für meine Freunde hier.«

»Das ist doch nicht nötig…«, wehrte Raoul ab, peinlich berührt, doch Tallemant fiel ihm ins Wort.

»O doch, das ist es. Meinen innigsten Dank, Monsieur. Nun, Ihr wißt vielleicht von Raoul, daß ich selbst Pamphlete verfasse, die Ihr selbstverständlich auch käuflich erwerben könnt, aber als ehrlicher Mann muß ich Euch warnen – sehr viel mehr findet Ihr nicht darin, falls Ihr nicht ein Bewunderer klangvoller Metaphern seid.«

Raoul lachte. »Paul hat früher selbst geschrieben«, sagte er, »er weiß, was Metaphern wert sind.«

Der Wirt brachte ihnen den gewünschten Braten und nahm mit erleichterter Miene die Bezahlung, an die er bei Tallemant nicht gewohnt war, in Empfang. Als er wieder verschwunden war, fragte Paul d'Irsdmasens kühl: »Worauf gründet sich das Gerücht, sie sei seine Mätresse?«

Tallemant schnitt eine Grimasse. Mittlerweile war ihm die ungeteilte Aufmerksamkeit des Mannes beinahe unbehaglich. »Nun ja«, murmelte er zwischen zwei Bissen. »Sie ist die einzige Nichte, die er nicht wieder verheiratet hat, sie führt ihm den Haushalt, sie soll eine Schönheit sein.«

»Ein wenig dünn als Beweisführung«, kommentierte Raoul, dem es Spaß machte, Tallemants Selbsteinschätzung hin und wieder ins Wanken zu bringen. Paul erhob sich. »Geh noch nicht«, protestierte sein Bruder.

»Wir sehen uns noch«, sagte Paul d'Irsdmasens unverbindlich.

Raoul biß sich auf die Lippen. »Ich habe ein Zimmer bei Ragueneau«, entgegnete er leise. »Versuch lieber nicht, Philippe zu besuchen. Er denkt immer noch genau wie Vater.«

»Oh, Philippe«, gab Paul d'Irsdmasens auf eine Weise zurück, die Tallemant plötzlich zum Frösteln brachte.

»Was hat es auf sich mit ihm?« erkundigte er sich später, als er seinen Braten verzehrt und Raoul dazu gebracht hatte, noch einen Krug Wein zu bestellen. »Und weswegen hast du mich getreten, als ich ihn fragen wollte, ob er meinen Vater kennt?«

Raoul ließ sich Zeit mit der Antwort. Er rückte seinen Stuhl hin und her und zog sich ein wenig mehr in die unbeleuchtete Ecke der Garküche zurück, ehe er erwiderte: »Paul war während der Belagerung in La Rochelle. Danach verschwand er, und wir hörten nur sehr selten von ihm, hauptsächlich lapidare Mitteilungen, daß er noch lebte. Er ist noch nicht lange wieder hier, aber glaub mir, ich habe bereits gelernt, ihn nach nichts zu fragen, was irgendwie mit La Rochelle zu tun hat.«

Tallemant starrte auf seine Hände, und ein irrationales Schuldgefühl kroch ihm die Kehle hoch. Sein Vater hatte nicht nur rechtzeitig den größten Teil seines Kapitals nach Bordeaux verlagert, sondern war auch während der Belagerung auf die Seite des Königs übergelaufen.

»Soll er sich deswegen nicht bei eurem ältesten Bruder Philippe sehen lassen?« fragte er, um den Gedanken an La Rochelle loszuwerden.

Raoul nickte. »Mein Vater hat ihn damals enterbt. Es gab einen fürchterlichen Streit...«

»Aber weswegen?« unterbrach Tallemant verblüfft. »Ich denke, ihr seid Protestanten? Alle Hugenotten, die ich kenne, rechnen es sich als hohe Ehre an, wenn sie in La Rochelle mit dabei waren.«

»Da war noch etwas anderes«, sagte Raoul verschlossen. Es ließ sich nichts weiter aus ihm herausholen, auch wenn Tallemant sein Möglichstes tat. Als er es schließlich aufgab und statt dessen sein neuestes Spottgedicht auf den Kardinal vortrug, fiel ihm ein, daß er Paul d'Irsdmasens überhaupt nicht gefragt hatte, wozu er die Informationen über die Herzogin von Aiguillon eigentlich brauchte.

Das kleine Jagdschloß in Versailles befand sich in angenehmer Lage, und unter anderen Umständen hätte Cinq Mars die Gelegenheit genutzt, um selbst hier zu jagen; aber so, wie die Dinge lagen, verfluchte er die unberechenbaren Launen des Königs.

Nachdem erst einmal Ruhe über ihn gekommen war, hatte ihm sein gesunder Menschenverstand gesagt, daß er den Kardinal, wenn er noch Wert auf dessen Vermittlung legte, erreichen mußte, bevor die Aiguillon die Gelegenheit fand, ihm von dem heutigen Fiasko zu erzählen. Er wußte, daß der König und der Kardinal jeden Tag erwartet wurden, und er wußte, daß der König, der alles tat, um seiner Gemahlin aus dem Weg zu gehen, nicht in den Louvre einziehen würde. Also ritt er nach Saint-Germain, nur um zu erfahren, daß der König schon eingetroffen war, sich aber für Versailles entschieden hatte.

Als er dort ankam, war es selbstverständlich schon zu spät für eine Audienz. Er hätte auf seinen Vorrechten als Großkämmerer bestehen können, aber er entschied, das nur im äußersten Notfall zu versuchen, und begab sich statt dessen zum Kardinal. Dort teilte ihm dessen Sekretär Le Masle mit, Monseigneur sei beim König, und man könne nicht sagen, wie lange sich das hinziehen werde. Also mußte sich Cinq Mars in Geduld üben, und es gab nichts, was er mehr haßte.

Nichts, außer der Herzogin von Aiguillon. Wie konnte sie es wagen? Jetzt, da er Zeit hatte, in Ruhe darüber nachzudenken, schien ihm die größte Beleidigung darin zu liegen, daß sie wahrhaftig geglaubt hatte, er könne sie *heiraten* wollen, und ihn dennoch abgewiesen hatte. Eigentlich hatte er vorerst nicht die Absicht, zu heiraten – was etwas mit einer inneren Stimme zu tun hatte, die verdächtig nach de Thou klang und ihn mahnte, es sei besser, den König nicht zu weit zu treiben –, aber er hatte nie daran gezweifelt, daß jede Dame, wenn es einmal so weit wäre, entzückt in seine Arme sinken würde.

Daß diese Hexe die Keusche gespielt hatte, gut, damit ließ sich fertig werden. Manche Frauen bildeten sich eben ein, das seien sie ihrem guten Ruf schuldig. Aber daß sie ihn auch als Gatten abgelehnt hätte... Für wen hielt sie sich eigentlich?

Er trat wütend nach einer der Katzen, die hier herumliefen. Es war typisch für den Kardinal, sich Katzen zu halten, statt Hunde, wie ein richtiger Mann es tat. Priester! Kein Wunder, daß er nicht verstanden hatte, wie wichtig es für ihn, Cinq Mars, gewesen wäre, seinen Mut auf dem Feld zu beweisen.

Seine Gedanken kehrten widerspenstigerweise immer wieder zu der Herzogin von Aiguillon zurück, und zu der Demütigung, die ihr Verhalten für ihn bedeutete, bis ihm auf einmal die Erleuchtung kam. Er konnte im Geiste schon das Grinsen auf den Gesichtern seiner Freunde sehen, falls der unverschämte Fremde, der sich eingemischt hatte, herumerzählte, was er gesehen hatte. Da er nun einmal damit geprahlt hatte, die unerreichbarste Frau im Königreich zu erobern, mußte er auch genau dies tun, um zu verhindern, daß er an Ansehen verlor. Aber die unerreichbarste Frau im Königreich war keinesfalls die Nichte eines obskuren Provinzadligen, auch wenn dieser es zum Ersten Minister von Frankreich gebracht hatte. O nein. Cinq Mars ging in Gedanken die Prinzessinnen von Geblüt durch, die noch unverheiratet waren. Endlich, als er sich entschieden hatte, kehrte sein übermütiges, unbezwingliches Lächeln zurück.

»Das wäre dann alles, Sire«, sagte der Kardinal. Louis schwieg. Nach fast zwei Jahrzehnten der Zusammenarbeit merkte er, wann sein Minister erschöpft war, und ihm selbst erging es auch nicht viel besser, aber ihm lag noch etwas auf der Seele.

Er blickte über den Leuchter hinweg auf Richelieu, und das alte Gemisch aus Abneigung, Bewunderung und widerwilliger Zuneigung machte ihm erneut zu schaffen. Es hatte eine Zeit gegeben, in der er geglaubt hatte, den Mann nur als Minister ertragen zu können. Dann hatte er festgestellt, daß er mehr und mehr auch mit seinen persönlichen Sorgen zu ihm kam, mit den

Schwierigkeiten, die ihm sein Bruder, seine Schwestern, seine Mutter, seine Gemahlin machten. Er wußte nicht, ob er dem Kardinal das übelnahm, oder ob er ihn deswegen noch höher schätzte.

»Mir ist zu Ohren gekommen«, begann er zögernd, »daß Monsieur le Grand sich in Versailles aufhält.«

»Auch ich habe davon gehört«, sagte der Kardinal neutral.

Louis starrte auf den Stapel Dokumente, die vor ihm lagen. »Es steht zu hoffen, daß er sein eigensinniges Verhalten inzwischen bedauert. Ich würde mich freuen, wenn dem so wäre«, fuhr er fort. Der Teil von ihm, der Abneigung gegen den Kardinal empfand, begann, sich stärker zu rühren. Wie deutlich mußte er noch werden? Manchmal hatte er das Gefühl, der Kardinal brächte ihn in solchen Fällen absichtlich so weit, sich zu einer Bitte zu demütigen.

Richelieu stand auf. »Ich bin sicher, daß dem so ist«, entgegnete er. »Entschuldigt mich bitte einen Moment, Sire.«

Louis blieb sitzen, hörte die Schritte des Kardinals und seiner Wachen, die ihn überallhin, außer in Gegenwart des Königs, begleiteten, und sann über die Beziehungen zu seinem Günstling und seinem Minister nach.

Er hatte vor einiger Zeit öffentlich gesagt, Gott möge verhüten, daß in seinem Haus der Ehebruch Einzug halte, und hinzugefügt, ein König habe die Pflicht, sein Leben so makellos zu gestalten, daß all seine Untertanen sich daran ein Beispiel nehmen könnten. Er hatte es so gemeint. Es wäre ihm nie in den Sinn gekommen, seine unsterbliche Seele dadurch zu gefährden, daß er mit Cinq Mars die Sünde beging, um derentwillen Gott einst Sodom und Gomorrha in Feuer und Asche erstickt hatte. Nicht mit Cinq Mars, nicht mit Saint Simon vor ihm, nicht mit Luynes vor diesem. Selbst wenn er sich durchaus im klaren darüber war, daß er Cinq Mars liebte, handelte es sich doch um, so sagte er sich, die brüderliche Liebe, die es zwischen David und Jonathan gegeben haben mußte. *Mein Bruder Jonathan, deine Liebe zu mir war süßer als die einer Frau.*

Aber die schöne Gewißheit, seine Seele vor den Qualen der Hölle zu retten, half ihm wenig bei den Eifersuchtsqualen, die er durchlitt, wenn er an Cinq Mars in den Armen Marion de Lormes dachte. Die Eheschließung Saint-Simons hatte seinerzeit das Ende ihrer Beziehung bedeutet, doch diesmal hatte er festgestellt, daß er es nicht fertigbrachte, sich von Cinq Mars zu trennen. Er hatte schon daran gedacht, Marion de Lorme aus dem Königreich zu verbannen, aber die Furcht davor, sich lächerlich zu machen, hatte es verhindert. Deswegen hatte er sich auch nicht erweichen lassen, als es um das Kommando über den Konvoi ging; noch nie hatte irgendeiner seiner Günstlinge derart wichtige Aufgaben übernommen, denn er wollte nicht, daß man über ihn redete wie über seine Mutter und ihre Favoriten.

Der Gedanke an seine Mutter brachte ihn wieder auf den Kardinal. Er wußte nicht, ob es der Wahrheit entsprach, daß sie nach dem Tod ihres geliebten Concini, als er, Louis, sie nach Blois verbannt hatte, den ehrgeizigen jungen Armand du Plessis de Richelieu, Bischof von Luçon, zu ihrem Geliebten gemacht hatte, und er wollte es auch nicht wissen. Ihn schauderte bei dem Gedanken. Doch der Haß, den seine Mutter später dem Kardinal gegenüber entwickelt hatte, mochte damit zu tun haben ... Auf alle Fälle, dachte er schlecht gelaunt, wäre er nicht bereit, für die Keuschheit des Kardinals die Hand ins Feuer zu legen.

Zumindest konnte der boshafte Klatsch über den Kardinal und seine eigene Gemahlin nicht stimmen. Anne haßte den Kardinal, das wußte er nur zu gut, und anders als seine Mutter hatte sie ihn immer gehaßt. Sie hatte sich mehr als einmal an Verschwörungen gegen Richelieu beteiligt.

45

Aber er wollte jetzt, wo seine Versöhnung mit Cinq Mars wahrscheinlich unmittelbar bevorstand, nicht über die Königin nachdenken. Er hatte nie verstanden, wie sie in den mehr als zwanzig Jahren ihrer Ehe, im Laufe derer er mehr als deutlich hatte werden lassen, wie sehr er sie verabscheute, immer wieder so leidenschaftliche Parteigänger gefunden hatte. Selbst jetzt hielten sich mindestens so viele Edelleute an ihrem Hof auf wie an dem seinen. Nein, besser nicht darüber nachdenken, wie es Anne fertigbrachte, nicht nur verehrt, sondern auch geliebt zu werden, etwas, das ihm zeit seines Lebens nicht gelungen war, wie er sehr wohl wußte. Besser nicht an die entsetzliche Einsamkeit denken, die …

Die Tür öffnete sich, und er mußte sich beherrschen, um nicht aufzuspringen. »Monsieur le Grand«, sagte er mit erstickter Stimme, »Wir sind sehr erfreut, Euch wiederzusehen.«

Cinq Mars, Gott segne ihn dafür, hielt sich nicht an das Zeremoniell, sondern stürzte auf ihn zu und umarmte ihn. »Sire!«

Einen Moment lang verweilte Louis in der Umarmung, die alles war, was er sich je von dem Vergnügen körperlicher Berührung gestattet hatte, wenn man einmal von den freudlosen Begegnungen mit Anne absah, die, nachdem sie nun endlich ihre Pflicht getan und zwei Prinzen zur Welt gebracht hatte, jetzt mit reinem Gewissen beendet werden konnten. Dann löste er sich sanft von Cinq Mars.

»Eine solche Trennung«, sagte er herzlich, »eine solche Trennung, mein Freund, darf nie wieder vorkommen.«

»Nicht in meinem Leben, Sire«, bestätigte Cinq Mars inbrünstig. Im Überschwang des Momentes wandte sich Louis an den Kardinal und sagte herzlich: »Nicht wahr, Monseigneur, Ihr werdet dafür sorgen. Setzt am besten gleich einen Vertrag auf, um es zu besiegeln.«

46

Noch ehe er zu Ende gesprochen hatte, wußte er, daß er das nie hätte sagen sollen. Er sah die kühlen Augen des Kardinals, die alles beobachteten und nichts wiedergaben, und er ahnte, was der Kardinal jetzt dachte: Der Krieg mit Spanien, das Bündnis mit dem protestantischen Schweden, die Beschwichtigung des Vatikans deswegen, all das gab ihm wahrhaftig genug zu tun, ohne seine Zeit auch noch damit zu verschwenden, zwei Jungen, die sich gestritten hatten, wieder zu versöhnen. Ich bin neununddreißig Jahre alt, dachte Louis und war sich in diesem Augenblick sicher, daß er den Kardinal haßte, und er bringt es immer wieder fertig, daß ich mir wie ein Kind vorkomme. Und er weiß ganz genau, wie sehr ich meine Kindheit verabscheut habe!

Gleichzeitig wußte er, daß er ungerecht war, daß der Kardinal recht hatte, daß es tatsächlich eine Zeitverschwendung war. Doch er hatte es noch nie fertiggebracht, einen einmal erteilten Befehl, und sei er auch nur im Scherz gesprochen, zurückzunehmen. Im übrigen zögerte der Kardinal nicht einmal. Er setzte sich an seine Seite des Tisches, ergriff einen der leeren Papierbögen und schrieb. Danach reichte er das Blatt dem König, der nickte und lächelte. Vielleicht hatte er sich getäuscht. Vielleicht dachte der Kardinal doch nichts von dem, was er vermutete, und war ebenfalls gerührt von dieser Versöhnung.

»In der Tat«, lobte Louis, »ein guter Vertrag.« Er unterschrieb, und Cinq Mars, der so nahe neben ihm stand, daß er dessen Körperwärme spüren konnte, riß ihm die Feder beinahe aus der Hand. Er hat mich auch vermißt, dachte Louis, zum ersten Mal seit langer Zeit glücklich, er hat ebenfalls unter der Trennung gelitten.

Schließlich stand dort:

»Wir, die Unterzeichnenden, bezeugen, daß wir miteinander

sehr zufrieden sind, und wollen nie eine andere Meinung von uns hegen als die, die wir im Moment haben. Deswegen unterzeichnen wir den vorliegenden Vertrag:

Louis   *Effiat de Cinq Mars«*

»Und wer soll ihn aufbewahren?« fragte Cinq Mars leichthin.

»Er wird unter den Staatspapieren von heute zu finden sein, zwischen den Briefen aus Savoyen und denen des Kaisers«, erwiderte der Kardinal, und wieder war sich Louis einen Moment lang sicher, die tadelnde Ironie in der Stimme seines Ministers zu hören.

Der Dienst bei der Herzogin von Aiguillon, fand Charlotte, brachte es mit sich, deutlich mehr zu Fuß unterwegs zu sein als der bei Annette. Als erstes hatte sie Madame zum Hôtel-Dieu begleitet. Sie wußte von Annette, daß Monsieur Vincent de Paul einige der vornehmen Damen und Herren dazu gebracht hatte, seine Hospitäler nicht nur mit Geld, sondern auch mit einigen Stunden ihrer Zeit zu unterstützen. »Mich nicht«, hatte Annette erklärt, »ich würde lieber sterben!«

Also war sie nur leicht überrascht, daß ihre neue Herrin offensichtlich zu den Anhängerinnen Monsieur Vincents gehörte. Was sie jedoch wirklich verblüffte, war, daß Madame sich nicht nur damit zufrieden gab, Suppe an die Kranken auszuschenken, sondern sich tatsächlich an der Pflege beteiligte. Sie richtete sachkundig und geschickt Verbände, erkundigte sich nach Fieber, Wundbrand, den Kräutern, Salben und Tränken, die man verwendete. Mehr noch – und das war der unangenehme Teil der Überraschung –: sie erwartete offenbar von Charlotte, sich an dem, was sie tat, ebenfalls zu beteiligen.

Nachdem Charlotte ihren Ekel einmal überwunden hatte, dachte sie sich, daß es weitaus weniger schlimm war, als auf dem Pont-Neuf zu betteln, und sehr viel gewinnbringender für die

Zukunft. Nach dem, was sie bisher gesehen hatte, tat Madame ohnehin nichts, was nicht nützlich war, und der Gedanke war anfangs ein wenig furchteinflößend. Doch kaum war sie zu dieser Einschätzung gelangt, da geschah etwas, das sie wieder umstieß.

Madame ging zu der Abteilung, wo man die Irren in Gewahrsam hielt. Sie fragte nichts, sie tat nichts, sie blickte nur stumm auf die armseligen Gestalten. Dann sagte sie, so leise, daß Charlotte sie kaum verstand: »Es wird nicht geschehen.«

Anschließend hatte die Kutsche sie zum Louvre gebracht, der Charlotte mit seinen endlosen Gängen nicht unvertraut war. Sie hatte, während sie auf Madame wartete, einige der anderen Zofen gesehen, die sie von früher her kannte, und, froh, sich endlich wieder den Luxus des Hochmuts leisten zu können, keine ihrer Fragen beantwortet. Schließlich hatte keine der Mädchen und Frauen ihr geholfen. Sie hatte allerdings ihre Bekanntschaft mit einem der Küchenmädchen erneuert und sich auf diese Weise stärken können.

Nachdem Madame den Empfang verlassen hatte und Monsieur le Grand aufgetaucht war, erinnerte sie sich daran, wie Annette und sie einige Zeit lang für ihn geschwärmt hatten. Sie fragte sich, ob sie ihn nun, nachdem sie im Haushalt des Kardinals arbeitete, öfter zu Gesicht bekommen würde. Vermutlich nicht, der Miene nach zu urteilen, die er machte, als er später ohne Madame wieder an ihr vorbeilief.

Der seltsame Mann, an dessen Arm Madame dann erschien, kam ihr vage bekannt vor; sie meinte, ihn unter den zahlreichen Bittstellern gesehen zu haben, die am Morgen, genau wie sie, vor dem Palais Cardinal gewartet hatten. Doch sie war sich nicht sicher, und im übrigen ging es sie nichts an.

Was sie indessen etwas anging und zu einigen Schlußfolgerungen veranlaßte, war die bräunlichrote, rasch größer werdende Schwellung, die sich an Madames Schläfe ausbreitete, und der Zustand ihres Kleides, der sich zeigte, als sie sich schließlich in ihre Räume zurückgezogen hatte. Charlotte empfand kein Mitleid; so etwas war auch ihr geschehen, und sie hatte niemanden gehabt, der ihr zur Hilfe gekommen war. Doch eine gewisse Bewunderung und leichter Groll erfüllten sie angesichts der Tatsache, daß Madame sich trotz allem noch ruhig und präzise bewegte und mit Charlottes Hilfe ihr Kleid wechselte, als habe sie nie etwas anderes vorgehabt.

Während Charlotte Madames Gesicht überpuderte und schminkte, damit man die Schwellung nicht mehr so leicht erkennen konnte, zuckte sie zwar einmal zusammen, blieb sonst aber still. Sie kamen etwas zu spät zum Hôtel de Rambouillet; der Vorhof dort stand schon voller Kutschen. Es gab wenige Zofen in den Vorzimmern, die Gesellschaft schien zum größten Teil aus Herren zu bestehen.

»Du bist also die neue Zofe der Eisprinzessin«, sagte ein Mädchen und lachte. »Viel Glück! Hast du gehört, was mit deiner Vorgängerin passiert ist?«

Es hätte sie mittlerweile brennend interessiert, aber sie wollte ihre so neue Stellung nicht dadurch gefährden, daß sie sich auch nur den Anschein gab, anfällig für Klatsch zu sein. Also gab sie vor, der Stimme zu lauschen, die aus dem Salon drang. Dort schien ein Mann irgend etwas vorzutragen, wie die Jahrmarktschreier auf dem Pont-Neuf, die ihre Waren anpriesen, nur noch etwas übertriebener. Aus den Bruchstücken, die es ihr hin und wieder zu erhaschen gelang, konnte sie sich keinen Reim machen. »*Beweine unsers ganzen Stamms Entehrung, den Schimpf, der stets Horatius' Namen schändet!*« So sprach doch kein Mensch, noch nicht einmal der Pfarrer in der Kirche. Nach »*O säh ich doch die Stadt in Asche fallen, und deine Lorbeern sinken in den Staub*« gab sie es auf.

Den Leuten dort drinnen schien es jedoch sehr gut zu gefallen. Sie applaudierten lange und ausdauernd, als der Vortragende schließlich zu einem Ende gekommen war, und es dauerte noch eine ganze Weile, bis Madame den Salon verließ.

Wieder in ihren Gemächern angekommen, entkleidete sie sich mit Charlottes Hilfe, diesmal langsamer. Sie schien gedankenverloren, aber ehe sie Charlotte entließ, sagte sie noch: »Du bist geschickt und flink. Für heute bin ich sehr zufrieden.«

»Danke, Madame«, entgegnete Charlotte, die schon herzlicheres Lob gehört hatte. Sie konnte es sich nicht versagen, hinzuzufügen: »Für das Gesicht wäre ein Stück rohes Fleisch jetzt gut, Madame.«

Bei dem zweiten »Madame« warf ihr die Herzogin, die vor ihrem Frisierspiegel saß, einen raschen Seitenblick zu, und Charlotte biß sich auf die Lippen. Aber die Herzogin sagte nichts weiter, also knickste Charlotte und zog sich zurück. Im Vorzimmer war eine Liege für sie aufgestellt, und sie war eigentlich erschöpft genug, um sich sofort darauf sinken zu lassen, aber zuerst hatte sie noch etwas zu tun.

Sie machte sich auf die Suche nach Le Val. »Da bist du ja«, sagte er, als sie ihn fand.

Ärgerlich gab Charlotte zurück: »Ich hätte genausogut nicht kommen können.«

»Nein«, meinte Le Val gedehnt, »ich wußte gleich, daß du ein ehrliches kleines Mädchen bist.«

Mit Ehrlichkeit hatte das wenig zu tun. Sie hatte noch keine Ahnung, wie stark Le Vals Stellung hier war. Er hatte sie der Herzogin vorgestellt, und möglicherweise konnte er genausoschnell dafür sorgen, daß sie wieder hinausgeworfen wurde, wenn sie ihren Teil der Abmachung nicht einhielt.

Nur diese Nacht, dachte Charlotte. Nur diese Nacht, und dann nie wieder.

Als das Mädchen sie allein gelassen hatte, ließ Marie den Kopf auf die kühle Platte des Tisches sinken. Als sie ihn wieder hob, sah sie im Spiegel, daß sich die Ränder der Intarsien wie Schnittlinien in ihre Stirn eingeprägt hatten. Zusammen mit den braunen und blauen Flecken, die sie Cinq Mars verdankte, sah ihr Gesicht bald selbst wie eine dieser florentinischen Einlegearbeiten aus. Sie versuchte zu lachen, aber es wurde ein halbes Schluchzen daraus.

Es war zuviel gewesen: der fehlende Schlaf, die schlechten Vorahnungen, das Hospital mit dem, was es für sie bedeutete, Cinq Mars, der ihr zeigte, daß sie dieser Art von Brutalität im Grunde immer noch so hilflos gegenüberstand wie vor zwanzig Jahren. Nicht, daß Antoine sie je geschlagen hätte. Nicht mit den Händen. Es gab andere Mittel, wie ihr übrigens auch heute wieder dieser Mann, der Fremde, bewiesen hatte.

Marie de Combalet brach aus dem Gefängnis aus, in dem die Herzogin von Aiguillon sie eingesperrt hielt, und sie brauchte nicht in den Spiegel zu sehen, um zu wissen, daß sie weinte. Die Tränen kamen, wie sie es immer taten, wenn ihre Disziplin, auf die sie so stolz war, zusammenbrach, ganz gleich, aus welchem Anlaß.

Die Vergangenheit hatte sie wieder eingeholt.

II

Die Vergangenheit: Marie

Leidenschaft ist eine heftige Regung der Seele in ihrem empfindsamen Teil (…). Und daher müssen wir die Seeleute nachahmen, die sich, ehe sie den Hafen verlassen, mit allen notwendigen und nützlichen Dingen, um Unwettern und Stürmen zu widerstehen, ausrüsten, und uns von vorneherein mit so fester und begründeter Vernunft ausstatten, daß sie den Verstand gegen den Anschlag unserer Leidenschaften wappnet und verankert, wenn sie, wie so viele sich auftürmende Wellen, mir nichts, dir nichts in unser Boot überfließen (…).

Richelieu: Emblema Animae

3. Kapitel

Sie war noch zu jung, um zu begreifen, was es für sie bedeutete, als sie zum ersten Mal von dem Familiengeheimnis erfuhr. Ihre Mutter hatte sie und François zu Grandmère Suzanne gebracht, wo sie zum ersten Mal den Cousinen und Cousins begegnete, Margot vor allem, und wo alles seinen Anfang nahm.

Vorher hatte sie ihre unmittelbare Umgebung mühelos dominiert; die Mutter war in ihrer ersten Ehe kinderlos geblieben und daher überglücklich über ihre Geburt, und François, als er dann auftauchte, war zu klein und zu dumm, um ein Rivale zu sein. Sie wartete ungeduldig darauf, daß er endlich zu sprechen anfinge, und war überzeugt, daß ihre Mutter log, als sie behauptete, so kleine Kinder bräuchten nun einmal lange, um Wörter zu erlernen. Marie war überzeugt, daß es bei ihr anders gewesen war, und die Amme, die in sie vernarrt war, bestätigte ihr das.

Also war es für sie ein Schock, daß sich Grandmère Suzanne, von der sie so viel gehört hatte, zuerst François ansah. Die entzückten Ausrufe und das lange Gerede über Milch und Zähne langweilten sie, und sie lief fort, um sich die Burg anzusehen. Sie kam allerdings nicht weit, bevor Grandmère Suzannes Stimme sie zum Stehenbleiben zwang: »Mädchen, komm sofort zurück!«

Vergessen waren die sanften, glucksenden Töne, als Grandmère Suzanne sie scharf ins Auge faßte und dann zu ihrer Mutter sagte: »Das Kind hat keine Disziplin, Françoise.«

»Sie ist noch so klein«, murmelte ihre Mutter, ignorierte aber die Hand, die Marie ihr hilfesuchend entgegenstreckte.

»Du weißt, wohin das führen kann«, gab Grandmère Suzanne ominös zurück. »Louise ist mit ihren Kindern hier, und du wirst sehen, daß die kleine Margot schon eine ganz erstaunliche Selbstbeherrschung zeigt. Wenn sie will. Gott weiß, ich habe noch nie ein so eigensinniges Kind erlebt.«

Auf diese Weise hörte sie zum ersten Mal von Margot, und eine lange Rivalität nahm ihren Anfang. Margots Mutter, Louise, war eigentlich die Tante ihrer Mutter, aber fast genauso alt, was Marie anfangs verwirrte. »Außerdem habe ich nur adliges Blut in mir«, teilte Margot ihr später mit, »während du von Advokaten abstammst, wegen Tante Suzanne.«

Zu diesem Zeitpunkt hatte Marie allerdings schon eigene Waffen gefunden. »Soll ich ihr das sagen?«

»Wenn du unbedingt möchtest. Wenn du willst, daß ich dir nie wieder etwas erzähle, was dir sonst keiner verrät«, entgegnete Margot.

Margot war in jeder Hinsicht eine Herausforderung; sie war klug, wie Grandmère Suzanne gesagt hatte, und hübscher als Marie, mit ihrem flammend roten Haar und den grünen Augen. Aber sie hatte ihre Schwächen. Sie langweilte sich leicht und neigte dann dazu, das, was sie langweilte, abzubrechen, während Marie, zum ersten Mal in einer Situation, in der sie das Gefühl hatte, die Unterlegene zu sein, entdeckte, daß sie selbst den trockensten Unterrichtsstunden folgen konnte, wenn sie später die Befriedigung genoß, Margot übertreffen zu können.

Sie wurden beide vom Prior des Klosters Saint-Florent in Saumur unterrichtet, der bereits der Lehrer ihrer Onkel und Tanten gewesen war. Es war ein wenig ungewöhnlich, als

Mädchen bereits in diesem Alter mehr als die Anfänge des Alphabets zu lernen, wie Margot sie informierte, aber, wie Grandmère Suzanne sagte, »frühes Wissen hilft zur Wappnung des Geistes«.

Der Grund, warum sowohl Françoise de Vignerot als auch Louise de Pontchâteau mit ihren Kindern zum Château Richelieu gekommen waren, lag in den Revolten der Fürsten, die nach dem Tod des Königs losgebrochen waren, doch das verstand Marie erst später. Sie war glücklich in diesem ersten Jahr. Margot und sie waren trotz oder wegen ihrer Rivalität ständig zusammen, und obwohl sie häufig stritten, hätten sie es nicht anders haben wollen.

Einmal allerdings gab es eine Auseinandersetzung, die ihre Kameradschaft beinahe für immer beendet hätte. Marie hatte einen verwundeten Raben gesundgepflegt und gezähmt. Sie nannte ihn Hardi, nach dem Prior, was Margot zuerst jedesmal zum Lachen brachte, wenn sie das Tier ansah. Als aber der Vogel ständig auf Maries Schulter saß und sie mehr und mehr Zeit mit dem Tier verbrachte, schwand Margots Belustigung.

Eines Tages rief Marie vergeblich nach Hardi. Sie suchte ihn überall und fand ihn schließlich mit gebrochenem Genick auf dem Misthaufen. Sie wußte sofort, daß es kein Unfall gewesen war, sondern daß Margot es getan hatte. Sie sagte kein Wort davon zu irgend jemandem, aber sie sprach auch nicht mehr mit Margot. Nach einer Woche hielt diese es nicht mehr aus. Sie hielt Marie fest, als sie beide von der morgendlichen Waschung mit eiskaltem Wasser kamen, auf der Grandmère Suzanne bestand, und flüsterte: »Gut, ich gebe es zu. Ich war es. Redest du jetzt wieder mit mir?«

Marie rührte sich nicht, sie gab keinen Laut von sich, sondern sah Margot nur an. Und es war Margot, die sich als erste abwandte.

Nach zwei Wochen, als Marie ihr Schweigen immer noch nicht gebrochen hatte, sagte Margot zu ihr: »Heute abend sprichst du wieder mit mir, du wirst sehen. Du wirst es sein, die zu mir kommt.«

Dann ging sie zu Grandmère Suzanne und gestand ihr, daß sie Maries Vogel getötet hatte, weil sie eifersüchtig auf ihn gewesen war. »Und es tut mir nicht leid. Ich bin froh, daß er tot ist«, schloß sie.

Grandmère Suzanne erwiderte nichts. Sie ließ sich einen Weidenstock bringen und verprügelte Margot vor der gesamten Familie und der Dienerschaft. Es dauerte lange, bis Margots Mutter mit Tränen in den Augen bat, die Bestrafung zu beenden, und selbst dann hörte Grandmère Suzanne nicht auf. Als sie schließlich mit Margot fertig war, rief sie Marie zu sich, die inzwischen selbst weinte.

»Ich werde Margot jetzt ohne Essen in den Keller schicken, wo sie bis morgen früh bleiben wird. Möchtest du, daß sie danach ein anderes Zimmer als ihr übrigen Kinder bekommt?«

Marie schüttelte den Kopf. Grandmère Suzanne nahm ihr Gesicht in beide Hände, und da erst sah Marie, daß die Großmutter sich die Lippen blutig gebissen hatte, während sie Margot schlug.

»Ich möchte, daß du genau verstehst, warum ich Margot bestrafe, denn für dich gilt dasselbe. In dieser Familie gibt es eine Krankheit, eine schlimme Krankheit, und ich habe geschworen, daß keines meiner Kinder und Enkelkinder sie je bekommen wird, daß ich sie für immer vertreibe. Deswegen muß ich schon die ersten Anzeichen bekämpfen, und das ist heute geschehen.«

In der Nacht nahm Marie, die keinen Bissen heruntergebracht hatte, das Brot und das Dörrfleisch, das sie unter ihrem

Rock versteckt hatte, und brachte es in den Keller. Es handelte sich um den alten Weinkeller, einen kalten, unheimlichen Ort.

»Du bist sehr mutig, daß du hierherkommst«, sagte Margot, als sie Maries Schritte hörte.

»Ich habe mich noch nie vor dem Dunkel gefürchtet«, erwiderte Marie und reichte ihr das Brot. »Hier ist etwas zu essen für dich. Aber warum hat sie nicht abgesperrt?«

Margot lachte. In dem Schein der Kerze, die Marie in der Hand hielt, sah ihr Gesicht noch aufgeschwollen und gerötet aus, aber ihre Augen blitzten triumphierend. »Sie weiß, daß ich nicht weglaufe. Außerdem könnte ich ja ausrutschen und mir etwas brechen, und dann dauert es vielleicht zu lange, bis mir jemand helfen kann.«

Sie schlang hastig und hungrig etwas von dem Brot herunter, dann murmelte sie: »Ich habe dir ja gesagt, daß du zu mir kommen und mit mir sprechen würdest.«

Marie setzte die Kerze ab und ließ sich neben Margot, die an einem alten Weinfaß lehnte, nieder.

»Was für eine Krankheit hat sie gemeint?«

»Oh«, sagte Margot sorglos, »von Zeit zu Zeit wird jemand in der Familie verrückt, weißt du, wie die alte Lise aus dem Dorf. Warum hast du mir kein Wasser mitgebracht?«

4. Kapitel

Nach diesem Jahr kehrten sie noch einmal nach Pont-Courlay zurück, wo das kleine Château ihres Vaters lag, aber die Zeiten blieben sehr unruhig, und schließlich entschloß sich Françoise, mit ihren Kindern wieder zu ihrer Mutter zu gehen, zumal es einen unmittelbaren Anlaß gab: Ihr Bruder Henri, der Marquis de Richelieu, würde endlich heiraten.

Diesmal blieb ihre Ankunft beinahe unbemerkt, denn wie es der Zufall wollte, war Françoises jüngster Bruder, der Bischof von Luçon, am selben Tag eingetroffen. Marie hatte sich anfangs nur nach Margot umgesehen, aber ihre Aufmerksamkeit wurde schnell von dem Umstand gefesselt, daß ihre Mutter wie ein junges Mädchen errötete und in die Arme zweier fremder Männer rannte.

»Henri!« rief sie, lachte und weinte. »Armand!«

Marie schaute fasziniert zu. Ihr Vater wurde von ihrer Mutter nie so behandelt wie diese beiden Unbekannten, die jetzt umarmt und geküßt wurden. Es dauerte allerdings nicht lange. Inzwischen war auch Grandmère Suzanne gekommen, und Françoise verwandelte sich wieder in ihr altes, gemessenes Selbst.

»Armand«, wandte sie sich an den jüngeren von beiden und verbesserte sich rasch, »Monseigneur. Ich hörte von Eurem Erfolg in Paris. Meinen allerherzlichsten Glückwunsch.«

Dann rief sie Marie und François zu sich. »Dies ist euer

Onkel Henri«, sagte sie, und der Kavalier in Reitstiefeln mit dem mächtigen Schnauzbart zwinkerte Marie zu. Sie knickste. »Und dies ist euer Onkel Armand, Bischof von Luçon. Er kommt gerade aus Paris, wo er den Klerus unserer Provinz bei den Generalständen vertreten und viel Ansehen und Ehre erworben hat.«

Sie konnte den Stolz in ihrer Stimme nicht verhehlen, und Henri lachte. »Du kannst es immer noch nicht lassen, uns zu bemuttern, Françoise«, neckte er seine Schwester. »Man könnte meinen, du hättest uns zur Welt gebracht.«

Marie knickste wieder. Ihr war rechtzeitig eingefallen, daß es sich einem Bischof gegenüber schickte, seinen Ring zu küssen, und sie wartete darauf, daß er ihr die Hand reichte. Statt dessen streckte er beide Hände aus und hob das Mädchen hoch. »Marie Madeleine«, sagte er, »willkommen.«

Er war nicht so groß und stattlich wie sein Bruder, aber sie mochte seine Stimme, und daß er ihren Namen kannte. Er hatte rotbraune Haare wie ihre Mutter und ein sehr angenehmes Lächeln, das schnell verblaßte, denn Françoise fragte: »Wird Alphonse auch kommen?«

Da hörte Marie zum ersten Mal Bitterkeit und noch etwas anderes, das sie viel später als Rachsucht interpretierte, aus dem Tonfall ihres Onkels Armand: »Du weißt doch, wie ernst er seine Gelübde nimmt.«

Sie war inzwischen alt genug, um in der großen Halle zu bleiben, nachdem die Tafel aufgehoben worden war, und konnte beobachten, daß auch ihre Tante Nicole, Grandmère Suzannes unverheiratete Tochter, wie ein aufgeregter Falter um ihre Brüder herumschwirrte. Margot und ihre Geschwister waren noch nicht eingetroffen, und so konnte sie sich ganz auf das Gespräch der Erwachsenen konzentrieren.

»Die meisten Fürsten werden jetzt bereit sein, Frieden mit

der Königinmutter und Concini zu schließen«, sagte Armand, »aber nicht Condé. Er bewegt sich mit seiner Armee auf das Poitou zu, und ich fürchte, er wird auch durch Eure Ländereien kommen, Mutter.«

Suzannes Lippen waren zu einem dünnen Strich zusammengepreßt. »Ich habe jetzt neunundvierzig Jahre in diesem Haus gelebt und viele Armeen vorbeiziehen sehen.«

»Aber noch nicht die von Condé«, kommentierte Henri. Seine sonst so vergnügte Miene war ernst geworden. »Der Mann ist so arrogant wie Luzifer. Wißt Ihr, was er sagte, als der alte König ermordet wurde? *Die Zeit der Könige ist jetzt vorbei, und die Zeit der Fürsten ist gekommen.* Das war vor fünf Jahren, und er hat seine Meinung nicht geändert.«

»Er wird sie ändern müssen«, sagte Armand, nicht zornig wie seine Mutter, sondern so, als stelle er eine simple Tatsache fest, und Marie bemerkte, daß sie ihm glaubte, obwohl selbst sie von dem Ruf des Fürsten Condé gehört hatte. Ihre Amme kam aus einem Dorf, das seine Armeen verwüstet hatten, und sie erzählte immer noch, während sie sich mehrfach bekreuzigte, davon, daß jeder einzelnen Frau in der gesamten Gemeinde Gewalt angetan worden sei.

»Wie dem auch sein mag«, sagte Suzanne, »ich werde ihm nicht gestatten, hier Quartier aufzuschlagen.«

Die neue Marquise de Richelieu, Henris Gemahlin, entpuppte sich als, wie Margot es formulierte, »in jeder Hinsicht wohlausgestattete Witwe«.

»An deiner Stelle wäre ich vorsichtig mit solchen Äußerungen«, sagte Marie. »Deine Mutter und meine Mutter sind ebenfalls Witwen, die wieder geheiratet haben, und Madame la Marquise heißt genauso wie du. Nomen est omen!«

Margot akzeptierte die Herausforderung. »Margueriten sind

königliche Blumen«, entgegnete sie. »Immer noch besser, nach so etwas genannt zu werden, als zu einem Leben als Büßerin vorbestimmt zu sein. Marie Madeleine! Maria Magdalena – oder ist es Maria wie Unsere Liebe Frau?«

Ihr zweites Jahr in Richelieu wurde überschattet von den immer häufiger auftretenden Krankheiten ihrer Mutter, die sich schließlich zu einer ständigen Bettlägrigkeit auswuchsen. Im Sommer 1616, als die Truppen des Fürsten Condé nur noch wenige Meilen entfernt waren, wurde offensichtlich, daß Françoise sich nicht mehr erholen würde. Ihr jüngster Bruder, der sich mittlerweile in der unmittelbaren Umgebung der Königinmutter bewegte, besuchte sie noch ein letztes Mal.

»Wo ist Euer Vater, Nichte?« fragte der Bischof Marie, als er das Krankenzimmer verließ. Sie war jetzt zwölf, alt genug, um nicht mehr wie ein Kind geduzt zu werden.

»Bei der königlichen Armee«, entgegnete sie tonlos. Er schwieg; das königliche Heer, das die Aufgabe hatte, Condé zu besiegen, war nicht allzu weit, und Henri, der ebenfalls dort diente, hatte bereits einen kurzen Urlaub genommen. Aus Loyalität fügte sie hinzu: »Sie hat gesagt, sie will nicht, daß er sie sterben sieht.«

»Es ist auch nichts, was ein Kind sehen sollte«, sagte er ernst.

»Ich bin kein Kind mehr.«

Dennoch konnte sie ihren Vater verstehen: Sie wäre während der entsetzlichen siebzehn Tage, die der Todeskampf ihrer Mutter dauerte, froh gewesen, weit fort zu sein. Aber sie verließ Françoise nur, um zu schlafen, und einmal, als es Margot gelang, sie zu einem Spaziergang zu überreden.

Françoises Brüder konnten nicht bleiben, bis das Ende gekommen war, doch während der Nächte davor, in denen Marie neben dem Bischof von Luçon vor dem Bett ihrer Mutter kniete und betete, glaubte sie manchmal tatsächlich, es könnte ihm gelingen, Gott das Leben ihrer Mutter noch einmal zu entreißen.

An dem Tag, als Françoise zu Grabe getragen wurde, sah Marie ihre Großmutter zum erstenmal weinen, und der Anblick erschreckte sie fast so sehr wie das lange Sterben ihrer Mutter. Erst jetzt bemerkte sie, daß Grandmère Suzanne selbst nicht sehr gesund aussah.

Die Nachricht, daß ihr Sohn Armand von der Königinmutter und Concini zum Minister für Äußere Angelegenheiten gemacht worden war, richtete Suzanne de La Porte noch einmal auf, aber nur ein paar Tage nachdem der Kurier eingetroffen war, starb sie. Dieses Ereignis führte Maries Vater zum erstenmal seit langer Zeit zu seinen Kindern zurück.

»Ich weiß nicht, was jetzt aus euch werden soll«, sagte er in aufrichtiger Verwirrung. »Ich werde wohl wieder heiraten müssen.«

Natürlich hätte sich Suzannes unverheiratete Tochter Nicole um sie kümmern können, doch Nicole, die scheue, unpraktische Nicole, brauchte, wie jeder in der Familie wußte, selbst jemanden, der sich um sie kümmerte. Das Opfer einer neuen Ehe wurde dem Sieur de Pont-Courlay von Henris Gemahlin Marguerite abgenommen, die ein großzügiges Naturell besaß und nichts dagegen hatte, zwei Kinder zu versorgen, die nicht ihre eigenen waren. »Außerdem«, sagte sie fröhlich, um Marie aufzumuntern, »werden wir ohnehin bald alle in Paris leben, jetzt, wo Euer Onkel Luçon Minister ist.«

Er blieb es ganze vier Monate. Im April 1617 wurde Concini von Luynes, dem Falkner des jungen Königs, ermordet. Die lange Regentschaft der Königinmutter war zu Ende. Louis machte Luynes zum neuen Vorsitzenden des Ministerrats und entließ alle Minister seiner Mutter. Gegen den Minister für Äußere Angelegenheiten schien er einen besonders starken

Groll zu hegen, denn es genügte ihm nicht, ihn mit der Königinmutter nach Blois zu verbannen; einige Monate später
schickte er ihn nach Avignon, über die französischen Grenzen
hinaus, ins Exil.

Seine Familie begleitete ihn.

Marie gefiel Avignon, besonders die Sonne, welche die kleinen, hellen Häuser, die sich wie Austern an die Felsen klammerten, so erwärmte, daß sie ständig wie Lichter glühten. Aber
sie wußte, daß dieses Exil in Avignon nicht nur den Tiefpunkt
ihres Onkels, sondern den der gesamten Familie du Plessis de
Richelieu markierte. Außerdem mochte Avignon, die ehemalige Residenz des Papstes, einmal groß gewesen sein, doch jetzt
lebten fast nur noch die Geister der Vergangenheit hier. Die
Familienmitglieder stellten fest, daß sie nur noch einander zur
Gesellschaft hatten, und begannen bald, Suzannes Erbe, die
Zurückhaltung und Selbstdisziplin, zu verlieren. Der Bischof
machte lange Spaziergänge, und Marie schloß sich ihm an.

Anfangs sprach er wenig, doch an ihrem vierzehnten Geburtstag fragte er sie: »Ist Euch das nicht langweilig, *ma nièce*?
Ich war angenehm überrascht, als Euer Vater sich entschloß,
mich zu begleiten, aber vielleicht hätten wir Euch lieber bei
Eurer Tante Marguerite lassen sollen.«

»Ich bin gerne hier.«

Er blieb stehen und schaute sie nachdenklich an. »Daran
zweifle ich nicht«, sagte er langsam, »aber für Eure Tante wäre
es besser gewesen. Heute kam der Bescheid, daß der König es
Henri nicht gestattet, zurückzukehren.«

Marie konnte einen kleinen empörten Laut nicht unterdrük-
ken. Schweigend nahmen sie ihren Spaziergang wieder auf. Die
Entrüstung brannte in ihr. Der Marquis hatte seine Gemahlin
wegen deren Schwangerschaft nicht auf die strapaziöse Reise
nach Avignon mitnehmen können. Marguerite war nicht mehr

jung, und es handelte sich um ihr erstes Kind. Als die ersten Briefe eintrafen, in denen sie darüber klagte, wie schlecht es ihr ging, hatte Henri Gesuch um Gesuch an den König gesandt, um zu ihr zurückkehren zu dürfen. Ganz gleich, wessen sich Armand de Richelieu auch schuldig gemacht haben mochte, dachte Marie aufgebracht, das einzige, was man Henri de Richelieu vorwerfen konnte, war die Loyalität seinem jüngsten Bruder gegenüber. Henri hatte niemals ein Amt in Concinis Regierung bekleidet, er hatte nicht zu den Günstlingen der Königin gehört, und ihm zu verweigern, seiner Gemahlin bei der Geburt seines ersten Kindes beizustehen, war... Bei der gedanklichen Majestätsbeleidigung hielt sie inne.

»Monseigneur«, sagte Marie unvermittelt, »glaubt Ihr, der König wird Euch je gestatten, zurückzukehren?«

Diesmal schaute er sie nicht an, als er antwortete. Er starrte auf den alten Papstpalast, den die Sonne des Spätnachmittags bereits leicht rötlich färbte.

»Ich habe einen Fehler gemacht. Einen Fehler, den ich nie wieder machen werde.«

Er lachte plötzlich. »Anscheinend bin ich immer noch nicht zu alt, um noch eine Lektion zu erhalten!«

Da kam es Marie zum ersten Mal in den Sinn, daß ihr Onkel nur fünfzehn Jahre älter als der König und neunzehn Jahre älter als sie selbst war.

»In jedem Fall«, sagte sie pragmatisch, »tut der Aufenthalt im Süden Eurer Gesundheit gut.« Es war ihr bereits aufgefallen, daß er bei den Besuchen im Château Richelieu öfter von Fieberanfällen geplagt worden war. »Die trockene Luft hier ist besser für Euch.«

»Ja«, entgegnete er, aber diesmal weniger zynisch als belustigt, »ich habe gelernt, was gut für mich ist.«

Die Marquise de Richelieu starb bei der Geburt ihres Kindes. Als Henri endlich gestattet wurde, Avignon zu verlassen, konnte er nur noch an der Beerdigung seines Sohnes teilnehmen, der nur ein paar Monate gelebt hatte. Er kehrte zurück, und der lebhafte, gut gelaunte Kavalier, den Marie seinerzeit kennengelernt hatte, schien durch einen brütenden Grübler ersetzt worden zu sein.

Eines Abends, als Margot und sie sich noch etwas kühlen Wein aus dem Keller holen wollten, hörten sie wütende Laute durch die schwere Eichenholztür dringen. Marie wandte sich ab, aber Margot hielt sie fest.

»Warte«, flüsterte sie. »Vielleicht erfahren wir jetzt endlich, wie lange wir hier noch bleiben müssen.«

Sie konnten nun deutlich eine Stimme in anklagendem Tonfall ausmachen, die dem Marquis gehörte, und jemanden, der beschwichtigend sprach und der Bischof sein mußte.

»Lausche allein«, sagte Marie kühl.

Margots spöttischer Singsang folgte ihr. »O Marie, die Tugendsame, Marie Madeleine, Marie Marie Marie ...«

Als Margot später in das Zimmer kam, das sie mit Nicole teilten, war Marie noch wach. Margot schlüpfte zu ihr. »Schläft sie?« flüsterte sie und deutete auf Nicole. Marie nickte.

»Also«, murmelte Margot, »wie lange bleiben wir noch hier?«

»Warum sollte ich raten, wo du es mir doch gleich sagen wirst?«

»Pfui über dich, Marie Madeleine, du bist *doch* neugierig. Ich sollte dir überhaupt nichts erzählen. Aber wisse immerhin, daß die Königinmutter tatsächlich eine Armee gegen den König aufgestellt zu haben scheint. Natürlich fragt es sich noch, ob sie tatsächlich kämpfen wird. Vielleicht wartet sie nur auf einen Vermittler, und wer könnte *das* wohl sein?«

»Vielleicht warte ich nur darauf, endlich schlafen zu können«, gab Marie zurück, warf Margot ein Kissen ins Gesicht und drehte ihr den Rücken zu.

5. Kapitel

In der Tat wurde Armand du Plessis de Richelieu, Bischof von Luçon, von Luynes aus seinem Exil in Avignon geholt, um zwischen der Königinmutter und dem König zu vermitteln. Der Erfolg, den er dabei erzielte, veränderte das Leben zweier Mitglieder seiner Familie vollständig. Es gelang ihm, seine Schwester Nicole mit einem Mitglied der Familie de Brézé zu verheiraten. »Die Brézés sind wirklich uralter Adel«, sagte Margot, bevor sie von der zweiten Veränderung erfuhr, »aber schwer verschuldet. Hast du schon von der Mitgift erfahren, die unsere gute Nicole bekommt?«

»Achtzigtausend Livres«, entgegnete Marie und lächelte über Margots verblüfften Gesichtsausdruck.

»Woher weißt du das?«

»Weil mein Vater sich eben in meiner Gegenwart darüber ausgelassen hat, daß ich selbst nur sechzigtausend bekomme.«

»Du...« Margot hielt inne. Ein seltsamer Schatten legte sich über ihr Gesicht. »Du wirst heiraten? Wen?«

Marie zuckte die Achseln. »Irgendwen. Sie haben mir noch nichts Näheres gesagt. Wen kümmert es schon?«

Schließlich teilte sie inzwischen die stillschweigende Überzeugung der Frauen der Familie, daß Ehemänner ersetzbar waren, Väter, Brüder und Onkel dagegen nicht.

Sie war nun sechzehn Jahre alt, und das Ende ihrer Jugend rückte rasch näher, ohne daß sie es ahnte.

Sie sah Antoine du Roure, Sieur de Combalet, den Neffen des allmächtigen königlichen Günstlings Luynes, zum erstenmal am Tag ihrer Eheschließung. Daß er sich trotz der mehrmonatigen Verlobungszeit nie die Mühe gemacht hatte, sie zu besuchen, beunruhigte sie ein wenig, aber sie war zu erleichtert darüber, daß er anscheinend jung, gesund und geistig normal war, um dieser Sorge wirklich Raum zu geben.

Das Erbe ihrer Familie belastete sie weitaus mehr. Inzwischen hatte sie beobachtet, wie die Ängste ihrer Tante Nicole sich allmählich von kleinen abergläubischen Vorurteilen zu regelrechten Besessenheiten auswuchsen, und sie fragte sich, ob es noch einen anderen Grund als die strenge Ordensregel der Kartäuser gab, der ihren unbekannten Onkel Alphonse, den mittleren Bruder de Richelieu, daran hinderte, seine Familie zu besuchen oder sich von ihr besuchen zu lassen.

Außerdem lag ihr der Tod ihres Onkels Henri noch auf der Seele. Die Wiederherstellung des Ansehens der Familie war für Henri zu spät gekommen, zu spät für seine Trauer und seinen Zorn. Er hatte schon immer ein heftiges Temperament besessen, und der Streit, den er monatelang mit einem benachbarten Gutsherrn geführt hatte, weil einem seiner Pächter der Zaun niedergerissen worden war, gehörte zu den Familienlegenden. Aber das Duell, in dem er starb, war das dritte innerhalb kurzer Zeit gewesen, in das er sich verwickelt hatte, und niemand in der Familie zweifelte daran, daß er bewußt den Tod gesucht hatte.

Marie suchte den Bischof auf, sowie sie davon erfuhr. Er war nicht bei der Königinmutter, wo er hätte sein sollen, da sie sich wieder einmal ihrem Sohn entfremdet hatte, sondern in dem Pariser Stadthaus, das er vorläufig bewohnte. Es war das erste, aber nicht das letzte Mal, daß sie Zeuge eines seiner Wutausbrüche wurde.

»Gott verfluche alle Duelle! Von all den törichten, albernen Gründen, warum ein Mensch sterben könnte…«

»Deswegen ist er nicht gestorben«, sagte sie ruhig.

»Ich weiß. *Ich weiß!*« Mit einem Mal schlug er die Hände vor das Gesicht. Als er sie wieder sinken ließ, sah sie, daß er geweint hatte.

»*Ma nièce*«, sagte er abrupt, »wenn nicht Eure Heirat wäre, würde ich mich jetzt nach Luçon zurückziehen. Gott weiß vielleicht, wie ich damit leben werde, aber ich weiß es nicht.«

»Ihr werdet nicht nach Luçon gehen, Monseigneur«, sagte Marie streng. »Ihr wißt genau, daß Ihr hierbleiben und das fortsetzen werdet, was Ihr begonnen habt.« Ganz gleich, wie viele Brüder und Schwestern noch sterben, setzte sie stillschweigend hinzu. Sie spürte, daß er den Gedanken gehört hatte. Er hob eine Braue.

»So jung und so hart, Nichte?«

»Unser bester Trost ist die Wahrheit«, zitierte sie einen seiner Lieblingsautoren, dessen Werke er ihr erst kürzlich zu lesen gegeben hatte, »in ihr leben wir, und in ihr sterben wir.«

Er ergriff plötzlich ihre Hände, was eine seltene Geste bei ihm war; wie sie wich er körperlichen Berührungen eher aus. Seine Hände waren warm, was sie überraschte, denn er hatte das Feuer ausgehen lassen, und es war so kalt in diesem Raum, daß ihre Fingerspitzen ihr wie erfroren vorkamen.

»Marie«, sagte er.

Ihre eigene Zurückhaltung schwand, und sie beschloß, ihm etwas anzuvertrauen, was sonst niemand wußte; Margot gegenüber hatte sie sich selbstbewußt geben müssen, ihr kleiner Bruder war noch zu jung, und ihren Vater interessierte so etwas nicht.

»Ich weiß, daß es meine Pflicht ist, aber ich würde lieber noch nicht heiraten, Monseigneur.«

71

Ihr Onkel wirkte nicht entrüstet, wie sie insgeheim befürchtet hatte.

»Warum nicht?« fragte er sachlich.

Sie schaute auf ihre Hände, die noch immer in den seinen lagen, und suchte vergebens nach Worten, um das auszudrükken, was sie belastete. Aber er begriff es auch so.

»Marie«, sagte er leise, »jede Ehe ist anders. Und Ihr seid anders als Marguerite. Ihr werdet nicht allein im Kindbett sterben. Ihr seid jung, und Euer Gemahl gehört zu der Familie des mächtigsten Mannes im Lande.«

»Günstlinge«, platzte sie heraus, ehe sie sich zurückhalten konnte, »sind ständig in Gefahr, zu stürzen. Wenn der König Luynes verstößt oder verbannt…«

Der Griff ihres Onkels verstärkte sich. »Selbst wenn Luynes irgendwann nicht mehr in der Gunst des Königs steht«, sagte er langsam, »ich werde nie mehr zulassen, daß einem Mitglied *meiner* Familie das gleiche zustößt wie Henri und Marguerite.«

Der Zorn, den er zu Beginn ihres Gespräches gezeigt hatte, kehrte zurück. »Und ich werde diesen idiotischen Duellen ein Ende setzen. Mag sein, daß Henri den Tod suchte, aber man hätte es ihm nicht so leicht machen dürfen!«

Dann senkte er seine Stimme wieder. »Aber um das erreichen zu können, muß ich Verbündete haben. Ich brauche Eure Hilfe, *ma nièce*. Ich brauche diese Ehe. Werdet Ihr mir helfen?«

Sie dachte daran, als sie neben Antoine du Roure niederkniete. Ihr Onkel vollzog ihr zu Ehren die Trauung selbst; es war das erste Mal, daß sie ihn als Priester erlebte, wenn man von den Gebeten für ihre sterbende Mutter absah. Sie war froh, daß sie nicht während der gesamten Hochzeitszeremonie stehen mußte, denn das Brautkleid, mit dem die Königinmutter sie ausgestattet hatte, um ihren Lieblingsratgeber zu ehren, war mit Diamanten und Perlen im Wert von weiteren zwanzigtausend Livres besetzt. Sie hatte noch nie ein so schweres Kleid besessen, und obwohl sie nicht unempfänglich für den Anblick war, den sie am heutigen Morgen im Spiegel geboten hatte, wünschte sie insgeheim den Abend herbei, um diese Last endlich nicht mehr tragen zu müssen.

Als der Sieur de Combalet ihr den Ring überstreifte, tat er es, ohne sie dabei anzusehen, was sie verwirrte. War er denn überhaupt nicht neugierig auf seine Braut?

Dieses Verhalten hielt die ganze Feier über an. Er sprach nur einige wenige Worte mit ihr, wenn die Höflichkeit es erforderte; ansonsten ignorierte er sie. Dabei konnte sie beobachten, daß er sich der Königinmutter, die der Ehrengast an diesem Tag war, und ihren Hofdamen gegenüber durchaus aufgeräumt und charmant verhielt. Natürlich wußte sie genau, daß es sich um eine Zweckehe handelte, um das Bündnis ihres Onkels mit Luynes zu festigen, aber sicher hatte sie an ihrem Hochzeitstag doch ein wenig mehr Aufmerksamkeit verdient?

Als die zahlreichen Unterhaltungen schließlich zu einem Ende gekommen waren und sie von den Frauen ihrer Familie in ihr Brautgemach geführt wurde, legte sich die Erschöpfung des Tages wie eine bleierne Last auf ihre Schultern. Stumm hielt sie aus, bis sie entkleidet war, und wünschte nur, endlich schlafen zu können. Dann ließ ein Scherz von Claude de La Porte, die mit Suzannes Bruder Charles verheiratet war, sie wieder hellwach werden.

»Man möchte meinen, so ein kluges Mädchen hat nichts mehr dazuzulernen«, sagte diese kichernd, »aber ich wette, daß Ihr morgen doch noch etwas klüger sein werdet, Kindchen!«

»Da bin ich sicher«, warf Margot ein. Ihre Worte kamen etwas schleppend. Hellrote Flecken brannten ihr im Gesicht; Marie hatte bemerkt, daß sie den ganzen Tag über dem ausgeschenkten Wein reichlich zugesprochen hatte. Plötzlich wünschte sie nichts so sehr, als jetzt mit Margot einen Streit anzufangen und sich wieder zu versöhnen, wie sie es in ihrer Kindheit hundertmal getan hatten. Sie sehnte sich sogar in den Keller zurück, zu dem Tag, als Margot für den Tod des Vogels bestraft worden war. Überall sein, nur nicht hier, wo sich in Kürze ein Unbekannter zu ihr ins Bett legen würde.

Über diesen Aspekt der Ehe hatte sie absichtlich so wenig wie möglich nachgedacht. Insgeheim hatte sie gehofft, den Mann, der sie auf so intime Weise berühren würde, zumindest vorher näher kennengelernt zu haben.

»Aber, Marie«, sagte Nicole, die zerstreute Nicole, die sonst nichts bemerkte, »das ist doch kein Grund zum Weinen.«

Weinen? Entsetzt entdeckte Marie, daß sie tatsächlich Tränen in den Augen hatte. Hastig fuhr sie sich mit den Handrükken über die Lider. Margot fing ihre Hände ein.

»Mach dir keine Sorgen«, flüsterte sie, »er wird so überwältigt von deiner Schönheit sein, daß er auf der Stelle niederkniet und dich anbetet – Marie Marie Marie Madeleine.«

Dann küßte sie Marie auf den Mund und verschwand. Die anderen Frauen folgten ihr bald. Es dauerte nicht lange, bis sie Schritte vor der Tür hörte; Schritte von mehreren Männern.

»Also dann, Antoine«, sagte einer der Freunde oder Verwandten ihres Gemahls, »zeigt Euch gerüstet für die Gelegenheit. Möget Ihr einen Weinberg und keinen Stechginster vorfinden!«

Es waren alles recht gewitzte Wortspiele mit ihrem Namen, de Vignerot – *vigueur*, Rüstigkeit; *vignoble*, Weinberg; *vignon*, Stechginster –, die außerdem noch eine Alliteration ergaben, aber die nächste gewollt geistreiche Bemerkung vertrieb beinahe die Angst durch den Zorn, den sie weckte. »Möge die Brücke von Courlay immer weit, breit und offen sein!«

In dem allgemeinen Gelächter fragte sie sich, ob Hochzeiten

immer mehr zum Vergnügen der Gäste als zur Freude des Brautpaares da waren. Dann öffnete sich die Tür, wurde wieder geschlossen; er kam näher, und die Bettvorhänge wurden zurückgezogen.

Sie war entschlossen, keine Furcht zu zeigen, und schaute ihm ins Gesicht. Er war, wie sie schon während der Trauung bemerkt hatte, ein gutaussehender junger Mann, aber die Augen, mit denen er sie anstarrte, waren kalt.

»Nun denn, Madame«, sagte er gleichgültig, »bringen wir es hinter uns.«

Es war so schnell vorüber, daß sie erst später registrierte, daß er sich noch nicht einmal die Mühe gemacht hatte, sich völlig auszuziehen. Er rollte sich neben ihr zur Seite und schlief fast auf der Stelle ein. Es war die schlimmste Nacht ihres Lebens, weniger des kurzen, schmerzhaften Aktes als des entsetzlichen Gefühls des Zurückgewiesenwerdens wegen. Sie wußte nicht, was sie falsch gemacht hatte; sie war, was den Vollzug der Ehe anging, nur über das Wichtigste unterrichtet worden und eigentlich noch recht unwissend, aber soviel ahnte sie: Es sollte eigentlich mehr sein als *das*.

6. Kapitel

Die nächsten Wochen erschienen ihr wie eine einzige lange, albtraumhafte Ausdehnung der Hochzeitsnacht. Es wäre viel leichter gewesen, wenn ihr Gemahl sie gehaßt hätte; mit Haß war sie vertraut. Aber sie begriff sehr schnell, daß sie ihm schlicht und einfach gleichgültig war. Er erfüllte hin und wieder seine Pflicht, und bald bemerkte sie, daß er es dem Kalender entsprechend tat, immer montags. Tagsüber wußte sie häufig nicht einmal, wo er sich befand.

Anfangs bemühte sie sich, wie es ihr beigebracht worden war, eine gute Ehefrau zu sein und zu versuchen, ihn für sich zu gewinnen, aber da gab es nichts zu gewinnen. Sie wußte immer noch nicht mehr von ihm als an dem Tag, an dem sie ihn geheiratet hatte.

Nach einem Monat, in dem sie so hilflos wie selbst als Kind nie gewesen war, fing sie sich wieder. Ihr Stolz rettete sie. Es war nicht zu übersehen, daß Luynes seinem Neffen ein recht verfallenes Haus zur Verfügung gestellt hatte, und sie ordnete Renovierungsarbeiten an. Die Bediensteten schienen willkürlich eingestellt worden zu sein; lediglich die Pferdeknechte hatten ihrem Gemahl schon länger gedient. Einem Haushalt vorzustehen war ihr nichts Neues. Sie hatte sich um ihren Vater gekümmert, seit die Familie nach Avignon umgesiedelt war. Sie entließ ein paar Diener, organisierte die Dienstpflichtaufteilung bei den übrigen neu und machte sehr schnell deutlich, daß ihr Alter nicht auf mangelndes Durchsetzungsvermögen hoffen ließ.

Damit erregte sie die Aufmerksamkeit einiger weiblicher Verwandter ihres Gemahls, die sie besuchten. Madame du Roure, eine unverheiratete Tante, die sich der Förderung der Künste widmete und einen Salon unterhielt, bat sie immer öfter zu sich, und auf diese Art hatte sie sich bald einen eigenen Bekanntenkreis geschaffen.

Marie hätte so weiterleben können, aber zu ihrem Unglück geschah etwas Unerwartetes. Antoine du Roure hatte einige Freunde unter den Poeten, und als ihm nun von vielen Seiten immer wieder zu Ohren kam, wie klug, geistreich, schön und tatkräftig seine junge Gemahlin sei, ja als sogar sein Onkel Luynes einmal augenzwinkernd meinte, er könne sich wahrhaftig nicht beklagen, fing er an, sich das Mädchen, das man ihm an den Hals geworfen hatte, doch näher anzusehen.

Er stellte fest, daß sie vielleicht ein wenig zu schlank, ansonsten aber wirklich hübsch war. Der Sieur de Combalet hatte es anfangs für eine Zumutung gehalten, ein Mädchen zu heiraten, das vom zum Beamtenadel aufgestiegenen Bürgertum und von Provinzjunkern abstammte und seine Mitgift der auf zweifelhafte Art erworbenen Gunst der Königinmutter verdankte. Aber er hatte sich den Familieninteressen geopfert und beabsichtigt, das Provinzgänschen so bald wie möglich zu schwängern und dann dahin abzuschieben, wo es hingehörte – auf das Land.

Nun, da sie in der Tat überraschend reizvoll war, konnte er sich damit doch etwas Zeit lassen. Er begann, ihr ein wenig den Hof zu machen, und war erst überrascht, danach verärgert, als sie überhaupt nicht darauf reagierte.

»Madame«, sagte er eines Tages, nachdem seine Komplimente wieder einmal an ihrer eisigen Höflichkeit abgeprallt waren, »Ihr könntet ruhig ein wenig mehr Wärme Eurem Gemahl gegenüber zeigen.«

Marie war im ersten Moment sprachlos. Ihre anfängliche Verwirrung und Verletztheit ihm gegenüber waren längst in solide Abneigung übergegangen. Dann sagte sie: »Ich folge nur Eurem Beispiel, Monsieur. Macht das nicht eine gute Ehe aus?«

Er lachte. »Ach, seid Ihr gekränkt, weil ich Euch nicht oft genug in Eurem Bett aufgesucht habe? Seid beruhigt, das wird sich ändern.«

Damit begann der schlimmste Teil ihrer Ehe. Antoine du Roure war kein sensibler Mensch, aber er merkte sehr wohl, daß sie ihn nicht mochte und infolgedessen auch nichts bei seinen jetzt ausgedehnteren ehelichen Bemühungen empfand. Da er nun aufrichtig an ihr interessiert war, kränkte sie ihn damit zutiefst. Es begann sich bei ihm zu einer Besessenheit auszuwachsen, ihr doch noch eine Reaktion zu entlocken; und schließlich entdeckte er einen Weg dazu.

Als er wieder einmal bemerkte, daß sie die Augen geschlossen hielt und anscheinend nur darum betete, er möge bald zu einem Ende kommen, sagte er bösartig: »Möchtet Ihr vielleicht ein Buch, um Euch inzwischen die Zeit zu vertreiben? Bei Gott, eine so kalte Hure wie Ihr ist mir noch nicht begegnet!«

Sie zuckte zusammen. Danach begann er, sie immer öfter zu beleidigen; bald jedesmal, wenn er mit ihr schlief. »Liegt es vielleicht an Eurer Herkunft? Ich kann kaum glauben, daß Euer Ehrgeizling von Onkel es fertiggebracht haben soll, die alte italienische Vettel zu besteigen, aber vielleicht reizt Euereins ja nur Perverses. Vielleicht sollte ich mir einen alten fetten Mann auf der Straße auflesen und ihn zu Euch bringen...«

Er beobachtete befriedigt, daß sie zurückwich, als hätte er

sie geschlagen. Doch dann lächelte sie zu seinem Erstaunen. Nur mit dem Mund, nicht mit den Augen; er hatte freundlichere Augen über einer Duellpistole gesehen.

»Monsieur«, sagte sie, »wenn ihr etwas über meine Familie wissen wollt, dann erfahrt dies. Wir haben einige Fähigkeiten, die sich vererben, leider nicht sehr gute, und eine der schlimmsten ist unsere Gabe, uns zu rächen. Es ist ein Fluch, wirklich, weil wir nicht davon ablassen können, niemals. Ihr habt vielleicht davon gehört, wie mein Großvater seine mühsam errungene Stellung bei Hofe einfach wegwarf, zusammen mit dem Familienvermögen, nur um den Mann umbringen zu können, der seinen Bruder ermordet hatte? So sind die du Plessis de Richelieu, Monsieur. Vielleicht nicht sehr gut darin, zu gefallen, aber hervorragend in der Rache.«

Er wollte lachen, aber es gelang ihm nicht. Als ihm sein Onkel einen Posten als Hauptmann im Feldzug gegen die aufständischen Protestanten in Béarn verschaffte, war er erleichtert; auf irgendeine Weise war es dem elenden kleinen Miststück zum Schluß doch noch gelungen, ihn zu verunsichern.

Marie war nicht überrascht, als man ihn verwundet und fiebernd zurückbrachte. Sie saß auf einem Stuhl in seinem Zimmer und beobachtete ihn. Sie hatte das Personal für den Tag entlassen; sie waren allein. Neben ihr stand ein Krug mit Wasser, da lagen Salben und Verbände, aber sie rührte sich nicht.

»Eure Wunde ist sehr ernst, Monsieur«, sagte Marie, als sie sicher war, daß er wußte, wo er sich befand, sie erkannt hatte und sie verstehen konnte. »Wenn man sie nicht behandelt, werdet Ihr diese Nacht kaum überleben.«

»Wasser«, ächzte er.

»O ja«, stimmte sie zu, »ich bin sicher, daß Ihr Durst habt. Deswegen steht der Krug hier.«

Antoine du Roure hatte immer über die poetischen Anwandlungen einiger seiner Freunde gespottet, aber nun fiel ihm
wieder ein, was einer von ihnen gesagt hatte: »Wir vergessen so
häufig, daß der Tod weiblich ist.«

Er hatte es vergessen, bis er ihn vor sich sah. *La mort.* Eine
junge Frau, die mit ruhig übereinandergelegten Händen in
seinem Blickfeld saß, jedoch außerhalb seiner Reichweite, und
ihn mit ihren schwarzen Augen unentwegt anschaute.

»Hexe!« schrie er. »Hure! Mörderin!«

Die ganze Nacht lang brüllte er, verfluchte sie, bettelte sie
dann um Hilfe an, verwünschte sie wieder, bis ihm die Stimme
versagte. Danach röchelte er nur noch, aber es dauerte wirklich
bis zum Morgengrauen, ehe er starb.

Als alles vorbei war, stand Marie auf. Ihre Knie zitterten; sie
hatte sich die ganze Nacht lang nicht von der Stelle bewegt. Sie
trat zu ihrem Gemahl und schloß ihm die Augen. Ich habe eine
Todsünde begangen, dachte sie.

Es spielte keine Rolle, daß sie ihm die Wunde nicht beigebracht hatte. Durch die Verweigerung jeglicher Hilfe hatte sie
ihn so sicher getötet, als hätte sie ihm ein Messer ins Herz
gestoßen. Sie wartete, aber das Gefühl der Reue stellte sich
nicht ein; ein merkwürdig taubes Entsetzen erfüllte sie, zusammen mit einer bitter schmeckenden Befriedigung.

7. Kapitel

Als sie der Familie ihren Entschluß mitteilte, glaubte ihr zuerst niemand, und dann versuchte jeder, sie davon abzubringen.

»Findet Ihr nicht, daß Ihr etwas zu heftig reagiert, mein Kind?« fragte Madame du Roure. »Es ist gewiß ein sehr frommer Gedanke, aber...«

Tante Nicole, die ihr erstes Kind erwartete und damit bis auf weiteres ihre Angstanfälle überwunden zu haben schien, sah etwas tiefer und sagte nervös: »Nicht jeder Mann ist gleich, Marie.«

Das freut mich für Euch, Tante, dachte Marie. Margot, der sie den wahren Grund vielleicht anvertraut hätte, war nicht hier, um ein Urteil abzugeben; man hatte sie mit dem reichen Sieur de Puylaurens verheiratet, der sich mit ihr auf seine Güter zurückgezogen hatte.

Schließlich kam es zu der Unterredung, die sie erwartet und gefürchtet hatte; ihr Onkel ließ sie zu sich rufen. Er verfügte inzwischen über ein Landhaus in Rueil, und der riesige Park mit seinen mächtigen Eichen erinnerte sie an das Poitou. Mit einem Mal hatte sie Heimweh.

»Man hat mir berichtet«, sagte er, nachdem er ihr Tee hatte bringen lassen, »Ihr beabsichtigt, bei den Karmeliterinnen einzutreten, Nichte. Heißt das nicht, die Trauer etwas zu weit treiben?«

»Ich trauere nicht«, entgegnete sie kühl. »Ich habe mehrere

Gründe für meinen Entschluß, aber vor allem will ich verhindern, daß Ihr mich wieder verheiratet, Monseigneur. Das Trauerjahr ist bald vorbei, und obwohl der Sieur de Luynes nun tot ist, seid Ihr noch nicht wieder Minister. Ihr braucht noch weitere Verbündete, und eine Heirat ist ein sicherer Weg.«

Er nippte ein wenig an seiner Tasse, ehe er zurückgab: »Wenn ich Euch bäte, wieder zu heiraten, wäre es unchristlich, Euch zu widersetzen, *ma nièce*.«

Sie begegnete seinem Blick. »Ihr seid nicht mein Vater, dem ich in solchen Dingen Gehorsam schuldete, Monseigneur.«

»Nein, aber da Euer Vater bedauerlicherweise nun ebenfalls tot ist...«

»...wäre mein Schwiegervater das Familienoberhaupt, dem ich Respekt und Gehorsam schulde. Aber selbst in einem solchen Fall tritt die kindliche Gehorsamspflicht zurück, wenn der Ruf an einen ergangen ist.«

Er setzte die Tasse ab. »Muß sich in dieser Familie denn alles wiederholen!« stieß er heftig hervor. Sie entspannte sich etwas und trank ihren Tee.

»Marie«, sagte er, »könnt Ihr Euch überhaupt vorstellen, was das Leben in einem Kloster bedeutet?«

»Die Hingabe an Gott. Die Aufgabe des eigenen Selbst.«

Letzteres auszusprechen stellte sich als Fehler heraus; sie hatte ihm damit mehr gesagt, als sie eigentlich wollte. Seine nächste Frage kam völlig überraschend und riß den Schutzwall, den sie um sich errichtet hatte, nieder.

»Was ist es, das Ihr so sehr fürchtet, *ma nièce*?« fragte er leise. »Es ist nicht mehr die Ehe an sich, nicht wahr?«

Ihre Hände zitterten; sie begann unwillkürlich, ein loses Haar, das auf ihren Schoß gefallen war, um den Finger zu rollen.

»Nur zum Teil, Monseigneur«, erwiderte sie ebenso leise.

»Ich fürchte mich vor dem, was ich tun könnte, wenn noch einmal einem anderen Menschen solche Gewalt über mich gegeben ist. Ich fürchte mich vor dem, was ich getan habe. Ich fürchte mich vor dem Wahnsinn, Monseigneur.«

Mord war Mord, und daß sie noch immer nicht in der Lage war, ihre Tat zu bereuen, bewies, daß etwas mit ihr nicht stimmte. Marie hatte in jener Nacht zum erstenmal erkannt, wozu sie fähig war. Sie wußte nicht, ob der Haß gegen Antoine du Roure oder die Familienkrankheit sie dazu gebracht hatte, aber sie vermutete, daß das eine untrennbar mit dem anderen zusammenhing. Während des langen Sterbens ihres Gemahls hatte sie eine unsichtbare Grenze überquert, und die Vorstellung, nicht mehr zurückkehren zu können, suchte sie mit quälender Deutlichkeit heim.

»Das tue ich auch«, sagte er, und sie erkannte, daß auch seine Schutzwälle gefallen waren. »Und ich habe mehr Grund dazu, als Ihr ahnen könnt. Aber es wird nicht geschehen, *ma nièce*. Euch nicht, und mir auch nicht.«

So schnell, wie er sich ihr geöffnet hatte, zog er sich wieder zurück. »Doch das ist kein Grund, um Nonne zu werden«, fuhr er sachlich fort. »Ich habe einen anderen Vorschlag für Euch. Ihr wißt vielleicht, daß bereits seit einem Jahr zwei Kardinalshüte in Frankreich frei sind.«

Sie wußte es; eines der letzten Dinge, mit denen ihr Gemahl sie noch verhöhnt hatte, ehe er in den Krieg zog, war der Ausspruch seines Onkels Luynes: »Wenn Monsieur de Luçon als Kardinal nominiert wird, dann ist es gut. Wenn nicht, dann ist es besser.« Da die Krone von Frankreich ein Vorschlagsrecht hatte, was den Kardinalshut für französische Bischöfe anging, war er damals nicht nominiert worden. Statt dessen hatte man den Erzbischof von Toulouse zum Kardinal gemacht. Aber der zweite Hut... Sie begriff.

»Meinen Glückwunsch«, sagte sie und fügte schweigend hinzu: Aber was hat das mit mir zu tun?

»Noch ist es nicht soweit. Doch es scheint, daß der König nunmehr geneigt ist, mich zu nominieren. Das bedeutet natürlich auch, daß mein Haushalt sich enorm erweitern wird. Ich hasse Unordnung, und ich habe bemerkt, Nichte, daß Ihr eine ähnliche Abneigung hegt. Wenn Ihr zu mir kommt, dann können wir uns gegenseitig helfen. Gegen das Chaos.«

Sie wußte, daß er nicht von Haushaltsführung sprach. Mit einem letzten Rest von Mißtrauen sagte sie: »Und wenn Ihr später entscheidet, daß Euch ein Bündnis durch Heirat doch wichtiger ist, Monseigneur?«

Der Augenblick der völligen Offenheit war vorbei; dennoch glaubte sie ihm, als er ihr antwortete: »Ich schwöre Euch, daß ich Euch niemals zwingen werde, etwas gegen Euren Willen zu tun, Marie.«

So begann ihr gemeinsames Leben.

III

Die Verschwörer

Des Menschen Herz vereint in sich so viele Gegensätze (...). Es ist das reinste Chamäleon; betrachtet man es von verschiedenen Seiten, so zeigt es die mannigfaltigsten Farben, und doch gehören sie alle ein und demselben Ding an.

Ninon de Lenclos: Briefe

8. Kapitel

Es wurde, stellte Raoul d'Irsdmasens für sich fest, im Winter entschieden zu schnell dunkel. Schließlich hatte es noch nicht lange vier Uhr geschlagen, und schon ließ sich das Flugblatt, das er auf dem Place Dauphine erworben hatte, kaum mehr entziffern. Seine Finger schwärzten sich an den frischen Druckbuchstaben, als er es glattstrich und laut die Überschrift las: »DER TREUE FRANZOSE« oder ANTWORT AUF EINE SCHRIFT, »VERTEIDIGUNG DES KÖNIGS UND SEINER MINISTER« genannt. Enthält die wahre und unglaubliche Geschichte, wie der KÖNIG von dem SCHURKEN und ANTICHRISTEN, genannt RICHELIEU, gegen seine EIGENE FAMILIE aufgehetzt und ...«

Paul, der neben ihm ging, warf einen flüchtigen Blick darauf. »Nicht sehr nützlich. Die Streitereien innerhalb der königlichen Familie interessieren mich nicht.«

»Ich habe es für dich gekauft«, sagte Raoul leicht gekränkt. Dann grinste er widerwillig. »Na schön, auch um Tallemant zu unterstützen. Er hat es nicht erwähnt, aber ich vermute, daß er der Verfasser ist. Weißt du, seit er sich mit seiner Bankiersfamilie zerstritten hat, ist er auf diesen Verdienst angewiesen. Schließlich hat er noch keinen Mäzen gefunden.«

»Aber dich unterstützt Philippe noch weiter?« erkundigte sich Paul trocken.

Raoul errötete. »Nun ja ... mehr oder weniger. Eigentlich bin ich auch auf der Suche nach einem Mäzen.«

Er zerknüllte das Pamphlet und warf es in Pauls Richtung. Zu seiner Überraschung fing Paul es mühelos auf, und Raoul erinnerte sich mit einem Mal wieder an die Ballspiele, zu denen sich sein vergötterter älterer Bruder ab und zu Zeit genommen hatte, damals, vor La Rochelle.

»Es ist nicht ganz einfach. Der König hat sein Ohr leider vor der Muse der Dichtkunst verschlossen; genauer gesagt, vor allen Musen. Die einzige, die er gelten zu lassen scheint, ist die des Balletts. Die meisten hohen Herren folgen natürlich seinem Beispiel, außer…« Er verstummte jäh, als ihm bewußt wurde, daß er sich direkt auf ein peinliches Eingeständnis zubewegte.

»Der Erste Minister dagegen hat«, sagte Paul ohne Ironie oder Ärger in der Stimme, »soviel ich weiß, einiges für die Musen übrig. Ich nehme an, jemand, der eigens eine Akademie zur Förderung der französischen Sprache gründet und fünf oder sechs Dichter unterhält, könnte sich auch noch einen siebten leisten.«

»Nun ja … erzähl nur Tallemant nichts davon, aber um die Wahrheit zu sagen … nimm es mir nicht übel, aber prinzipiell wäre ich nicht abgeneigt.«

Paul schwieg einige Sekunden lang, und dem verwirrten Raoul erschien es, als lausche er auf etwas. Dann nickte er und wandte sich wieder seinem Bruder zu. »Warum sollte ich es dir übelnehmen?«

»Ich dachte, du hast etwas gegen den Kardinal!« platzte Raoul verblüfft heraus.

Paul wirkte leicht erheitert. »Im Gegenteil, mein Lieber. Ich kann dir versichern, es gibt niemanden in Frankreich, an dessen gleichbleibender Gesundheit mir mehr liegt.«

Raoul setzte zu einer neuen Frage an, aber Paul legte den Finger auf den Mund. Dann deutete er stumm auf Raouls Degen. Er selbst machte jedoch keine Anstalten, seine Waffe zu ziehen. Laut sagte er: »Vielleicht können wir deiner Muse zu einem neuen Gewand verhelfen . . .«

Noch ehe der Satz verklungen war, sah Raoul sie auch; etwa ein halbes Dutzend Männer, die urplötzlich aufgetaucht waren und entschieden nicht den Eindruck machten, als legten sie Wert auf höfliche Konversation. Er zog seinen Degen, aber die Waffe, auf die er so stolz gewesen war, wirkte neben den Mordinstrumenten, mit denen die Briganten jetzt auf sie losgingen, mit einem Mal wie ein modisches Spielzeug.

Er hielt sich für einen guten Fechter, aber er hatte zuviel Mühe, sich gegen die zwei Männer zu verteidigen, die sich auf ihn stürzten, um auch nur daran denken zu können, Paul zu Hilfe zu kommen. Er hörte Schreie, doch es war unmöglich zu sagen, von wem sie stammten. Es gelang ihm schließlich, einen seiner Gegner zu verwunden, aber dann traf ihn ein heftiger Schlag in den Rücken. Er fiel auf die Knie, spürte einen kurzen, stechenden Schmerz an der Schulter und versuchte verzweifelt, mit seinem viel zu dünnen Degen den Schlag abzuwehren, der gleich seinen Schädel spalten würde, als er Paul hinter seinem Angreifer auftauchen sah. Er legte den Arm um die Kehle des Mannes, riß ihn nach hinten, und Raoul, dem einfiel, daß hinter ihm noch jemand sein mußte, raffte sich auf und wirbelte herum.

In der Tat, hinter ihm hatte sich jemand befunden, dem er wahrscheinlich den Schlag in den Rücken zu verdanken hatte. Doch dieser Mann würde nie wieder eine Gefahr für irgend jemanden darstellen. Er war so tot wie die drei anderen, die in seiner Nähe lagen, so tot wie Raouls potentieller Mörder, dem er sich jetzt wieder zuwandte. Ein roter Streifen zog sich an seinem Hals entlang.

»Du hast ihm die Kehle durchgeschnitten«, sagte Raoul stockend. Paul, der bei dem sechsten ihrer Gegner stand, zuckte die Achseln. Er beugte sich zu dem Mann, der blutend und stöhnend auf dem Boden lag, und fragte ihn etwas in einer Sprache, die Raoul nicht verstand. Dann wiederholte er die Frage in spanisch.

»Wer hat euch geschickt?«

Er erhielt keine Antwort; der Mann starrte ihn nur verständnislos an. Paul fragte auf französisch, und der Brigant spie ihm als Antwort ins Gesicht. Raoul, der noch dabei war zu verkraften, daß ihm sein Bruder durch eine Tat, die allen Duellregeln widersprach und eher zu einem Straßenräuber paßte, das Leben gerettet hatte, erhielt einen neuerlichen Schock, als Paul sich in aller Ruhe den Speichel abwischte und dann mit derselben gleichgültigen Sicherheit das Leben des letzten Briganten durch einen Stoß ins Herz beendete.

»Aber ... aber ...«, stammelte Raoul entsetzt; er wußte nicht, was schlimmer war: der unerklärliche Überfall oder die Tatsache, daß sein Bruder zu so etwas fähig war.

»Er hatte eine Bauchwunde«, sagte Paul. »Hast du schon einmal einen Mann an so einer Wunde sterben sehen? Nein? Das dachte ich mir. Es ist kein schöner Anblick, dauert sehr lange und ist äußerst schmerzhaft.« Dann verharrte sein Blick an Raouls Schulter. »Du bist verletzt.«

Raoul schaute zur Seite und wußte, warum sein linker Arm und die Achselhöhle sich so feucht angefühlt hatten; seltsamerweise spürte er auch jetzt noch nichts von der klaffenden Wunde; das rasch hervorquellende Blut schien nicht aus seinem Körper zu kommen.

Mit ein paar Schritten war Paul bei ihm. Er riß Raouls rechten Hemdsärmel in Streifen, verband damit rasch und geschickt die Verletzung auf der anderen Seite und stützte ihn unter der rechten Schulter.

»Komm mit.«

»Komm mit?!« ächzte Raoul. »Paul, ich brauche sofort einen Arzt! Ich muß richtig verbunden werden!«

»Den bekommst du, und das wirst du«, sagte Paul gelassen. »Aber nicht hier. Dazu müssen wir auf die andere Seite des Flusses.«

Marie las gerade Chapelains Antwortschrift auf die neuesten Pamphlete, als ihr mitgeteilt wurde, ein Sieur Paul d'Irsdmasens bitte darum, zu ihr vorgelassen zu werden. Sie habe ihm einen Besuch vorgeschlagen; man sei sich im Louvre begegnet, nach dem Empfang der Königin.

Sie war weniger überrascht als leise enttäuscht. Mutmaßlich hatte er sich nach längerer Überlegung gesagt, daß die Dankbarkeit der Herzogin von Aiguillon doch etwas war, was man recht gut gebrauchen konnte. »Ich lasse bitten«, entgegnete sie.

»Madame«, sagte Le Val, »er hat gefragt, ob Madame so gütig seien, zu ihm hinauszukommen. Madame würden den Grund bald verstehen.«

Das machte sie doch ein wenig neugierig, und sie folgte Le Val in den Vorhof. Der Mann aus dem Louvre kam ihr entgegen. »Monsieur«, begann sie, »erklärt...«

Er schien es sich zur Gewohnheit gemacht zu haben, sie zu unterbrechen. Le Val war in respektvoller Entfernung stehengeblieben. »Madame«, sagte er leise und hastig, »mein Begleiter«, er wies mit dem Kinn auf einen Mann, der an einer Stallwand lehnte, »ist schwer verwundet. Wie Ihr im Louvre so richtig bemerkt habt, sind Duelle strafbar, und da es sich um meinen Bruder handelt, wäre ich Euch dankbar, wenn Ihr ihn ohne allzugroßes Aufsehen versorgen würdet.«

»Ich?« fragte sie ungläubig.

»Ich kenne sonst niemanden in Paris.«

Einen Moment lang musterte sie ihn, dann nickte sie. »Folgt mir.«

Raoul fiel es mittlerweile schwer, sich noch aufrecht zu halten, die Luft flirrte vor seinen Augen, aber er hatte Paul gehört und begriffen, daß sein Bruder eben mit der größten Selbstverständlichkeit gelogen hatte. Duelle? Sie waren von Straßenräubern überfallen worden, und es gab niemanden, der eine solche Wunde nicht versorgt hätte. Doch er war zu schwach, um zu sprechen, stützte sich auf Paul, kniff die Augen zusammen und versuchte, die Gestalt zu identifizieren, die ihnen voranschritt. Doch alles, was er wahrnehmen konnte, war ein schlanker Umriß in der Dunkelheit, das Rascheln von Seide und der schwache Duft eines Parfums.

Marie führte die beiden in den Flügel, der für Gäste reserviert war. Dabei stellte sie fest, daß der Verwundete, der den Arm seines Bruders umklammert hielt und unter seinem festgezogenen Mantel wirklich sehr bleich aussah, noch recht jung wirkte. Wegen der Hochzeit waren alle Gemächer bereits für Gäste und Bewohner vorbereitet worden, und sie fand mühelos ein geeignetes. Dann schickte sie Charlotte nach Wasser und Verbänden. Als d'Irsdmasens den Mantel seines Bruders löste, weiteten sich ihre Augen unwillkürlich.

Sie sagte jedoch nichts. Als Charlotte zurückkehrte, entfernte sie die Streifen, die als Notverband gedient hatten, und wusch die Wunde aus. Erst als alles Notwendige getan und der junge Mann dabei bewußtlos geworden war, sagte sie, während sie sich auf einem Stuhl niederließ:

»Nun sind wir quitt, Monsieur. Aber ich verstehe immer noch nicht, warum Ihr deswegen hierherkommen mußtet. Es gibt schließlich ein paar Hospitäler in Paris, und in jedem davon wäre Euer Bruder ebenfalls versorgt worden, unbekannt oder nicht.«

»Gewiß«, entgegnete er mit einem Hauch von Belustigung, »aber sie hätten nach dem Grund der Verwundung gefragt. Nehmt es mir nicht übel, Madame, aber die Bastille ist ein äußerst ungesunder Aufenthaltsort, und bei der hohen Reputation, welche die ... polizeilichen Kräfte des Ersten Ministers genießen, wollte ich das nicht riskieren.«

Ihr Kater Rodrigue, der ihr gefolgt war und bisher neugierig alles beobachtet hatte, sprang auf ihren Schoß. Sie vergrub ihre Finger in dem dichten, gelbbraun gestreiften Fell und spürte die Vibration des zufriedenen Schnurrens mehr, als sie es hörte. Sie ließ Paul d'Irsdmasens nicht aus den Augen, als sie sich erkundigte:

»Und hier, im Haus des Ersten Ministers, glaubt Ihr Euren Bruder und sein Geheimnis sicher?«

»Wo sonst?« fragte er ernst zurück.

»Nun, Monseigneur«, schloß Cinq Mars erwartungsvoll, »was sagt Ihr dazu? Werdet Ihr meinen Antrag unterstützen?«

Er hatte seinem väterlichen Freund und Förderer, dem Kardinal, gerade von seiner Absicht erzählt, Marie-Louise de Nevers, die Herzogin von Gonzaga, zu heiraten. Da sich das Verhalten des Kardinals ihm gegenüber seit seiner Rückkehr an die Seite des Königs nicht geändert hatte, war er zu der Überzeugung gelangt, die Aiguillon könne ihm nichts erzählt haben. Vielleicht, dachte er, bedeutete ihr Schweigen ja auch, daß ihr sein stürmischer Antrag doch imponiert hatte; wenn dieser verfluchte Eindringling nicht dazwischengekommen wäre... Doch sie hatte ihre Chance gehabt. Die andere Marie, Marie-Louise de Nevers, war nicht nur Herzogin über eines der reichsten Fürstentümer Europas, sondern obendrein auch eine Prinzessin von Geblüt, noch unverheiratet, nicht etwa verwitwet.

»Ich bin mir nicht sicher«, sagte der Kardinal langsam, »ob ich Euch richtig verstanden habe. Euch ist natürlich bewußt, daß der Gatte der Fürstin Marie-Louise einen Platz innerhalb der Thronfolge einnehmen und über einen Staat herrschen wird?«

»Selbstverständlich.«

»Das dachte ich mir. Ich versuche nur, mir Gründe zu überlegen, Monsieur le Grand, die Eure Torheit entschuldigen. Warum, um alles in der Welt, glaubt Ihr, Monsieur, dem Bruder des Königs sei die Ehe mit der Herzogin von Gonzaga verboten worden, nur um sie Euch zu gestatten?«

Natürlich hatte Cinq Mars von der Affäre gehört. Gaston d'Orléans, dessen Verschwörungen und Rebellionen gegen seinen Bruder kaum mehr zu zählen waren, rechnete zu den vielen Gründen für seinen Groll gegen den Kardinal auch das Verbot der Eheschließung mit Marie-Louise de Nevers hinzu. Daß er inzwischen längst geheiratet und Kinder gezeugt hatte, tat dem keinen Abbruch. Aber das alles hatte sich ereignet, ehe er, Cinq Mars, an den Hof gekommen war. Was ging ihn das also an? Was hatte er mit Gaston zu tun?

»Monseigneur?« fragte er irritiert.

»Ich weiß nicht«, sagte der Kardinal eisig, »wie Ihr Euch eine derartige Verbindung einbilden könnt. Ihr dürft nicht vergessen, daß Ihr nur ein einfacher Edelmann seid.«

»Aber«, protestierte Cinq Mars hitzig, »der König kann mich in den Hochadel erheben. Schließlich hat er das bei Euch auch getan, und Eure Familie heiratet in zwei Wochen in die Familie Condé ein, die noch höher in der Thronfolge steht.«

Zu spät wurde ihm klar, wie man das, was er da gesagt hatte, interpretieren könnte, und er fügte lahm hinzu: »Im übrigen hat die Fürstin bereits eingewilligt. Ich habe sogar meiner Mutter geschrieben, und sie ist begeistert.«

Cinq Mars, der den Kardinal dank dessen Freundschaft zu seinem Vater bereits als Kind kennengelernt hatte, erinnerte sich nicht, ihn je anders als wohlwollend erlebt zu haben, und hatte infolgedessen nie begriffen, warum andere Leute ihn als »furchterregend« bezeichneten. Das änderte sich jetzt sehr rasch. Der Kardinal stand langsam auf, und jedes seiner Worte besaß die verletzende Wucht eines Schwerthiebs.

»Wenn das wahr ist«, sagte Richelieu sehr deutlich und präzise, »ist Eure Mutter eine Närrin. Und wenn die Fürstin Marie-Louise diese Ehe erwägt, dann ist sie eine noch größere Närrin als Eure Mutter!«

Es war eines der wenigen Male in Cinq Mars' Leben, daß er nicht wußte, was er sagen oder tun sollte. Schließlich verbeugte er sich knapp, mit weißen Lippen und zitternd vor Zorn.

»Monseigneur!«

Als er hinausstürmte, dachte er erbittert: De Thou hat recht. Er ist ein Ungeheuer! Dieser neidische alte Dreckskerl mißgönnt mir meinen Platz an der Sonne! Aber ich werde…

Er wußte noch nicht genau, was er tun würde. Aber er würde dem Kardinal auf jeden Fall beweisen, daß auch ein Richelieu für den König nicht unersetzlich war.

Raoul erwachte irgendwann in der Nacht und wußte im ersten Augenblick nicht, wo er sich befand. Er konnte sich vage erinnern, daß Paul ihn bis zu einem Gebäude geschleppt hatte, das verdächtig wie das Palais Cardinal aussah, was aber unmöglich war. Er öffnete die Augen und sah im Schein eines Kaminfeuers seinen Bruder und eine ihm unbekannte Dame in seiner Nähe sitzen. Beide schwiegen, aber es hatte den Anschein, als handele es sich nur um eine Pause in einem längeren Gespräch. Dann sagte die Dame leise:

»Ich bin neugierig, Monsieur d'Irsdmasens. Woher habt Ihr gewußt, wer ich bin?«

Paul antwortete nicht sofort. Dann tat er etwas Erstaunliches: Er ergriff die Hand der Dame, nicht schnell, sondern bestimmt, als sei es das Natürlichste auf der Welt. Ihre Augenbrauen zogen sich zusammen, aber sie rührte sich nicht.

»Eure Hände, Madame«, sagte er. »Wißt Ihr, wie selten makellos schöne Hände sind, jeder Finger lang, feingliedrig und perfekt geformt? Ich habe sie nur einmal in meinem Leben gesehen.«

Die Worte stellten an und für sich ein Kompliment dar, doch der Tonfall, in dem Paul sie aussprach, ließ Raoul die wärmende Bettpfanne, die ihm eine gütige Seele unter die Decke gelegt haben mußte, vergessen. Seine Haare stellten sich auf; nun war kein Zweifel über seinen Aufenthaltsort mehr möglich.

»Makellos«, sagte Paul noch einmal und löste seine Hand von der ihren. Keiner von beiden sprach in dieser Nacht noch ein Wort, aber Raoul konnte dennoch nicht mehr einschlafen. Ein neuer Gedanke hielt ihn wach: Paul hatte die Angreifer lange vor ihm bemerkt. Es wäre Zeit genug gewesen, ihnen gänzlich auszuweichen. Hatte Paul seinen, Raouls, möglichen Tod in Kauf genommen, nur um ihn hierherbringen zu können, in dieses Haus, zu dieser Frau?

9. Kapitel

Der Schnee hatte den Park von Rueil in eine Landschaft voller seltsamer weißer Skulpturen verwandelt. Das kleine Château in seinem Herzen sah nur wie die größte von ihnen aus, mit seinen halbmondförmigen Seitenflügeln, die ein quadratisches Zentrum umschlossen.

»Ich bin froh, daß Ihr mich eingeladen habt, den Dreikönigstag hier mit Euch zu verbringen, Monseigneur«, sagte der hochgewachsene Italiener, der Richelieus Lieblingsprotegé war. »Keine königliche Jagd, an der ich teilnehmen muß!«

»Keine Empfänge, auf denen Ihr glänzen könnt«, entgegnete der Kardinal, der die Schwäche seines bevorzugten Mitarbeiters kannte und ihn gerne damit neckte.

»Eure Schneider werden sich die Augen ausweinen, von den Juwelieren ganz zu schweigen«, fiel Richelieus Nichte ein.

Giulio Mazzarini hob die Hände. »Gnade, Gnade! Ich ergebe mich.«

Während er die belustigten Blicke beobachtete, die Richelieu und Marie de Vignerot austauschten, fühlte er sich glücklich. Natürlich hatte er dem Kardinal absichtlich geschmeichelt, aber er war mit seinen Schmeicheleien gewöhnlich deswegen so erfolgreich, weil sie einen wahren Kern enthielten. Er hatte nie bedauert, seine Karriere als päpstlicher Nuntius gegen die als titelloser Untergebener eines fremden Ministers in einem fremden Land eingetauscht zu haben. Es gibt nur wenige Stunden im Leben, dachte Giulio Mazzarini, von denen man wirklich weiß, daß sie Sternstunden sind. Seine Begegnung mit Richelieu in Lyon vor zehn Jahren hatte dazugehört.

»Nun, wir werden sehen, was wir hier für Eure Unterhaltung tun können, Colmardo«, sagte der Kardinal. »Marie wäre sicher zu einem weiteren Spiel bereit.«

Seine Nichte lachte. »Ihr wollt nur zusehen, wie er mich schlägt, weil Ihr es nicht könnt.«

Aber sie klingelte und ließ sich ein Kartenspiel bringen. Richelieu beobachtete sie dabei, wie sie die Karten geübt mischte, und entspannte sich zum ersten Mal seit Tagen ein wenig. Er hatte vorgegeben, den Vorbereitungen zur Hochzeit von Claire Clémence mit Condés Sohn im Palais Cardinal entkommen und deswegen für zwei Tage nach Rueil fahren zu wollen, aber in Wirklichkeit brauchte er ein wenig Ungestörtheit und Zeit zum Nachdenken.

Er hatte Cinq Mars, seinem offenbar überbordenden Selbstvertrauen zum Trotz, nie für eine Gefahr gehalten. Dazu war der junge Mann nicht intelligent genug, und da er, Richelieu, dessen Familie etwas schuldete, war es nur naheliegend gewesen, ihn an den Hof zu bringen, um den König bei Laune zu halten. Die Gemütsverfassung des Königs nicht aus den Augen zu verlieren war etwas, das er nie mehr vernachlässigen würde.

Er hatte den König einmal unterschätzt und als Entschuldigung nicht mehr vorzubringen als den Umstand, daß er damals selbst noch jung genug gewesen war, um zu glauben, alles sofort erreichen zu müssen, und der direkte Weg zur Macht hatte über die Königinmutter und Concini geführt und nicht über einen unglücklichen, finsteren Jungen, der von niemandem, von seiner Mutter am allerwenigsten, beachtet wurde. Nun, er hatte zwei Jahre lang in Avignon für diese Fehleinschätzung bezahlt, und nicht er allein.

Danach hatte er es sich zur lebenslangen Aufgabe gemacht, den König zu studieren. Louis verfügte nicht über die schnelle Auffassungsgabe wie beispielsweise Giulio Mazzarini, der gerade eine Grimasse zog, als Marie mehrere Trumpfkarten nebeneinander auslegte, aber er war nicht dumm, und vor allem war er oft unberechenbar in seinen Zuneigungen und Abneigungen. Er hatte Freunde an sich gezogen und übergangslos, ohne warnende Vorzeichen, wieder fallen lassen, und an jenem zehnten November 1630, an dem sich alles entschied, an dem Tag der Geprellten, hatte nicht nur die Königinmutter lange geglaubt, er habe sich für sie und gegen Richelieu entschieden. Seither waren die Feinde des Kardinals geneigt, anzunehmen, der König sei Wachs in seiner Hand, doch Richelieu selbst beging diesen Fehler nie. Er hatte einmal zu Mazzarini gesagt, die paar Meter des königlichen Arbeitszimmers seien schwerer zu erobern als das restliche Europa, und er hatte es so gemeint. Die einzige Konstante, mit der man bei Louis rechnen konnte, war, daß er das Wohl des Staates immer an die erste Stelle setzte, vor jede persönliche Vorliebe. Bisher.

Es war schwer genug gewesen, den König von der Notwendigkeit einer Allianz mit einer protestantischen Macht gegen Spanien und die Habsburger zu überzeugen; und ehe Cinq Mars auf der Bildfläche erschienen war, hatte Louis in einer seiner zutiefst unglücklichen Phasen angedeutet, er wolle Frieden mit Spanien schließen, ganz gleich, zu welchen Bedingungen. Das wäre ein Desaster gewesen. Es konnte nur eine führende katholische Macht in Europa geben, und Richelieu wußte, wußte es mit jeder Faser seines Seins, das mächtige Spanien hatte seinen Höhepunkt überschritten. Es war die einmalige Chance, die richtige Zeit und der richtige Ort in der Weltgeschichte, und es wäre geradezu lachhaft, wenn diese Chance verspielt würde. Nicht von dem aufsässigen, selbstherrlichen Hochadel, denn er hatte ihm die Klauen gezogen, nicht von den Hugenotten mit ihrem Staat im Staate, denn er hatte sie gebrochen, sondern von einem törichten jungen Mann.

Das Problem war, er konnte Cinq Mars dem König jetzt nicht wegnehmen, denn er brauchte Louis zufrieden und ausgeglichen und nicht depressiv und wankelmütig. Was also tun mit einem Favoriten, der auf den Geschmack der Macht gekommen war?

Er hatte natürlich seine ultimative Waffe, die Rücktrittsdrohung, die Louis bisher noch jedesmal zum Nachgeben veranlaßt hatte, aber niemand wußte besser als Richelieu, daß jedesmal, wenn er diese Waffe einsetzte, die Gefahr größer wurde, daß der König sein Rücktrittsangebot annahm.

Es hatte schlimmere Zeiten gegeben. Bis zur Geburt des Dauphins vor zwei Jahren war Monsieur, der Bruder des Königs, der Thronfolger gewesen, und bei jeder Krankheit, die Louis in den letzten zwanzig Jahren gepackt hatte, stand Richelieu das Bild der endgültigen Katastrophe vor Augen: Gaston d'Orléans als König. Zumindest schien es jetzt, daß der ermüdende Kreislauf von Monsieurs Verschwörungen und Versöhnungen mit dem König zu einem Ende gekommen war. Gaston wußte, daß er nun nicht mehr die letzte Hoffnung des Hauses Bourbon und der unentbehrliche Thronfolger war, dem man auch den schlimmsten Verrat verzeihen mußte, weil man nicht auf ihn verzichten konnte.

Der Gedanke an Gaston brachte den Kardinal auf die andere Person, die fast zwei Dekaden lang seine Gegnerin gewesen war und die er mit entschieden anderen Augen ansah als Monsieur. Es war zwar unwahrscheinlich, daß Cinq Mars sich an sie wenden würde, sollte er ernstere Absichten haben, aber nicht unmöglich. Schließlich mußte selbst Cinq Mars trotz mangelnder Italienischkenntnisse das Sprichwort schon gehört haben: *Der Feind meines Feindes ist mein Freund.*

Und alle Welt wußte, daß die Königin seine Feindin war.

»Ihr mogelt, Colmardo«, sagte Marie gerade, und ihr Onkel sah sie an. »Colmardo« war der Spitzname, mit dem man in italienischen Klöstern den Mönch bezeichnete, der die niedrigsten Arbeiten verrichtete, weswegen der Kardinal ihn seinem prunkliebenden Giulio Mazzarini, der sich noch nicht einmal am Tag, an dem er die niederen Gelübde abgelegt hatte, zu einer Tonsur hatte entschließen können, verliehen hatte. Marie verhielt sich sonst gutaussehenden Männern gegenüber sehr zurückhaltend und mißtrauisch, ein Vermächtnis des unbetrauerten Sieur de Combalet, wie Richelieu vermutete. Daß sie so unbefangen mit seinem Protegé umging, zeugte von Giulio Mazzarinis unleugbarem Charme, den der Kardinal selbst zu spüren bekommen hatte.

Ihre erste Begegnung in Lyon fiel ihm ein. Er hatte bereits nach den ersten zehn Minuten gewußt, daß er in allen Punkten anderer Meinung als der junge Abgesandte des Papstes gewesen war, daß die Bedingungen unannehmbar waren, aber er hatte ihm trotzdem noch geschlagene zwei Stunden zugehört.

Richelieu wartete, bis das Spiel beendet war und Marie ihre Schulden bezahlt hatte. »Ihr seid der einzige Mann, den ich kenne«, sagte sie zu Mazzarini, »der keine Skrupel hat, von einer Dame einen Ring als Spielschuld einzufordern.«

»Euer Amethyst ist mir schon immer ins Auge gestochen«, entgegnete Giulio Mazzarini offen, ließ sich den Ring aushändigen und betrachtete ihn liebevoll.

»Colmardo«, sagte der Kardinal unvermittelt, »seid Ihr je der Königin vorgestellt worden?«

Sein Mitarbeiter zuckte die Achseln. »Bei dem offiziellen Empfang der Botschafter vor ein paar Jahren, glaube ich.«

»An einen offiziellen Empfang hatte ich nicht gedacht.«

Abrupt stand der Kardinal auf. Er warf einen bedauernden Blick auf das warme Kaminfeuer, dann meinte er: »Nichte, Giulio, macht Euch bereit. Wir werden heute noch nach Paris zurückkehren.«

»Sofort?« Marie runzelte die Stirn. Sie machte sich Sorgen um ihn; er hatte in der letzten Zeit Schwierigkeiten, den rechten Arm zu bewegen, und wenn er in Paris war, dann neigte er dazu, selbst zu schreiben, statt zu diktieren. Er pflegte zu sagen, das Schreiben als bloße Tätigkeit helfe ihm, seine Gedanken zu ordnen, und nirgendwo bedürfe er der Ordnung mehr als dort.

»Sofort.«

Es war lange her, daß die Königin an sich als Doña Aña gedacht hatte, aber zu keiner Jahreszeit fühlte sie sich mehr als Spanierin als im tiefsten Winter, zu Weihnachten, das in Frankreich nicht gefeiert wurde. Statt dessen beging man den Dreikönigstag festlich, und sie konnte dann ein leises Heimweh nicht unterdrücken, auch wenn es von Jahr zu Jahr blasser wurde.

Als man ihr den Kardinal meldete, wurde das Heimweh jäh durch Zorn vertrieben. Sie hatte bereits eingewilligt, zu dem Hochzeitsfest in sein Palais zu kommen und den Ball zu eröffnen. Was wollte er noch mehr von ihr?

Dennoch stimmte sie zu, ihn und seine Begleitung zu empfangen. Nicht nur ihr Heimweh wurde mit jedem Jahr schwächer; auch ihrer alten Fehde mit dem Kardinal fehlte das Feuer vergangener Zeiten.

Daß die Herzogin von Aiguillon ihn begleitete, fand sie nicht unangenehm. Sie hätte die Herzogin gemocht, wenn es sich nicht um Richelieus Lieblingsnichte gehandelt hätte. In den Monaten vor dem Tag der Geprellten, als die Königinmutter die damalige Madame de Combalet zur Zielscheibe des Hasses gegen den Kardinal gemacht hatte, waren die meisten der Hofdamen ihrem Beispiel gefolgt. Schließlich schien der Sturz Richelieus mehr und mehr ausgemachte Sache zu sein. Anne dagegen hatte Madame de Combalet bedauert. Ihre eigenen Gefühle gegenüber dem Kardinal einmal beiseite gelassen, gemahnten die Tiraden, die ihre Schwiegermutter auf die wehrlose junge Frau, die ihr letztlich nichts entgegnen durfte, niederhageln ließ, verdächtig an die Eifersuchtsszenen eines Fischweibs. Aber schließlich, dachte Anne d'Autriche, Anna von Österreich, Enkelin Philipps II. von Spanien, stammte die Königinmutter ja nur aus einem zum Herzogtum emporgekommenen Florentiner Kaufmannshaus. Was konnte man da anderes erwarten?

Der Mann, den der Kardinal mitgebracht hatte, kam ihr vage bekannt vor. »Euer Majestät«, sagte Richelieu, »darf ich Euch Jules Mazarin vorstellen, seit kurzem dank der Gnade seiner Majestät französischer Staatsbürger und nunmehr Anwärter Frankreichs auf den Kardinalshut. Ihr werdet Euch vielleicht seiner noch als des päpstlichen Botschafters in Frankreich erinnern.«

»Meinen Glückwunsch«, erwiderte sie kühl. Sie erinnerte sich in der Tat wieder; die Nominierung dieses Italieners – *Mazarin*, wirklich! – war ein einziger Skandal. Wenn sie ihrem Beichtvater glauben konnte, dann hatte dieser neuernannte Franzose noch nicht einmal die höheren Gelübde abgelegt, um in Windeseile zum Bischof und Monsignore befördert zu werden. Daß man jetzt auch noch das französische Vorschlagsrecht für einen Kardinalshut zu seinen Gunsten gebrauchen sollte, war ein Schlag ins Gesicht jedes guten Katholiken. Solche kirchlichen Karrieren mochten vor hundert Jahren üblich gewesen sein, vor dem Tridentinum, das Richelieu vorgab zu unterstützen, aber jetzt bestimmt nicht mehr.

»Das wäre zu voreilig, Madame«, entgegnete Richelieus italienischer Begleiter, den sie bestimmt nie mit »Mazarin« anreden würde, »es wäre durchaus möglich, daß ich meine Tage als einfaches Mitglied des Klerus beschließe.« Und auf spanisch setzte er hinzu: »Ich bin sicher, manche sind der Meinung, das wäre besser für den Klerus.«

Der Versuch, sie gewogen zu stimmen, war beinahe beleidigend offensichtlich, aber seine Direktheit entwaffnete sie etwas. »Gott hat viele eigenartige Diener«, gab die Königin zurück und starrte Richelieu an, der sie zu ihrer Verärgerung nur schweigend anlächelte.

Wenn Ihr glaubt, dachte sie, und weigerte sich, als erste den Blick abzuwenden, ich weiß nicht genau, weswegen Ihr diesen ... diesen italienischen Harlekin mitgebracht habt, dann habt Ihr Euch getäuscht. Weiß Gott, mit Euren Spioninnen in meinem Hofstaat habt Ihr Euch mehr Mühe gegeben.

»Was führt Euch zu mir, Monseigneur?« fragte sie schließlich herausfordernd.

Der Kardinal verbeugte sich leicht. »Um Euer Majestät die Wahrheit zu gestehen – mir sind Monseigneur Mazarins Fähigkeiten als Botschafter so gut vertraut, daß ich dachte, er könnte vielleicht mein Botschafter in der Umgebung Eurer Majestät werden.«

Wieder wußte sie nicht, was sie sagen sollte. Dazu ist auch nur er fähig, dachte sie und blickte von dem Italiener, der wie der Inbegriff aufrichtiger Ergebenheit vor ihr stand, zu Richelieu. Er umgibt mich mit seinen Spitzeln, er verbannt meine Freunde, und ich glaube immer noch nicht, daß der Tod des armen Buckingham ein Zufall war. Und zum Schluß macht er selbst aus der Wahrheit noch eine Waffe!

»Wenn Euer Majestät gestatten«, sagte der Schützling des Kardinals, »würde ich Euch gerne eine Frage stellen.«

Sie machte eine schwache zustimmende Handbewegung und zerbrach sich immer noch den Kopf, wie dieser neuen Strategie zu begegnen war.

Wieder wechselte der Italiener ins Spanische über, das er, wie sie widerwillig eingestehen mußte, ausgezeichnet sprach.

»Es ist lange her, daß ich in Madrid war«, sagte er, »aber ich habe mich immer nach dem Geschmack der Schokolade zurückgesehnt, die ich dort kennengelernt hatte, und doch nie jemand gefunden, der es verstand, sie zuzubereiten. Könnt Ihr mir verraten, wie man diesen Zaubertrank herstellt?«

Zum erstenmal schaute sie ihn sich näher an und bemerkte, daß er hellbraune Augen und ein sehr einnehmendes Lächeln hatte. Das änderte natürlich nichts daran, daß er nur eine neue Variante von Richelieus Spitzeln darstellte.

»Man hat«, sagte sie langsam, »schon vor vielen Jahren die letzten Spanier aus meinem Personal entfernt, aber ich selbst kann mich in der Tat noch daran erinnern.«

»*Ma nièce*«, sagte der Kardinal zu seiner Nichte, als sie allein waren, »was haltet Ihr von der Königin?«

»Sie haßt Euch nicht mehr so wie früher«, antwortete Marie sofort. Sie saßen in dem kleinen Salon im Palais Cardinal, wo Richelieu nachts arbeitete, wenn er nicht schlafen konnte. Mit einem resignierten Blick auf den Vorrat an Kerzen, der neben dem großen Schreibtisch lag, hatte sie festgestellt, daß es wieder eine solche Nacht werden würde.

»Ich glaube nicht, daß sie noch einmal von sich aus Euren Sturz betreiben würde. Die Angelegenheit vor zwei Jahren war ihr letzter Versuch.«

Der Kardinal legte die Fingerspitzen aneinander. »Aber was, wenn man sie um ihre Unterstützung in einem Komplott bäte, das andere beginnen?«

Marie runzelte die Stirn. Ihr lag eine Frage auf der Zunge, aber sie schluckte sie hinunter. Es war eine stillschweigende Abmachung zwischen ihr und ihrem Onkel, daß keine Auskünfte erzwungen wurden. Was zu erzählen war, wurde erzählt. Sie war sicher, daß ihm irgend jemand von den Brüdern d'Irsdmasens berichtet haben mußte, doch er hatte sie nicht danach gefragt, und es widerstrebte ihr, von sich aus davon zu sprechen. Sie hätte dann auch Cinq Mars und die Episode im Louvre erwähnen müssen. Außerdem plagte sie das seltsame Gefühl, sie würde Paul d'Irsdmasens damit auf irgendeine Weise verraten, was lächerlich war. Schließlich kannte sie den Mann kaum, und was sie ihm schuldete, war beglichen worden. Dennoch sprach sie nicht von ihm, sondern konzentrierte sich auf die Königin.

»Es ist möglich«, erwiderte sie schließlich. »Aber genauso ist es möglich, daß sie sich weigert.«

Der Kardinal massierte seine Schläfen. Ein neuerlicher Anfall der fürchterlichen Kopfschmerzen, die ihn seit seiner Jugend plagten, kündigte sich an; noch war es nicht soweit, aber er sah voraus, daß es eine lange Nacht werden würde. Er hatte bis jetzt noch keine Medizin entdeckt, welche die Kopfschmerzen vertrieb, so viel er seinen Ärzten auch bezahlte. Doch das Arbeiten bändigte sie ein wenig. Er hatte Le Masle für diese paar Tage freigegeben, also würden es die Untersekretäre sein, welche die undankbare Aufgabe hatten, ihn die Nacht über mit Dossiers zu versorgen.

»Was hat sie verändert?« fragte er. Er vertraute auf Maries Einfühlungsvermögen in die Königin; seine eigenen Versuche, die Frau zu verstehen, hatten ihn seinerzeit nicht sehr weit gebracht.

»Ihre Kinder«, antwortete Marie nachdenklich. »Was band sie vorher an Frankreich? Nichts. Jeder weiß, wie es zwischen ihr und dem König steht; Frankreich war ein goldenes Gefängnis für sie. Kein Wunder, daß sie sich in erster Linie als Schwester des Königs von Spanien sah. Aber jetzt ist ihr Sohn der Thronerbe, und damit ist das Band geknüpft.«

Sie schenkte ihm noch ein wenig Tee nach und versuchte, dem Gespräch eine heitere Wendung zu geben. Seine Gesichtsfarbe machte ihr Sorgen. »Natürlich müßtet Ihr ihr erst einmal beweisen, daß Ihr für das Wohl des Landes unentbehrlich seid, Monseigneur.«

»Natürlich«, gab er trocken zurück und schloß die Augen.

Sie wechselte das Thema. »Ich habe gehört, daß Monsieur Corneille seine neue Tragödie bald im Druck herausgeben wird, sofort nach der Uraufführung. Werdet Ihr kommen?«

Er öffnete die Lider wieder einen Spalt breit. »Nicht schon wieder Corneille«, protestierte er. »Ist es nicht genug, daß ich hier von Rodrigue, Chimène und Diègue umgeben bin?« Er hob den grauen Kater auf und sah ihm in die hochmütigen gelben Bernsteinaugen, während er ihn streichelte.

»Diègue«, sagte er mit einem übertriebenen Seufzer. »Das arme Tier. Wenn ich geahnt hätte, daß Ihr alle Katzen nach den dramatis personae des *Cid* nennen würdet, *ma nièce*, hätte ich Corneille nicht gestattet, Euch die Tragödie zu widmen.«

»Ihr wißt genau, daß Euch das Stück gefallen hat«, entgegnete Marie. »Ihr habt es dreimal hintereinander besucht, und danach habt Ihr Corneilles Pension erhöht und auf Lebenszeit verlängert, trotz der Sache mit der Akademie.«

Diègue ließ sich noch einige Sekunden länger streicheln, dann sprang er auf den Boden und schüttelte sich ein wenig, ehe er mit aufgestelltem Schwanz zu der Feuerstelle spazierte. Der Kardinal lachte.

»Ihr hättet ihn Olivares nennen sollen. Also, worum geht es in der neuen Tragödie?«

10. Kapitel

»Wenn Euch die Sache wirklich ernst ist«, hatte de Thou zu Cinq Mars gesagt, als dieser ihm von seiner Entdeckung über den wahren Charakter des Kardinals und den Konsequenzen, die er daraus ziehen wollte, erzählt hatte, »kann ich Euch mit einigen Leuten zusammenbringen, die Euch helfen werden.«

Cinq Mars hatte eingewilligt, und er dachte an die äußerst interessanten Gespräche mit dem Marquis de Fontrailles und das versprochene Treffen mit dem Herzog von Soissons, während er den König zu einem Besuch bei seinem Sohn begleitete. Es war eigentlich ein wenig demütigend, aber er hatte nicht gewagt, Louis direkt um die Hand der Herzogin von Gonzaga zu bitten. Etwas hielt ihn zurück, es jetzt schon auf diese Machtprobe mit dem Kardinal ankommen zu lassen. Erst mußte sein Verhältnis zum König wieder gefestigt werden.

Daher wich er in diesen Tagen kaum von Louis' Seite, auch wenn er sich angenehmere Aktivitäten vorstellen konnte, als ein zweijähriges Kleinkind zu besuchen. Aber er wußte, wie stolz der König war, endlich nicht nur einen, sondern sogar zwei Söhne vorweisen zu können. Man hatte Louis mit der spanischen Prinzessin aus dem Hause Österreich verheiratet, als sie beide vierzehn waren, und in all den Jahren war sie nur einmal schwanger geworden, mit siebzehn, und hatte nach einem Wettrennen mit ihren Freundinnen eine Fehlgeburt erlitten, was ihr der König nie verziehen hatte.

Die Geburt des Sohnes, der jetzt eifrig von seiner Amme herbeigeholt wurde, war nach dreiundzwanzig Jahren Ehe so wunderbar gewesen, daß der überglückliche Vater ihn auf den Namen Louis Dieudonné hatte taufen lassen. Es war bezeichnend, dachte Cinq Mars zynisch, daß der König offenbar nie darüber nachgedacht hatte, welche Pikanterie dieser Name enthielt. Louis, der von Gott geschenkte? Diesen Beinamen gab man vaterlosen Waisen. Bei jedem anderen Mann wäre man auf die Idee gekommen, er hege Zweifel an seiner Vaterschaft, aber nicht bei Louis XIII. Wenn er auch nur den mindesten Grund gehabt hätte, die Königin zu verdächtigen, hätte er es getan, laut und öffentlich, wie schon bei früheren Gelegenheiten.

Jetzt nahm er das Kind vorsichtig aus den Armen der Amme entgegen, das sonst so melancholische Gesicht zu einem ungeschickten Lächeln verzogen. »Seht doch, Monsieur le Grand«, sagte er glücklich, »wie groß mein Sohn schon ist.«

Cinq Mars beugte sich wunschgemäß über den Jungen, ein Kompliment auf den Lippen, und in diesem Moment geschah es. Das verwünschte Balg begann, lauthals zu plärren, zu schreien und sich mit Händen und Füßen gegen die beiden Männer zu wehren. Louis wurde tiefrot.

»Das wird sie büßen«, stieß er zwischen den Zähnen hervor. Er drückte das Kind wieder der Amme in die Arme und stürmte aus dem Zimmer. Cinq Mars, der ihm folgte und nur erleichtert war, daß offenbar nicht ihm die Schuld an dem Ausbruch des Dauphins gegeben wurde, merkte bald, daß Louis den seltenen Weg zu den Gemächern seiner Gemahlin nahm.

Die Königin hatte ihre morgendliche Toilette gerade erst beendet und blickte aufrichtig verwirrt drein, als sie ihren wütenden Gemahl vor sich sah.

»Mein Sohn kann meinen Anblick nicht ertragen«, schrie Louis, »er erhält ja eine seltsame Erziehung! Aber ich werde das in Ordnung bringen, darauf könnt Ihr Euch verlassen, Madame!«

Tägliche Botschaften des Königs waren nicht ungewöhnlich für den Kardinal, trotz ihrer beinahe ebenso häufigen Zusammenkünfte. Es handelte sich in der Regel um kurze, kleine Briefe, in denen von Kommentaren über den neuesten Brief des spanischen Ersten Ministers Olivares bis hin zu Klagen über Louis' Gesundheitszustand oder Freude über eine besonders gelungene Jagd alles stehen konnte. Daß er gleichzeitig einen Brief des Königs und der Königin erhielt, *war* ungewöhnlich.

Den Brief der Königin zuerst zu lesen, war zweifellos verlockend, zumal der ewig mißtrauische Louis sich auch bei seinen kurzen Notizen jedesmal die Mühe der Verschlüsselung machte, aber es hätte einen Bruch mit einer lebenslangen Regel bedeutet. Der Kardinal las also zuerst die Nachricht des Königs. Michel Le Masle, sein Sekretär, war zu diszipliniert, um Neugier zu zeigen, aber er beobachtete, wie sein Herr seufzte, dann das Siegel der Königin erbrach und mit einem Mal sehr zufrieden aussah, und zog seine eigenen Schlußfolgerungen. Es überraschte ihn nicht, daß der Besuch beim König heute ein wenig früher stattfand.

»Aber Ihr macht Euch keine Vorstellung davon, wie demütigend es war, Monseigneur«, sagte Louis erbittert. »Monsieur le Grand hat mich begleitet. Er und alle Anwesenden konnten sehen, daß mein Sohn – *mein Sohn!* – bei meinem Anblick anfing, zu schreien.«

»Der Dauphin hat noch nicht so oft das Vergnügen gehabt, Euer Majestät zu sehen, um Euch sofort zu erkennen«, meinte

Richelieu beschwichtigend. »Er hat wahrscheinlich nur ein nicht so vertrautes Gesicht gesehen. Kinder in diesem Alter ...«

Louis warf ihm einen Blick zu. Was wußte er von Kindern in diesem Alter? Aber richtig, er hatte ja eine umfangreiche Familie, die ihn zu vergöttern schien. Wohingegen er, Louis, in seiner Familie von Anfang an nichts als Feindseligkeit erfahren hatte. Er konnte sich noch gut daran erinnern, wie seine Mutter ihm vorgeworfen hatte, nicht so aufgeweckt und gewandt zu sein wie sein Bruder Gaston. Wie Gaston sich bei allen möglichen Gelegenheiten offen oder heimlich über ihn lustig gemacht hatte. Was seine Vettern anging, so würde er nie vergessen, daß nach dem Tod seines Vaters der Fürst Condé sofort mit seiner Rebellion angefangen und sogar selbst Ansprüche auf den Thron erhoben hatte, unter dem lächerlichen Vorwand, die Ehe des verstorbenen Henri IV mit Maria de'Medici wäre, da Henri ein ehemaliger Ketzer gewesen sei, der seinen Glauben mehr als einmal gewechselt hatte, nie gültig gewesen und Louis selbst daher ein Bastard. Die tatsächlichen Bastarde, seine unehelichen Halbbrüder, waren auch nicht viel besser; wenn sie sich nicht ebenfalls irgendwelchen Rebellionen angeschlossen hatten, dann waren sie in England, wie Vendôme, und intrigierten von dort aus gegen ihn. Und seine Gemahlin ...

»Es ist alles *ihre* Schuld«, beharrte er störrisch. »Sie haßt mich. Sie hat mich immer gehaßt. Ich hätte den Papst schon längst bitten sollen, meine Ehe mit ihr zu annullieren. Schon damals hätte ich es tun sollen, als wir die Beweise hatten, daß sie Gaston für den Fall meines Todes versprochen hatte, ihn zu heiraten. Ihr habt mich daran gehindert, und jetzt geht es nicht mehr, wo sie die Mutter meiner Kinder ist. Aber meine Kinder wird sie nicht gegen mich aufhetzen. Ich werde sie ihr wegnehmen.«

»Wenn ich Euch einen anderen Vorschlag machen dürfte,

Sire«, sagte der Kardinal. »Verbringt mehr Zeit mit dem Dauphin. Es kann nur gut für Euren Sohn sein, und Eure Majestät würde es von den Sorgen des Tages ein wenig ablenken. Wenn der Dauphin dann immer noch Widerwillen gegen Eure Majestät zeigt, womit die ungünstige Einwirkung der Königin erwiesen wäre, ist die Zeit gekommen, seine Erziehung jemand anderem anzuvertrauen, nicht eher. Ihr wißt das, Sire, schließlich nennt man Euch nicht umsonst Louis den Gerechten.«

Es dauerte nicht mehr lange, bis der König nachgab. Es lag, dachte er, etwas in den Gesprächen mit dem Kardinal, das ihm das Gefühl gab, für alle Schwierigkeiten gäbe es eine Lösung. Sie sprachen noch ein wenig über seinen Halbbruder Vendôme, dessen Flucht nach England und die mutmaßlichen Konsequenzen, bevor Louis aufgeräumt schloß: »Und morgen werden wir dann die Hochzeit Eurer jungen Nichte de Brézé mit unserem Vetter Condé feiern. Es war schwer, um diese Jahreszeit genügend junge Eber zu finden, aber ich habe mir die Mühe gemacht, selbst das Wildbret für die Hochzeitstafel zu erjagen.« Er biß sich auf die Lippen. »Oh. Eigentlich wollte ich Euch das erst morgen erzählen, als Überraschung. Ich hoffe doch, Euer Haushofmeister hat nichts verraten?«

»Kein Wort, Sire«, entgegnete der Kardinal.

Die Männer, die im Hôtel de Venise zusammengekommen waren, sahen selbst einer Hochzeitsgesellschaft nicht unähnlich; auch ein flüchtiger Beobachter hätte erkannt, daß die reichbesetzten Gewänder nur hochgestellten Herren gehören konnten.

»Ich muß gestehen, Monsieur le Grand«, sagte der Herzog von Soissons, »ich war überrascht, als mir der Marquis von Eurem Interesse erzählte. Ich hielt Euch immer für einen Parteigänger des Kardinals.«

Cinq Mars' Gesicht verdunkelte sich. »Ich bin niemandes Parteigänger«, stellte er klar. »Ich habe selbst eine Partei. Es ist nur so, daß mir jetzt erst klar geworden ist, was für ein Tyrann der Kardinal ist.«

»In der Tat«, warf de Thou leidenschaftlich ein. »Der Mann ist ein Unglück für unser ganzes Land. Die Bevölkerung hungert, damit er seinen Ehrgeiz durch Kriege befriedigen kann, und...«

»Die Bevölkerung ist mir egal«, schnitt ihm Soissons unwirsch das Wort ab. »Der Mann ist ein unverschämter Emporkömmling, das ist es. Meine Vorfahren haben auf dem Thron Frankreichs gesessen, als seine noch dabei waren, sich das Bürgerrecht zu verdienen, aber maße ich mir etwa an, eine Leibwache zu haben, wie sie nur dem König zusteht? Ich kann es nicht fassen, daß Condé jetzt vor ihm kriecht und ihm seinen Sohn anbietet. Der Mann hat unseren Vetter Montmorency hinrichten lassen, als hätte es sich um einen Bauern gehandelt, den er beim Wildern ertappt hatte, er nimmt uns ein Recht nach dem anderen, er will uns alle zu Hofschranzen machen, die nichts anderes zu tun haben, als den König zu bedienen, und ich werde das nicht länger dulden!«

»Ganz zu schweigen davon«, murmelte Fontrailles, »daß er seinen geistlichen Stand und unseren Anspruch, die allererste Tochter der Kirche zu sein, dadurch entehrt, daß er die verdammten Protestanten im römischen Reich gegen den deutschen Kaiser unterstützt.«

Cinq Mars, der befürchtete, daß sie nie zur Sache kämen, wenn sie einmal damit begannen, die Sünden des Kardinals aufzulisten – Gott wußte, der Mann hatte soviel wie Luzifer! –, entschied sich, die Herren bei ihrer Aufzählung zu unterbrechen.

»Die Frage ist nun«, sagte er bedeutsam, »was zu tun ist.«

Allgemeines Schweigen breitete sich aus, bis de Thou stirnrunzelnd meinte: »Aber Henri, Ihr seid es doch, dem der König sein Ohr leiht.«

»Selbstverständlich, aber ich kann ihn doch nicht einfach bitten, den Kardinal zu entlassen!«

»Von Entlassen reden wir hier nicht«, knurrte Soissons.

»Nun«, sagte Bouillon, der bisher geschwiegen hatte, »eines ist klar. Für mehr brauchen wir die Unterstützung allerhöchster Stellen.«

De Thou nickte. »Ich bin sicher, Monsieur wäre zu gewinnen.«

Soissons, der Gaston gut kannte, schnaubte verächtlich, nickte aber, und Fontrailles meinte: »Monsieur ist zu offensichtlich, obwohl ich zustimme, daß wir seine Unterstützung gut gebrauchen könnten, wenn es hart auf hart geht. Aber Bouillon und ich dachten an, nun, sagen wir, auswärtige höchste Stellen.«

»Sprecht deutlich«, forderte Soissons. »Man hat mir die Statthalterschaft der Champagne weggenommen, aber wenn mir die Spanier Truppen zur Verfügung stellen sollten, dann bin ich damit in wenigen Monaten in Paris.«

»Wir reden hier doch nicht von einer Rebellion gegen den König!« rief de Thou entsetzt.

Cinq Mars, der befürchtete, daß man ihn hier als unbedeutende Randfigur ansehen und übergehen könnte, wenn er nicht auf der Stelle etwas unternahm, sagte kalt: »Ihr seid zu kurzsichtig.«

Soissons kniff die Augen zusammen. »Wie meint Ihr das?« fragte er drohend.

»Ich meine«, entgegnete Cinq Mars und holte tief Luft, »spanische Truppen nützen Euch nichts, solange der Kardinal noch fest im Sattel sitzt. Ich sagte vorhin, ich könnte den König nicht einfach bitten, ihn zu entlassen, aber wenn Ihr mir etwas Zeit gebt, dann kann ich etwas viel Besseres tun.«

Er stellte befriedigt fest, daß aller Augen auf ihn gerichtet waren, und wartete ein wenig, ehe er weitersprach. »Soweit ich weiß, ist früher schon einmal ein Vorsitzender des Ministerrats mit Einverständnis des Königs ermordet worden.«

De Thou sah erst verwirrt, dann erleichtert und begeistert zugleich aus; Fontrailles machte eine undurchdringliche Miene, Bouillon lächelte, und über das Gesicht des Herzogs von Soissons huschte ein breites Grinsen, das ebensoschnell wieder verschwand.

»Aber der König hat Concini gehaßt«, meinte er bedrückt.

»Er hat auch den Kardinal einmal gehaßt«, stellte Cinq Mars fest. »Und der König, glaubt mir, ist nachtragend, wenn man ihn nur oft genug an seinen Groll erinnert.«

Wieder schwiegen sie eine Zeitlang, aber diesmal gespannt und erwartungsvoll. »Wenn Richelieu tot ist«, sagte de Thou begeistert, »werden all die Verbannten heimkehren können.«

Der Herzog von Soissons sprach beinahe gleichzeitig. »Gefällt mir. Vor allem, weil der verfluchte Priester überall seine Leibwachen dabei hat, nur in Gegenwart des Königs nicht. Aber wer...«

Fontrailles hüstelte. »Wie es sich trifft«, sagte er, »habe ich einige lose Kontakte zu Seiner Gnaden, dem Grafherzog Olivares, und er hat mir jemanden empfohlen, der sogar schon in Paris ist. Wir müßten ihn nur langsam, ohne den Argwohn des Kardinals zu erregen, in die Umgebung des Königs einschleusen. Ich dachte, daß Ihr, Monsieur le Grand«, er verbeugte sich kurz zu Cinq Mars hin, »ihn vielleicht zu einem der Musketiere des Königs machen lassen könntet.«

»An und für sich wäre das nicht weiter schwer«, erwiderte Cinq Mars bedrückt. »Tréville, der Hauptmann der Musketiere, ist ein Freund von mir. Aber er würde niemals einwilligen, einen Spanier zum Musketier zu machen.«

Fontrailles schüttelte lächelnd den Kopf. »Es handelt sich nicht um einen Spanier«, sagte er.

11. Kapitel

Charlotte hatte sich vorgenommen, gegenüber hohen Herrschaften nie mehr etwas anderes als Dienstbeflissenheit zu empfinden, aber das kleine Mädchen, das Condés Sohn heiraten mußte, tat ihr leid.

Bei den Vorbereitungen im Palais Cardinal war ihr, als sie einmal Zeit zum Luftholen fand, endlich bewußt geworden, daß es sich um den jungen Enghien handelte, der hier verheiratet werden sollte. Sie hatte die Braut bereits zu Gesicht bekommen, die noch jünger wirkte als die zwölf Jahre, die sie angeblich zählte. Dann fiel ihr auf, daß die Herzogin von Aiguillon es irgendwie fertiggebracht hatte, ihr keine einzige Pflicht zuzuteilen, die sie in Berührung mit dem Gefolge des Bräutigams gebracht hätte.

Als sie am Morgen der Hochzeit hinter ihrer Herrin stand und ihr die Haare kämmte, sagte diese: »Charlotte, ich werde dich vor dem Fest nicht mehr brauchen. Du kannst tun, was du möchtest, solange du morgen früh wieder hier bist.«

Charlotte hielt einen Moment lang inne, dann zog sie die Bürste weiter durch das lange, schwarze Haar und dachte wieder: Sie weiß es. Oder sie ahnt zumindest etwas.

»Madame sollte sich vor dem Ball das Haar noch einmal legen lassen«, entgegnete sie ausdruckslos, »und außerdem wäre es besser für Madames Kleid, wenn ich es in der Nacht noch ausbürste und über Wasserdampf aushänge.«

117

Im Spiegel begegneten sich ihre und Marie de Vignerots Augen. »Es ist deine Entscheidung«, sagte die Herzogin ruhig.

Madame war gerade dabei, mit dem obersten Koch noch einmal die Reihenfolge der Gänge durchzugehen, als man ihr meldete, es sei noch ein weiterer, verspäteter Gast eingetroffen. Sie hatte sich kaum auf den Weg zum Empfangszimmer gemacht, als ihr eine Frau entgegenkam, die Charlotte noch nie gesehen hatte, auch in ihrer Zeit bei Annette noch nicht. Charlotte war sicher, daß sie sich an diese roten Haare erinnert hätte, und außerdem trug die Dame skandalöserweise ein Kleid mit einem tiefen Ballausschnitt, obwohl es noch Vormittag war.

»Willkommen, Margot«, sagte ihre Herrin mit einer etwas kühlen Stimme. »Wir hatten dich bereits ein wenig früher erwartet.«

»Wen kümmern ein paar Wochen Verspätung«, erwiderte die rothaarige Dame, »wenn man dafür die Wunder des Palais Cardinal zu sehen bekommt!« Sie blickte sich übertrieben ehrfürchtig um. »Die Gemälde von Poussin! Die Statuen von Bernini! Ist es der Kardinal, der dafür bezahlt hat, oder der Erste Minister?«

Dann tat sie etwas, das Charlotte verblüffte. Sie umarmte die Herzogin, was keine der anderen Verwandten getan hatte. In dieser Familie, dachte Charlotte, schien man sich überhaupt sehr selten zu berühren. Die rothaarige Margot mußte eine Ausnahme sein. Sie preßte Madame an sich, küßte sie auf beide Wangen und auf den Mund, und Madame erwiderte die Umarmung. Dann allerdings löste sie sich sehr nachdrücklich von ihrer Cousine und sagte zu Charlotte: »Bitte sorge dafür, daß Madame de Grammonts Gepäck in das blaue Zimmer gebracht wird, und kümmere dich um die Unterbringung ihrer Dienerschaft.«

»Habt ihr Schwierigkeiten auf der Reise gehabt?« fragte

Charlotte Madame de Grammonts Zofe, in dem Versuch, freundlich zu sein.

»Schwierigkeiten? O nein. Madame hat gesagt, es genügt, wenn sie am Hochzeitstag ankommt. Sie will das alte Ungeheuer nicht länger sehen als nötig.«

Madame de Grammont, konstatierte Charlotte, die darauf verzichtete, sich danach zu erkundigen, wer mit dem »alten Ungeheuer« gemeint war, schien auch eine entschieden andere Einstellung zum Thema Geschwätz und Diskretion zu haben als Madame de Vignerot.

Margot ließ sich auf die samtbesetzte Chaiselongue fallen, nahm ihren Hut ab und warf ihn in die Ecke. »Sei ein Engel und laß mir ein Glas heißen Gewürzwein bringen. Es schneit draußen, und hier bringt einen bereits die große Empore zum Frösteln.«

»Du solltest weniger trinken, Margot«, sagte Marie. »Es ist noch nicht einmal Mittag.«

Margot starrte sie feindselig an. »Wird es dir eigentlich nie zuviel, so perfekt zu sein, Marie? So selbstgefällig und vollkommen?«

Sie fischte einen Fächer aus ihrem Ärmel und fächelte sich heftig Luft zu. »Ich dachte, du frierst«, entgegnete Marie milde. Margot schleuderte ihr den Fächer ins Gesicht, aber Marie sah ihn rechtzeitig genug kommen, um auszuweichen.

»Also schön, ich brauche den Wein. Es ist meine Medizin, die einzige Möglichkeit, die Begegnung mit dem Moloch zu überleben, dem du hier dein Leben widmest.«

Sie holte tief Luft. »Ich weiß wirklich nicht, wie du erwarten konntest, daß ich eher hierherkommen würde. Ich finde es schon ziemlich erstaunlich von mir, daß ich überhaupt einen Fuß in das Haus des Mannes setze, der mich zur Witwe gemacht hat.«

Marie stand vor dem Fenster, durch das man auf die Rue Saint Honoré sah. Ohne sich umzudrehen, erwiderte sie: »Du weißt genau, daß das nicht stimmt.«

Sie hörte Margot lachen. »Oh, natürlich, es war reiner Zufall, daß irgendein Unbekannter den armen Puylaurens umgebracht hat, nachdem das Haus Lothringen Frankreich den Krieg erklärt hatte und unser geliebter Onkel mich für ein neues Bündnis brauchte.«

»Nebenbei bemerkt«, warf Marie ein, »warum hat dich dein Gemahl nicht begleitet?«

»Nebenbei bemerkt, du lenkst ab. Hast du eigentlich nie schlaflose Nächte deswegen, Marie? Immerhin hat dich das zur Herzogin gemacht.«

Margots erster Gatte, der Sieur de Puylaurens, weitläufig mit den Herzögen von Lothringen verwandt, hatte ein ebenso weitläufiges Recht auf den Besitz Aiguillon gehabt. Nach seinem Tod hatte der Kardinal diesen Besitz von seiner Cousine auf seine Nichte übertragen und vom König zum Herzogtum ernennen lassen.

»Marguerite«, sagte Marie und wandte sich ihr zu. Sie gebrauchte Margots vollen Namen nur sehr selten und sah an der Art, wie Margot sich aufsetzte, daß sie ihr zuhörte. »Ich versichere dir, ich schwöre dir, er hat es nicht getan.«

Einen Moment lang flackerte Margots grüner Blick. »Warum du, Marie?« fragte sie leise. »Warum du und nicht ich? Ich bin klüger als du, ich bin schöner als du, und dennoch warst von Anfang an du es, und ich wurde zu einem Leben in der Provinz verurteilt. Kannst du mir erklären, warum?«

Es war nur allzuleicht, in die alten Gesprächsmuster mit Margot zurückzuverfallen. »Wenn du das wirklich wissen willst – denk an deine Ankunft hier.«

»Was meinst du damit?« fragte Margot aufrichtig verblüfft.

»Ich meine die Art, wie du sagst, was du denkst, ganz gleich, wer gerade zuhört.«

»Soweit ich mich erinnern kann, hat niemand zugehört, nur ein paar Dienstboten.«

»Genau das meine ich. Für dich sind sie niemand.«

»Marie«, sagte Margot erheitert, »du wirst mir doch nicht erzählen wollen, daß dich deine Campanella-Lektüre so weit getrieben hat, daß du zu den verrückten Gleichheitsaposteln übergelaufen bist? Ich habe den *Sonnenstaat* auch gelesen, aber, du meine Güte...«

»Nein«, sagte Marie scharf. »Aber während für dich deine Dienerschaft nur existiert, wenn sie dir gerade etwas bringt, bin ich mir der Tatsache bewußt, daß sie nicht aufhören zu leben, sobald ich ihnen den Rücken zukehre. Was glaubst du, wie viele Versuche es gab, hier Spione einzuschmuggeln, oder, schlimmer noch, jemanden, der den Auftrag hatte, Gift anzuwenden? Wenn du meinst, das Leben hier biete einem nur Einladungen zu königlichen Bällen, dann täuschst du dich!«

Margot stand auf, ging zu Marie hinüber und stellte sich hinter sie. »Ich liebe dich, wenn du wütend bist«, flüsterte sie Marie ins Ohr, während sie mit der Hand sachte über Maries Schultern fuhr, »aber bist du nie auf den Gedanken gekommen, ich meine, hast du dich nie gefragt ... ob es möglicherweise noch einen anderen Grund gibt, warum Monseigneur dich ständig in seiner Nähe haben will?«

Sie lachte, als sie sah, wie sich Maries Hände zu Fäusten ballten, während sie sich heftig umwandte.

»Aber Marie Madeleine, ich bin sicher, daß ich diesmal leise genug gesprochen habe. Nicht einmal der neugierigste Lauscher hätte mich hören können.«

»In diesem Haus lauscht niemand«, sagte Marie kalt.

Die Feierlichkeiten begannen mit einem Theaterstück, dessen Verfasser unbekannt war, was die meisten Gäste veranlaßte, auf den Kardinal zu wetten.

»Auch das noch«, sagte der Bräutigam säuerlich. »Jetzt werde ich applaudieren *müssen*, nicht wahr?«

Sein Vater, der sich das letzte halbe Jahr damit abgeplagt hatte, den jungen Enghien zu dieser Ehe zu zwingen, zischte: »Ja, wenn du weißt, was gut für dich ist. Nimm dich gefälligst zusammen. Ich weiß, daß du lieber mit der kleinen Elbeuf ins Bett gegangen wärest, aber erstens steht dir das bei dem Gör erst in ein paar Jahren bevor, und zweitens hat sie die Aussicht, all das Geld zu erben, das der alte Bussard zusammengerafft hat.«

»Wenn Ihr Euch da nur nicht täuscht«, gab Enghien zurück, aber er murrte es so leise, daß sein Vater es überhören konnte, wenn er wollte. Etwas lauter setzte er hinzu: »Wenn Ihr deswegen die Verbindung wolltet, warum habt Ihr dann nicht versucht, die Herzogin von Aiguillon zu bekommen? Jeder weiß doch, daß sie seine Lieblingsnichte ist, und sie ist wenigstens eine Frau und kein Kind.«

Diesmal antwortete sein Vater nicht, sondern begnügte sich mit einem leichten Schlag in Enghiens Nacken. In der Tat hatte er versucht, seinen Sohn mit der Herzogin zu verheiraten, nur um im Vorfeld der Verhandlungen schon zu erfahren, dies sei unmöglich.

Der bei diesem Anlaß neu eingeweihte Saal, in dem das Theaterstück aufgeführt wurde, wirkte, als fasse er an die dreitausend Personen. Möglich, daß es so viele waren, dachte die Königin nervös, während sie neben ihrem Gemahl in der königlichen Loge saß. Er hatte kaum mit ihr gesprochen, doch er hatte auch nichts mehr davon gesagt, sie von ihren Kindern zu trennen. Sie hatte es gehaßt, den Kardinal um Hilfe bitten zu müssen, aber in der Panik, in die sie Louis' Auftritt versetzt hatte, war ihr nichts anderes eingefallen, und sie hatte versucht, es so wenig wie möglich wie eine Bitte klingen zu lassen.

Wenn Euch Euer Besuch ernst war, Monseigneur, dann laßt nicht zu, daß man einer Mutter ihre Kinder nimmt.

Sie konnte sich zunächst kaum auf das Stück konzentrieren, bis die Heldin etwas sagte wie »*Ich fühle, daß verbrecherisch ich einen Fremden liebe/ Der diesem Staat um meinetwillen/ Not bringt und bitterste Gefahr...*«

Sie konnte es zunächst nicht glauben. Die Hauptfigur, Mirame, liebte Arimant, den Günstling und Gesandten des Königs von Kolchos, der eigentlich in offizieller Mission an den Hof von Bithynien kam, sich aber dann in Mirame verliebte und viel länger blieb, als er sollte, bis er fast mit Gewalt in sein Heimatland zurückbefördert werden mußte.

Die Königin versuchte, zur Loge des Kardinals hinüberzuschauen, um zu erkennen, ob so etwas wie höhnischer Triumph seine Miene überzog, aber sein Gesicht lag im Dunkeln. Noch deutlicher hätte das Drama, das sich da auf der neu eingeweihten Bühne abspielte, nicht auf Buckingham anspielen können. Wollte er sich über sie lustig machen?

Es war nicht ihre Schuld gewesen, daß sich Buckingham in sie verliebt hatte, als er den französischen Hof besuchte. Gut, vielleicht hatte sie auch nichts getan, um ihn zu entmutigen, aber sie hatte sich nichts zuschulden kommen lassen – bis zu jenem Spaziergang im Park, als sie mit ihm allein gewesen war. Bis dahin war es einfach die Freude an dem neuentdeckten Spiel mit der Gefahr gewesen, das Vergnügen, sich den Hof machen zu lassen, etwas, was ihr Gemahl nie getan hatte. Erst als Buckingham sie geküßt hatte, war es anders für sie geworden, und selbst danach hatte sie ihr Ehegelübde nie gebrochen, ganz gleich, was Louis denken mochte, der Buckingham noch nicht einmal einen offiziellen Abschied gegönnt und danach an den englischen König geschrieben hatte, wenn Buckingham noch einmal englischer Gesandter in Frankreich würde, betrachte er das als offene Kriegserklärung.

Sie warf ihrem Gemahl einen kurzen Blick zu. Er hatte sie nie geliebt, und jede freundliche Wärme, die er ihr gegenüber empfunden haben mochte, war mit ihrer frühen Fehlgeburt erloschen, aber es machte ihn rasend eifersüchtig, wenn irgend jemand zeigte, daß er sie liebte.

Zunächst war sie sicher, daß ein Theaterstück, was sie an jene unselige Zeit erinnerte, nur bösartig gemeint sein konnte, aber nach und nach fiel ihr auf, daß Mirame weder die Schurkin noch die komische Person des Stückes war, sondern die tragische Heldin. Vielleicht hatte sie sich getäuscht. Vielleicht war es ein Kompliment, ein Zeichen des Verständnisses, kein Hohn.

Am Ende, als die Schauspieler sich verbeugt hatten und der Applaus verklungen war, tauchte plötzlich vor ihrer Loge eine vergoldete Brücke auf. Sie erhob sich und stellte fest, daß im Parkett bereits die Musiker Aufstellung genommen hatten. Hinter Louis erschienen der Vater und der Onkel der Braut.

»Madame«, sagte der Kardinal, »würdet Ihr uns die Ehre erweisen, den Ball zu eröffnen?«

Sie nahm Brézés Arm, aber als sie neben ihm die Brücke hinunterschritt, konnte sie es sich nicht versagen, noch einmal über ihre Schulter zurückzublicken. Dem Gesichtsausdruck des Kardinals ließ sich immer noch nicht entnehmen, ob das Stück Demütigung oder Huldigung hatte sein sollen. Doch sie erinnerte sich an La Rochelle, eine Nachricht und einen Ring, und sie dachte, ganz gleich, was war, Monseigneur, Ihr irrt Euch, wenn Ihr annehmt, daß ich Euch je vergeben werde.

Marie stand neben ihrem Onkel und beobachtete die Tanzenden. Die kleine Claire Clémence bemühte sich redlich, anmutig und würdevoll zugleich zu wirken, während sie die Courante anführte. Marie schloß kurz die Augen. In stillschweigendem Einverständnis berührten ihre Fingerspitzen die des Kardinals. Sie dachten beide an Claires Mutter, Nicole, die liebevolle, scheue Nicole, und an den Tag, an dem offensichtlich geworden war, daß sie die Grenze zur Familienkrankheit endgültig überschritten hatte.

Es hatte mit einer Reihe panikerfüllter Briefe von Nicoles Gatten, Urbain de Brézé, begonnen, weil Nicole sich in ihrem Landhaus in Milly eingesperrt hatte und sich weigerte, es zu verlassen. Die Pest war in der Gegend ausgebrochen, und Brézé wollte unbedingt fort. Marie konnte sich noch an den Wortlaut des Briefes erinnern, mit dem ihr Onkel geantwortet hatte, weil sie seinen ursprünglichen Entwurf, in dem er seinem Zorn auf Brézé freien Lauf ließ, abgemildert hatte.

»*Versucht alles, um sie zu überreden, nach Saumur zu gehen, oder an jeden anderen Ort, den sie vorzieht, um dort zu leben. Ihr habt mit meinem außerordentlichen Mißfallen zu rechnen, wenn Ihr Milly verlaßt, ehe meine Schwester abgereist ist. Veranlaßt sie so liebevoll, wie Ihr könnt, dazu, den Ort zu verlassen ... Sagt ihr, daß nichts Schlimmes sie in Saumur erwarten wird, im Gegenteil, sie wird dort alles haben, was sie möchte, und wenn es ihr dort nicht gefällt, kann sie im Frühling nach l'Ile Bouchard umsiedeln ...*«

Der Brief war zwecklos gewesen; Brézé konnte oder wollte Nicole nicht aus ihrer angsterfüllten Starre herausreißen, er wollte nur so viel Abstand wie möglich zwischen sich und die Pest bringen. Als der Kardinal und Marie in Milly eintrafen, war es bereits mehrere Wochen her, daß Nicole sich zuletzt vom Fleck gerührt hatte; ihre Augen waren rot umrändert, ihre

Kleider, an denen sie nervös fingerte, hingen in Fetzen, und der Gestank verriet, daß sie sich sehr lange nicht mehr gewaschen haben mußte.

»Nicole«, hatte Richelieu sehr sanft, sanfter, als ihn Marie je hatte sprechen hören, zu seiner Schwester gesagt, »Nicole, meine Liebe, komm her zu mir.«

Und er hatte ihr die Arme entgegengestreckt. Die Tränen, die auf ihrem Gesicht herunterliefen, hinterließen helle Spuren in der Kruste aus Schmutz und Schweiß, als sie erwiderte: »Armand, ich kann nicht. Siehst du denn nicht? *Ich bin ganz aus Glas!*«

Nicole war vor fünf Jahren gestorben, und das Kind, das ihre schüchterne Natur geerbt hatte und jetzt verzweifelt versuchte, Haltung zu bewahren, hatte von ihrer Mutter vermutlich nur das Bild des Wahnsinns in Erinnerung. Leise, ehe sie ihre Hand wieder zurückzog, sagte Marie: »Es wird nicht geschehen.«

»Nein«, gab ihr Onkel zurück, wie er es in den Jahren ihres gemeinsamen Lebens immer wieder getan hatte, »es wird nicht geschehen.«

»Ach«, seufzte der Fürst Condé übertrieben andächtig und schaute auf die Braut seines Sohnes, »wie hübsch sie ist.«

Vereinzeltes Lachen klang auf, denn es war klar, dachte Marie, die jäh alle Erinnerungen verdrängte, zornig, daß der Fürst einen Scherz gemacht hatte. Sie hoffte nur, das Mädchen hatte nichts gehört.

In diesem Moment stolperte Claire Clémence, und diesmal brach die gesamte Gesellschaft in Gelächter aus. Das des jungen Enghien schallte am allerlautesten. Marie beherrschte sich mit Mühe. Wenn sie jetzt aussprach, was ihr auf der Zunge lag, würde sie nur noch mehr Aufmerksamkeit auf den Vorfall ziehen und den Abend für Claire Clémence endgültig zur Hölle machen. Sie ging zu dem Kind und sagte laut: »Ihre

Majestät war so freundlich, den Wunsch nach Eurer Gesellschaft zu äußern, Cousine.«

Damit löste sie Claire Clémence aus dem Kreis der Tanzenden, der sich rasch wieder hinter ihr schloß.

»Ich wollte nicht fallen, Marie«, wisperte das Mädchen, das mit den Tränen kämpfte, »es war keine Absicht, ich wollte es nicht.«

»Ich weiß.«

Die Königin befand sich am anderen Ende des Saales. Sie hatte das Mißgeschick selbstverständlich bemerkt, und sie fand einige freundliche Worte für die junge Braut, die das Mädchen ablenken sollten. Danach brachte Marie ihre Cousine in das Zimmer, das für sie vorbereitet worden war, ließ das Mädchen zu Bett gehen und schloß, als sie Claire Clémence verließ, nachdrücklich die Tür hinter sich ab. Sie fand Charlotte in ihren eigenen Räumen und befahl ihr, mit einem der Leibgardisten des Kardinals vor der Tür der Braut Wache zu halten.

»Falls sich ein Mitglied der heutigen Gesellschaft einen schlechten Scherz erlauben sollte«, sagte sie so gelassen, wie sie konnte.

»Jawohl, Madame«, entgegnete Charlotte. »Ich verstehe.«

»Das dachte ich mir.«

Als Marie in den Festsaal zurückkehrte, hörte sie Margot schneidend zu Enghien und Condé sagen: »Wahrhaftig, ich wundere mich über Eure Großzügigkeit, Fürst, und über die Eure, Herzog. Nicht jedes Mitglied der königlichen Familie wäre bereit, ein mitgiftloses Kind zur Gemahlin zu nehmen.«

»Mitgiftlos? Ihr scherzt, Madame«, entgegnete Condé, der unwillkürlich erblaßt war.

»Nun«, sagte Margot schnurrend wie eine Katze, »ich bin zwar sicher, daß der Erste Minister Euch eine Kleinigkeit für Eure Schulden versprochen hat; aber wenn Ihr damit rechnet, daß er die arme Claire Clémence zu seiner Erbin macht, dann gebt Ihr Euch einer Illusion hin. Ich bin nicht gerade eine seiner größten Bewunderinnen, aber eines muß man ihm lassen – es war ein Meisterstreich. Das Haus Condé und die Verwandtschaft mit der königlichen Familie gekauft für etwas, das für ihn nur ein Nadelgeld gewesen sein kann.«

Vater und Sohn Condé starrten sie in selten einmütiger, sprachloser Entrüstung an. Marie drängte sich durch die kleine Zuschauermenge, die sich um Margot und die beiden Prinzen von Geblüt versammelt hatte, und ergriff den Arm ihrer Cousine. »Madame de Grammont ist nicht wohl«, sagte sie kühl zu Brautvater und Bräutigam, »entschuldigt uns bitte.«

»Du hast lange gewartet, bis du mich herausgeholt hast«, murmelte Margot. Marie schwieg. »Ach, komm schon, Marie. Die beiden hatten es verdient, und früher oder später hätten sie es ohnehin herausgefunden.« Marie schwieg noch immer. »Heißt das, ich muß mich wieder verprügeln lassen, um dich zum Reden zu bringen?«

Maries Schultern zuckten, und Margot erkannte, daß sie die ganze Zeit das Gelächter unterdrückt hatte, dem sie sich jetzt hilflos hingab. »Margot«, keuchte Marie, als sie wieder zu Atem kam, »Margot, es war unbezahlbar.«

12. Kapitel

Raoul hatte sich seinen ersten Besuch im weithin gerühmten Salon der Marquise de Rambouillet anders vorgestellt. Er hatte angenommen, es würde der glücklichste Tag seines bisherigen Lebens sein; statt dessen fühlte er sich durch und durch unglücklich. Das lag daran, daß ihm nicht sein Werk Einlaß in jenen erlauchten literarischen Zirkel gewährte, sondern vermutlich der mysteriöse Einfluß seines Bruders.

Er dachte gerade daran, wie ihm der Held seiner Kindheit immer unheimlicher wurde, als Paul, der ihm diesmal eine Kutsche bezahlte und ihm gegenüber saß, nicht unfreundlich sagte: »Du scheinst dich von deiner Wunde recht gut erholt zu haben.«

»Ja«, gestand Raoul ein. »Tallemant wird mir kaum glauben, daß ich ausgerechnet von der Nichte des Kardinals gerettet wurde.«

»Du wirst Tallemant nichts von ihr erzählen.«

Das brachte seinen jüngeren Bruder dazu, aufzubegehren. »Aber warum nicht? Er ist mein bester Freund! Wir haben keine Geheimnisse voreinander.«

»Jetzt habt ihr eines. Im übrigen nützt dich dein bester Freund seit Monaten schamlos aus.«

»Wenn du auf die Tatsache anspielst, daß ich ihm ab und zu Geld leihe, so etwas versteht sich unter Freunden. Ich zumindest«, sagte Raoul bedeutsam, »habe nicht vergessen, was es heißt, von der Familie verstoßen zu werden und mittellos dazustehen.«

»Raoul«, entgegnete Paul, »du bist noch ein Kind. Seine Familie hat ihn nicht verstoßen. Soweit ich weiß, finanzierte sie ihm gerade erst seine zweijährige Reise durch Europa, oder hat er dir etwa erzählt, er hätte das Geld dafür von geheimnisvollen unbekannten Gönnern bekommen oder mit seinen lächerlichen Pamphleten verdient? Wenn du dir die Mühe machen würdest, dir die Kleidung anzusehen, die er trägt, würde dir auffallen, daß nichts davon sehr alt ist. Schneiderrechnungen sind teuer. Außerdem hält er sich einen Diener, was du dir beispielsweise nicht leisten kannst. Und er scheint die Angewohnheit zu haben, gelegentlich in der hiesigen Niederlassung des Bankhauses Tallemant vorbeizuschauen.«

»Aber…« Raoul verstummte. Es klang alles deprimierend logisch und folgerichtig, und er war demzufolge ein gutgläubiger Narr.

Er entschied sich, bei der Marquise mit der Lesung aus seiner Tragödie zu beginnen. Er war genau in der richtigen Laune dazu.

Als er den Salon betrat, einen hellen, freundlichen Raum, der mit exquisiten Möbeln ausgestattet war, die aus Italien stammen mußten, hob sich seine Stimmung wieder ein wenig. Die acht großen Wandteppiche waren beste Arbeit aus Brüssel. Raoul stellte fest, daß die roten Hocker für die Herren reserviert zu sein schienen, die entweder auf ihnen saßen oder in der Nähe standen und debattierten. Er identifizierte einige seiner Idole, die er bisher nur aus der Ferne im Theater gesehen hatte oder aus den Stichen in ihren Büchern kannte.

»Paul«, flüsterte er, »da ist Desmarets. Und Chapelain, *und* Corneille. Ich dachte, die beiden seien Feinde! Und…«

Er hielt inne. Zehn weiße Lehnstühle zur Linken waren für

die Damen reserviert, und auf einem von ihnen erkannte er mit sinkendem Herzen die Herzogin von Aiguillon.

»Du hast gewußt, daß sie hier sein würde, nicht wahr?« sagte er tonlos.

»Es war nur logisch. Wem sonst solltest du denn deine Einladung verdanken?«

»Aber ich dachte…«

Heute schien der Tag zu sein, an dem sich alle seine Annahmen als falsch erwiesen. Gewiß, er hatte der Herzogin von Aiguillon gegenüber erwähnt, daß er schrieb, und Paul konnte ihr ebenfalls davon erzählt haben, während er, Raoul, bewußtlos gewesen war. Doch inzwischen war er fast so weit gekommen, nichts und niemandem mehr zu vertrauen.

Sie mußte ihn und Paul gesehen haben, denn sie neigte den Kopf in seine Richtung, und er verbeugte sich hastig. »Geh schon«, mahnte Paul.

Er ging, und er wußte, ohne sich umzudrehen, daß Paul ihm folgte. »Madame«, sagte er verlegen, aber aufrichtig, als er vor der Herzogin stand, »was für eine Freude, Euch wiederzusehen. Ich weiß nicht, ob ich Euch für Eure Güte genügend gedankt habe.«

»Die Freude ist ganz auf meiner Seite«, erwiderte sie, »zumal ich Euch genesen sehe. Ich muß gestehen, ich bin gespannt auf Euren Vortrag.« Ihre Augen glitten zu Paul weiter, der hinter ihm stehen mußte.

»Monsieur d'Irsdmasens.«

»Madame.«

Also war es doch sie gewesen, die seine Einladung hierher bewirkt hatte, und eine absurde Erleichterung erfüllte ihn.

»Seid Ihr unserer Gastgeberin schon vorgestellt worden?« erkundigte sich die Herzogin von Aiguillon.

»Nein, Madame, wir sind gerade erst eingetroffen.«

»Dann folgt mir.«

Paul, der sich offensichtlich nicht angesprochen fühlte, blieb, wo er war, während Raoul bald vor dem riesigen Paradebett stand, in dem die Marquise, die zarter Gesundheit war, lag und empfing.

»Ihr seid der junge Poet, von dem mir unsere Freundin erzählte?«

»Ja, Madame la Marquise, ich...«

»Dann sollt Ihr nicht länger warten müssen.« Gebieterisch klatschte die Marquise de Rambouillet in die Hände.

»Meine Freunde! Da der Frühling nunmehr Einzug zu halten verspricht, habe ich beschlossen, auch hier der Jugend Einlaß zu gewähren. Hören wir zu, was unser junger Dichter vorzutragen weiß!«

Alle Augen richteten sich auf ihn, und Raoul wäre am liebsten im Boden versunken. Die Herzogin von Aiguillon nickte ihm zu. »Nur Mut«, flüsterte sie. Dann kehrte sie zu ihrem Platz zurück, hinter dem sein Bruder stand und auf sie wartete. Vielleicht, dachte er plötzlich, hatte er wirklich alles falsch interpretiert. Und wenn Paul es darauf angelegt hatte, der Herzogin zu begegnen, erst im Palais Cardinal und dann hier, was war denn schon Schlechtes dabei? Möglicherweise hatte er sich in sie verliebt.

»Was werdet Ihr vortragen, Monsieur?« erkundigte sich Chapelain nicht unfreundlich. Raoul errötete. Jetzt war nicht die Zeit, um über Paul nachzugrübeln.

»Eine meiner Tragödien«, sagte er leise, räusperte sich und wiederholte dann etwas lauter, »eine Tragödie. Das heißt, den dritten Akt. Sie heißt *Camille*, und der Stoff, den ich mir gewählt habe, greift auf die römische Sage von den Horatiern und Curiatiern zurück.«

Leises Gelächter und Gemurmel machten die Runde, und

Chapelain fragte amüsiert: »Junger Mann, wißt Ihr nicht, daß Monsieur Corneille just über diesen Stoff ebenfalls eine Tragödie geschrieben hat, *Horace*, die er im letzten Winter hier vorlas? Sie wird in den nächsten Wochen uraufgeführt werden.«

Raouls Wangen brannten wie Feuer. »Nein, das wußte ich nicht«, stammelte er. »Ich bin ein großer Verehrer von Monsieur Corneille. Ich habe jede einzelne Vorstellung des *Cid* besucht, das heißt, ich meine…«

Er kam sich vor wie ein Tölpel. Chapelain war es gewesen, der in dem berühmten Streit um Corneilles *Cid* im Namen der Académie Francaise die »Bedenken der Akademie gegen den *Cid*« veröffentlicht hatte. »Ich wußte es nicht«, schloß er niedergedrückt.

Wieder erklang vereinzeltes Lachen, und Corneille erkundigte sich hilfreich in seinem bedächtigen normannischen Akzent: »Vielleicht möchtet Ihr ein anderes Eurer Werke vortragen, Monsieur?«

Schlimmer konnte es nicht mehr werden. Raoul erfaßte plötzlich der Mut der Verzweiflung. »Nein«, sagte er entschlossen. »Ich lese aus *Camille*.«

»Euer Bruder ist sehr tapfer«, bemerkte Marie zu Paul d'Irsdmasens, während Raoul seine mitgebrachten Manuskripte ordnete.

»Er ist jung«, erwiderte Paul.

»Ihr dagegen seid alt?« fragte sie ein wenig spöttisch. Was er entgegnete, war so eigenartig wie eigentlich alles, was er während ihrer zwei Begegnungen zu ihr gesagt hatte.

»Wie alt seid Ihr, Madame?«

»Alt«, sagte sie mit plötzlichem Verständnis. »Uralt.«

Die Gnadenpause, die ihm das Sortieren seiner Blätter eingebracht hatte, war vorüber. Raoul räusperte sich erneut und begann: »Die Szene, mit der ich anfangen möchte, beschreibt, wie meine Heldin Camille auf Neuigkeiten von dem Kampf zwischen ihren Brüdern und ihrem Verlobten wartet...«

Er hatte diesen dritten Akt schon öfter vorgetragen, und seine Freunde, Tallemant allen voran, hatten ihn gebührend bewundert und gepriesen. Aber hatte Tallemant wirklich Gefallen an seiner Tragödie gefunden, oder war es ihm nur darauf angekommen, sich das nächste Essen finanzieren zu lassen? Er wünschte, Paul hätte ihm nicht ausgerechnet vor dieser Lesung Einblick in solche möglichen Abgründe gewährt.

Er las zunächst ziemlich leise und versprach sich zweimal, doch bald begann ihn die Begeisterung, die er beim Verfassen der Verse empfunden hatte, davonzutragen. Raoul kümmerte sich nicht mehr darum, wer aller ihm zuhörte, er versenkte sich in seine Personen, schlüpfte in ihre Rollen, lebte mit ihnen, empfand mit ihnen und endete schließlich triumphierend: »Was ist mir Rom, was sind mir meine Brüder?/ Gib, Grausamer, mir du den Liebsten wieder!«

Die Stille, die ihn empfing, war lähmend. Er hatte sich bemüht, keine allzu hochgespannten Erwartungen auf Beifallsstürme in dieser ehrwürdigen Gesellschaft zu hegen, aber dieser völlige Mangel an Applaus...

»Eure Handlungsführung ist nicht übel«, sagte Chapelain schließlich, und Raoul war ihm beinahe dankbar dafür, daß er die Stille durchbrach, »aber ist Euch bewußt, daß Ihr in diesem einen Akt nicht weniger als zwei direkte Zitate aus dem *Cid* untergebracht habt?«

Georges de Scudéry, wie Chapelain ein Akademiemitglied, der seine Schwester, die Schriftstellerin Madeleine de Scudéry zur Marquise de Rambouillet begleitet hatte, meinte sarkastisch: »Ein Zitat ist entschuldbar als ein Kompliment an das Idol Eures Herzens. Zwei sind entweder eine grobe Schmeichelei oder, wenn sie unabsichtlich hineingeraten sind, eine unverzeihliche Dummheit.«

»*Soll ich der Leidenschaft, soll ich der Ehre dienen? Und: Gerechte Rache galt noch niemals als Verbrechen*«, stimmte Chapelain zu. »Das steht wortwörtlich so im *Cid*.«

»Es freut mich«, warf Corneille milde ein, »daß die Mitglieder der Akademie auf Anhieb eine Zeile aus meinem bescheidenen Werk erkennen, nachdem sie es auf so vielen Seiten getadelt haben.«

Die Marquise de Rambouillet lachte. »Touché, Monsieur de Chapelain, Monsieur de Scudéry.«

»Selbstverständlich kennen wir es in- und auswendig«, konterte Georges de Scudéry. »Schließlich kommt es selten vor, daß es einem Autor gelingt, gegen so viele Regeln des guten Geschmacks auf einmal zu verstoßen.«

Seine Schwester versetzte ihm mit dem Fächer einen leichten Schlag auf den Arm. »Georges«, sagte sie. Desmartes stöhnte. »Bitte, Messieurs, Mesdames – nicht noch eine Debatte über den *Cid*. Ich kann es nicht mehr hören!«

Doch selbstverständlich stürzten sie sich nur allzugerne in eine ihrer aller Lieblingsdiskussionen, und Raoul war vergessen. Er stand stumm da, sein Manuskript immer noch in der Hand, und Marie sah, daß er mit den Tränen kämpfte. Sie ging zu ihm und führte ihn in eine Ecke des Salons.

»Monsieur«, sagte sie, »es hätte schlimmer sein können.«

»Oh, ja«, gab Raoul bitter zurück. »Man hätte mich umgehend hinauswerfen können!«

»Nein. Ihr habt nur das Pech gehabt, einen alten Streit wieder zu entflammen. Habt Ihr vergessen, daß Chapelain seine Kritik mit einem Kompliment an Euch begonnen hat?«

Raoul schluckte. »Was haltet *Ihr* von meinem Stück, Madame?«

»Wollt Ihr die Wahrheit wissen?«

Er nickte heftig. »Nun«, sagte Marie sachlich, »Ihr habt ein Gespür für Monologe und für Wendungen, die im Gedächtnis bleiben. Aber meiner Meinung nach seid Ihr dem Tragischen ausgewichen, da Ihr dafür gesorgt habt, daß Camille ihren Bruder Horace schon haßt, weil er überhaupt gegen ihren Verlobten kämpft, noch ehe sie erfährt, daß er ihn getötet hat. Wenn sie dagegen für Bruder und Geliebten fast gleich viel empfände, hättet Ihr einen viel grausameren, tragischeren Konflikt.«

Raouls erster Impuls war, ihr zu widersprechen, aber er unterdrückte ihn. Zumindest hatte sie seiner Lesung zugehört und sich mit dem Inhalt auseinandergesetzt, statt wie die anderen nur darauf zu warten, eigene Geistesblitze loslassen zu können. »Ich danke Euch, Madame«, sagte er würdevoll, »für Einladung und Kritik. Ich werde jetzt gehen und mich mit beidem auseinandersetzen.«

Marie beobachtete ihn, während er mit steifem Rücken aus dem Salon verschwand. »In der Tat, er ist noch jung«, sagte sie. »Wollt Ihr ihm nicht folgen, Monsieur d'Irsdmasens, um ihm beizustehen?«

Paul d'Irsdmasens schüttelte den Kopf. »Es gibt Situationen, in denen man am besten allein ist. Ihr habt eine interessante Auffassung von der Tragödie, Madame. Aber wie ich inzwischen erfahren habe, seid Ihr ja sehr vertraut damit...« Er machte eine winzige Pause, ehe er fortfuhr: »...da Corneille Euch seinen *Cid* gewidmet hat.«

»*Inzwischen?*« fragte sie mit hochgezogenen Brauen.

»Ich hatte nie das Vergnügen, das Stück zu sehen, da ich damals außer Landes war, also mußte ich es mir kaufen. Wenn ich recht informiert wurde, ging es in der Debatte, die das Stück auslöste, neben der Kontroverse um die drei Einheiten vor allem darum, daß die Heldin am Schluß den Mörder ihres Vaters heiratet.«

»In der Tat. Die Akademie fand damals, der Konflikt hätte nur tragisch gelöst werden können, und Chimène hätte bis zum Schluß auf Rodrigues Tod bestehen müssen, um ihren Vater zu rächen.«

»*Mord, großer König, ist nur durch den Tod zu rächen*«, zitierte er. »Aber ich muß gestehen, was mich am meisten beschäftigt, Madame, ist eine andere Stelle: *Was als Verbrechen gilt, wird öfters ausgeglichen, ist etwas längre Zeit darüber nur verstrichen.* Würdet Ihr dem zustimmen, Madame?«

Sie antwortete nicht sofort. Während sie ihn musterte, versuchte sie, zu ergründen, ob es ihm ernsthaft um ihre Meinung ging, oder ob seine Frage eine rhetorische Falle darstellte, um sich über sie lustig zu machen. Aber den metallischen blauen Augen war nichts zu entnehmen. Unwillkürlich bewunderte sie seine Selbstbeherrschung.

»Nein«, sagte Marie schließlich. »Ich glaube, in diesem Punkt hatte Monsieur Corneille unrecht. Ein altes Verbrechen kann möglicherweise verziehen werden, aber das bedeutet nicht, daß es je ausgeglichen oder vergessen wird.«

»Verziehen«, wiederholte er langsam.

»Manchmal«, sagte sie nachdenklich, »glaube ich, daß nur Gott wirklich imstande ist, uns zu vergeben, was wir getan haben.«

Diesmal lag eindeutig Spott in seiner Stimme. »Ihr glaubt, daß er uns vergibt?«

Die Frage schockierte sie. »Selbstverständlich«, entgegnete Marie heftiger, als sie beabsichtigt hatte. »Es ist eine der Grundwahrheiten, auf die unser Glauben gebaut ist.«

»*Euer* Glauben, Madame.«

Sie glaubte zu begreifen. »Ich verstehe. Ihr seid Protestant.«

Er lachte. Es war ein trockenes Lachen ohne die geringste Heiterkeit darin. »Ah, Madame, ist das alles, was Euch dazu einfällt? Ich war es. Es interessiert mich nicht mehr.«

Warum brachte es dieser Mensch nur immer wieder fertig, sie aus der Fassung zu bringen? Ihr lag eine scharfe Antwort auf der Zunge, aber dann dachte sie an das, was sie im Louvre bei ihm gespürt hatte, und wußte plötzlich, daß ihr damit eine Waffe in die Hand gegeben war.

»Ich glaube, Ihr irrt Euch«, erwiderte sie gedehnt. »Wenn es Euch nicht mehr interessierte, würdet Ihr nicht so darunter leiden.«

Da war es, das Zersplittern des Eises, auf das sie gewartet hatte. Es dauerte nur einen Moment, aber sie hatte das Gefühl, er hätte sie am liebsten geschlagen.

»Ihr seid eine erstaunliche Frau, Madame. Es war ausgesprochen gütig von Euch, meinem Bruder diese Chance zu geben. Nachdem Ihr uns in Eure Welt eingeladen habt, darf ich die Freundlichkeit erwidern und Euch in die meine bitten?«

Diesmal wußte sie zunächst nicht, was sie erwidern sollte. Er sah ihre Verwirrung und präzisierte: »Ich gebe eine kleine Feier aus Anlaß meiner Beförderung.«

»Bis ich Euch heute sah, wußte ich gar nicht«, sagte sie, um ihr Zögern zu überspielen, mit einem Blick auf die Uniform, die er trug, »daß Ihr bei den Musketieren des Königs seid.«

»Ich war es bis vor kurzer Zeit auch noch nicht. Wie ich schon erwähnte, man hat mich in dieses Regiment hinein befördert.«

»Meinen Glückwunsch. Es soll nicht leicht sein, in die Leibgarde des Königs zu gelangen.«

»Danke«, entgegnete er gelassen. »Werdet Ihr kommen?«

Es war vermutlich sehr unklug, aber sie sah auf den ersten

Blick keine Möglichkeit, wie jemand dabei zu Schaden kommen könnte.

»Wo soll diese Feier stattfinden, Monsieur?«

»Im Hôtel Sully. Mein Bruder Philippe logiert zur Zeit dort. Und, Madame«, er lächelte, was Marie jäh gewiß sein ließ, daß er sich jetzt für die Bresche, die sie in seine Selbstbeherrschung geschlagen hatte, rächen würde, »Ihr tätet mir einen persönlichen Gefallen, wenn Ihr unsere bescheidene Feier nicht durch allzugroßen Glanz beschämen würdet. Kommt also nicht als die Herzogin von Aiguillon, sondern ... eher als Madame de Combalet vielleicht?«

Sie fragte sich, ob er in ihrem Gesicht ebenfalls das erkennen konnte, was sie vorhin in dem seinen erkannt hatte. Doch sie *war* nicht mehr Madame de Combalet, und was immer dem jungen Mädchen von damals geschehen war, was immer es getan hatte, es lag weit zurück und konnte sie jetzt nicht mehr verletzen.

»Wie Ihr wünscht, Monsieur.«

13. KAPITEL

Cinq Mars stellte fest, daß der Tag immer weniger Stunden zu haben schien. Außer der Zeit, die er dem König widmen mußte, gab es noch Marie-Louise de Nevers, Herzogin von Gonzaga, der er den Hof machte, Marion de Lorme, die er nicht aufgeben wollte, und die heimlichen Treffen im Hôtel de Venise.

Er löste einen Teil des Problems, indem er die Herzogin von Gonzaga in die Verschwörung einweihte. Sie haßte den Kardinal bereits, seit er seinerzeit ihre Ehe mit Monsieur verhindert hatte, und war nur zu gern dazu bereit, ihr Möglichstes zu seinem Sturz beizutragen.

»Ihr macht Euch gar keine Vorstellung von der Infamie dieses Menschen«, sagte sie mehr als einmal.

»Dann gestattet Ihr, daß wir bei Euch ...?«

»Selbstverständlich.«

Das einzige, was ihn störte, war, daß seine Mitverschworenen seinen Anspruch auf die Führungsrolle anscheinend noch nicht alle akzeptiert hatten. Besonders der barsche Herzog von Soissons hatte mehr als einmal durchblicken lassen, daß er Cinq Mars für einen ähnlichen Emporkömmling wie Richelieu hielt und nicht sicher war, ob man nicht Dreck gegen Schmutz eintauschte.

Also war Cinq Mars nur mäßig überrascht, aber aufrichtig entsetzt, als ihm einer aus der Schar der Bittsteller, die ihn jeden

Morgen, wenn er auf die Straße trat, sofort wie ein Schwarm Fliegen umgaben, unter den üblichen Bitten zuflüsterte, ehe er aufbrausen konnte: »Nehmt Euch in acht und benachrichtigt Eure Freunde. Soissons ist ungeduldig geworden und hat sich offen spanische Unterstützung geholt.«

Das war eine Katastrophe. Wenn Soissons besiegt und gefangengenommen wurde, konnte er sie alle verraten, und keine der Vorbereitungen waren so weit gediehen, um ihnen Schutz zu gewährleisten.

»Das ist das Ende«, sagte er entgeistert.

»Nicht unbedingt«, entgegnete der angebliche Bittsteller in dem sardonischen Tonfall, den Cinq Mars seit ihrem Aufeinanderprallen im Louvre so sehr an ihm haßte. »*Soissons* wird Euch nicht gefährlich werden, Monsieur le Grand. Nur Ihr selbst.«

»Gut, ich werde Eure Bittschrift lesen«, gab Cinq Mars laut zurück und nahm den Umschlag, den der Mann ihm entgegenstreckte, an. Innerlich kochte er. Es war schlimm genug, daß er ausgerechnet diesen Mann in einer so wichtigen Stellung hatte akzeptieren und sogar unterstützen müssen. Er konnte ihn bald nicht mehr in den Reihen der Bittsteller ausmachen, in die er sich zurückzog. Nun, wenn alles vorbei war, und dieser Gedanke stimmte ihn wieder etwas heiterer, würden sie ohnehin einen Sündenbock brauchen, selbst bei offener Unterstützung des Königs. Jemanden, der hingerichtet werden mußte, um das Ansehen der Krone von Frankreich zu wahren. Er wußte bereits genau, wer das sein würde.

Das Haus, in dem der alte Herzog von Sully residiert hatte, der Finanzminister und große Freund Henris IV, strahlte zwar nicht mehr im alten Glanz, doch es konnte sich sehen lassen. Philippe kann sich glücklich schätzen, hier zu leben, dachte Raoul, selbst wenn die Königinmutter die Prunkstücke der Einrichtung seinerzeit, als Sully nach dem Tod ihres Mannes in Ungnade gefallen war, für sich beansprucht hatte.

Es war kennzeichnend für Philippe, daß er sich von Pauls neuem Status hinreichend beeindrucken ließ, um wieder mit ihm zu verkehren. Raoul hatte immer den Verdacht gehabt, daß Philippe die strengen Maßstäbe ihres Vaters nie verinnerlicht, sondern nur imitiert hatte. Er, Raoul, war über die ganze Angelegenheit immer anderer Meinung gewesen, und er fand Philippes Haltung heuchlerisch.

Paul hatte ihn gebeten, Freunde seiner Wahl einzuladen, und merkwürdigerweise darauf bestanden, daß Tallemant zu ihnen gehören sollte. Raoul war sich immer noch nicht ganz sicher, ob er Paul in bezug auf Tallemant glauben sollte, doch er neigte sehr dazu, und die Aufforderung hatte ihn gewundert. Im großen und ganzen jedoch hatte es ihn gefreut. Er war von Natur aus großzügig und schnell bereit, zu verzeihen. Und eine Gesellschaft mit Tallemant in der Runde konnte nie langweilig werden.

Was ihn allerdings völlig unvorbereitet traf, war Pauls Überraschungsgast. »Messieurs«, sagte Paul, als er sie hereinführte, »darf ich Euch Madame Madeleine vorstellen, die Witwe eines alten Freundes.«

Raoul war entsetzt. Der größte Teil seiner Gäste hatte wenig respektable Freundinnen mitgebracht, weswegen Philippe bereits mißbilligend auf eine Teilnahme an der Feier verzichtet hatte. Überdies waren sie alle mehr oder weniger Gegner des Kardinals, wenn auch nicht so heftig wie Tallemant. Es würde eine Katastrophe werden. Zumindest stand zu hoffen, daß seine Freunde sie nicht für ein Mädchen von der Straße hielten, da sie von ihrer Zofe, einer hübschen kleinen Mulattin, begleitet wurde. Dann sah er Tallemants Grinsen, und ihm fiel ein, daß die teuren Kurtisanen wie Marion de Lorme oder Ninon de Lenclos auf ähnlichen Feiern sicher ebenfalls mit Dienerschaft erschienen, und er konnte sich bereits die Schlußfolgerungen aller Gäste vorstellen. Zur Hölle mit Paul!

Bleich stand er auf, ging ihr entgegen und sagte stockend: »Madame, ich...«

Sie reichte ihm mit einem Lächeln auf den Lippen ihre Hand, und ihm blieb nichts anderes übrig, als sich darüber zu beugen und sie zu küssen. Konnte es sein, daß sie Vergnügen an dieser Maskerade fand?

Als Paul sie zu einem Platz an der Tafel, der nicht weit von seinem eigenen entfernt war, geleitet hatte, zischte Raoul: »Warum hast du mich nicht gewarnt?«

»Weil sich dann die Art der Gäste geändert hätte.«

»Du bist ... Madame *Madeleine*? Was soll das alles?«

»Es ist ihr Name. Marie Madeleine. Sei also beruhigt, du lügst deine Freunde nicht an. Sind diese Katholiken nicht wunderbar verläßlich?« fragte Paul. »Die Hälfte ihrer Töchter nennen sie Marie, und die andere Hälfte Madeleine.«

»Wenn das vorbei ist, spreche ich kein Wort mehr mit dir!«

»Selbstverständlich wirst du das tun. Jetzt geh an deinen Platz, deine Freunde warten schon.«

Marie entdeckte unterdessen in der Tat, daß ihr die Sache Spaß zu machen begann. In dem Moment, in dem Paul d'Irsdmasens sie vorstellte, hatte sie sich wieder an die Spiele mit Margot erinnert, in denen sie beide vorgegeben hatten, bei der Geburt ausgesetzte Prinzessinnen zu sein. Es schien, daß er ein umgekehrtes Spiel vorhatte; nun, warum nicht? Es vertrieb die Zeit, und sie konnte ein wenig Zerstreuung gebrauchen. Sie kostete mit Appetit von der Hühnersuppe und amüsierte sich über die unverhohlenen Annäherungsversuche des Herrn zu ihrer Linken.

»Madame«, sagte dieser, »Ihr seid noch nicht lange in Paris, nicht wahr?«

»Woher wißt Ihr das, Monsieur?« fragte sie unschuldig zurück.

»Ein solches Juwel bleibt hier nicht lange ohne Fassung. Irgendein Eifersüchtiger wird Euch für sich erobern, einsperren und die Welt Eures Glanzes berauben, aus Furcht, Ihr könntet ihm wieder genommen werden. Erfreut Euch des Lebens und uns mit Eurer Gegenwart, bis es soweit ist!«

»Bei Gott«, unterbrach ihn der Nachbar Raoul d'Irsdmasens' feurig, noch ehe er ausgesprochen hatte, »ich wäre eifersüchtig auf die Luft, die Ihr atmet.« An Paul d'Irsdmasens gewandt, fügte er hinzu: »Wo habt Ihr sie gefunden, Irsdmasens?«

»Unter den Sternen natürlich, wo sonst«, erwiderte dieser trocken, und Marie erkannte, wofür man sie hier offensichtlich hielt. Sie war nicht ärgerlich, sondern nur mehr amüsiert; sie fragte sich, ob das an dem Wein lag, der hier unvermischt gereicht wurde, und nahm sich vor, in dieser Beziehung vorsichtig zu sein.

Der Suppe folgte Gehacktes, das bald verspeist war. »Der nächste Gang«, sagte Paul d'Irsdmasens zu ihr, »besteht aus einer Eurer Lieblingsspeisen: Krähe mit Kohl.«

Ihr Nachbar schnalzte beifällig mit der Zunge – es handelte sich um eines der allgemein beliebtesten Gerichte –, und Marie dachte, daß Paul d'Irsdmasens, wenn er in gelöster Stimmung war, seinen Geist offenbar auch friedlich einsetzen konnte. Sie hatte den guten Corneille selbst einmal damit geneckt, daß sein Name »Krähe« bedeute, und daß seine Werke mit dem gleichen Gusto verschlungen wurden wie dieser Hauptgang.

Der Mann neben Raoul, der vorhin gesprochen hatte, begriff das Wortspiel ebenfalls und sagte: »Ach, wenn die Krähe nur uns anderes Geflügel nicht so dominieren würde! Aber was kann man erwarten – schließlich wird er von Eminentissime gefördert.«

»Du bist ungerecht, Tallemant«, entgegnete Maries Tischnachbar. »Jeder weiß doch, daß der alte Bussard so neidisch auf den *Cid* war, daß er seine Hunde von der Akademie auf den armen Corneille losgelassen hat.«

Raoul d'Irsdmasens wurde merklich blasser. »Wenn er wirklich hinter dem Angriff stand«, schlug Tallemant zurück, »warum hat er ihn dann schließlich abgeblasen und der Krähe obendrein noch eine Pension ausgesetzt? Außerdem«, schloß er triumphierend, »habe ich gehört, daß Corneille ihm seine nächste Tragödie, *Horace*, widmen wird. Sieht das nach einem armen verfolgten Poeten aus? Nein, mein Freund, der Kardinal hat ihn gekauft, und damit punktum. Ich kann mir keinen größeren Verrat an den Musen vorstellen, als diesem Widerling in den Hintern zu kriechen und von ihm Geld zu nehmen.«

Raouls Gesichtsfarbe hatte sich ins Grünliche vertieft. Marie spürte, wie Paul sie beobachtete.

»Monsieur«, sagte sie in ihrem anmutigsten Tonfall, »Monsieur... Tallemant? Ist das richtig?«

»Ja, Madame, ganz Euch zu Diensten.«

»Monsieur Tallemant, Ihr seid nicht zufällig mit dem Bankhaus Tallemant aus La Rochelle verwandt?«

»Doch, so ist es, Madame, aber...«

»Bankier zu sein«, unterbrach sie ihn, lächelte ihn an und ließ ihren Satz wie eine Frage ausklingen, »ist ein ehrbares Gewerbe.«

»Nun...«

»Das Bankhaus Tallemant bezieht einen Teil seiner Einlagen aus den Pachten von Gutshöfen, nicht wahr? Soweit ich weiß, ist das sehr gewinnbringend. Ich kann Euch nur wünschen, daß es so bleibt, denn man weiß ja nie…«

Raoul, der sich eben aufraffen und Tallemant unter irgendeinem Vorwand vom Tisch entfernen wollte, begriff zwar nicht, was das mit dem vorher Gesagten zu tun hatte, aber er sah, daß es Tallemant war, der die Gesichtsfarbe wechselte. Sein Freund schwieg lange und sollte auch für den Rest der Feier kaum noch ein Wort äußern, während ihr Nachbar Marie verwirrt fragte: »Woher weiß ein so holdes Geschöpf wie Ihr so viel über Bankgeschäfte?«

»Mein verstorbener Gatte«, entgegnete Marie bescheiden und mit gesenkten Lidern, »war ebenfalls Bankier, und nach seinem Tod mußte ich einiges darüber lernen, um seinen Nachlaß ordnen zu können.«

Die Tischgespräche nahmen wieder eine heitere Wendung, doch Raoul bemerkte, wie Tallemant, als man beim Salat angelangt war, Paul kurz etwas zuflüsterte und dann mit ihm den Raum verließ.

»Monsieur d'Irsdmasens«, sagte Gédéon Tallemant im Vorzimmer, jedes einzelne Wort betonend, drohend, »könnt Ihr mir verraten, um wen es sich bei dieser Person da drinnen handelt?«

Raouls seltsamer Bruder machte sein übliches undurchdringliches Gesicht und gab zurück: »Warum fragt Ihr?«

Tallemant mußte sich zusammennehmen, um nicht zu explodieren. »Weil sie weiß, daß wir die Pacht für den Kardinal eintreiben, und mir eben angedroht hat, uns diese Pacht samt Zinseinlagen zu entziehen!«

»Da Ihr mit Eurer Familie im Streit lebt, braucht Euch das doch nicht zu kümmern«, sagte Paul d'Irsdmasens. »Aber laßt mich noch einmal klarstellen, ob ich das richtig verstanden habe: Der Kardinal verpachtet Land, läßt die Pacht von protestantischen Bankiers einziehen, anlegen und sich wieder auszahlen, statt es mit Steuern über die kirchlichen Institutionen abzuführen?«

Tallemant hieb mit der Faust gegen die Wand. »Ja, und ich kann nichts darüber schreiben, weil mir genau das mein Einkommen finanziert! Ich, der ich jede Schandtat des Mannes sammle wie Goldstücke! Wenn das herauskommt, mache ich mich rundum unglaubwürdig!«

Er rang nach Atem. »Na schön, jetzt habt Ihr mein Geständnis. Also, wer ist die Hexe?«

»Was glaubt Ihr denn, wer sie ist?«

»Ihr seid ja wahnsinnig«, konstatierte Tallemant. Paul d'Irsdmasens lachte. »Nein. Nur verblüfft. Ich hätte nicht gedacht, daß es seiner Eminenz dem Kardinal noch einmal gelingen könnte, mich zu überraschen, aber er bringt es immer wieder fertig. Übrigens, Tallemant, ich würde Euch raten, jetzt zu gehen. Ihr scheint mir nicht mit übertrieben viel Taktgefühl ausgestattet zu sein, und ich möchte weder meinen Bruder noch Madame Madeleine noch mehr beunruhigen.«

Die Wolken hatten sich bereits den ganzen Tag über zusammengezogen, und Charlotte dachte bei sich, daß es vielleicht diskreter, aber wesentlich unpraktischer gewesen war, ohne die Kutsche hierherzukommen. Doch sie verstand, warum Madame nicht mit einer Kutsche, die das Kardinalswappen trug, hatte erscheinen wollen.

Sie ging einige Schritte hinter Marie und Paul d'Irsdmasens, der sich angeboten hatte, sie bis zur Rue Saint Honoré zu begleiten, worüber Charlotte froh war. Der Place de Grève und die Nähe von Les Halles waren nicht die Art von Umgebung, die sie bei hereinbrechender Dunkelheit allein erleben wollte. Im übrigen dachte sie sich ihren Teil über Paul d'Irsdmasens, bemühte sich aus einsehbaren Gründen, dem Gespräch zwischen ihm und Madame nicht zuzuhören, und warf ab und zu beunruhigte Blicke gen Himmel.

»Es war ein angenehmer Abend«, sagte Marie, »aber ich verstehe nicht ganz, was Ihr mit Eurer Einladung bezwecken wolltet, Monsieur. Glaubt Ihr wirklich, ich hätte noch nie Vorwürfe gegen Monseigneur, meinen Onkel, kennengelernt? Ich kann Euch versichern, Euer Tallemant war zurückhaltend im Vergleich zu ... einigen Damen bei Hofe.«

»Madame, findet Ihr nicht, daß Ihr es Euch zu einfach macht?« fragte er zurück. »Die Damen bei Hofe, Tallemant ... das ist nichts. Natürlich fällt es Euch leicht, diese Art von Gerede zu ignorieren. Hätte ich die Absicht gehabt, Euch mit ein paar unangenehmen Wahrheiten zu konfrontieren, dann hätte ich Euch die verhungernden Bauern in der Gegend um Avranches gezeigt, die es Ende des vorletzten Jahres gewagt hatten, wegen ihres Elends zu rebellieren. Wißt Ihr, was mit ihnen passiert ist?«

Sie antwortete nicht. »Natürlich wißt Ihr es nicht. Es gehört zu der Art von Dingen, die selbst die Feinde Eures Onkels bei Hofe nicht interessieren, und ich wette, er hat bestimmt nicht mit Euch darüber gesprochen. Die lächerliche Armee, die sie aufgestellt hatten, wurde sehr schnell aufgerieben. Man hat sie gehängt, Madame, bis auf die, die man für unentbehrlich hielt. Schließlich muß ja irgend jemand die Felder bestellen. Ich glaube, so etwas nennt man *ein Exempel statuieren.*«

»Ihr«, entgegnete sie, und zum ersten Mal an diesem Abend stahl sich Schärfe in ihren Tonfall, »seid Soldat. Wenn Ihr Eure Kanonen abfeuert, wißt Ihr dann, wen Ihr damit trefft, wie viele Menschen Ihr tötet und was für Menschen es sind?«

»Nein. Aber ich hülle mich nicht in Illusionen darüber.«

Marie blieb stehen. Es hatte angefangen, zu regnen, ein

leichter Frühlingsschauer; die silbrigen Tropfen sprühten ihr ins Gesicht, als sie sich ihm zuwandte und mit mühsam bewahrter Beherrschung fragte: »Was wollt Ihr von mir, Monsieur? Ihr habt klargemacht, daß Ihr meinen Onkel verabscheut, Ihr habt überdeutlich gemacht, daß Ihr mich ablehnt – was also wollt Ihr von mir?«

»*Verabscheut*«, wiederholte er. »Man sollte vorsichtig mit Worten umgehen, Madame, denn wie Euer Onkel in einem seiner Bücher schreibt, sind sie der Schlüssel zum Denken und Bewußtsein der Menschen. Nein, ich *verabscheue* ihn nicht. Was Euch angeht...«

Regentropfen brachen sich auf ihren Wimpern. Mit beiden Zeigefingern fuhr er die Rinnsale auf ihrem Gesicht nach, nichts weiter als das, doch Charlotte hielt den Atem an. Sie versuchte, die reglose Haltung ihrer Herrin zu deuten, und konnte es nicht.

»...ich wollte mich von Euch verabschieden. Deswegen hatte ich Euch eingeladen.«

»Ihr verlaßt Paris?« fragte Marie. Ihre eigene Stimme klang ihr fremd im Ohr. Sie hätte nicht sagen können, warum sie sich nicht rührte, außer aus dem Grund, daß sie nicht mehr in der Lage dazu war.

»Für eine Weile. Schließlich bin ich Soldat. Ihr habt vielleicht von dem Aufstand des Herzogs von Soissons gehört.«

14. Kapitel

Charlotte befürchtete, daß nunmehr ihre Entlassung kurz bevorstand. Sie hatte zwar nicht die Absicht, irgend jemandem von diesem erstaunlichen Ausflug zu erzählen, und genaugenommen gab es nichts zu erzählen; außerdem hatte sie sich Verschwiegenheit vorgenommen. Aber woher sollte Madame das wissen – bei ihrer Manie für Diskretion?

Also bereitete sie sich innerlich auf das Schlimmste vor, als sie Madame im Morgengrauen vor ihrem Frisierspiegel vorfand. Ihre Herrin tat jedoch nicht mehr, als ihr kurz zuzunikken und ihr die Obliegenheiten des Tages mitzuteilen. Vielleicht ist es zu früh am Morgen für schlechte Nachrichten, schloß Charlotte. Sie war sich nicht sicher, ob sie für eine Verzögerung dankbar sein sollte.

Als Madame sie dann unerwartet, obwohl sie eigentlich mit dem Reinigen der Schuhe beschäftigt war, in ihren kleinen Salon rufen ließ, war Charlotte sich ihrer Sache sicher. Doch Madame war, wie sich herausstellte, nicht allein. In dem Zimmer standen ein glatzköpfiger, muskulös gebauter Mönch in einer abgetragenen Kutte und der seltsamste Mann, den Charlotte in ihrem Leben je gesehen hatte. Erst dachte sie, es müsse ein Mensch aus Kathay sein, wie die kleinen Porzellanfiguren, die in Annettes Boudoir gestanden hatten, doch seine Haut hatte einen bronzenen Ton, keinen gelblichen, obwohl seine Augen ein wenig denen der Porzellanfiguren ähnelten. Das

Haar war dicht, schwarz, schien ein wenig fettig zu sein und war weder so lang, wie es die Herren bei Hofe trugen, noch kurzgeschnitten wie das der Bauern.

»Charlotte«, sagte Madame, »Pater Columban hat mir gerade mitgeteilt, daß sein Begleiter die Stadt zu sehen wünscht. Bitte sei so gut und führ ihn ein wenig herum. In zwei Stunden müßten wir hier fertig sein.«

Großartig, dachte Charlotte, einfach großartig. Ihre Erleichterung darüber, nicht entlassen zu werden, was offenbar bedeutete, daß Madame ihr vertraute, verschwand. Sie hatte heute, weiß Gott, genug zu tun, und jetzt wurde sie mit einem wildfremden, heidnisch aussehenden Menschen losgeschickt, um ihm die Stadt zu zeigen, und das ganze auch noch in zwei Stunden!

»Wie heißt du?« erkundigte sie sich mürrisch, als sie das Palais verließen.

»Die Schwarzkutten nennen mich Matthieu«, antwortete er mit einem fürchterlichen Akzent, »und mein Stamm...«

Das Kauderwelsch, den er hinzufügte, schien ihr unaussprechlich. »Matthieu also«, sagte sie streng. »Es ist ein guter christlicher Name, der Name eines Apostels, und somit gut genug für dich.«

»Ein Mann kann nie genügend gute Namen haben; sie zeigen seinen Feinden, wer er ist, und bieten Schutz vor den Geistern. Wie nennt dein Stamm dich?«

Bei allen Heiligen, dachte Charlotte, was ist das für ein Wilder? »Mein Name ist Charlotte Dieudonnée«, entgegnete sie kühl, »und ich habe keinen *Stamm*. Ich bin ein zivilisierter Mensch.«

Irgendwie schien ihn das zu beunruhigen. »Aber du mußt deinen ersten Namen noch kennen«, sagte er, »den Namen, den du hattest, bevor die Blaßaugen dich fanden.«

Er hielt sie offensichtlich für eine Sklavin aus dem heidnischen Afrika. Doch ehe sie ihrer Empörung Luft machen konnte, kam ihr die Erkenntnis, daß er es vermutlich nicht besser wissen konnte.

»Ich bin hier geboren«, erwiderte sie kurz. Seltsam; sie hatte nie darüber nachgedacht, daß sie genausogut hätte in Afrika zur Welt gekommen sein können. Plötzlich fragte sie sich, ob ihre Mutter wohl aus Afrika stammte und welchen Namen sie ihr gegeben hätte. Energisch schüttelte sie den Kopf, aber das Gefühl des Verlustes von etwas, das sie nie gekannt hatte, ließ sich nicht so einfach verbannen.

»Der Louvre«, begann sie und verbesserte sich dann, »der Palast des Königs ist nicht weit. Und danach bringe ich dich zu der schönsten Kir ... zu dem schönsten großen Haus für Gott in Paris.«

Er teilte ihr würdevoll mit, daß er wisse, was eine Kirche sei. Er habe Pater Columban und Pater Antoine selbst dabei geholfen, eine solche für seinen Stamm zu bauen.

»Aber aus Holz«, schloß er. »Ihr lebt hier inmitten von Steinen, Charlotte Dieudonnée; wie könnt Ihr atmen ohne Wälder?«

Resignierend nahm Charlotte ihr Los auf sich und zeigte dem ersten Bewohner der Provinz Neufrankreich, den sie je gesehen hatte, Paris.

»Matthieu war uns eine große Hilfe«, sagte Pater Columban ernst. »Unser erster Winter war wirklich furchtbar. Die Wilden des Stammes, zu dem Antoine und ich als erster kamen, glaubten, wir brächten Unglück über sie, weil wir die guten Geister vertrieben. Sie brachen uns beide Beine und setzten uns aus. Wir hatten Glück, daß wir mit dem Leben davonkamen und daß Matthieu uns fand. Ohne die Hilfe der Huronen hätten wir nicht überlebt, und Monsieur Menou mit seinen Männern auch nicht.«

»Es muß ein hartes Leben für Euch sein.«

»Aber ein glückliches, Madame«, gab Pater Columban zurück. »Die Wilden sagen, in den Wäldern ist man dem Großen Geist am nächsten, und ich glaube, da haben sie recht.« Etwas Schelmisches tanzte plötzlich in seinen Augen. »Obwohl ich für etwas irdische Hilfe sehr dankbar wäre.«

Marie lächelte. Sie unterstützte mehrere Projekte, aber die Mission in der Neuen Welt am liebsten. Es war das erste Mal, daß sie Pater Columban persönlich begegnete, aber sie hatte lange mit ihm korrespondiert und dabei herausgefunden, daß er nicht nur unbeirrbar in seiner Berufung war, sondern auch über einen höchst irdischen Sinn für Humor verfügte. Außerdem weckten seine Briefe regelmäßig ihre eigene heimliche Sehnsucht nach der Ferne; sie hätte Neufrankreich für ihr Leben gerne gesehen, die Wälder, die Berge, die riesigen Wasserfälle, die Pater Columban beschrieben hatte, die kleine Siedlung, die langsam Gestalt annahm. Und vorher das Meer. Wirklich auf das Meer hinauszusegeln, so weit, daß man nirgendwo ein Ufer mehr sah...

Diese Vorstellung brachte sie auf eine praktische Überlegung. »Ich weiß, daß Ihr für ein Jahr hier bleiben wollt«, sagte sie, »aber es wäre trotzdem wichtig, Euch jetzt schon nach einem Schiff für die Rückreise zu erkundigen. Leider hat die Küste von Neufrankreich einen schlechten Ruf, besonders nach dem, was Monsieur Champlain geschehen ist, und es dürfte nicht viele Kapitäne geben, die sie ansegeln.«

»In diesem Fall, Madame, habe ich Glück«, entgegnete der Pater. »Mein Bruder, Jean-Luc Picard, ist Kapitän eines Schiffes der Handelsflotte, und ich habe ihn überreden können, nächstes Jahr sein Glück mit dem Atlantik zu versuchen.« Er kniff ein Auge zusammen und fügte hinzu: »Jean-Luc würde es nie zugeben, aber ihn reizt das Abenteuer.«

»Ach, wirklich?«

Pater Columban wußte, wann er geneckt wurde. Er lachte. Wieder ernst geworden, sagte er: »Monsieur Menou hat mir außerdem noch einen Brief für Seine Eminenz mitgegeben. Er bittet um mehr Unterstützung gegen die englischen Truppen, die ihn bedrängen. Es scheint, die Engländer wollen das gesamte nördliche Amerika für sich. Gott sei gedankt für das Bündnis, daß wir mit den Huronen, Algonquins und Montagnais schließen konnten, sonst stünden wir ohne Verbündete da.«

»Heute kann ich Euch keine Audienz verschaffen, aber wenn Ihr mir den Brief geben wollt...«

»Ich wäre Euch dankbar, Madame.«

Es dauerte lange, bis Marie die Gelegenheit hatte, Pater Columban, Menou und den Brief zu erwähnen. Der Kardinal arbeitete bis spät in die Nacht hinein allein mit Giulio Mazzarini und durfte nicht gestört werden; selbst Le Masle war bereits fortgeschickt worden. Soissons, vermutete sie, und da ihr selbst viele Dinge durch den Kopf gingen, blieb sie wach.

»Madame«, rief Giulio Mazzarini betreten, als er sie auf einem der unbequemen Sitzstühle im Vorzimmer gekauert fand. Sie hatte die Knie angezogen und saß auf den Beinen, etwas, das sie für gewöhnlich nur tat, wenn sie sehr erschöpft und allein war. Es ließ sie bei ihrer geringen Größe wie ein kleines Mädchen wirken. »Ihr hättet nicht auf uns warten sollen.«

»Es ist gut, Colmardo«, sagte der Kardinal.

Als Mazzarini gegangen war und sie allein waren, fragte er: »Was gibt es, *ma nièce?*«

Sie hätte ihm eine Menge zu sagen gehabt, aber sie begann mit Neufrankreich. Er las den Brief und runzelte die Stirn. »Wir brauchen mehr Siedler dort«, meinte er. »Wenn es ihr eigenes Land ist, um das es geht, wird es ihnen lebenswichtig sein, es zu verteidigen, nicht eine lästige Pflicht.«

Aber er konnte sich an diesem Abend nicht mehr auf Neufrankreich konzentrieren, obwohl es ihm sehr am Herzen lag. Vor Menou hatte einer seiner ältesten Getreuen aus dem Poitou, Isaac de Razilly, die Verantwortung dort innegehabt, bis er plötzlich im Alter von nur fünfundvierzig Jahren gestorben war. Aber es war die europäische Lage, die ihn zur Zeit voll und ganz in Anspruch nahm.

Er hatte, zusammen mit Mazzarini, Verhandlungen mit dem Kaiser und den deutschen Fürsten, ob protestantisch oder katholisch, begonnen, geheime Verhandlungen, unter Ausschluß Spaniens. Es war an der Zeit, den langen Krieg dort zu beenden, und Colmardo mit seinem Geschick für die Diplomatie war der richtige Mann dafür. Soissons mit seinem lächerlichen Aufstand kam gar nicht einmal zu einer verkehrten Zeit. Solange es Olivares ablenkte... Es sei denn, hinter Soissons steckte mehr.

Von Colmardo wanderten seine Gedanken zu dessen Vorgänger, der sein Leben wie kaum ein anderer begleitet hatte. »Nichte«, sagte er abrupt, »im letzten Herbst, ehe ich nach Paris zurückkehrte, habe ich Alphonse besucht.«

Marie war beunruhigt. Die Beziehungen zwischen dem Kardinal und seinem älteren Bruder, den er beinahe mit Gewalt aus dem Kloster gezwungen hatte, waren, gelinde gesagt, stürmisch. Sie spürte, daß er ihr etwas mitteilen wollte und nur nach einem Anfang suchte.

»Warum?« fragte sie behutsam.

»Ich vermisse Pater Joseph.«

Pater Joseph, der sein Dasein als François du Tremblay begonnen hatte und aus der gleichen Gegend wie die Richelieus stammte, war die rechte Hand des Bischofs wie des Kardinals gewesen, sein wichtigster Ratgeber und Unterhändler. Aber worauf ihr Onkel jetzt hinauswollte, spürte Marie, war die Tatsache, daß der Kapuziner, der jede Art von kirchlichem Aufstieg jahrzehntelang strikt abgelehnt hatte, auch sein Vertrauter in Belangen der Seele gewesen war. Der einzige Mann, von dem sich der Kardinal in solchen Angelegenheiten etwas sagen ließ. Als Unterhändler war Pater Joseph bereits zu Lebzeiten mehr und mehr von Giulio Mazzarini überschattet worden, aber der andere Teil der Beziehung ließ sich nicht ersetzen.

Dennoch, sie war leise gekränkt. Sie wußte und hatte nie anderes erwartet, daß es viele Dinge gab, über die er mit ihr nicht sprach, aber sie hatte angenommen, seelische Krisen gehörten nicht dazu. Er hatte ihr in solchen Situationen bereits mehrmals vertraut; warum nicht jetzt?

»Monseigneur, Ihr wißt, ich bin hier.«

Er sah sie an und schüttelte den Kopf. »Nicht heute nacht, Marie. Ihr braucht Euren Schlaf; ich habe Euch bereits lange genug aufgehalten.«

In diesem Moment beschloß sie, ihm nichts von Paul d'Irsdmasens zu erzählen. »Wie Ihr wünscht, Monseigneur«, sagte sie, bemüht, nicht steif zu klingen, und zog sich zurück.

Der Kardinal wußte, daß er sie gekränkt hatte, aber die Geister, die ihn heute nacht plagten, waren die Seinen, und er konnte sie nicht damit belasten.

Pater Joseph, sterbend: »Ich weiß nicht, Armand, ob wir nicht das Werk des Teufels getan haben, Ihr und ich.«

»Warum sagt Ihr das, Pater?« Er hatte es auf das deutliche Ressentiment geschoben, das der Kapuziner gegen Colmardo hegte, als Pater Joseph erwiderte: »Katholisch, Armand ...

katholisch bedeutet universell. Die Mutter Kirche umfaßt alle Nationen, aber was jetzt in Europa wuchert, ist das Unkraut des Glaubens, eine Nation sei wichtiger als die andere, müsse mehr gefördert werden als die andere, sei wichtiger sogar als der Glauben. Das ist Ketzerei, Armand, und was Ihr auch sagt, ich fürchte, Ihr hängt dieser Ketzerei an.«

Und Alphonse, diesmal sehr lebendig und nicht in einem der Zustände, die ihm mit verdächtiger Häufigkeit kamen, wenn sie sich sahen, und in denen er sich für Gott hielt: »Warum bist du gekommen, Armand?«

Alphonse, mit der alten Bitterkeit, der sich weigerte, etwas anderes zu tragen als die strenge Kutte des Kartäuserordens, und sehr wahrscheinlich darunter noch ein härenes Hemd.

»Was willst du? Absolution? Wie wäre es, Armand, wenn du dich zur Abwechslung daran erinnern würdest, daß du nicht nur Minister und Kardinal bist, sondern auch Priester? Wann hast du dich das letzte Mal an die drei Gelübde erinnert? Armut: Ich gebe ja zu, es wäre zuviel verlangt, da unsere Mutter dich eigens zum Priester gemacht hat, um die Familie zu bereichern. Und Gehorsam – wem gehorchst du noch, Armand? Wenn der Papst dir einen Gesandten schickt, der dir sagt, was du tun sollst, korrumpierst du ihn, wie den jungen Gecken damals, der dir jetzt überallhin nachläuft. Was den König, deinen weltlichen Herrn, angeht… Besser, wir sprechen nicht davon. Und Gottes Stimme? Wann hast du zum letztenmal auf Gottes Stimme gehört, Armand?«

Unmöglich, Alphonse zuzuhören, ohne zu widersprechen, ohne den alten Groll zu empfinden, aber auch unmöglich, auf das Gespräch zu verzichten. »Oh, ich wäre sehr dankbar für Gottes Stimme. Ich warte darauf, daß er mir endlich sagt, warum er mir den Geist und den Willen zur Macht gegeben hat, und dazu diesen miserablen Körper mit seinen ständigen

Krankheiten! Ich warte darauf, daß er mir sagt, warum es nicht möglich ist, ein Schiff ans Ufer zu steuern, ohne dabei durch den schlimmsten Dreck im Hafenwasser zu segeln!«

Alphonse, selbst mit dem weißglühenden Zorn ihrer Familie erfüllt: »Du lästerst!«

Warum? Fruchtlose Frage. Fruchtlose Spekulation, und fruchtlos, Alphonse zu fragen, der schließlich den Anfang der langen Kette gebildet hatte, die ihn an das Hier und Jetzt fesselte. Doch nein, das war zu einfach. Alphonse?

Warum ließ sich die Vergangenheit nicht loswerden?

Es war Zeit, die Kette Glied um Glied zurückzuzählen, bis zu dem Tag, bis zu der Stunde, in der alles begann.

IV

DIE VERGANGENHEIT: ARMAND

Eine Berufung ist die Rettung jedes Menschen vor der Trägheit;
sie gibt ihm Gesundheit, sie hält den Verstand vom Nachdenken
über Dinge, welche die Seele belasten, ab; durch sie erhält das
Allgemeinwohl seine wahre Festigung, und bleibt dauerhaft, da es
durch ständige Beschäftigung aufrechterhalten wird.

Richelieu: Emblema Animae

15. Kapitel

Die Sonne drang durch die hohen Fenster in das Gemach der Marquise de Richelieu ein, zeigte erbarmungslos die abgenutzten Polstermöbel, die verblichenen Vorhänge und ihr gealtertes Gesicht, als sie ihrem zweiten Sohn ungläubig gegenüberstand.

»Das kann doch nicht dein Ernst sein!«

Der Rest der Familie war genauso entsetzt wie Suzanne, aber sie hatten gelernt, sich zurückzuhalten, wenn die Marquise sprach. Suzanne de La Porte war achtzehn Jahre alt gewesen, als man sie mit François du Plessis de Richelieu verheiratet hatte; eine gute Partie, wie die La Portes glaubten, ein adliger Name für ihre Tochter. Es war Suzanne überlassen geblieben, alles über das Erbe herauszufinden, das sich hinter dem Namen verbarg, die verlorenen Ländereien, das Temperament ihres Gatten, seine Spielsucht, wegen der er bald ihre Mitgift verlor und sie dann als mittellose Witwe mit fünf Kindern zurückließ. Mit nichts als ihrem Verstand und ihrer Willenskraft war es ihr gelungen, den Verfall der Familie de Richelieu aufzuhalten und teilweise rückgängig zu machen, aber was auch immer sie als Mädchen an Sanftmut und Nachgiebigkeit besessen hatte, war dabei verloren gegangen.

Henri, der einen manchmal geradezu perversen Sinn für Humor besaß, blickte Alphonse mit einer gewissen Ehrfurcht an. Der Rest der Familie schaute zu Suzanne, auch als Alphonse jetzt entgegnete:

»Mutter, ich bin fest entschlossen. Morgen verlasse ich dieses Haus und trete bei den Kartäusern ein.«

»Alphonse«, sagte Suzanne befehlsgewohnt, »das ist unmöglich. Du weißt genau, warum ich dich zum Priester bestimmt habe. Damit du der Familie die Einkünfte von Luçon erhältst, indem du dort Bischof wirst.«

»Nicht Ihr habt mich zum Priester bestimmt. Gott hat mich berufen, und ich bin entschlossen, seinem Ruf zu folgen.«

»Gut«, sagte Suzanne schneidend, »dann folge ihm als Bischof in Luçon.«

Alphonse rührte sich nicht. »Um des Mammons willen kann ich Gott nicht dienen. Die Kirche ist von Ehrgeiz und Raffgier verseucht, und nur die Klöster sind noch rein.«

Großartig, Alphonse, dachte Armand, warum gehst du nicht gleich zu den Protestanten?

Er war siebzehn, und man hatte ihn zur Investitur seines älteren Bruders aus Paris zurückgeholt, wo er am Collège de Navarre in der Sorbonne studierte. Das hatte er Suzannes Bruder zu verdanken, Amador de La Porte, denn die Familie Richelieu hatte kein Geld für die Ausbildung eines dritten Sohnes mehr übrig. Eine der wenigen Einkunftsquellen, die François du Plessis nicht verspielt hatte, war das Recht gewesen, den Bischofssitz von Luçon zu besetzen. Alphonse war von Anfang an für diesen Bischofssitz bestimmt gewesen, und nun war sein Onkel Jacques du Plessis, der vorige Bischof, tot, und die Kanoniker von Luçon, aufsässig gemacht durch die Reformen innerhalb der Kirche, weigerten sich, noch länger bei Beförderungen übergangen zu werden und für die Ernährung der Richelieus zu sorgen. Sie hatten bereits eine Eingabe beim Heiligen Stuhl veranlaßt, um den Richelieus dieses Recht, das dem Geist des Tridentinums widersprach, fortzunehmen. Alphonse mußte sein Amt antreten, und zwar bald.

Suzanne tat etwas, das man bei ihr noch nicht erlebt hatte; sie verlegte sich bei einem ihrer Kinder aufs Bitten. »Alphonse, denk an mich und deine Geschwister. Es ist deine Pflicht, uns zu helfen.«

»Meine Pflicht Gott gegenüber geht vor.«

Es sah so aus, als würde diese Auseinandersetzung jetzt endlos so weitergehen, aber Armand erkannte bereits deutlicher als jeder andere, was sich abzeichnete. Danke, Alphonse, dachte er erbittert und starrte auf den schmalen Rücken seines Bruders, der heute wohl zum letztenmal in Wams und Hosen gekleidet war.

Armand schloß die Augen und erinnerte sich an Paris. Es machte ihm Freude, zu studieren, und es spielte auch keine Rolle, daß er nur ein dritter Sohn war; mit seiner Intelligenz war er in Debatten bereits aufgefallen, und es bereitete ihm auch keine Mühe, das Degenfechten zu erlernen, das Reiten, die Art, wie ein Edelmann grüßte und sich bei Hofe verhielt. Da die Familie nichts weiter von ihm erwartete als normale Loyalität und die Rechtfertigung des Vertrauens, das sein Onkel Amador in ihn gesetzt hatte, war es ihm völlig freigestanden, seine eigenen Zukunftspläne zu schmieden.

Er hatte nicht gerade die beste Gesundheit und war als Kind oft krank gewesen, doch seine Konstitution besserte sich durch die ständigen Reit- und Fechtübungen bereits stark, und in seinen Vorstellungen hatte er sich noch nicht zwischen dem Hauptmann de Richelieu, Held aller Schlachten und baldiger Marschall, und dem Kapitän de Richelieu, Entdecker unbekannter Länder für seine Majestät König Henri IV, entschieden. Er neigte dazu, den Kapitän zu favorisieren; er liebte das Meer, seit er es das erste Mal gesehen hatte, und es hatte ihn immer gereizt, etwas zu tun, das noch keinem anderen Menschen zuvor gelungen war.

Soviel zu Hauptmann und Kapitän. Er stellte sie sich beide noch einmal vor, in all ihrer abenteuerlichen Pracht, dann begrub er sie und tat das bisher Undenkbare. Er unterbrach seine Mutter und sagte laut:

»*Ma mère*, es gibt eine Lösung. Theologie und Philosophie sind beides Fächer, die ich bereits studiere. Laßt mich anstelle von Alphonse als Bischof nominieren. Ich weiß, daß ich noch nicht das richtige Alter und die nötige Ausbildung habe, aber...«

»Unmöglich«, unterbrach ihn Henri niedergeschlagen, dessen Gesicht sich zunächst aufgehellt hatte. Als ältester Sohn und Erbe des Titels war es ihm selbst unmöglich, eine kirchliche Laufbahn einzuschlagen. »Die Kanoniker von Luçon werden mit ihrer Eingabe Erfolg haben, wenn wir das tun. Selbst wenn du dein Studium in der kürzestmöglichen Zeit hinter dich bringst, bist du immer noch zu jung für die Investitur, und bis dahin haben sie uns das Bistum entzogen.«

Suzanne sog nachdenklich ihre Unterlippe ein. »Es wäre möglich«, sagte sie stirnrunzelnd. »Wenn wir nur einen sicheren Kandidaten vorzuweisen haben, gelingt es Amador mit seinem Einfluß im Malteserorden gewiß, die Entscheidung des Heiligen Stuhls noch ein paar Jahre aufzuhalten.«

In ihren Augen lag Stolz, als sie ihren Bruder erwähnte. Seit Jahrhunderten hatten die Malteserritter nur Mitglieder des Hochadels, die einen jahrhundertealten Stammbaum vorweisen konnten, in ihren Orden aufgenommen, bis es ihrem Bruder Amador aus eigener Kraft gelungen war, diese Regel zu brechen. Er hatte, wie ihr Vater, als Anwalt angefangen und war auch jetzt noch in dieser Funktion für den Malteserorden tätig, aber der Tag, an dem man ihn zum *Commandeur* der Malteserritter gemacht hatte, war der stolzeste ihres bisherigen Lebens gewesen.

Armand liebte seine Mutter, aber da er erst siebzehn war, fand er, daß sie seine noble Geste etwas weniger selbstverständlich hätte aufnehmen können. Doch was Alphonse, der ihn streng musterte, nun sagte, machte das Maß voll.

»Ich glaube nicht, daß es gut für dich und die Kirche wäre, Bischof zu werden, Armand. Der Dämon des Hochmuts steckt ohnehin in dir.«

»Zum Teufel«, explodierte Armand und sah mit Befriedigung, daß Alphonse angesichts der Blasphemie sichtlich zusammenzuckte. Daß auch seine Mutter nicht gerade erfreut war, würde er später zu spüren bekommen. In ihrer Gegenwart fluchte man nicht.

»Wenn du mich und die Kirche unbedingt voreinander bewahren möchtest, Alphonse, dann tu doch deine Pflicht und werde selber Bischof!«

Françoise, die einige seiner Zukunftsträume kannte und bisher geschwiegen hatte, begann mitleidig: »Armand...« Gleichzeitig sagte Henri: »Wenn du...«

»Laßt mich in Ruhe!«

»Verdammt, ich wollte doch nur...«

»Achtet auf eure Sprache!« rief Suzanne scharf.

»Wie froh ich sein werde«, meinte Alphonse, »wenn ich dieser Familie erst den Rücken gekehrt habe. Der Teufel steckt in euch allen.«

»O nein, teuerster Bruder«, sagte Armand. »Du magst dieser Familie vielleicht den Rücken kehren, aber ich schwöre bei Gott, daß sie dir nie den Rücken zukehren wird. Verkriech dich nur in deinem Kloster. Der Tag wird kommen, an dem ich dich dort heraushole, und dann wirst du Gott auf meine Weise dienen.«

Die Ironie dabei war, daß er früher wirklich gerne Theologie studiert hatte, nicht nur, weil es ein Pflichtfach war. Die Fragen nach Gott und dem Sinn des Lebens beschäftigten ihn, aber von dahin bis zu einem Leben als Priester war es ein weiter Weg.

Was das Studium anging, er brachte es, wie er es sich geschworen hatte, tatsächlich in weniger als fünf Jahren hinter sich, auch wenn er in manchen Bereichen nun von vorne anfangen mußte. Unterdessen blieb der Klerus von Luçon nicht untätig.

»Armand«, schrieb sein Onkel Amador schließlich an ihn, »ich habe getan, was ich konnte, aber länger läßt sich die Entscheidung beim besten Willen nicht aufhalten. Alles weitere liegt beim Heiligen Vater und bei Euch.«

Er brach nach Rom auf.

Es war nicht leicht, als junger Niemand mit einem so umstrittenen Ziel eine Audienz beim Papst zu bekommen, also hatte er mehr Zeit, als ihm lieb war, um Rom auf sich einwirken zu lassen.

Die Stadt faszinierte ihn. Er stand auf der Engelsbrücke, blickte von der Burg, die der römische Kaiser Hadrian sich hatte erbauen lassen, zu der riesigen neuen Kathedrale Sankt Peter, die noch nicht einmal ein Jahrhundert alt war, und spürte ihn – den Pulsschlag der Jahrtausende. Den Pulsschlag der Macht.

Alle Wege führen nach Rom.

Bisher hatte Paris seine Vorstellungen von einer Stadt geformt, doch verglichen mit Rom war Paris, das seinen Ruhm einzig seiner berühmten Universität verdankte und immer noch dabei war, sich von den Wunden der langjährigen Bürgerkriege zu erholen, ein Dorf. Fast noch mehr als die Geschichte beeindruckte ihn die Gegenwart von Rom: Kunst, Wissenschaft und die Verwaltung der gesamten katholischen Christenheit, konzentriert in einer Stadt.

»Ihr habt einen ungünstigen Zeitpunkt gewählt, mein Sohn«, teilte ihm der Kardinal du Perron, der höchstrangige und berühmteste französische Kleriker, mit, als er ihm seine Aufwartung machte. »Der Papst ist mit der venezianischen Angelegenheit beschäftigt, und außerdem neigt er im allgemeinen, Gott sei's geklagt, dazu, die Spanier zu bevorzugen.«

Auf diese Weise erfuhr Armand von dem ständig schwelenden Streit innerhalb der Kurie. Unter Clemens VIII. war sein Neffe, Kardinal Aldobrandini, der Fürsprecher der französischen Partei gewesen, Kardinal Farnese das Oberhaupt der spanischen. Als Clemens starb, war es Aldobrandini zusammen mit du Perron und den übrigen französischen Kardinälen gelungen, einen Medici, einen Verwandten der Königin von Frankreich, zum Papst zu machen, und die französische Partei hatte jubiliert. Aber Leo XI. hatte seine Wahl nur sechsundzwanzig Tage überlebt. Sein Nachfolger, Paul V., nun seit zwei Jahren im Amt, war ein Borghese und gehörte eigentlich keiner Fraktion an, doch man hatte ihn sagen hören, Frankreich mochte die älteste Tochter der Kirche sein, aber auf dem Thron säße ein berüchtigter ehemaliger Ketzer, während Spanien die Sache des wahren Glaubens seit Jahrhunderten mit uneingeschränkter Hingabe verfocht. Außerdem war er als strenger Anhänger des Tridentinums bekannt. Seine ersten Worte an Armand, nachdem es diesem doch gelungen war, zu ihm vorgelassen zu werden, klangen nicht besonders hoffnungsverheißend.

»Junger Mann, wir nehmen an, es ist Euch bekannt, daß wir es uns zur Aufgabe gemacht haben, die Beschlüsse des Tridentischen Konzils durchzusetzen, und es für eine Todsünde erklärt haben, von seinem Bistum entfernt zu leben und die Einkünfte desselben zu genießen.«

»Euer Heiligkeit«, entgegnete Armand, »es ist nicht meine Absicht, von meinem Bistum entfernt zu leben. Auch ich halte es für die vornehmste Aufgabe eines Bischofs, den Mißständen innerhalb der Kirche mit den Maßstäben zu begegnen, die uns das Tridentinum gesetzt hat, und deswegen plane ich…«

Er fing an, eine Reihe von Reformen aufzuzählen, die für das Bistum von Luçon notwendig waren. Als er bei den Dorfpfarrern angelangt war, die oft noch nicht einmal das Lateinische, das sie für die Messe benötigten, verstanden und ihren Pflichten so nachlässig nachgingen, daß es in den Dörfern immer noch Menschen gab, die Jesus Christus für einen weiteren der alten Götter hielten, sah Paul V. beindruckt aus. Er sagte nicht, ob er Armand den nötigen Dispens erteilen würde, aber er bat ihn, am nächsten Tag wiederzukommen.

»Mein Sohn«, sagte Kardinal du Perron nach einer Woche, in der Armand beinahe täglich im Vatikan empfangen worden war, »Ihr seid zwar noch sehr jung, aber ganz offensichtlich hat Gott Euch tatsächlich berufen.«

»Die venezianische Angelegenheit«, die den Papst beschäftigte, war eigentlich inzwischen eine Angelegenheit der Jesuiten. Gleich nach seinem Amtsantritt hatte sich der Papst in eine Machtprobe mit der Republik Venedig verwickelt, in deren Verlauf er sie mit dem Interdikt belegt und die dort ansässigen Orden angewiesen hatte, entweder das Interdikt zu befolgen oder Venedig zu verlassen. Das Interdikt befolgen hieß, mit keinem der exkommunizierten Einwohner zu sprechen, niemanden zu taufen, zu verheiraten, zu beerdigen oder auf irgendeine sonstige Weise geistliche Hilfe zu leisten, wozu auch der Unterricht in den Schulen zählte. Die Jesuiten, die ein viertes, besonderes Gehorsamsgelübde an den Papst band, hatten nach Ablauf des päpstlichen Ultimatums ihren General noch einmal rückfragen lassen, aber keine andere Antwort bekommen als die, daß sie sich an das Ultimatum zu halten hätten. Also hatten sie gehorcht und Venedig verlassen, was die humanere Alternative zu sein schien. Die anderen Orden hatten sich weniger gehorsam gezeigt. Das jetzige Problem lag darin, daß die Republik Venedig, nachdem der Zwist mit dem Papst bereinigt war, sich weigerte, die Jesuiten, nachdem man sie feierlich aller Bürgerrechte ledig und für verbannt erklärt hatte, wieder aufzunehmen. Die Dominikaner, die sich in den letzten Jahrzehnten von diesem neuen Orden auf höchst ärgerliche Weise überrundet gesehen hatten, nützten diese Gelegenheit, um zu erklären, das beweise nur wieder einmal, wie die Jesuiten innerhalb und außerhalb der Kirche nur Unfrieden stifteten. Sie begannen mit einem Generalangriff und reichten Antrag über Antrag beim Heiligen Stuhl ein, um die Societas Jesu verbieten und aus der Reihe der legitimen Orden wieder streichen zu lassen.

»Es hat schon siebzehn Versammlungen deswegen gegeben. Sollte ich Euch den Dispens erteilen und damit zu einem Mitglied des Klerus machen«, sagte Paul V. zu Armand, »was würdet Ihr dann als Angehöriger der Kirche in dieser Angelegenheit raten?«

»Es ist für Euer Heiligkeit unmöglich, so treue Diener, die gerade einen derart deutlichen Beweis ihres Gehorsams geliefert haben, öffentlich zu verdammen. Um die Väter vom Orden der Dominikaner jedoch nicht zu verletzen, würde ich Euch vorschlagen, die Disputatoren und Konsultoren mit der Erklärung in ihre Heimat zu schicken, eine Entscheidung werde zu gegebener Zeit von Euch getroffen werden; indessen sei es Eure Meinung, daß kein Teil der Kirche den anderen verunglimpfen sollte.«

Er sprach sachlich und ernst und hütete sich, sich seine Gefühle anmerken zu lassen. Henri hatte ihn einmal in seiner unwirschen Art, Besorgnis zu zeigen, gefragt, ob ihm »die Sache mit dem Zölibat« etwas ausmache. Noch war er nicht Priester, hatte noch keine Gelübde abgelegt, und in Rom schien es mehr bereitwillige Frauen zu geben als sonst irgendwo, aber seltsamerweise hatte ihn das nie in Versuchung geführt.

Das ist Rausch, dachte Armand, das ist Ekstase. Von einem der mächtigsten Männer der Erde um Rat gefragt zu werden und die Möglichkeit zu haben, einzugreifen, zu gestalten, zu formen.

In Bedrängnis kam er nur einmal, als der Papst auf Henri IV zu sprechen kam. »Glaubt Ihr, Euer König ist ein guter Herrscher, mein Sohn?« fragte er.

»Gewiß, Euer Heiligkeit«, antwortete Armand, ohne zu zögern. »Unser Land war von den Religionskriegen und den Zwisten der großen Familien ausgeblutet, und er hat es wieder geeint, gefestigt und gestärkt.«

»Eine starke Regierung ist also Eurer Meinung nach die wichtigste Eigenschaft eines Herrschers? Ich würde meinen, die erste Tugend der Könige sollte die Sorge um das Wohl der Seelen ihrer Untertanen sein.«

Armand spürte, daß alles, wofür er in Rom gearbeitet hatte, jetzt in der Schwebe stand. »Beides hängt unabdingbar miteinander zusammen, Euer Heiligkeit. Ein Herrscher kann nicht für das Wohl der Seelen seiner Untertanen sorgen, wenn diese Untertanen damit beschäftigt sind, sich gegenseitig zu bekriegen.«

»Doch Euer König«, erwiderte Paul V. langsam, »soll bei seiner Rückkehr zum wahren Glauben gesagt haben, Paris sei eine Messe wert. Das zeugt nicht eben von der Absicht, für das Seelenheil seiner Untertanen zu sorgen, ganz abgesehen davon, daß er seinen ehemaligen Glaubensbrüdern, den Hugenotten, ganz unerhörte Freiheiten eingeräumt hat.«

Es war die Stunde, es war der Ort. »Wäre der König kein aufrichtiger Katholik«, gab Armand zurück, »hätte er dann auch als seine zweite Frau eine katholische Prinzessin gewählt und einen der Väter von der Gesellschaft Jesu, die ihre Hauptaufgabe in der Bekämpfung der protestantischen Irrwege sieht, zu seinem Beichtvater gemacht?«

Einen Moment lang schwieg der Papst; dann lachte er. »*Henricus Magnus armandus Armando*«, sagte Paul V. erheitert. »Henri der Große hat sich durch Armand gewappnet. Es ist gut, mein Sohn. Macht Euch bereit, Eure Gelübde vor Gott, unserm Herrn, abzulegen. Ich werde Euch einen Dispens erteilen.«

Am 17. April 1607 wurde Armand Jean du Plessis de Richelieu in Rom an ein und demselben Tag zum Priester und Bischof geweiht. Er war zweiundzwanzig Jahre alt.

16. Kapitel

Armand kehrte Rom nicht ohne Bedauern den Rücken, denn er wußte, daß er es vermutlich nicht wiedersehen würde. Was er in der Kurie erlebt hatte, ließ es unwahrscheinlich erscheinen, daß ein Franzose jemals in die engere Wahl für den Heiligen Stuhl kam, und wenn er länger blieb, würde er dem Wunsch, danach zu streben, nicht widerstehen können. Außerdem hatte er eigentümlicherweise Heimweh; es war der schiere Klang der französischen Sprache, den er vermißte. Selbst du Perron hatte Lateinisch mit ihm gesprochen, und unter den höherrangigen Prälaten war Spanisch die allgemeine Umgangssprache.

Kurz vor seiner Abreise kam es noch zu einer Unterredung mit einem Mitglied der spanischen Delegation, die ihm lange im Gedächtnis blieb.

»Junger Freund«, sagte Kardinal Conchillos, »ich wollte vor Seiner Heiligkeit nichts sagen, weil ich Euch nicht schaden möchte. Ihr seid ein hoffnungsvoller Mann, und solche Leute kann die Kirche immer gebrauchen. Aber Ihr solltet Euch klar darüber sein, daß Euer König, ob nun aufrichtig konvertiert oder in seinem Herzen noch immer ein Ketzer, ein Unglück für Euer Land darstellt.«

Armand unterdrückte die Entgegnung, die ihm auf der Zunge lag, entschied sich, höflich zu sein, und fragte in seinem reinsten Kastilisch: »Warum glaubt Ihr das, Euer Eminenz?«

»Weil er Euren Protestanten Rechte zugebilligt hat, die Euch in genau die gleiche Lage bringen werden wie die Deutschen in ihrem Kaiserreich. Viele kleine Länder in einem großen Land. Hat er nicht einigen protestantischen Städten sogar das Recht gegeben, Katholiken den Aufenthalt innerhalb ihrer Mauern zu verbieten?«

Es war nicht der Einwand, den Armand erwartet hatte, und er dachte darüber nach, während er, um diese Tatsache zu überspielen, eine der geistreichen Bemerkungen von sich gab, die er für solche Fälle bereithielt.

»Die Besorgnis Eurer Eminenz um die Franzosen zeugt von erstaunlicher uneigennütziger Nächstenliebe.«

Conchillos lachte leise. »Oh, Uneigennützigkeit hat damit nichts zu tun. Kein Spanier wird sich jemals Sorgen wegen der Franzosen machen müssen. Euer derzeitiger König mag ein großer Mann sein, und ich leugne nicht, daß er uns manche Schlappe beigebracht hat, aber er ist sterblich wie alle Könige. Und insgesamt ist Euer Land nicht in der Lage zur Größe. Wir sind durch Blut und Feuer gegangen, um das zu erreichen, was wir erreicht haben, und es hat uns gereinigt und geschmiedet wie eine Klinge aus Toledo. Keine Ketzer, keine Mauren, keine Juden; wir sind rein, Gottes makelloses Schwert auf dieser Erde. Und was seid Ihr? Ein Salon, in dem debattiert wird. Gewiß, ab und zu werden Duelle ausgefochten, aber danach ist nichts entschieden, sondern es wird weiter debattiert.«

»Ich nehme an, Euer Eminenz rechnen die Bürgerkriege unter die Duelle. Wie dem auch sein mag, ich glaube, es müßte möglich sein, Einigkeit und Größe mit eben diesen Debatten zu erreichen. Selbst die Protestanten mit ihrem Stolz sind Argumenten zugänglich.«

Der Kardinal musterte ihn ungläubig. »Und damit soll Größe zu gewinnen sein? Mit *Argumenten*?«

»In Verbindung mit Stärke, damit sie gehört werden. Mit«, Armand fiel ins Französische zurück, denn im Spanischen fand er das richtige Wort für das, was ihm selbst noch eine neue Idee war, nicht, »*raison, raison d'état.*«

»Staatsvernunft?« fragte Conchillos spöttisch. So, wie er es sagte, wörtlich ins Spanische übersetzt, klang es abstrus. Armand konnte nicht verhindern, daß er errötete. Er versuchte, auf lateinisch auszudrücken, was er meinte.

»*Necessitas rerum.* Der Dinge zwingende Notwendigkeit.«

»Wortklauberei.«

»Worte sind wichtig. Sie bilden den Schlüssel zum Denken der Menschen.«

»In der Tat. Und Ihr, mein Bischof, habt noch viel zu lernen.«

Die erste ernüchternde Lektion kam, als Armand in seinem Bistum eintraf. Er hatte es bereits vorher ein paarmal besucht, aber die Wirklichkeit, dort zu leben, war schlimmer, als er es sich vorgestellt hatte. Schon der Einzug war eine demütigende Angelegenheit. Er mußte sich von Monsieur und Madame de Bourges, alten Freunden seiner Mutter, eine Kutsche ausleihen. Das Geld für den Kauf von Purpurroben hatte er ebenfalls nicht, also mußte er auf die viel zu weiten seines Vorgängers zurückgreifen. Traditionellerweise wurde ein neuer Bischof, der in sein Bistum kam, von einem Geleitzug bewaffneter Adliger aus der Umgebung in ihren Festtagsgewändern begleitet. Doch der hiesige Adel war zum größten Teil protestantisch, und die wenigen Katholiken machten deutlich, daß sie ganz und gar mit den Kanonikern von Luçon sympathisierten und nicht daran dachten, einem, wie sich einer von ihnen unverblümt ausdrückte, »Knaben auf dem Bischofsstuhl« ihre Aufwartung zu machen. Die einzigen, die ihn in seiner geliehenen alten Kutsche empfingen, waren die schlechtgelaunten Kleriker des Ortes. Als er ausstieg und beinahe über seine viel zu große Robe stolperte, lachte einer von ihnen lauthals.

Es war durch und durch niederschmetternd, vor allem nach der aufregenden und glanzvollen Episode in Rom. »Wir werden sehen«, sagte Armand mit zusammengebissenen Zähnen und machte sich daran, seine neuen Untergebenen zu begrüßen.

Luçon war eine kleine Stadt, deren Bedeutung einzig darin lag, daß sie die einzige katholische Ortschaft weit und breit in diesem Zentrum des Protestantismus darstellte. Die Hochburg der Protestanten, La Rochelle, lag nur ein paar Meilen entfernt, doch während La Rochelle eine reiche, blühende Hafenstadt war, fanden höchst selten Reisende freiwillig den Weg in das von Sümpfen umgebene Luçon.

Erst jetzt wurde ihm wirklich bewußt, worauf er sich eingelassen hatte. Doch es gab kein Zurück mehr, und er hatte nicht die Absicht, bei irgendeiner Aufgabe, die er sich einmal gestellt hatte, zu versagen. Also fing er mit dem örtlichen Klerus an. Der Sekretär, den man ihm zugeteilt hatte, schien selbst in französischer Sprache schlecht schreiben zu können, von der lateinischen ganz zu schweigen. Armand benachrichtigte seinen früheren Mitstudenten an der Sorbonne, Michel Le Masle, und erledigte bis zu dessen Ankunft den Schriftverkehr selbst. Er verschaffte sich Einblick in die Buchführung des Bistums und die Dienststunden der einzelnen Pfarrer und nahm eine grundlegende Neuordnung vor.

»Aber Monseigneur«, protestierte einer von ihnen, als ihm mitgeteilt wurde, es gehöre nunmehr auch zu seinen Pflichten, die Messen im Dorf Ledoux zu lesen, »dort gibt es doch nur zehn Katholiken!«

»Eben aus diesem Grund werdet Ihr dort regelmäßige Gottesdienste abhalten. Wenn Ihr sie länger ohne Seelsorge laßt, besteht die Gefahr, daß es demnächst überhaupt keine Katholiken mehr dort geben wird. Was ist?«

Er blickte sich in dem Kreis der Pfarrer um, die er zu sich bestellt hatte, und sah nur entgeisterte Mienen. »Ich dachte, Ihr wolltet einen Bischof, der sein Bistum auch verwaltet, Messieurs?«

»*Verwaltet* nennt er das«, murrte einer der Chorherren, als sie perplex den alten Bischofspalast verließen. »Ich nenne es Tyrannei! Habt Ihr gehört, daß er uns alle zu einem wöchentlichen Seminar beordert hat? Ich möchte wissen, wie ich bei all den Sklavendiensten, die er mir aufgebürdet hat, noch die Zeit dafür finden soll!«

Sein Begleiter seufzte. »Ich frage mich, ob der alte du Plessis, der sich nie hier blicken ließ, nicht die geringere Bürde war.«

Die Sumpfluft machte Armand krank, und zum erstenmal traten die bohrenden Kopfschmerzen auf, die ihn manchmal fast unfähig machten, sich zu bewegen. Er wußte nicht, ob das ein Anzeichen für die Familienkrankheit war, und wollte es auch nicht wissen. Weder Krankheit noch Kopfschmerzen konnte er sich im Moment leisten, also ignorierte er beides und nahm sich als nächstes die katholischen Adligen der Umgebung vor.

»Monsieur le Marquis«, sagte er zu einem von ihnen, »mir ist zu Ohren gekommen, daß einer Eurer Pächter seit Jahren das Ackerland südlich von Saint Anne bewirtschaftet, das eigentlich zum Kirchspiel gehört. Ich habe mir das betreffende Land angesehen, und er scheint sein Geschäft zu verstehen. Aber ich erwarte, daß er seine Pacht von nun an an das Bistum abführt.«

Der Marquis, der nicht wußte, wie er seiner Empörung als erstes Ausdruck verleihen sollte, schnappte nach Luft.

»Und was die Pachten vergangener Jahre betrifft, so wollen

wir das im Interesse guter Nachbarschaft vergessen. Es genügt mir, wenn Ihr Euch an den Kosten für die Renovierung unseres Domes beteiligt.«

Das Seminar, das er gegründet hatte, sollte die Theologiekenntnisse des örtlichen Klerus auffrischen. »Wie wollt Ihr gegen die protestantischen Irrlehren ankämpfen, wenn Ihr sie noch nicht einmal kennt, Messieurs?«

Die Kleriker, die inzwischen zu eingeschüchtert waren, um noch zu widersprechen, nickten ergeben. Der neue Bischof schien überall zu sein; es gab niemanden, dessen Leistungen er nicht ständig überprüfte, und nach ein paar Entlassungen und Streichungen von Geldern beging niemand mehr den Fehler, an seiner Entschlußkraft zu zweifeln. Armand verfaßte in kurzer Zeit ein »Handbuch für Kleriker über christliches Betragen und Disziplin«. Er hatte kein Geld, um es drucken zu lassen, nahm sich das für später vor und wies Michel Le Masle fürs erste an, handschriftliche Kopien zu erstellen.

»Monseigneur«, sagte Le Masle eines Nachts, als sie um zwei Uhr morgens immer noch nicht mit der Arbeit fertig waren, »nehmt es mir nicht übel, aber ich muß Euch etwas fragen. Wenn das so weitergeht, habt Ihr bald das bestverwaltete Bistum im Königreich, aber wozu? Falls Ihr nicht gerade den Bürgermeister von La Rochelle bekehrt, wird es niemand bemerken.«

Ja, wozu.

Seine Mutter hatte ihren jahrelangen Streit mit den Gläubigern ihres Gatten vor den Gerichten gewonnen. Da sie sich nach dem Tod ihres Gemahls geweigert hatte, sein Erbe – das hauptsächlich aus Schulden bestand – zu akzeptieren, war sie frei gewesen, um ihrerseits als seine Gläubigerin aufzutreten, gemäß den Gesetzen, welche die ererbten Vermögenswerte einer Frau beschützten. Für die tatsächlichen Gläubiger des verstorbenen François du Plessis de Richelieu war das ein unverschämter legalistischer Kniff einer Frau, der man ihre Herkunft aus einer Advokatenfamilie anmerkte, und sie hatten sich geweigert, derartiges hinzunehmen. Doch jetzt hatte das Gericht zu Suzanne de La Portes Gunsten entschieden und angeordnet, daß sie als Gläubigerin anerkannt werden müsse und Anspruch auf zweiundzwanzigtausend Livres aus dem Nachlaß ihres Gatten habe, mit rückwirkend bis zum Jahr 1590 zu zahlenden Zinsen.

Damit war sie der dringendsten Sorgen ledig, und ihr Sohn konnte einen großen Teil der Gelder von Luçon tatsächlich für das Bistum verwenden. Aber Le Masles Frage ging ihm immer wieder durch den Kopf: Wozu?

Er war hier in der Bedeutungslosigkeit begraben, obwohl eine der berühmtesten Städte des Königreichs in unmittelbarer Nähe lag. Armand plagte schon lange die Neugier in bezug auf La Rochelle, und sie plagte ihn immer heftiger. Er hätte die Stadt zu gerne einmal besucht, aber das war unmöglich. Erniedrigend genug, hier in Luçon ärmlich aufzutreten, aber ein katholischer Bischof konnte nicht wie ein Bettler in der Hochburg des Protestantismus erscheinen und damit die gesamte Kirche dem Gespött preisgeben.

Dennoch, die Vorstellung, La Rochelle mit seinem Hafen einmal leibhaftig zu sehen, war ungeheuer reizvoll. Eines Tages kam ihm eine Idee, die er sofort als lächerlich verwerfen wollte, was ihm jedoch einfach nicht möglich war. Der Bischof von Luçon konnte nicht nach La Rochelle gehen, aber warum sollte ein anonymer junger Edelmann die Stadt nicht besuchen? Niemand würde sich um einen solchen kümmern.

Das mit siebzehn Jahren eigentlich begrabene Bild vom Kapitän de Richelieu rührte sich in seiner Gruft und machte immer heftigere Anstalten, ans Tageslicht zu kommen.

Warum nicht, dachte Armand immer häufiger, während er in seinem Bischofspalast mit den rauchenden Kaminen, den von Amador de La Porte finanzierten Möbeln und dem von Madame de Bourges besorgten Tafelgeschirr saß, warum nicht?

Der junge Mann, der an einem der Stadttore von La Rochelle Einlaß begehrte, trug einen recht abgetragen wirkenden Federhut, der seine nachwachsende Tonsur bedeckte, und ein von Michel Le Masle ausgeborgtes Gewand, das ihn wie einen der ärmeren jüngeren Söhne des Landadels aussehen ließ. Er gab seinen Namen mit Armand de La Porte und als Zweck seines Besuches den Wunsch an, auf einem der Handelsfrachter anzuheuern.

Es war ein Glück, dachte Armand, daß es auch protestantische de La Portes gab. Seinen Onkel Charles zum Beispiel, und so konnte er sich zur Not als einer seiner Cousins ausgeben, sollte man ihn danach fragen. Bald verschwand die Nervosität und Vorsicht jedoch angesichts des betriebsamen Stadtlebens, das sich ihm bot. Er wanderte durch die Kolonnaden mit ihren kleinen Geschäften und Ständen, atmete den Geruch des Meeres und den Wind ein und stand schließlich am Hafen. Gerade segelte ein Dreimaster zwischen den Türmen, welche zu beiden Seiten der Hafeneinfahrt standen, hinaus, und er folgte ihm mit den Augen, bis das Schiff von der vorgelagerten Landzunge verdeckt wurde. Dann drehte er sich abrupt um und kehrte wieder zu der Straße mit den Kolonnaden zurück.

Er fand einen Buchladen, der natürlich eine Menge verbotener Schriften führte, aber auch einige Werke, die er liebend gern besessen hätte. In Luçon gab es keine Möglichkeit, Bücher zu erwerben; dazu mußte man nach Paris schreiben, um sie zu bestellen. Eigentlich konnte Armand sich in diesem Monat keine größeren Ausgaben mehr leisten, doch eine vollständige Ausgabe aller sechs Teile von Bodins *Über den Staat* ...

Er betrachtete die Lederbände, gab sich einen Ruck und erkundigte sich nach dem Preis. Der Buchhändler nannte ihn, und Armand war angenehm überrascht. Ohne ein schlechtes Gewissen dabei zu haben, erwarb er das Werk und machte sich gerade daran, den Laden zu verlassen, als die Tür des Geschäftes ihm unvermutet ins Gesicht geworfen wurde.

Er wich zurück, stolperte, und seine Bücher fielen zu Boden. Hastig bückte er sich, um sie aufzuheben, als eine Stimme sagte: »Oh, Monsieur, ich bin untröstlich.«

Er blickte hoch. Auf der Schwelle stand eine junge Frau, fast noch ein Mädchen, mit hellblonden Haaren und einem Kleid, angesichts dessen Häßlichkeit er unwillkürlich schauderte. Noch in den Zeiten ihrer größten Armut hätte seine Mutter Françoise nicht zugemutet, einen so formlosen grauen Sack zu tragen. Warum hielten Protestanten so etwas nur für nötig? Noch dazu schien diese hier besonders hübsch zu sein. Ihre Züge waren zart und fein geschnitten, und in ihren blauen Augen tanzte ein schelmischer Funke, der ihre Worte Lügen strafte.

»Madame«, entgegnete er, stand auf und verbeugte sich, wie er es gelernt hatte, »wenn man einer Nymphe begegnet, wird man gewöhnlich vom Blitz getroffen.«

Es war kein sehr originelles Kompliment und stammte aus einem der Handbücher für Manieren bei Hofe, aber sie lächelte und öffnete den Mund, um etwas zu erwidern, als hinter ihr die gemessene, würdige Gestalt eines vielleicht vierzigjährigen Mannes auftauchte.

»Oh, Philippe«, sagte sie, »ich habe gerade auf etwas merkwürdige Weise Bekanntschaft mit diesem jungen Herrn geschlossen. Er hat meinen Eintritt in den Laden gerade noch überlebt.«

Der Buchhändler hatte sich inzwischen zu Armand gesellt, die Bücher aufgelesen und drückte sie ihm nun wieder in die Hand, was es für Armand nicht einfacher machte, sich vor dem Begleiter der Dame zu verbeugen.

»Armand de La Porte, Monsieur«, sagte er. Der Mann musterte ihn und meinte: »Philippe d'Irsdmasens. Verzeiht die Frage, Monsieur, aber Ihr kommt mir vertraut vor. Ist es möglich, daß wir uns kennen?«

Bitte nicht, dachte Armand. Er erinnerte sich vage, daß man ihm die Familie d'Irsdmasens als Vettern der Rohans bezeichnet hatte, und die Herzöge von Rohan waren die höchstrangigen protestantischen Adligen des Königreichs.

»Nein, ich glaube, die Ehre hatte ich noch nicht«, entgegnete er. Die blonde junge Frau zog die Augenbrauen zusammen. Dann sagte sie: »Aber natürlich, Philippe, vermutlich erinnert er Euch an Charles de La Porte. Euer Vater, Monsieur?«

Nie, nie wieder, schwor sich Armand, würde er seinen kindischen, abenteuerlustigen Impulsen nachgeben. Doch jetzt blieb ihm nichts anderes übrig, als es durchzustehen und zu hoffen, daß er nicht enttarnt wurde.

»In der Tat, Madame.«

Philippe d'Irsdmasens' Gesicht hellte sich auf. »Euer Vater war mir bei einer Rechtsstreitigkeit in Paris einmal sehr hilfreich. Seid heute mein Gast, Monsieur, ich bestehe darauf.«

Es blieb ihm nichts anderes übrig, als den beiden zu folgen. Während der Fahrt zu dem Stadthaus der Rohans, in dem die Irsdmasens zur Zeit wohnten, entspannte er sich ein wenig, während er ihnen in der Kutsche gegenübersaß. Sie wußten anscheinend nicht, ob und wie viele Söhne Onkel Charles hatte, noch kannten sie deren Namen. Als Madame d'Irsdmasens sich nach dem Grund seines Aufenthalts in La Rochelle erkundigte, änderte er seine Geschichte ein wenig ab und entschied sich für die Wahrheit.

»Eigentlich nur Neugier, Madame«, sagte er offen. »Ich wollte diese so viel gerühmte Stadt gerne kennenlernen.«

Philippe d'Irsdmasens brummte zustimmend. »Das kann ich verstehen. Wenn Ihr wollt, dann kann ich Euch heute einigen der Helden unserer Religion vorstellen, die La Rochelle gerettet haben, als die verdammten Katholiken im letzten Krieg vor den Stadttoren standen.«

Henri hätte das als himmlische Gerechtigkeit bezeichnet und lauthals gelacht. Armand gelobte, freiwillig eine Woche lang die Beichten der Bürger von Luçon anzuhören, wenn seine Torheit irgendwie doch noch gut ausging.

Einer der Helden stellte sich als Pastor Salbert heraus, der das Tischgebet sprach und sich anscheinend auch zu einer Predigt berufen fühlte, denn sein endloser Monolog über mehrere Gänge hinweg erwies sich als eine solche.

»Satan war es, der Hexen und Zauberern ihre Formeln gelehrt hat, damit sie das gemeine Volk damit blenden können. Satan war es, der die heidnischen Priester gelehrt hat, ihre Mysterien unter Ausschluß der Öffentlichkeit auszuüben und ein Geheimnis daraus zu machen. Die Mohammedaner, Türken und Perser halten ihren Gottesdienst in der arabischen Sprache, die bei ihnen kein Mensch versteht. Und die Juden, die Gott selbst ihrer Sturheit wegen aufgegeben hat, lesen in ihren Synagogen das Gesetz und die Propheten in Hebräisch, obwohl die meisten ihres Volkes davon wenig oder gar nichts verstehen. Ist es da nicht erwiesen, wie falsch und irregeleitet der Gebrauch des Lateinischen in der Messe ist? Das werfe ich den Katholiken am meisten vor, daß sie wie die Heiden tun und dem Volk die heilige Schrift vorenthalten, indem sie eine Sprache im Gottesdienst verwenden, die nur die Gelehrten verstehen. Aber sie wollen ja gar nicht verstanden werden. Die römische Kirche ist wie eine geschminkte Hure, sie will nicht aus der Nähe betrachtet werden, da sie aus Erfahrung weiß, wie schwer es sonst ist, selbst die Unwissenden zu verleiten!«

Armand bemerkte, daß ihn Madame d'Irsdmasens während dieses ganzen Ausbruches genau beobachtet hatte. Er aß ruhig weiter, während der Pastor fortfuhr.

»Sie sind nicht besser als die Heiden, die einst den römischen Kaiser, einen Menschen, als einen Gott anbeteten, denn stellen sie nicht den Papst auf eine Stufe mit Christus?«

Seine Suppe war verzehrt. Armand tupfte sich mit der Serviette den Mund ab, trank einen Schluck des dargebotenen Wassers und sagte dann:

»Verzeiht mir, Monsieur, aber der Papst wird, soweit ich weiß, selbst von den Jesuiten nur als Oberhaupt der *ecclesia militans* betrachtet, der kämpfenden Kirche auf Erden, nicht aber der *ecclesia triumphans*, der ewigen Kirche, die alle Zeiten umspannt und deren Haupt nur Christus allein ist. Als Mitglied der *ecclesia militans* ist der jeweilige Papst ein Teil von ihr, aber ihr untertan wie alle anderen Christen auch.«

»Ihr kennt Euch sehr gut mit den Argumenten der Römlinge aus, junger Mann«, entgegnete der Pastor argwöhnisch.

»Einige meiner Verwandten sind bedauerlicherweise im falschen Glauben befangen, und wenn ich auch ihre Überzeugungen nicht teile, so habe ich doch gelernt, sie anzuhören.«

Madame d'Irsdmasens erstickte ein Geräusch hinter ihrer an den Mund gepreßten Hand, das verdächtig wie ein Lachen klang.

»Jedenfalls«, warf Philippe d'Irsdmasens ein, »müßt Ihr zugeben, daß sie den Papst auf Erden in eine christusähnliche Stellung rücken, ganz gleich, welche sie ihm im Himmel zubilligen.«

»Nicht unbedingt.« Vermutlich hätte er lieber schweigen sollen, doch Armand hatte es noch nie fertiggebracht, einer Debatte zu widerstehen. »Das Tridentinum hat noch einmal klar definiert, daß es Christus allein ist, welcher der Kirche Leben verleiht, der allein Sakramente stiftet und der auch ohne Sakramente in sich selbst den Glauben rechtfertigt. Der Papst hat weder das Recht, Sakramente zu stiften, noch sie abzuschaffen, noch stellt er ohne Sakramente irgend etwas dar. Er ist lediglich ein Verwalter des Herrn, innerhalb der Zeit, während Christus außerhalb der Zeit steht und…«

»Alles gut und schön«, unterbrach Pastor Salbert, dem ebenfalls die Freude an der Diskussion anzumerken war, »aber Ihr müßt zugeben, daß die Katholiken, wenn sie den Papst über die Könige stellen und ihm das Recht zubilligen, sie abzusetzen, Königsmörder geradezu heranzüchten! Der Kerl, der König Henri III umgebracht hat, war ein Mönch, und ich bete täglich, daß mit unserem König Henri nicht das gleiche geschieht!«

Beifälliges Gemurmel kam in der Tischrunde auf. »Das war ein Wahnsinniger«, sagte Armand, »aber ich stimme Euch zu. Ich glaube ebenfalls, daß der Papst keine Autorität über Könige hat noch haben sollte.«

»Das will ich hoffen«, meinte Philippe d'Irsdmasens.

Seine Gemahlin fragte: »Dürfen wir dem entnehmen, Monsieur de La Porte, daß Ihr glaubt, der König sollte die höchste Autorität in einem Staat haben?«

»So ist es.«

»Nicht zu stark«, sagte Stadtrat Guiton. »Die Rechte des dritten Standes lasse ich mir nicht beschneiden.«

»Ganz zu schweigen von den Rechten des Adels«, stimmte

Philippe d'Irsdmasens zu. »Der König ist nur der Erste unter Gleichen.«

Armand stützte die Ellenbogen auf den Tisch und beugte sich vor. »Absolute Souveränität ist absolute Souveränität. Sie kann nicht geteilt werden. Wenn man ihre Rechte irgendwie beschneidet, verliert die souveräne Majestät ihre Größe. Ein souveräner Fürst kann keinen Untertanen für ebenbürtig erklären, ohne damit seine Macht zu zerstören. Wenn er es dennoch tut und einen Teil seiner Souveränität abgibt, dann haben wir entweder eine Aristokratie oder eine Demokratie, und ich halte beides für ein Desaster.«

»Warum?« fragte Madame d'Irsdmasens mit einer Naivität, von der er sicher war, daß sie sie nur spielte. »Ich würde doch meinen, eine Demokratie habe viel für sich. Alle Schriftsteller der Alten rühmen Athen und Rom zu der Zeit, als es noch eine Republik war.«

Philippe d'Irsdmasens schien die Teilnahme seiner Gemahlin am Tischgespräch für nichts Ungewöhnliches zu halten. Er lächelte ihr wohlwollend zu und beschränkte sich vorerst darauf, zu schweigen.

»Selbst Cicero sagt, daß die Tyrannis der Menge am gefährlichsten ist, Madame«, entgegnete Armand. »Im übrigen hat es niemals einen Staat gegeben, in denen die Ideale der Demokratie, die Gleichheit des Besitzes und des Ansehens beachtet worden wären. Immer hatte ein kleiner Teil der Bevölkerung mehr davon als der breite Rest. Gerade Athen und Rom sind gute Beispiele. Und wie endeten sie? Athen wurde erst von dem Königreich Sparta und später von den Makedonen besiegt, und Rom wurde zum Kaiserreich, das die Welt eroberte und erst zu wanken anfing, als die Stärke seiner Herrscher nachließ.«

Seit er in Rom den Papst hatte für sich gewinnen müssen, hatte Armand sich nicht mehr so lebendig gefühlt, so … erregt.

Er konzentrierte sich ganz und gar auf Madame d'Irsdmasens, als sei der Disput mit ihr eine weitere überlebenswichtige Probe seiner Fähigkeiten. Sie hatte sich ebenfalls aus ihrer entspannten Haltung aufgesetzt und beugte sich vor.

»Aber die vielen italienischen Republiken...«

»...sind zu Fürstentümern geworden, bis auf Venedig, und ich kann Euch versichern, Venedig ist eine Aristokratie reinsten Wassers.«

»Wirklich? Und was habt Ihr gegen die Aristokratie?«

»Die Basis der Aristokratie ist der Konsens der Herrschenden. Sind sich alle einig, so regieren sie besser als das Volk. Ist das aber nicht der Fall, so gibt es keine Staatsform, die unter größeren Schwierigkeiten stabil gehalten werden kann, und wer wüßte das besser als die Franzosen, Madame? Denkt an den Zwist zwischen dem Haus Valois und dem Haus Guise und all das Elend und die Kriege, die wir diesem Zwist zu verdanken haben.«

»Ein einzelnes Beispiel...«

»Ein Symptom. Regiert eine kleine Gruppe, so wird sie sich früher oder später untereinander befehden und zerfleischen, wenn es keinen souveränen Herrscher gibt, der sie im Zaum halten kann.«

Monsieur d'Irsdmasens fand es an der Zeit, die Diskussion abzubrechen, die zu einem seltsam intimen Disput zwischen seiner Gemahlin und seinem Gast ausgeartet war.

»Nun, Gott sei's gedankt, einen solchen Herrscher haben wir ja. Erheben wir das Glas, Messieurs, Mesdames. Auf Seine Majestät.« Und mit dem Stolz eines Mannes, der den König bereits gekannt hatte, als dieser noch ein verfolgter Hugenotte gewesen war, fügte er hinzu: »Unseren Henri!«

Nachdem sie alle getrunken hatten, fragte Guiton: »Sagt, Monsieur, aus welcher Gegend stammt Ihr eigentlich?«

Ehe Armand antworten konnte, sagte Madame d'Irsdmasens: »Gewiß aus einem reichen Ort.«

Diesmal war er sicher. Für den Rest der Gesellschaft mochte
es wie eine unschuldige Bemerkung klingen, doch sie mußte
wissen, um wen es sich bei ihrem Gast handelte.

»Kein sehr *riche lieu*, kein sehr reicher Ort, Madame«, gab er
gelassen zurück. »Um die Wahrheit zu sagen, ich bin im Paris
des Bürgerkriegs geboren, obwohl ich nicht dort aufwuchs.«

Das Zimmer, das man ihm gegeben hatte, war trotz der offenkundigen Wohlhabenheit der Leute so karg eingerichtet wie
der Rest des Hauses; ein Bett, ein Stuhl, ein Kreuz an der
Wand. Er hätte die betonte Schlichtheit eines protestantischen
Haushalts allmählich bedrückend gefunden, wenn seine Ner-
ven nicht so angespannt wie die Federn eines Uhrwerks gewesen wären. Als sich die Tür leise öffnete, nickte er.

»Ich habe auf Euch gewartet, Madame«, sagte Armand.
»Darf ich fragen, warum Ihr mich nicht verraten habt?«

»Weil ich Euch einen Vorschlag zu machen habe, Monsieur.«

Sie trug immer noch ihr sackähnliches Kleid, aber sie hatte
ihr Haar gelöst, und während sie ihm, ruhig und sachlich, ihren
Vorschlag auseinandersetzte, ertappte er sich dabei, wie er
dachte, daß er das Haar einer Frau noch nie in diesem Zustand
gesehen hatte, außer bei seinen Schwestern, als sie noch sehr
jung waren. Als sie fertig war, wurde er sich mit einem Mal der
Ungeheuerlichkeit der ganzen Situation bewußt.

»Das kann nicht Euer Ernst sein.«

»O doch. Ich respektiere meinen Gemahl, aber man hat mich
mit einem Asketen verheiratet, der noch immer um seine erste
Gemahlin trauert und mich eher wie seine Lieblingstochter
behandelt. Vielleicht kann sich das mit der Zeit ändern, aber er

wird bereits ein Greis sein, wenn ich noch jung bin, und ich will zuvor zumindest einmal gelebt haben. Wenn ich mir jedoch einen Liebhaber aus meinem Bekanntenkreis suchen würde, müßte ich ständig befürchten, daß er redet, und dann würde mich die Gemeinschaft und meine Familie verstoßen. Aber Ihr, Ihr müßtet schweigen, denn Ihr hättet ebensoviel zu verlieren wie ich. So wie ich heute geschwiegen habe.«

Was für eine erstaunliche Frau, und wie merkwürdig, sie hier in La Rochelle zu finden. Aber was dachte er da? Es war natürlich unmöglich, und er mußte es ihr jetzt mit sehr viel Takt mitteilen. Doch was aus seinem Mund kam, hörte sich eher an wie: »Warum ich?«

»Wie eitel Ihr seid, Monsieur. Ihr wißt genau, wie Ihr auf die Menschen wirkt, wenn Ihr wollt, und ich werde es Euch gewiß nicht noch einmal in Worten bestätigen. Ihr könnt mir nicht erzählen, daß Ihr das heute nicht absichtlich getan habt. Also, wie lautet Eure Antwort?«

Später schob er es auf die erdrückende Öde von Luçon, auf seine unterdrückte Jugend, die ein letztes Mal rebellierte, auf seine Empfänglichkeit für Schönheit, die sie so sah wie ein barbarisch behandeltes Kunstwerk, auf seine intellektuelle Neugier, die wissen wollte, wie es war, dieses andere, was er ohne große Bedenken aufgegeben hatte. Aber vielleicht waren das auch alles nur Vorwände, und es existierte kein anderer Grund als ihr helles Haar, das ihn an Meergischt erinnerte und sich wie Seide anfühlte, als er zu ihr trat und es berührte.

17. Kapitel

Ihr Name war Anne, obwohl Armand ihn nie gebrauchte. Vornamen hatten etwas sehr Intimes für ihn, und obwohl er verrückt genug war, sie nach dem einmaligen Ausflug nach La Rochelle wiederzusehen und immer wieder zu treffen, konnte er nie vergessen, wer sie war, was sie war, und wer er war.

Es war unmöglich, ihr zu vertrauen. Aber er ertappte sich dabei, wie er ihr etwas von seiner Familie erzählte, von seinen Träumen; nichts, das sie gegen ihn hätte verwenden können, nur erstaunte ihn das Bedürfnis, sich mitzuteilen. Sie ihrerseits hatte ebenfalls ihre Vorbehalte.

»Warum wußte Euer Gemahl nicht, wer ich war?«

»Er hat nicht stundenlang Claude de La Portes Elogen über ihren brillanten Neffen, den Bischof, zuhören müssen. Im übrigen möchte ich, daß Ihr meinen Gemahl nicht mehr erwähnt, es sei denn, ich tue es.«

Ihr Vater, erzählte sie ihm, war vor seinem Übertritt zur protestantischen Religion einer der rauflustigsten Kavaliere am Hof der Valois gewesen, der nur in den Tag hineingelebt hatte, bis zur Hochzeit der Prinzessin Marguerite mit dem jungen protestantischen König Henri de Navarre, der Heirat, welche die Parteien versöhnen sollte. Er hatte zu den Ehrenwachen gehört und das Grauen der Bartholomäusnacht, das folgte, miterlebt, der Nacht, in der Tausende von Protestanten jeden Alters umgebracht wurden, angefangen von ihrem Führer,

Admiral Coligny, bis zu den Vagabunden, die wegen der Hochzeit in die Stadt gekommen waren.

»Er selbst«, sagte sie zu Armand, »er selbst hat eine Familie getötet, die Eltern, einen Jungen, einen Säugling. Sie verfolgten ihn noch bis an sein Totenbett. Sein ganzes Leben danach war eine Buße für diese Tat, aber er hat auch mein Leben zu seiner Buße gemacht.«

Er dachte an seinen eigenen Vater, an den er sich kaum noch erinnerte, an den sehr gegenwärtigen Großonkel Antoine de Richelieu, den man hatte einsperren müssen, das Erbe, das ihn und seine Geschwister verfolgte. Daß sie ihm ihre eigene Wunde offenbarte, bedeutete in gewisser Weise noch mehr als der Körper, den sie ihm gab. Es schuf eine gefährliche Bindung, und den vollen Umfang der Gefahr erkannte er in ganzer Konsequenz erst, als es fast zu spät war.

Sie hatten sich in Laleu getroffen und waren bis zum Meer geritten. Es war warm, und als sie sich die Schuhe auszog, folgte er ihrem Beispiel. Er spürte den Sand unter seinen Füßen, als sie, ohne stehenzubleiben, plötzlich sagte: »Armand, ich habe wieder einen Vorschlag für Euch.«

Sie wollte es beenden, und der Gedanke versetzte ihm einen Stich. Doch selbstverständlich hatte er immer gewußt, daß es irgendwann aufhören mußte, es *mußte* aufhören, es war *gut*, daß es aufhörte. Es hätte nie beginnen dürfen.

»Warum gehen wir nicht einfach miteinander fort?«

Die Schreie der Möwen, der Wind und das Haar, das ihm ins Gesicht flatterte. »Wir können es tun«, fuhr sie fieberhaft fort, »was hält uns hier? Philippe braucht mich nicht. Eure Familie braucht das Bistum auch nicht mehr, und wenn doch, dann haben sie immer noch Euren Bruder im Kloster. Wir nehmen ein Schiff, wie Ihr es immer tun wolltet, und verlassen dieses Land, gehen irgendwohin, wo uns niemand kennt.«

Stille. Auch er blieb nicht stehen, als er schließlich sagte: »Es ist unmöglich.«

»Aber warum? Erzählt mir nicht, daß es Euer Gelübde ist. Ihr glaubt nicht daran. Ihr könnt nicht daran glauben.«

Er hätte von dem Skandal sprechen können, den es auslösen würde, der ihren Gemahl genauso zerstören würde wie seine Familie, die schon genügend Skandale tragen mußte. Er hätte sie darauf aufmerksam machen können, daß sie ihren Entschluß bald bereuen würde. Schließlich kannte sie ihn kaum, oder besser gesagt, sie wußte einiges, aber nichts darüber, was es hieß, mit jemandem wie ihm zu leben. Was es für ihre Kinder bedeuten würde, und sie würde Kinder haben wollen. Aber dies war das Ende, er wußte, daß es das Ende war, und er schuldete ihr die Wahrheit.

»Es ist unmöglich«, sagte er, »weil Ihr mir nicht geben könnt, was ich wirklich will.«

Stille, die Möwen, das Meer und ihre Augen, in denen etwas zerbrach und dann zu Eis wurde.

»Ich verfluche Euch, Armand de Richelieu«, sagte sie schließlich kalt. »Der Tag wird kommen, an dem Ihr für das, was Ihr wollt, bezahlt, und dann möge Gott Euch helfen.«

Sie kehrte zu ihrem Pferd zurück, sehr gerade. Einmal stolperte sie, und dabei war er fast sicher, daß sie weinte. Armand sah ihr nach, und ihr Name, den er nie ausgesprochen hatte, lag ihm auf der Zunge. Doch er blieb ungesagt, wurde zu Asche, die der Wind zerstreute.

Als die Nachricht kam, daß der König auf offener Straße ermordet worden war, wußte er, daß die Zeit des Wartens sich ihrem Ende näherte. Er war bestürzt, denn er hatte Henri IV verehrt, aber was er jetzt vor sich sah, war der Anlaß, den er brauchte.

»Das bedeutet, daß die Generalstände zusammengerufen werden«, sagte Armand zu Michel Le Masle. »Noch nicht gleich, noch nicht in diesem Jahr, aber man wird sie zusammenrufen. Die Königin steht den Ministern des Königs feindlich gegenüber, sie wird ihre eigene Regierung durchsetzen wollen.«

Le Masle, der offen um den König geweint hatte, schaute ihn mit rotumränderten Augen an. »Aber was hat das mit Euch zu tun?«

»Setzt einen Brief an den Erzbischof auf. Ich bewerbe mich darum, den Klerus der Provinz in den Generalständen zu vertreten.«

Es war nicht einfach, und es dauerte seine Zeit, bis er es durchgesetzt hatte, aber als die Generalstände eröffnet wurden, stand er unter den Vertretern des Klerus im Hôtel Bourbon. Die Lilien, die überall an den Wänden prangten, waren kaum zu erkennen, denn zusätzlich zu den Hunderten von Deputierten hatte sich der neugierige Hofstaat eingefunden und, ohne zu zögern, die Sitzplätze eingenommen, die eigentlich für die Abgeordneten gedacht gewesen waren. Auf einem Podest saß der junge, dreizehnjährige König, ganz in Weiß gekleidet, und sah aus wie das, was er war: ein unglückliches, niedergedrücktes Kind.

Seine Mutter saß neben ihm, üppig und schlecht gelaunt ob der Notwendigkeit dieser ganzen Versammlung. Maria de'Medici, die zweite Gemahlin Henris IV, hätte der anderen Medici-Königin auf dem französischen Thron, Caterina de'Medici, die erst vor fünfundzwanzig Jahren gestorben war, nicht unähnlicher sein können. Caterina de'Medici hatte im guten wie im schlechten Sinn geherrscht; Maria de'Medici war nur herrschsüchtig. Man merkte deutlich, daß die Reden sie langweilten.

Ihr war gleich, was gesagt wurde, solange sie nur endlich ihren Willen bekam.

Armand hatte sich beide, Mutter und Sohn, anders vorgestellt, aber das war vergessen, als die Reihe der Redner an ihn kam. Da war er wieder, der Pulsschlag, der reißende Strom, der sich ergreifen und lenken ließ. Als er vor dem Podest niederkniete, hörte er die Königinmutter etwas flüstern und die dünne, unsichere Stimme des Königs sagen: »Sprecht nun, Monsieur de Luçon.«

Er erhob sich und sah die Repräsentanten Frankreichs vor sich. Wer konnte wissen, wie viele Menschen sich heute in diesem Saal befanden; das Meer der Köpfe ließ sich nicht zählen. Und so, wie er mit siebzehn im Gemach seiner Mutter den Hauptmann und den Kapitän de Richelieu begraben hatte, so begrub er jetzt Armand du Plessis, Bischof einer unbedeutenden Stadt, für eine kurze Zeit Liebhaber einer unbekannten Frau. Als er zu sprechen begann, war Armand tot, und das Leben Richelieus hatte begonnen.

V

Die Verschwörung

Gerechte Rache galt noch nirgends als Verbrechen.

Pierre Corneille: Der Cid

18. Kapitel

Chambord, dachte Fontrailles, gehörte zu den schönsten Schlössern an der Loire, das mußte man Monsieur neidlos zugestehen. Anders als der immer etwas düster wirkende Louvre strahlte Chambord mit seinen weißen Türmen, den kleinen Erkern und blauen Turmspitzen den Charme eines Märchenschlosses aus. Je nun, wenn man nicht den Thron haben konnte, dann zumindest die Residenz eines Königs. Er räusperte sich.

»Was meint Ihr, Monsieur?«

Gaston d'Orléans war gealtert. Er hatte seinen Bruder Louis immer in Aussehen und Grazie überstrahlt, aber mittlerweile wirkte er mit dem fast vollständig ergrauten Haar und den von einer frühen Gicht gekrümmten Fingern beinahe älter.

»Ich meine, Ihr habt Glück gehabt, daß Soissons tot ist«, erwiderte er mürrisch. »Da die Art, in der es geschehen ist, reichlich bizarr war, vermute ich, der Kardinal steckt dahinter und ist Euch bereits auf den Fersen. Und so einem Unternehmen soll ich meinen Schutz gewähren?«

»Ich kann Euch versichern«, sagte Fontrailles gedehnt, »daß es nicht der Kardinal war, durch den Soissons umgekommen ist.«

Die brennende Sommersonne wurde von den weißen Schloßmauern fast unerträglich gleißend zurückgeworfen. Gaston hob die Hand, um seine Augen abzuschirmen, und musterte Fontrailles nachdenklich. Wie er gehört hatte, war dem Herzog von Soissons in der Schlacht von La Marfée ein merkwürdiger Unfall widerfahren; der offizielle Bericht in der *Gazette* besagte, er habe das Visier seines Helmes mit der Pistole hochgeklappt, aus der sich dabei ein Schuß gelöst hatte. Monsieur hatte keinen Moment daran geglaubt, aber keine andere Erklärung gefunden als die, die ihm ohnehin die liebste war: Im Zweifelsfall war an einem Unglück immer der Kardinal schuld.

Wenn er es recht überlegte, war es andererseits unwahrscheinlich, daß der Kardinal Soissons umbringen ließ, ohne vorher die Möglichkeit wahrgenommen zu haben, ihn zu befragen. Er hatte, weiß Gott, schon oft genug bewiesen, daß er keine Skrupel besaß, Mitglieder des Hochadels zu behandeln wie gemeine Gefangene. Was Fontrailles jetzt andeutete, warf ganz neue Perspektiven auf. Gaston hatte Cinq Mars die wenigen Male, die er ihm begegnet war, instinktiv verabscheut und für einen dümmlichen Schönling gehalten, aber wenn der Mann Verstand und Skrupellosigkeit genug hatte, um einen gefährlichen Mitverschworenen so raffiniert zum Schweigen bringen zu lassen, verdiente er möglicherweise doch Beachtung.

»Gut, ich gebe zu«, sagte er vorsichtig, »die Aussicht darauf, Monsieur le Cardinal nicht mehr unter den Lebenden zu wissen, stimmt mich nicht eben traurig. Ihr wißt – jedermann weiß –, was er mir und meiner Mutter angetan hat. Meine arme Mutter, die nicht wußte, welche Schlange sie an ihrem Busen nährte.«

Ein etwas heikles Bild, dachte Fontrailles, angesichts der Gerüchte, die einmal über die Königinmutter und Richelieu in Umlauf gewesen waren. Gaston schwieg einige pietätvolle Sekunden im Gedenken an seine Mutter, die jetzt schon seit Jahren quer durch Europa irrte und ihr Exilland ständig wechselte. Seine kindliche Anhänglichkeit war allerdings nie so weit gegangen, daß er erwogen hätte, sie zu begleiten.

»Aber«, schloß er dann, »diese Aussicht *allein* genügt nicht, um mich zu veranlassen, mein Leben zu riskieren. Jetzt, da die verfluchten Bälger auf der Welt sind, besteht nämlich die Gefahr, daß der König die brüderliche Liebe vollends vergißt, sollte Euer Komplott aufgedeckt werden.«

Fontrailles verschluckte sich beinahe. Er hielt sich selbst für erfahren und zynisch, aber wie ihm hier nahegelegt wurde, auch noch einen Königsmord anzuzetteln, ohne daß Monsieur sich im geringsten verpflichtet hätte, war doch einzigartig. Zudem hatte Gaston, wenn man den reinen Wortlaut untersuchte, nichts Verräterisches gesagt.

»Nun«, erwiderte Fontrailles, entschlossen, sich in diesem Spiel ebenfalls als Meister zu erweisen, »wie ganz Frankreich ebenfalls weiß, besitzt Euer Bruder dieselbe zarte Gesundheit wie der Kardinal.«

»In der Tat«, sagte Gaston zufrieden. »Sollte ihm etwas zustoßen, wäre es natürlich meine moralische Pflicht, die Regentschaft zu übernehmen. Jeder weiß, was weibliche Regenten in diesem Land angerichtet haben. Zudem, bei den vielen Krankheiten, unter denen kleine Kinder leiden...«

»...weiß man nicht, wie lange eine Regentschaft dann noch nötig wäre«, vollendete Fontrailles. Er hatte keine Ahnung, wie er das den anderen Verschworenen beibringen sollte.

Cinq Mars rechnete damit, nach Richelieus Tod Erster Minister zu werden, was gewiß nicht möglich war, wenn ein König, der ihn vergötterte, durch einen Monarchen ersetzt wurde, der dies ganz gewiß nicht tat. De Thou hielt nichts von Gaston und hatte sich nur unter dem Druck der Notwendigkeit damit einverstanden erklärt, ein Zweckbündnis zum Sturz des Kardinals mit ihm einzugehen.

»Monsieur«, hatte er ernst erklärt, »hat sich schon mit so vielen Parteien verbündet, um an die Macht zu gelangen, daß ich sicher bin, er wäre ein genauso skrupelloser Mann wie Seine Eminenz.«

Einzig der realistische Bouillon würde zwar über Gastons Absicht nicht weiter konsterniert sein, aber auf das hinweisen, an das Fontrailles jetzt selber dachte. Gaston würde seine Regentschaft zweifellos damit beginnen, die Männer hinrichten zu lassen, die für den Tod seines geliebten Bruders verantwortlich waren. Sie hatten zwar bereits einen ausersehenen Sündenbock, aber wer konnte wissen, ob auch Gaston sich damit zufriedengeben würde? Usurpatoren schätzten keine Mitwisser.

Mit einem Mal kam Fontrailles ein blendender Einfall. Ein Königsmord kam nicht in Frage, also wozu überhaupt jemandem von Monsieurs Wunsch erzählen? Es stand zu erwarten, daß Gaston den übrigen Mitverschworenen nicht begegnen würde, ehe sie ihr Ziel erreicht hatten, denn schließlich besuchte er den Hof nicht. Nein, warum nicht Monsieurs finanzielle Unterstützung und, falls nötig, Monsieurs Truppen in Anspruch nehmen, bis er zu spät feststellte, daß es einen König Gaston I nicht geben würde?

Aber das bedeutet, dachte Fontrailles, daß wir die Königin unbedingt brauchen. Für den Fall, daß Cinq Mars den König nicht dazu bewegen kann, die Ermordung des Kardinals zu autorisieren. Wenn sie uns unterstützt, sind wir für alle Fälle gedeckt, denn Louis kann schlecht die Mutter seiner Kinder verurteilen lassen.

Nun, das dürfte nicht weiter schwer sein. Sie haßte den Kardinal, und seit es ihm vor drei Jahren gelungen war, den Weg aufzudecken, auf dem sie mit ihren Brüdern, dem spanischen König und dem Kardinal-Infanten, korrespondierte, hatte sie keine Nachricht mehr aus Spanien erhalten.

»Monsieur«, sagte Fontrailles, »Ihr seht mich stumm vor Bewunderung angesichts Eures Weitblicks.«

Paul d'Irsdmasens blieb vor der Tür der Kammer stehen, die er für diese Woche in einer Herberge gemietet hatte. Er sah auf die Klinke, auf den Boden, fand, was er suchte, und konzentrierte sich. Das Holz, das der Erbauer dieses Hauses verwendet hatte, war nicht gerade von bester Qualität, sehr schalldurchlässig, ein Grund, warum er sich die Herberge ausgesucht hatte. Er hörte, was er hören wollte, und ordnete es ein; eine Person, wahrscheinlich nahe des Fensters zur Linken.

Unwahrscheinlich, daß es sich um jemanden mit Erfahrung handelte, sonst hätte er Begleitung mitgebracht. Möglicherweise sollte es nur ein Einschüchterungsbesuch sein, eine mündlich überbrachte Drohung ... Olivares? Feldenstein? Einer der hiesigen Herren, der Verdacht geschöpft hatte? Gleichgültig, er ging kein Risiko ein, obwohl die übliche Prozedur lästig war und Lamentationen des Wirts nach sich ziehen würde.

Er sammelte sich; dann trat er die Tür ein, warf sich auf die Person zur Linken und hatte ihr den Dolch schon an die Kehle gesetzt, ehe er erkannte, um wen es sich handelte. Er ließ sie los.

»Madame«, sagte er, »das ist eine Überraschung.«

Marie erhob sich langsam. Sie legte unbewußt eine Hand an den Hals und entgegnete ohne Zorn: »So sieht es aus, obwohl ich nicht verstehe, weswegen. Was habt Ihr erwartet, Monsieur? Daß ich wie ein kleines Mädchen darauf warte, bis Ihr mich das nächste Mal überrascht? Ist das Euer Privileg?«

Sie hatte eine merkwürdige Gabe, richtiger zu treffen, als sie ahnte. Sie sollte nicht hier sein; noch nicht. Er entschied sich für den Angriff. Seiner Erfahrung nach waren Menschen in der Defensive am verwirrtesten und damit verwundbarsten.

201

»Ihr scheint wenig Sorgen um Euren guten Ruf zu haben, Madame. Im übrigen würde mich interessieren, wie Ihr mich gefunden habt.«

Sie wölbte eine Augenbraue und machte ein erstauntes Gesicht. »Nun, Monsieur, auf Eure Einladung hin. Ihr hattet mich aufgefordert, Eure Welt kennenzulernen, erinnert Ihr Euch? Nachdem mir Euer Bruder erzählte, daß Ihr wieder in der Stadt seid, machte ich mir also die Mühe und folgte Eurer Einladung.«

Es war nicht ganz einfach gewesen; aber Pater Columbans indianischem Freund, der Charlotte in den letzten Monaten immer öfter besucht hatte, war es schließlich gelungen, die Herberge zu finden, in der ein Mann, auf den Paul d'Irsdmasens' Beschreibung paßte, logierte. Marie hatte jedoch nicht die Absicht, ihm das mitzuteilen. Sollte er ruhig glauben, sie habe die Adresse von Raoul, der ihr errötend und stotternd mit der ziemlich durchsichtigen Lüge gekommen war, er wisse nicht, wo sein Bruder sich aufhalte. Sie wußte, wann sie die Oberhand besaß, und sie war entschlossen, das zu genießen.

»Was meinen Ruf betrifft...« Sie wies auf die Maske, die sie auf den Stuhl gelegt hatte. »Im übrigen vertraue ich auf Eure Ehre als Edelmann.«

Paul betrachtete sie forschend. Sie konnte nicht so selbstsicher sein, wie sie sich gab, es sei denn, er hätte sie falsch eingeschätzt, und das war unwahrscheinlich. Aber die Tatsache, daß sie hier war und seine Klinge an ihrer Halsschlagader gespürt hatte, ohne sich davon Furcht einjagen zu lassen, bewies, daß sie nicht nur mutiger, sondern auch gefährlicher war, als er geglaubt hatte. Sie griff nach ihrer Maske, einem roten Gebilde aus Samt, das ihn vage an italienische Komödianten erinnerte. Es bedeckte ihr Gesicht völlig. Nur die Augen, diese nur allzu vertrauten Augen, blieben frei, und das Haar.

»Gehen wir, Monsieur?«
»Wohin, Madame?«
»In Eure Welt.«

Es war eine Herausforderung, der er nicht widerstehen konnte. Und wenn er seine Pläne ein wenig umändern mußte, was tat das? Ja; man mußte sie näherziehen, sie Schritt für Schritt in die Dunkelheit hineinführen, die ihn nun schon so lange umgab, daß es ihm schwerfiel, sich an etwas anderes zu erinnern.

Er wußte von ihren Besuchen im Hôtel-Dieu und anderen Hospitälern, daß sie mit dem Elend an sich vertraut sein mußte, aber er nahm an, daß sie nur dessen rührende, beschwichtigende Seite kannte; Arme, die ihr für ihre Hilfe dankten.

Er verließ das Marais und ging mit ihr zum Place de Grève. Unterwegs fragte er sie, woher die Maske stamme.

»Das Geschenk eines guten Freundes aus Italien mit einer Vorliebe für die *commedia dell' arte*.«

»Nun, Madame, Ihr seid belesen, wie ich weiß. Kennt Ihr auch die *Divina Commedia*? Ich habe mich oft gefragt, ob Dante an so etwas gedacht hat, als er die Hölle beschrieb.«

Er wies auf die Menge, die zu der Mitte des Platzes drängte, wo traditionellerweise die Hinrichtungen stattfanden. »Heute gibt es keine Hexen oder Zauberer, was bedauerlich für den armen Sanson ist, denn an deren Überresten verdient er das meiste. Aber ein Mörder verspricht auch ein schönes Spektakel.«

»Wer ist Sanson?« fragte sie leise.

»Der Henker von Paris, Madame.«

Einige Marktfrauen hatten ihre Körbe mitgebracht, auf die sie sich, wenn sie einen Flecken direkt um den Richtplatz ergattern konnten, setzten. Doch den meisten Leuten blieb nichts anderes übrig, als zu stehen. Sie stießen, schoben, drängten, fluchten und johlten. Der Gestank und die Hitze verursachten Marie Übelkeit, aber sie war entschlossen, keine Schwäche zu zeigen. Einige Jungen verkauften laut schreiend Flugblätter.

»Kauft, Madame! Lest! Die ungeheuerliche, aber wahre Geschichte von Nicolas dem Schlitzer und seinen Verbrechen!«

Sie blickte auf das kleine dreckige Gesicht, das sich zu ihr emporreckte, und schüttelte den Kopf. Doch Paul d'Irsdmasens zog so schnell, daß sie es kaum mit den Augen erfassen konnte, eine Münze hervor, gab sie dem Jungen und nahm das Flugblatt entgegen.

»Danke, Messire, tausend Dank! Kauft, gute Leute, kauft und lest die ungeheuerliche...«

Während der Junge schnell in der Menge verschwand, stellte Paul d'Irsdmasens nüchtern fest: »Ich hoffe, es macht Euch nichts aus, daß Ihr eben Eure Börse verloren habt, Madame.«

Sie griff unwillkürlich nach dem kleinen Beutel, den sie wie üblich zwischen ihren Rockfalten trug, und stellte fest, daß er recht hatte.

»Aber«, sagte sie entgeistert, »wenn Ihr wußtet, daß er mich bestohlen hat, warum habt Ihr ihm dann auch noch Geld gegeben?«

»Wohltätigkeit, Madame«, antwortete er spöttisch. Er strich das Flugblatt glatt und überflog es, während die Leute um sie zu raunen begannen. Marie sah einen muskulösen Mann, dessen Gesicht und Schultern von einer roten Kapuze bedeckt waren und der eine Axt trug. Das mußte der Henker sein. Ihm folgte auf dem Armesünderkarren eine verdreckte, kleine Gestalt, von der im Moment nur die Hände deutlich zu sehen waren, die sich an die Stäbe des Wagens klammerten, in dem sie hockte. Der Kopf lag fast auf den Knien. Neben und hinter dem Karren schritten die Büttel und ein Mönch, der leise betete, was man nur in der momentanen kurzen Stille hören konnte, danach nicht mehr. Die Menge hatte offensichtlich eine eindrucksvollere Gestalt erwartet, denn sie fing an, zu zischen und zu buhen wie die Zuschauer im Hôtel Bourgogne, im Marais oder auf dem Faubourg Saint-Germain, wo die drei lizensierten Schauspielertruppen der Stadt ihre Stücke aufführten.

»Nicolas!« rief eine Frau schrill. »Zeig uns deine Fresse, du Mörder!«

Mehr und mehr Menschen schlossen sich ihr an, bis ganze Gruppen schließlich brüllten: »Zeig dich! Zeig dich!«

Der Karren war vor dem Richtblock angelangt. Einer der Büttel trat zu dem Verurteilten und riß ihn hoch. Man sah, daß ihm zahlreiche Zähne fehlten, als er den Mund öffnete und schrie: »Gnade! Gnade!«

Das Zischen und Buhen der Menge nahm zu. Marie ertrug es nicht mehr. Sie schloß die Augen und bedeckte ihre Ohren, doch Paul d'Irsdmasens riß ihre Hände zur Seite.

»Ekelt Euch das an, Madame? Willkommen in der Wirklichkeit jenseits der Salons. Vielleicht seid Ihr neugierig, was die kleine Kreatur da vorne getan hat. Es ist einer der Bauern aus der Normandie, der *Nu-Pieds*, wie man sie genannt hat, erinnert Ihr Euch, Madame? Einer der Aufständischen, der mit dem Leben davonkam. Nur gab es nach dem Aufstand nicht mehr viel, von dem er leben konnte, also ging der gute Nicolas in die große Stadt Paris, die Stadt des Lichtes, den Stern unseres Königreiches. Dank seiner Erfahrung im Töten avancierte Nicolas sehr schnell zum Chef einer der kleineren Banden, aber er war im Herzen immer noch ein dummer, ungeschickter Bauer, also ließ er sich schnappen. Das Resultat seht Ihr, *und schaut hin*!«

Es waren zwei Büttel nötig, um den immer noch um Gnade

flehenden Nicolas bis zum Richtblock zu zerren und seine Arme zu beiden Seiten festzuhalten. Seine schwächer werdenden Schreie wurden von dem ohrenbetäubenden Crescendo der Menge übertönt. Sanson, den als einzigen nichts aus der Ruhe gebracht hatte, schwang seine Axt, und die Schreie brachen abrupt ab.

Die Menge tobte, aber Marie hörte den Beifall kaum noch. Sie starrte Paul d'Irsdmasens an. Sie hatte ihn nie anders als ruhig erlebt, bis auf die kurzen Momente, in denen seine Zurückhaltung ins Wanken geraten war, aber jetzt war die disziplinierte, undurchdringliche Maske verschwunden. Er schien das Inferno zu trinken, in sich hineinzusaugen, als schenke es ihm Leben, und die Hände, die ihre Handgelenke immer noch festhielten, brannten wie Feuer. Sie war sich nicht sicher, ob sie es aussprach oder nur dachte.

»Ihr genießt es.«

Die Maske stellte sich wieder her. »Ich bin Realist, Madame.«

Aber es war mehr als das, und sie wußte es. Luzifer mußte so ausgesehen haben, ging es ihr durch den Kopf, kurz nach seinem Fall, noch halb ein Engel, noch im Bewußtsein des Verlustes, aber schon voller Triumph über die Hölle, die er sich geschaffen hatte. Dann schaute sie wieder zu dem Kopf, den der Henker hochhielt. Aber was sie sah, war nicht das Haupt eines unbekannten Straßenräubers, sondern das von Antoine du Roure, Sieur de Combalet, und sie wußte, wenn es die Hölle war, so war sie selbst genauso ein Teil davon.

19. Kapitel

Der König hatte seinen Hirsch erlegt und war bester Laune darüber, als Cinq Mars beiläufig sagte: »Wie gut, daß Monseigneur le Cardinal nicht hier ist.«

Louis, noch ganz von der Freude der Jagd getragen, fragte eher neugierig als mißtrauisch: »Wie meint Ihr das, Henri?«

Cinq Mars blickte auf die Träger, die dem Hirsch die Beine zusammenbanden, um ihn an einer der mitgebrachten Stangen aufhängen zu können, und erwiderte in dem gleichen beiläufigen Tonfall: »Nun, er mißbilligt die Jagd, nicht wahr? Er hat jedenfalls nie eine veranstaltet oder je die Einladung Eurer Majestät zu einer angenommen, soweit ich weiß.«

»Nun ja, er ist ein Mann der Kirche«, sagte Louis kurz.

Cinq Mars zauberte einen milde ironischen Ausdruck auf sein Gesicht und verzichtete darauf, zu bemerken, daß sein geistlicher Stand den Kardinal offensichtlich nicht daran hinderte, Hinrichtungen zu veranlassen oder gelegentlich, wie er es vor La Rochelle getan hatte, Armeen anzuführen. Tréville, der ebenfalls zur Jagdgesellschaft gehörte und aus seiner Abneigung gegen den Kardinal keinen Hehl machte, schnaubte verächtlich.

»Mir scheint eher, daß er keinen rechten Sinn für die Freuden eines aufrechten Mannes hat. Bei allem Respekt, Sire, könnt Ihr das Duellverbot nicht ein wenig lockern? Ich weiß, daß meine Musketiere deswegen ständig in Schwierigkeiten mit der Garde des Kardinals geraten, aber wer kann es ihnen übelnehmen? Ein Edelmann, der seine Ehre nicht mit dem Degen verteidigt, ist kein Edelmann.«

Gott sei gedankt für Tréville und seine wohlbekannte Unverblümtheit, dachte Cinq Mars. Wenn er so etwas ausspricht, ist es alltäglich, unverdächtig, und ich muß es nicht sagen.

Louis entgegnete, und es klang, als zitiere er etwas, an das er selbst nicht recht glaubte: »Duelle sind ein Fluch für den Adel und kosten jährlich auf sinnlose Weise vielen das Leben...«

»Das«, warf Cinq Mars geschmeidig ein, »tun Kriege auch. Außer natürlich diejenigen, die um einer gerechten Sache willen verfochten werden, und ist die Verteidigung der Ehre etwa keine gerechte Sache?«

»Und ob«, knurrte Tréville. »Aber wenn man aus einer Familie von Rechtsverdrehern stammt, versteht man das vielleicht nicht.«

Der äußerste Punkt für heute war erreicht. »Das will ich nicht gehört haben, Messieurs«, sagte Louis streng. »Ich bitte, das Thema zu wechseln.«

Cinq Mars lächelte und pries wieder das Geschick des Königs. Während sie über zukünftige Jagden plauderten, dachte er an das kleine Saatkorn, das sich heute den vielen anderen Körnern zugesellen würde, die er bereits ausgestreut hatte.

Margot hatte ein Talent dafür, jede ihrer Ankünfte wie den Auftritt einer Bühnenheldin zu inszenieren. Diesmal kam sie in Begleitung zweier Kavaliere, die sie Marie kurz vorstellte und bald darauf fortschickte, mit dem Auftrag, ihr Sommerblumen zu besorgen.

»Wie du siehst, haben sie beide *Astrée* gelesen«, sagte sie, als die beiden verschwunden waren, und spielte damit auf d'Urfés ungeheuer populären Schäferroman an, der den Kodex der absoluten Ergebenheit des Liebenden dem kleinsten Befehl seiner Geliebten gegenüber etablierte. »*Ein Ehrenmann zu sein, heißt, verliebt zu sein*«, zitierte sie und lachte. »Also – welcher von beiden ist mein Liebhaber, was meinst du? Oder besser, welcher sollte es deiner Meinung nach sein?«

Marie zog eine Grimasse. »Monsieur de Vieuville«, entgegnete sie schließlich. »Monsieur de la Fère liebt dich nämlich nicht, was dich zweifellos dazu bringen würde, ihn zu vergöttern, und wenn es vorbei ist, hast du einen weiteren Menschen, an dem du dich rächen willst.«

Margot rückte ihr Fichu zurecht. »Weißt du, Marie Madeleine, du überraschst mich immer wieder. So praktische und unmoralische Ratschläge aus dem Mund einer Heiligen.«

»Wenn ich Dir sagte, du solltest dich an dein Ehegelübde halten, würdest du ohnehin nicht auf mich hören.«

»Wie wahr. Sie sind es übrigens beide.«

»Sind was?«

»Meine Liebhaber.«

Marie stöhnte. »O Margot!«

Ihre Cousine zog sich die Schuhe aus und lehnte sich auf der Chaiselongue zurück. »*O Marie*«, imitierte sie. »Warum können wir nicht alle so vollkommen sein wie du?«

Marie konnte nicht widerstehen. »Es hindert dich keiner daran, es zu versuchen«, erwiderte sie mit unbewegtem Gesicht und fragte sich, warum Wortgefechte mit Margot immer etwas Entspannendes hatten. Gleichzeitig reichte sie ihr eine Schale mit kandierten Früchten.

»Oh, nichts leichter als das. Der täglichen Bußübung, mit einem gräßlichen Mann zusammenzuleben, unterziehe ich mich schon.«

»Ist der Sieur de Grammont so gräßlich?« fragte Marie, während Margot nach einer Frucht griff. »Ich dachte, er sei dein Ideal von einem Ehemann, weil er dich völlig in Ruhe läßt.«

»Er *war* mein Ideal, bis er die Geschmacklosigkeit besaß, sich bei seinem besten Freund über mich zu beschweren, bei Monsieur de la Fère, der, wie du richtig bemerkt hast, mich nicht liebt und mir die Beschwerde daher wortwörtlich mitgeteilt hat. Was soll aus uns werden, wenn die Männer sich verbünden? Du siehst also, warum ich dich zur Zeit um dein Leben ohne Männer und Schwierigkeiten beneide.«

Es lag vielleicht an der Erschöpfung, welche die Hitze auslöste, doch Marie entschloß sich plötzlich, sich Margot anzuvertrauen. Was auch immer zwischen ihnen liegen mochte, sie hatten einander nie verraten, und das, was jetzt mit ihr geschah, war so unvertraut für sie, daß sie es vielleicht einmal laut ausprechen mußte, um sich darüber klarzuwerden.

»Nicht ganz ohne Schwierigkeiten«, gab sie zurück und erzählte Margot alles, was sie über die Lippen brachte. Margot holte ihren Fächer hervor, während Marie sprach, und verbarg dahinter ihr Gesicht; nur Stirn und Augen blieben frei. Als Marie geendet hatte, klappte Margot ihn energisch zusammen.

»Man kann sagen, was man will«, bemerkte sie, »du tust nichts halbes, Marie. Zwanzig Jahre im Zölibat dank des glücklicherweise früh verstorbenen Sieurs de Combalet, und dann verliebst du dich in den unpassendsten Mann, den du auftreiben kannst. Ehemaliger Protestant, derzeitiger Atheist, und ganz offensichtlich halb wahnsinnig, ganz zu schweigen davon, daß er unser aller Familienoberhaupt noch weniger zu schätzen scheint als ich.«

»Ich habe nicht gesagt, daß ich in ihn verliebt bin. Ich ...«

War sie in ihn verliebt? Wenn er sie anschaute, spürte sie ein Echo in sich klingen, den Wunsch, ihn zu berühren, den Wunsch, die dunkle Aura zu vertreiben, die sie um ihn sah, und doch gleichzeitig den Wunsch, sich darin hineinfallen zu lassen. Sie träumte von ihm, sie fühlte sich angezogen und abgestoßen zugleich von jedem Wort, das er sagte, aber war das Liebe?

Margot klang fast ärgerlich, als sie Marie unterbrach. »Beantworte mir eine Frage. Hast du vor, dem teuren Onkel Armand von dieser Nichtliebe zu erzählen?«

Das war in der Tat die Frage, die sie sich selber stellte.

Für Louis ging der Tag, der so angenehm begonnen hatte, miserabel zu Ende. Er besuchte seinen ältesten Sohn und stellte mit Befriedigung fest, daß das Kind ihn nunmehr liebevoll begrüßte. Aber die Freude darüber wurde in dem Augenblick zerstört, in dem Anne hereinkam, um ihren Sohn ins Bett zu bringen. Der Junge rannte mit einer Begeisterung zu ihr, die sein Verhalten dem König gegenüber blaß erscheinen ließ.

Es war ebenso bitter wie ungerecht. Louis hatte seinen eigenen Vater, den einzigen Menschen, der ihm in seiner frühen Kindheit so etwas wie Zuneigung entgegengebracht hatte, vergöttert und sich nie wirklich von dem Schock seiner Ermordung erholt. Für seinen eigenen ältesten, so lange ersehnten Sohn jedoch zählte er offenbar nicht mehr als ein freundliches Mitglied der Dienerschaft.

Er konnte der Königin das nicht im Ernst zur Last legen, und er wußte es. Doch es war trotzdem ihre Schuld, und er konnte sie auf andere Weise dafür bestrafen. Er dachte an etwas, das ihm der Kardinal heute mitgeteilt hatte und das er eigentlich erst morgen dem Hof offiziell hatte eröffnen wollen.

»Madame«, sagte er brüsk, »es gibt Neuigkeiten aus Spanien. Einer Eurer Brüder schläft mit Eurer Freundin, der Herzogin von Chevreuse, und der andere ist tot.«

Er sagte absichtlich nicht, welcher von beiden, und hatte die Befriedigung, sie zusammenzucken zu sehen. Die Herzogin, die

»Chevrette«, wie Richelieu sie nannte, war Annes leidenschaft-
lichste Parteigängerin und seit Jahren im Exil, aber sie hatte in
ganz Europa berüchtigte Affären, in der Regel mit frankreich-
feindlichen Fürsten wie Charles von Lothringen und jetzt Fe-
lipe IV., seinem Schwager, der bedauerlicherweise noch unter
den Lebenden weilte. Es war der jüngere Bruder, der Kardinal-
Infant, der gestorben war. Sein eigener Kardinal hatte ihn
immer für den gefährlicheren von beiden gehalten, wegen seines großen Talents als Feldherr, aber soweit es Louis anging,
hätte die gesamte spanische Königsfamilie in den Orkus verschwinden können. Dann wäre zumindest der Krieg zu Ende.
Er hatte den Krieg mit Spanien allmählich satt.

»Danke dafür, daß Ihr es mir mitgeteilt habt, Sire«, sagte
Anne, und es gelang ihr wieder einmal, ihm das Gefühl zu
geben, im Unrecht zu sein. Ihr Sohn klammerte sich noch
immer an sie, und ihre Hofdamen blickten sie mitleidsvoll an.
Er sah sich kurz so, wie sie ihn sehen mußte: grausam und
kindisch. »Madame«, gab er knapp zurück und flüchtete, wofür er sich sofort wieder schämte.

Er dachte an die kurze Zeit, da er Anne tatsächlich gern
gehabt hatte. Nach der fürchterlichen Hochzeitsnacht, als sie
beide vierzehn gewesen waren, sah er sie zu selten, um überhaupt etwas für sie zu empfinden, aber als sie sechzehn wurden
und Luynes, der liebe Luynes, ihm Concini und die Tyrannei
seiner Mutter vom Hals schaffte, änderte sich das. Er hatte sich,
was in seinem Leben sehr selten gewesen war, frei und glücklich gefühlt, und Anne als seine Königin war Teil seines Trium-
phes gewesen. Sie war zwar ein Mädchen, aber so hübsch und
schlank mit ihren sechzehn Jahren, daß sie fast hätte ein Knabe
sein können.

Dann war ihm allmählich aufgefallen, wie man sie bei Hofe
allgemein bewunderte, während man ihn bestenfalls gönner-

haft ansah. Und als sie so unverantwortlich war, mit ihrer Freundin Chevreuse diesen Wettlauf zu machen und dadurch sein Kind umbrachte, hatte er jegliche Wärme für sie verloren. Was immer an höflichem Respekt noch übrig geblieben war, starb, als Buckingham Frankreich besuchte. Und als sie sich mit seinem Bruder, ausgerechnet mit Gaston, gegen ihn verbündete, war er sicher, sie loswerden zu können. Warum hatte der Kardinal damals nicht zugestimmt und den Papst um eine Annullierung ersucht? Dann wäre er, Louis, jetzt nicht mit einer Frau verheiratet, deren bloße Gegenwart ihm das Gefühl gab, unzulänglich und ihr zuwider zu sein. Er hätte eine andere zur Mutter seiner Kinder gemacht, ein Mädchen aus dem französischem Adel vielleicht, die ihm ihr Leben lang dankbar gewesen wäre und ihn zutiefst bewundert hätte.

Er wäre jetzt nicht so allein.

Das war auch die Schuld des Kardinals. Sein Vater, so erinnerte sich Louis, war nie allein gewesen, er hatte Freunde gehabt, er war mit ihnen so zwanglos umgegangen, wie seine Musketiere es untereinander taten. Aber das war nicht die Vorstellung, die der Kardinal von einem König besaß. Nein, dachte Louis verbittert, er hat mich zu einer reglosen Statue gemacht, die weit von allen anderen Menschen entfernt ist.

Der wahrhaft souveräne Fürst kann niemanden haben, der ihm ebenbürtig und gleichgestellt ist, ebenso wie Gott, dessen Abbild er ist, niemanden haben kann, der ihm ebenbürtig und gleichgestellt ist.

Alles gut und schön, Eminenz, aber ich bin derjenige, der auf dem Thron sitzen muß. Er atmete schwer; der Kragen, den er trug, schien auf einmal zu eng zu sein. Louis warf einen Blick in den nächsten Spiegel und stellte fest, wie ungesund seine Gesichtsfarbe aussah. Es war wieder einmal Zeit für den Aderlasser, um die Säfte auszugleichen.

Natürlich gab es Belohnungen für den einsamen Platz auf dem Thron. Er war Herrscher eines Reiches, das rasch mächtiger wurde als alle anderen in Europa. Das Kaiserreich? Zerrüttet in einem jahrzehntelangen Krieg. England? Auf dem Meer gewiß mächtig, aber im eigenen Land mußte sich Schwager Charles mit seinem aufsässigen Parlament herumschlagen, das, wie man hörte, immer unverschämtere Forderungen stellte. So etwas wagte hier dank des Kardinals niemand mehr. Die Generalstände waren seit Jahrzehnten nicht mehr zusammengetreten, und sie würden auch nicht mehr zusammentreten.

Dank des Kardinals. Louis dachte an das letzte Mal, als die Generalstände sich versammelt hatten. An die Enttäuschung, die er bei dieser Gelegenheit, als er zum erstenmal eine offizielle Amtshandlung beging, in jedermanns Augen gelesen hatte: Wie unähnlich er seinem Vater war. Sein Vater hatte keinen Kardinal gebraucht, um den Hochadel zu zähmen und in Europa respektiert zu werden, und für ihn war es nicht notwendig gewesen, als unnahbare Statue auf einem einsamen Thron zu sitzen.

Doch halt: nicht ganz einsam. Er hatte Cinq Mars, der ihn liebte. Ja, dachte Louis, während er nach seinem Arzt rief, ich habe Cinq Mars.

20. Kapitel

Wenn der König in seinem Jagdschloß in Versailles weilte, hielt sich der Kardinal für gewöhnlich in Rueil auf. Marie liebte Rueil. Die Gärten hatte ihr Onkel selbst geplant und anlegen lassen, keine strengen geometrischen Formen, wie sie immer mehr in Mode kamen, sondern ein Park, der den Eindruck einer natürlichen Landschaft erwecken sollte. Zwischen Bäumen aller Arten und Größen und den bemoosten Felsen verbanden sich die zahlreichen Wasserspiele schließlich zu einem einzigen Fluß, der in eine Grotte mündete, wo sich erneut Kaskaden wölbten, so daß man die natürliche Felsendecke fast nicht mehr erkennen konnte.

Die Schönheit von Rueil war beruhigend, und sie hatte ihre Spaziergänge dort immer genossen, besonders in den letzten Sommertagen, wenn die Wasserspiele noch einmal ihre ganze Pracht entfalteten und die ersten Blätter sich bereits bunt zu verfärben begannen. Aber in diesem Spätsommer wollte sich die beruhigende Wirkung nicht einstellen.

»Monseigneur«, sagte sie zu ihrem Onkel, während sie durch die Kastanienallee schritten, die Jean Maignan, sein Lieblingsgärtner, für ihn angelegt hatte, »ich habe einen Brief der Königinmutter erhalten.«

Es war nur eine der Angelegenheiten, die sie beschäftigten, aber ein guter Anfang. »Sie will aus dem Exil zurückkehren und bittet mich um meine Vermittlung bei Euch.«

Er verstand augenblicklich, was sie ungesagt ließ. »Und nun, da es geschehen ist, seid Ihr Euch nicht mehr sicher, ob es richtig war, es sich zu wünschen?«

Der Tag der Geprellten war es, an den sie beide dachten. Damals hatte für den Kardinal noch einmal alles auf dem Spiel gestanden. Die Feindschaft der Königinmutter hatte sich in einem Ausmaß gesteigert, daß es für alle offensichtlich wurde, welche Entscheidung dem König bevorstand: der Kardinal oder seine Mutter. Seit er sich wieder, dank des Kardinals, mit seiner Mutter versöhnt hatte, war sie die einflußreichste Frau bei Hofe gewesen, bei weitem mächtiger als die Königin.

Für Marie, die damals zu dem Hofstaat der Königinmutter gehörte, war es eine Zeit gewesen, die fast an die finstersten Wochen ihrer Ehe heranreichte. An dem Tag, der alles entscheiden sollte, hatte es zunächst so ausgesehen, als würde es sich nur um einen der üblichen Wutausbrüche der Florentinerin handeln.

»Madame de Combalet! *Madame de Combalet*! Es wundert mich, daß Ihr es wagt, noch hier zu erscheinen. Habe ich Euch nicht deutlich gemacht, daß mich Eure bloße Gegenwart verärgert? Überhaupt habt Ihr kein Recht, hier zu sein. Euer Onkel hat Euch hier als Spionin eingeschleust, Euer Onkel, diese Kreatur, die es wagt, mir Ratschläge und Empfehlungen zu erteilen, mir, seiner Wohltäterin! Wißt Ihr, was Euer Onkel ohne mich wäre, Madame? Ein Nichts, ein Niemand, der von Glück sagen kann, daß er nicht schon längst aus dem Klerus gestoßen ist für seine elende Anmaßung...«

Und so war es weitergegangen, in ermüdender Eintönigkeit, bis bei Marie der dünn gewordene Faden ihrer Geduld und Zurückhaltung riß und sie vielleicht ein wenig zu bestimmt erklärte: »Euer Majestät wissen, daß Ihr keinen treueren Untertanen als Monseigneur, meinen Onkel, besitzt.«

Das war der verhängsnisvolle Fehler gewesen.

»Ich *weiß*? Es ist nicht an Euch, mir zu sagen, was ich weiß, Madame! Bei Gott, ich werde dafür sorgen, daß Ihr lernt, wo Euer Platz ist! Aber ich *weiß*, was Euch so hochmütig gemacht hat. Glaubt nicht, daß ich es nicht nur allzugut wüßte! Ihr glaubt Euch sogar über die Gesetze von Gott und den Menschen erhaben, Madame, Ihr lebt in sündiger Gemeinschaft mit Eurem Onkel, gebt es zu, so ist es doch!«

Dafür wird sie bezahlen, hatte Marie gedacht, während der gesamte Hofstaat zusah und ihre Intimfeindinnen, die Fürstinnen von Geblüt Conti und Elbeuf, sich offen daran weideten, daß sie gezwungen war, sich diesen Unflat auf den Knien vor einer Frau, die sie im Grunde verachtete, anzuhören.

Etwas, das seit der Nacht, in der Antoine du Roure gestorben war, geschlafen hatte, war aufgewacht. Irgendwie, irgendwann wird sie dafür bezahlen müssen. Und dann, der eisige Schrecken...

»Ah, Ihr seid endlich hier, mein Sohn. Sehr gut. Ich habe genug von dieser Nichtswürdigen und ihrem undankbaren Onkel erdulden müssen! Ich verlange, daß Ihr Euch endlich...«

Der König war mit seiner Mutter in ein Kabinett verschwunden, das laut und deutlich hinter ihnen verschlossen wurde. Mit unumstößlicher Sicherheit hatte Marie gewußt, daß sich jetzt und hier das Schicksal ihres Onkels entschied. Wenn man der Königinmutter gestattete, in dieser Stimmung mit dem König längere Zeit allein zu sein...

Sie war gerannt, wie sie noch nie zuvor gerannt war, mit gerafften Röcken, alle Gedanken an Würde und Selbstdisziplin hinter sich lassend, bis sie zu dem Teil des Schlosses kam, in dem ihr Onkel, wenn er die Königinmutter länger besuchte, seine Arbeitsräume hatte. Sie sprach nicht, es brach aus ihr heraus, und er glaubte ihr.

»Es gibt einen geheimen Gang in dieses Kabinett«, sagte er. »Ich glaube nicht, daß sie daran gedacht hat, auch ihn abzuschließen. Aber falls doch, oder falls es mir nicht gelingt...«

»Ich lasse Eure Kutsche bereitstellen.«

Er war tatsächlich durch den Gang in das Kabinett gelangt. Was sich dort auch immer abspielte, blieb ein Geheimnis. Als die Königinmutter mit erhobenem Haupt hinaussegelte, war der Hof sicher, daß die Tage Richelieus gezählt waren. Ihr Onkel hatte nichts gesagt, aber sie angewiesen, für alle Fälle packen zu lassen.

An diesem Tag hatte sich jeder einzelne seiner Feinde offenbart, was später zu den bittersten Verwünschungen führte, denn es war die Königinmutter, die ins Exil ging.

»Ihr habt mir vielleicht das Leben gerettet, *ma nièce*«, hatte ihr Onkel sehr ernst zu ihr gesagt. »Was auch immer Ihr Euch dafür wünscht...«

»Ich möchte diese Frau vor mir auf den Knien sehen!«

Einmal ausgesprochen, klang es zu heftig, zu kleinlich, zu rachsüchtig – zu sehr nach der Familienkrankheit. Doch das war es, was sie empfand; es ließ sich nicht mehr zurücknehmen.

Jetzt war ihr Wunsch erfüllt. Sie blieb vor der Statue einer Nymphe stehen und lehnte sich gegen den reinen, weißen Marmor.

»Ich habe ihren Brief bereits beantwortet. Monseigneur, ich hätte großzügig sein sollen, aber es wäre unehrlich gewesen. Ich schrieb, daß es nicht meinem Rang entspricht, daß es mir nicht zusteht, zwischen ihr, Euch und dem König zu vermitteln.«

Margot hätte geklatscht, gelacht und dann gefragt, was sie denn weiter beunruhige. Ihr Onkel jedoch nickte. »Es gibt Dinge, die man nicht vergessen kann, Dinge, auf die man nicht verzichten kann, obgleich man sich ihrer Torheit und Fruchtlosigkeit bewußt ist«, sagte er leise, »und es ist gut so, Marie. Sonst wären wir Götter.«

Aus dem Baum, in dessen Schatten die Statue stand, löste sich ein erstes Blatt. Sie sah es herabschweben und fing es mit geöffneten Händen auf. Sie betrachteten das starke Gerippe mit seinen zarten Verästelungen, das die Sonne fast durchsichtig machte. Marie sagte: »Aber es ist noch zu früh für den Herbst.«

Es war, als protestiere sie gegen sehr viel mehr, dachte der Kardinal. »Wir werden Rueil bald wieder verlassen müssen«, sagte er laut.

»Warum?« Wenn sie nach Paris zurückkehrte, würde sich die Entscheidung, die sich in Sachen Paul d'Irsdmasens anbahnte, nicht mehr aufschieben lassen. Sie hatte ihn seit dem Tag auf dem Place de Grève nicht mehr wiedergesehen. Um nicht den Eindruck aufkommen zu lassen, als habe er sie eingeschüchtert, hatte sie seinen jüngeren Bruder mehr als einmal empfangen und sich nach ihm erkundigt. Sie mochte Raoul aufrichtig, und da er ihr die gespannten Beziehungen zu dem dritten Bruder, Philippe, gestanden hatte, brachte sie ihn bei der *Gazette* unter. Der Herausgeber der *Gazette*, Théophraste Renaudot, schuldete ihrem Onkel Lizenz, Gründungskapital und noch manches andere. Er machte keine Anstalten, zu widersprechen, als sie ihn darum bat, den jungen Irsdmasens zu beschäftigen.

»Der Aufenthalt hier tut Euch gut. In Paris könnt Ihr nicht mehr als drei oder vier Stunden in der Nacht schlafen, das wißt Ihr genau. Warum also?«

»Weil ich es nicht für klug halte, den König jetzt für längere Zeit alleinzulassen, und er verläßt Versailles morgen.«

Sie nahmen ihren Spaziergang wieder auf. Marie hielt noch immer das Kastanienblatt in ihrer linken Hand und zeichnete mit den Fingerspitzen ihrer Rechten Zacke für Zacke nach.

»Habe ich Euch je erzählt, Marie, daß ich gesehen habe, was mit Concini passiert ist? Oh, nicht die Ermordung selbst. Aber am nächsten Tag fuhr ich aus. Der Mob hatte herausgefunden, daß man seine Leiche in Saint Germain l'Auxerrois beerdigt hatte. Sie gruben ihn wieder aus, schleppten ihn in die Stadt, und als ich auf den Pont-Neuf kam, sah ich, daß man ihn an den Füßen aufgehängt hatte und in Fetzen riß.«

Sie verstand. »*Ma nièce*«, fuhr er fort, »ich habe in den Jahren seither nie großen Wert darauf gelegt, zu schlafen, denn in meinen Träumen sehe ich mich selbst an der Stelle Concinis.«

»Der König würde Euch niemals fallenlassen«, sagte sie, aber sie hatte Avignon nicht vergessen, und ihrer Versicherung mangelte es an Überzeugung. Sie fröstelte und erinnerte sich an die Hinrichtung auf dem Place de Grève. Eine Stimme, die wie Paul d'Irsdmasens' klang, sagte in ihr: *Was wir gesät haben, werden wir ernten.* Ihre eigene Stimme widersprach mit wesentlich größerer Festigkeit als vorher: »Es wird nicht geschehen.«

Ihr Onkel nahm ihr das Blatt aus der Hand. So fragil, so leicht zu zerstören. »Nein«, erwiderte er, wie er es all die Jahre getan hatte, »es wird nicht geschehen.«

Im allgemeinen gefielen Charlotte die Aufenthalte in Rueil, denn dank der wenigen Besucher gab es nicht viele Anlässe, zu denen Madame repräsentative Roben benötigte, und dadurch auch weniger Arbeit für ihre Zofe. Doch heute war Charlottes freier Nachmittag. In Paris hätte sie die Jahrmärkte besuchen können; hier fand sie sich damit ab, daß ihr nichts anderes übrigblieb, als sich mit Näharbeiten an ihren eigenen Kleidern zu beschäftigen und ein wenig mit den anderen Domestiken zu schwatzen.

Ein Gemisch aus Erleichterung, Verwunderung und aufkeimender Freude machte sich in ihr breit, als eine der Dienerinnen in die Küche kam, in der sie beisammensaßen, und verkündete, Charlotte habe einen Besucher.

Die Neckereien der anderen ignorierend, legte Charlotte die Haube beiseite, an der sie gestickt hatte, und erhob sich. Sie brauchte nicht zu fragen, um wen es sich handelte; in der letzten Zeit hatte Matthieu sie öfter besucht. Nicht daß sie törichten Narreteien anhing, sagte sie sich hastig, während sie ihr Kleid zurechtrückte, es war nur christliche Nächstenliebe, die sie veranlaßte, sich hin und wieder mit dem seltsamen Mann zu unterhalten, der Wunsch, ihm etwas mehr beizubringen, als es die Patres in Neufrankreich offensichtlich getan hatten.

Er arbeitete als Schmied im Kolleg der Jesuiten in Paris und hatte daher keine Schwierigkeiten gehabt, sich ein Pferd zu besorgen. Da Charlotte sich an seine Worte über Steinhäuser ohne Wälder erinnerte, fragte sie ihn, ob ihm Rueil besser gefalle. »Mehr Wald«, sagte sie, »kann man sich doch gar nicht wünschen. Als ich zum erstenmal hierherkam, dachte ich, wir führen in die Wildnis.«

Seine Miene zeigte einen Ausdruck, den sie langsam als Belustigung zu erkennen lernte. Nicht daß er offen lächelte. Charlotte war noch nie ein so ernster Mann begegnet.

»Du weißt nicht, was die Wälder wirklich sind, Charlotte Dieudonnée«, sagte Matthieu. »In meiner Heimat kann ein junger Krieger, der seinem Schutzgeist begegnen will, viermal eine Handvoll Tage laufen, und hat die Bäume noch immer nicht hinter sich gelassen. Und es sind keine kleinen Bäume wie die euren.«

»Klein!« stieß Charlotte hervor und schaute zu dem unübersichtlichen Park hinüber. Matthieu ließ eine Spur von Sehnsucht in seiner Stimme anklingen.

»Man braucht manchmal sechs Männer, die sich die Hände

geben, um sie zu umfassen. Im Herbst, wenn die Sonne ihre große Reise antritt, tränen die Augen manchmal, wenn man auf das Laub schaut, so hellrot flammt es.«

»Du hast wohl Heimweh?« erkundigte sich Charlotte ein wenig spitz. Aus irgendeinem Grund ärgerte sie das.

»Nein«, entgegnete Matthieu, »denn ich weiß, daß mich der nächste Sonnenumlauf zurückbringen wird, damit ich meinem Volk über euer Land berichte.«

»Ich dachte, du seist ein Diener von Pater Columban«, sagte Charlotte überrascht. »Ich wußte nicht, daß du ein Gesandter von eurem König bist.«

Matthieu schüttelte den Kopf. »Nicht König. Auch das verstehe ich nicht, Charlotte Dieudonnée – eure Könige. Wir wählen uns unsere Häuptlinge aus dem Rat der Männer, die sich in Krieg und Frieden bewährt haben. Der Kriegshäuptling ist nicht der Friedenshäuptling. Ihr habt nur einen Häuptling, und doch sagt Pater Columban, daß Euer Medizinmann für ihn regiert. Warum wählt ihr nicht ihn als Häuptling?«

»Könige werden nicht *gewählt*«, sagte Charlotte schockiert. »Sie sind Gottes Ebenbilder auf Erden und regieren in seinem Namen.«

Aufrichtige Verwirrung zeigte sich bei Matthieu. »Aber Pater Columban«, protestierte er, »hat mir gesagt, daß wir alle Ebenbilder des Großen Geists sind. So lehren es alle Schwarzröcke.«

Charlotte gab es auf. Er war, dachte sie, wohl doch noch zu sehr in seinen wilden Vorstellungen gefangen. Außerdem, gestand sie sich heimlich ein, waren ihr selbst König und Gott viel zu selbstverständlich, als daß sie je darüber nachgedacht hätte, und daher fehlten ihr augenblicklich auch die Argumente. Also wechselte sie das Gesprächsthema und fragte, wie sich seine Tätigkeit als Schmied anließ.

»Auch deswegen bin ich froh, hier zu sein«, entgegnete Matthieu. »Ich lerne immer neue Wege, um das Eisen zu formen. Sieh her.«

Er hielt ihr etwas entgegen, das auf den ersten Blick aussah wie eine Münze, die zu einem Anhänger umgearbeitet worden war. Dann erkannte sie, daß es sich in der Tat um einen Anhänger handelte, der jedoch eher länglich als rundlich war. Er glich einem Stab, der mit lauter kleinen Kugeln besetzt war.

»Was ist das?« fragte sie unsicher. Zum ersten Mal, seit sie ihn kannte, wandte Matthieu tatsächlich den Blick ab, während er mit ihr sprach.

»Ein Maiskolben, für Glück und Fruchtbarkeit. Ein Geschenk für die Gastfreundin.«

Charlotte wußte nicht, was sie sagen sollte. Sie entschied sich schließlich für ein vernünftig und sachlich klingendes »Danke«, aber als sie den kleinen Anhänger entgegennahm, konnte sie nicht verhindern, daß ihre Hand die seine einen Moment länger berührte als notwendig.

21. Kapitel

Die Königin stand stumm am Fenster und blickte auf den Innenhof des Louvre. Seit Cinq Mars zu Ende gesprochen hatte, stand sie so, reglos, ihm den Rücken zukehrend. Allmählich machte ihn das Schweigen nervös. Selbstverständlich war seine Position als Günstling ihres Gemahls ihr gegenüber ein wenig delikat, aber er fand, sie könne ihn dennoch etwas zuvorkommender behandeln. Immerhin hatte er ihr gerade die Erfüllung ihres lebenslangen Traumes angeboten.

»Bedenkt, Madame«, begann er noch einmal und nahm es ihr übel, daß er den Anfang machen mußte, »was ein Frankreich ohne den Kardinal bedeutet. Eure Freunde würden zurückkehren können. Frankreich und Spanien wären wieder verbündet, so wie es von Anfang an durch Eure Heirat hätte geschehen sollen. Vereint könnten sie den Kampf der heiligen Sache gegen die Ketzerei wieder aufnehmen, und wir könnten das gottlose Bündnis mit den Protestanten in Schweden und Deutschland abbrechen.«

Der größte Teil der Argumente stammte von de Thou, aber der letzte Satz war sein Einfall, auf den er sehr stolz war. Schließlich war die Königin Spanierin, und die Spanier waren berüchtigt für die Kompromißlosigkeit ihres Glaubens.

»Ihr könntet offen mit Eurem Bruder korrespondieren, ihn vielleicht sogar besuchen.«

Nun kam das *pièce de résistance.* »Und womit verdient es der

224

Kardinal, daß Ihr ihn schützt? Denkt an alles, was er Euch angetan hat.«

Das brachte sie dazu, sich heftig umzuwenden.

»Monsieur le Grand«, sagte sie knapp, »was mir der Kardinal angetan hat, weiß ich selbst am besten.«

Sollte das eine Zurechtweisung sein? Er biß sich auf die Lippen. De Thou hatte zu diesem Punkt einige merkwürdige Überlegungen angestellt. »Ich bin mir nicht sicher mit der Königin«, hatte er erklärt. »Sie ist eine edle Frau, der Unrecht getan wurde, aber meiner Meinung nach liegt der Feindschaft zwischen ihr und dem Kardinal zugrunde, daß sie sich eigentlich stark voneinander angezogen fühlen.«

Cinq Mars hatte gelacht und derartige Spekulationen auf de Thous intensive Romanlektüre zurückgeführt, aber jetzt war er sich nicht mehr so sicher. Warum hatte sie sein Angebot nicht sofort aufgegriffen, warum zeigte sie nicht glühende Dankbarkeit für die Gelegenheit, ihren größten Feind endlich loszuwerden?

Der kalte Schweiß brach ihm aus, als er sich vorstellte, was es bedeuten würde, wenn er sich geirrt hatte. Wenn die Königin dem Kardinal die Verschwörung aufdecken würde. Ich streite alles ab, dachte er entschlossen. Beweisen kann man uns nichts.

Aber der Kardinal war nicht eben für seine Rücksichtnahme auf juristische Vorschriften bekannt. Der König würde ihn, Cinq Mars, natürlich beschützen, aber ... Zum erstenmal kam ihm die unwillkommene Überlegung, daß Louis, sollte er bereit sein, einen Minister zu opfern, der ihm zwanzig Jahre lang treu gedient hatte, möglicherweise noch eher bereit wäre, einen Günstling seinem Schicksal zu überlassen, den er ganze drei Jahre kannte.

Aber das läßt sich nicht vergleichen, dachte er fieberhaft. Louis liebt mich. Den Kardinal liebt er nicht ...

»Ja«, wiederholte die Königin langsam, »ich weiß am besten, was er mir angetan hat. Wenn Ihr es fertigbringt, Frankreich mit Spanien zu versöhnen, ist Euch meine Dankbarkeit sicher, Monsieur le Grand.«

»Und der Kardinal…«, drängte Cinq Mars.

»Seine Majestät hat mir schon vor sehr langer Zeit deutlich gemacht, daß die Regierung dieses Landes mich nicht betrifft. Sollte er sich entscheiden, seinen Ersten Minister loszuwerden, auf welche Art auch immer, wer bin ich, um dagegen Einspruch zu erheben?«

Das Theater im Hôtel de Bourgogne bestand aus einem umgestalteten Ballsaal, was man ihm auch anmerkte. Geiger saßen zu beiden Seiten der breiten Stufen, welche die Bühne mit dem Parkett verbanden, und der Vorhang bestand aus zusammengerafften Gobelins mit dem königlichen Wappen. Dennoch hatte es rasch den Ruhm erworben, das beste der drei öffentlichen Theater zu sein; hier hatte man den *Cid* uraufgeführt, das überwältigendste Ereignis auf der Bühne in den letzten hundert Jahren.

»Dummes Volk«, sagte Tallemant zu Raoul d'Irsdmasens, als der erste Schauspieler der Truppe vortrat und verkündete, die heutige Vorstellung sei Monsieur le Cardinal de Richelieu gewidmet, der in seiner üblichen Großzügigkeit die jährliche Unterstützung dieses Theaters auf zwölftausend Livres erhöht habe.

»Wissen sie denn nicht, warum er das tut, warum er die Lizenzen für die Schauspieler durchgesetzt, ihnen dieses Theater zur Verfügung gestellt und die Schriftsteller ermutigt hat, für das Theater zu schreiben?«

Sie hatten einen Stehplatz im Parkett. Raoul wirkte zerstreut und leicht abgelenkt, als er ergeben zurückfragte, während er mit seinen Augen die Ränge abtastete: »Und warum hat er es deiner Meinung nach getan?«

»Brot und Spiele, Irsdmasens, Brot und Spiele! Der Mann hat seinen Tacitus gelesen. Ein Volk, das unterhalten wird, murrt nicht.«

»Mir scheint, du bist es, der zuviel Machiavelli gelesen hat«, entgegnete Raoul. »Muß denn hinter jeder seiner Handlungen eine gerissene Absicht stecken? Außerdem müßte er in diesem Fall längst gemerkt haben, daß es nicht wirkt. Wir murren doch alle und gehen trotzdem ins Theater.«

Er schien nicht gefunden zu haben, wen er suchte, zuckte die Achseln und machte sich auf den Weg zu der kleinen Anrichte, auf der unterhalb der Wendeltreppe, die zu den Rängen führte, Konfekt und Likör angeboten wurden. »Komm, ich habe Hunger, und wenn es erst angefangen hat, möchte ich keine Sekunde verpassen.«

Tallemant lag eine spitze Erwiderung auf der Zunge, aber er folgte Raoul, zahlte seufzend für seine eigenen gezuckerten Pflaumen und gab seine Antwort schließlich in abgemilderter Form preis.

»Das Problem mit dir ist, Irsdmasens, daß du immer dazu neigst, das Beste von den Leuten anzunehmen, sogar von offenkundigen Monstern.« Unfähig, sich das zu verkneifen, fügte er hinzu: »Natürlich arbeitest du jetzt für einen seiner Günstlinge.«

Raoul wollte aufbrausen, besann sich jedoch eines besseren. »Daß ich für die *Gazette* schreibe, bedeutet nicht, daß ich das Denken verlernt hätte«, versetzte er. »Und...« Er brach ab. Tallemant folgte seinem Blick und sah, wer gerade zu den Rängen emporstieg.

»Aha«, sagte er vieldeutig.

»Was heißt hier *Aha*? Wenn ich einer Dame, die so großzügig zu mir war, was man von dir übrigens nicht behaupten kann, meine Aufwartung machen möchte, so ist das meine Sache. Ich werde jetzt ...«

»... zurück in den Saal gehen«, vollendete Tallemant. »Die Musiker haben gerade aufgehört zu spielen. Ich denke, du willst kein Wort des unsterblichen Corneille verpassen?«

Raoul hatte *Horace* nun schon mehrere Male gesehen, aber es zog ihn immer wieder in ein Theater, in dem dieses Stück gegeben wurde. Jedesmal war es, als stieße er sich einen Stachel ins Herz, aber er konnte und wollte nicht darauf verzichten.

»Für Alba bin ich nicht, nicht mehr für Rom. Ich fürcht' in diesem Kampf für beide.«

Oh, die Gabe zu haben, einen dramatischen Konflikt so auf den Punkt zu bringen wie Corneille!

»O säh ich doch die Stadt in Asche fallen, und deine Lorbeern sinken in den Staub!«

Seine Camille sagte nichts Vergleichbares, als sie ihren Bruder anklagte, der ihren Liebsten umgebracht hatte. Und dann die Schlußwendung, nicht den Tod, sondern das alltägliche Leben mit seiner Tat für Horace zur Bestrafung zu machen! Warum hatte *er* daran nicht gedacht?

Doch hin und wieder, sagte sich Raoul, und ein Hauch Befriedigung legte sich wie Balsam auf seine wunde Seele, gab es auch an Corneille einiges zu kritisieren. Daß der Dichter Horace eine Curiatierin zur Frau gab, um so das Motiv der Kluft zwischen Bruder und Geliebten zu doppeln, fand er überflüssig, mehr noch, es schwächte die dramatische Zuspitzung ab. Seine Camille war einmaliger. Ihren Verlust würden die Zuschauer stärker spüren, sollte sein Stück je zur Aufführung gelangen.

Nach der Vorstellung ließ er Tallemant im Parkett stehen und eilte hinauf in die Logen.

»Madame la Duchesse, ich bin überglücklich, Euch hier zu begegnen!«

Das entsprach der Wahrheit. Anfangs war er über die Bekanntschaft entsetzt gewesen, dann hatte die Hoffnung eingesetzt, über sie den Kardinal als Gönner zu gewinnen, und mittlerweile hielt er sie für die lebendige Verkörperung der Prinzessin Isabelle aus Mademoiselle de Scudérys neuem Roman *Ibrahim oder der durchlauchtigste Bassa*, den er gerade mit Begeisterung gelesen hatte.

Er war noch nie einer Dame begegnet, die ihn so für sich eingenommen hatte. Natürlich war es undenkbar, daß sie ihn je erhören würde, sollte er ihr seine Schwärmerei gestehen, aber das war ja gerade das Schöne daran. Er konnte sie aus der Ferne anbeten, getreu den Gesetzen der reinen Liebe, wie *Astrée* sie vorschrieb, ohne jedes niedere Eigeninteresse, ihr seine Gedichte widmen und hin und wieder seine Seele durch eine Begegnung mit ihr in den Himmel heben lassen.

Was allerdings die Idylle seiner Träume störte, war der Name seines Bruders, der sich nur allzu häufig in die Konversation zu drängen schien, selbst wenn er nicht genannt wurde. Diesmal zum Beispiel sagte sie kein Wort über Paul. Aber nachdem sie mit ihm ein wenig über das Stück debattiert und einigen harmlosen Klatsch aus den literarischen Zirkeln erzählt hatte, fragte er sie, ob sie auch den Sieur de Gomberville, den Autor von *Polexandre*, zu ihren Bekannten zähle.

»Nein. Und um ehrlich zu sein, ich bin erleichtert. Er soll so weitschweifig sein wie seine Romane. Darin imitiert er *Astrée*, und *Astrée* war schon weitschweifig genug.«

Raoul war bestürzt. »Euch gefällt *Astrée* nicht, Madame?«

»Sagen wir so: Am besten gefiel mir daran Hylas.«

Das waren schlechte Neuigkeiten. Nicht Céladon also, der treue Schäfer und Held des Romans, sondern der unstete Hylas, der sich von keinem Gesetz binden ließ und kam und ging, wie er wollte. Raoul zog unvermeidliche Parallelen. Hatte sie diese auch gezogen? Nicht daß er Paul je mit einer anderen Frau gesehen hatte, aber ...

Seufzend entschloß er sich, es einer anderen Gestalt aus *Astrée* gleichzutun, der Hirtin Bellinde, die so opferbereit war, ihrer besten Freundin Amaranthe den Geliebten zu überlassen, und entledigte sich seines Auftrags.

»Mein Bruder bat mich, Madame, für den Fall, daß ich Euch begegne, solle ich Euch ausrichten, wenn Ihr die Einladung fürchtet, möchtet Ihr sie als nicht ausgesprochen betrachten.«

Er ahnte zwar nicht, was das bedeuten sollte, aber die Herzogin von Aiguillon schien es sehr wohl zu wissen. Ihre Lippen preßten sich zusammen, und Raoul verwünschte seinen Bruder nicht zum erstenmal. Dann antwortete sie: »Sagt Eurem Bruder, er habe das Privileg des Mutes genausowenig wie das der Überraschung. Aber es könnte sein, daß er selbst das der Vorsicht in Anspruch nehmen sollte.«

Als Raoul niedergeschlagen in seine Räume über Ragueneaus Garküche zurückkehrte, fand er Paul wartend vor. Zum erstenmal ging er geradewegs an ihm vorbei, und erst nachdem er sich des Mantels, Degens und Huts entledigt hatte, sagte er zu seinem älteren Bruder: »Du hattest recht, sie war dort. Warum bist du nicht selbst gekommen, wenn du sie sprechen wolltest?«

»Weil ich sie nicht sprechen wollte«, erwiderte Paul in seiner erzürnenden Art, unlogische Dinge auf logisch klingende Weise auszudrücken. »Was hat sie gesagt?«

Raoul wiederholte die Botschaft der Herzogin und sackte noch etwas mehr in sich zusammen, als Paul lachte.

»Was ist so komisch daran?«

»Oh, nichts. Madame la Duchesse ist für eine Amateurin hervorragend in diesem Spiel.«

»Sprich nicht so über sie!« brauste Raoul auf.

Pauls Heiterkeit verschwand. Er packte Raouls Arm und zog ihn näher. Dann ließ er ihn jäh wieder los und meinte: »Ich verstehe. Du solltest diese Kälberliebe rasch loswerden, kleiner Bruder.«

»Meine Verehrung für die Herzogin von Aiguillon«, begann Raoul würdevoll, »ist so rein wie...«

»Dein Gewissen, zweifellos. Raoul, es ist verständlich, daß du für sie schwärmst, du bist in dem Alter. Aber such dir ein anderes Objekt deiner Anbetung.«

Aha! Damit war es erwiesen. Siegessicher entgegnete Raoul: »Weil du sie selbst liebst, wie? Gib es nur zu. Du bist eifersüchtig! Obwohl ich nicht verstehe, warum, wo du mich doch selbst...«

»Ich liebe sie nicht.«

Diese ohne Hitze vorgetragene, knappe Feststellung brachte Raoul kurz zum Schweigen. Dann sagte er wütend: »Was willst du dann von ihr? Was sollen all diese Andeutungen und Botschaften?«

»Du bist noch ein Kind, Raoul. Es ist ein Spiel für Erwachsene, das Madame la Duchesse und ich spielen. Leider kann nur einer gewinnen, und wenn ich mit ihr fertig bin, wird nichts mehr von ihr übrig sein, was man noch verehren kann. Erspare dir also die Wunden und befreie dich von diesem Gefühl, bevor es zu ernsthaft wird.«

Wäre Raoul in einer katholischen statt in einer protestantischen Familie aufgewachsen, hätte er sich jetzt bekreuzigt. Statt dessen wich er zurück. Er umklammerte die Kanten des kleinen Tischs, bis sich Splitter aus dem mürben Holz lösten und ihm die Finger zerstachen. Schließlich stieß er mit enger Kehle hervor:

»Also ist es wahr, was sie alle immer behauptet haben.«

Ein Hauch von Mitleid und Bedauern legte sich für einen Moment über Pauls Augen, dann verschwand er wieder, und zurück blieben die undurchdringlichen Schilde.

»Es ist spät. Geh ins Bett, Raoul.«

»Ich werde sie warnen. Ich werde ihr erzählen, was du gesagt hast.«

»Oh, sie weiß es.«

22. KAPITEL

Es war ohnehin schwer genug gewesen, an all den Soldaten und Spionen vorbei unerkannt über die Grenze zu kommen, aber daß Olivares sich mit dem König dann auch noch nicht einmal in Madrid, sondern in Granada befand, war für Fontrailles fast entmutigend. Jetzt mußte er quer durch das ganze Land reisen, und sein Spanisch war nicht so gut, daß er sich als Einheimischer hätte ausgeben können. Wenn man ihn also nicht für einen französischen Spion hielt und aufhängte, war die Gefahr groß, daß er von den Agenten des Kardinals, die sich zweifellos ebenfalls hier befanden, erkannt wurde.

Reizende Zukunftsaussichten, dachte Fontrailles, aber was bleibt mir anderes übrig? Er war bucklig, und das hatte ihn schon um vieles im Leben gebracht, einschließlich der Zuneigung des Königs, die diesem Schönling Cinq Mars in den Schoß gefallen war, aber es gab mehr als eine Art, zu Macht und Ansehen zu gelangen. Nur allzuhäufig verfielen die Menschen dem Irrtum, seine äußere Mißgestalt habe sich auch auf seinen Geist ausgewirkt. Er würde ihnen beweisen, daß er klüger war als all die Laffen bei Hofe, klüger auch als der Kardinal, der seine Mitarbeit einmal abgelehnt hatte. Es mochte so gut wie unmöglich erscheinen, aber ihm würde es gelingen: Eine Reise zu Kriegszeiten quer durch Spanien und wieder zurück über die Grenze nach Frankreich, ohne ein einziges Mal von der einen oder anderen Seite gefaßt zu werden.

Fontrailles grübelte, bis ihm das Offensichtliche einfiel. Es war demütigend, aber einleuchtend, geradezu bestechend klar und einfach. Er verschnürte seine gewohnte Kleidung und zog als buckliger, stummer und halbblöder Bettler durch die Lande, der nur ein paar Laute lallen konnte. Es war nicht eben die schnellste Art zu reisen, aber effektiv. Er merkte sich für die Zukunft, wie viele Leute Bettler einfach ignorierten.

Endlich in Granada angekommen, mußte er sich wieder in den Marquis de Fontrailles verwandeln, um ernst genommen zu werden, aber das war nun nicht mehr weiter gefährlich. Schließlich hatte er seine Verbindungen, er wußte, an wen er sich wenden mußte. Als ihn José Gonzalez, der persönliche Anwalt des Grafherzogs Olivares, zum Ersten Minister von Spanien führte, war er überzeugt, den schwersten Teil seiner Mission hinter sich gebracht zu haben. Selbst das nochmalige Durchqueren des Landes schien in diesem Moment machbar.

Olivares war nur zwei Jahre jünger als Richelieu, und die beiden hatten einiges gemeinsam, doch was Fontrailles als erstes ins Auge stach, war der krasse Unterschied in ihrer Erscheinung. Wenn man ihn früher gefragt hätte, wie er sich einen spanischen Granden vorstellte, hätte seine Beschreibung nicht übel auf Richelieu gepaßt: dünn, stark hervorspringende Wangenknochen, Adlernase, durchdringende schwarze Augen, und dazu kam noch, daß der Kardinal die Gabe hatte, größer zu erscheinen, als er wirklich war.

Olivares dagegen sah man sofort an, wie sehr er das gute Essen liebte. Seine breite Gestalt mit dem lebhaften Gesicht und dem üppigen schwarzen Bart neigte dazu, eine gemütliche Harmlosigkeit vorzutäuschen, die er nicht besaß. Er begrüßte Fontrailles herzhaft mit einem Schlag auf die Schulter. Fontrailles Hand fuhr unbewußt nach unten, in die Richtung seines Degenknaufs, doch dann besann er sich. Es wäre Wahnsinn gewesen, diesen Mann zu einem Duell zu fordern; außerdem hatte Olivares es wahrscheinlich noch nicht einmal böse gemeint. Vielleicht, dachte Fontrailles seltsam berührt, vielleicht hat er mich einfach begrüßt, wie er Cinq Mars auch begrüßt hätte, wenn unser Apoll in der Lage wäre, den Weg hierher zu finden. Ein wenig täppisch und bäuerisch, mag sein, aber etwas, das Olivares mit seinem Gegner Richelieu gemeinsam hatte, war die nicht ganz einwandfreie Abstammung. Man munkelte sogar, seine Großmutter sei Jüdin gewesen, ein Gerücht, dem er jedoch seit Jahrzehnten energisch widersprach.

»Also«, sagte Olivares, als sie die höflichen Begrüßungsfloskeln hinter sich gebracht hatten, »wie weit ist die Sache in Frankreich gediehen?«

Sie befanden sich in einem der alten maurischen Gemächer, was Fontrailles nervös machte. Hinter seinem Zynismus verbarg sich eine Portion Aberglauben, was glückliche und unglückliche Orte anging. Der Palast, den Karl V. sich innerhalb der Alhambra gebaut hatte, wäre ein glücklicher Ort gewesen, Sitz eines großen Herrschers über ein Reich, in dem die Sonne nicht unterging. Warum dann dieser Ort mit den verschlungenen Inschriften an den Wänden, die kein Mensch lesen konnte, und der seltsamen, honigwabenartigen Decke? Warum der Ort der Niederlage und nicht das Mahnmal des Sieges?

Aber Fontrailles wäre lieber gestorben, als eine derartige Empfänglichkeit für Vorzeichen und Phantastereien zuzugeben. Er ließ Gastons Sonderwünsche aus – Königsmörder wurden selbst von verfeindeten Nationen mit Argwohn betrachtet, schon aus Furcht, es könnte Schule machen – und erstattete Bericht, wobei er die Unterstützung, die sie errungen hatten, so eindrucksvoll wie möglich schilderte.

»Ja, aber Euer König? Wäre er auch bereit, seine Unterschrift unter einen Vertrag zu setzen?«

Fontrailles gab nicht gern zu, daß Cinq Mars die eindeutigen Worte in dieses spezielle Ohr immer noch nicht gesprochen hatte, und entgegnete: »Wenn der Kardinal tot ist, nicht vorher.«

»Und welche Sicherheiten habe ich bis dahin?«

»Wenn Ihr uns unterstützt«, sagte Fontrailles mit allem Enthusiasmus, den er aufbringen konnte, »wird der Krieg endlich ein Ende finden!«

»Mein guter Mann«, entgegnete Olivares sachlich, »das wird er ohnehin irgendwann. Ich nehme doch an, Ihr wollt Truppen, und nach dem Fiasko mit Soissons werdet Ihr mir ein wenig Skepsis nicht übelnehmen.«

Selbstverständlich hatte Fontrailles einen Vertragsentwurf dabei, aber er gedachte, sich als würdiger Verhandlungspartner zu zeigen und so hart zu feilschen wie möglich. Am Ende mußte er jedoch feststellen, daß er einem Meister gegenübersaß. Er versprach Olivares sogar ihre Unterstützung für eine spanische Invasionsarmee, um Sedan und alle von den Rebellen beherrschten Festungen und Ländereien gemeinsam gegen kardinalstreue Truppen zu verteidigen, sollte der Umsturz bei Hof Schwierigkeiten nach sich ziehen.

»Ich will die Grenzen von 1630«, beharrte Olivares unnachgiebig. »Und ich will, daß nicht nur Euer Cinq Mars den Vertrag unterschreibt, hört Ihr? Auf die Königin können wir uns wohl verlassen, aber Monsieur hat schon früher die Angewohnheit gezeigt, leere Versprechungen zu machen.«

»Er wird unterschreiben«, schwor Fontrailles. Gaston würde alles unterschreiben, was die Aussicht eröffnete, ihm endlich auf den Thron zu helfen. Lediglich von dem idealistischen de Thou waren Schwierigkeiten zu erwarten, etwa in der Art, daß die Gefahr bestünde, Frankreich damit de facto zu einer spanischen Provinz zu machen.

»Dann wird es endlich soweit sein«, murmelte Olivares. Er starrte auf eine der Säulen aus Alabaster und sagte: »Wißt Ihr, was mich an Eurem Kardinal immer am meisten aufgebracht hat? Die Heuchelei. Als wir unser gutes Recht in Mantua wollten, damals, als alles anfing, war er gerade dabei, La Rochelle zu belagern, und hatte die Stirn, mich im Namen der katholischen Solidarität um Hilfe zu bitten. Und fast gleichzeitig schickt er Truppen nach Italien, um uns daran zu hindern, unser rechtmäßiges Erbe in Mantua zu beanspruchen.«

Nun ließe sich, dachte Fontrailles, darüber streiten, was die Rechtmäßigkeit des spanischen Anspruches auf Mantua anging, aber er wußte es besser, als jetzt etwas dazu zu sagen.

»Und dann dieser sogenannte päpstliche Friedensvermittler! Wie war der Name, Mazeroni, Mazzarini? Ich weiß nicht, womit er ihn bestochen hat, aber als der Mann ein paar Jahre später Botschafter in Frankreich wurde, wußte ich alles. Mag sein, daß ich nicht immer erfolgreich war, aber ich habe wenigstens nie Methoden gebraucht, die Gott, die wahre Religion und die edlen Traditionen des Hauses Österreich beleidigen. Wußtet Ihr, daß er sich im letzten Jahr mit unseren aufrührerischen Katalanen verbündet hat? Wenn *ich* La Rochelle unter den Schutz der spanischen Flotte gestellt, die deutschen Protestanten begünstigt, Gewissensfreiheit in Flandern gewährt und den Juden gestattet hätte, sich hier wieder niederzulassen, wenn *ich* den Papst behandelt hätte, wie ihn die Franzosen behandelt haben, dann hätte ich Millionen gespart, und Niederlagen ebenfalls.«

Warum habt Ihr es nicht getan? dachte Fontrailles. Die Anstrengungen seiner Reise und der Verhandlungen begannen sich allmählich bemerkbar zu machen. Er war müde, erschöpft und sehnte sich nach einem richtigen Bett statt der verlausten Strohkissen, mit denen er hatte vorlieb nehmen müssen.

»Aber damit ist nun Schluß. Ich nehme an, der Schatten war Euch bereits von Nutzen?«

Einen Moment lang wußte Fontrailles nicht, von wem Olivares sprach. Dann nickte er.

»Das dachte ich mir. Aber seid vorsichtig. Ein seltsamer Mann. Der verstorbene Kardinal-Infant hat mir erzählt, bei den Kriegen im deutschen Reich hatte er die unverschämte Angewohnheit, sich Ort, Zeit und seine Methoden selbst auszusuchen. Wenn ihm eine Aufgabe nicht paßte, lehnte er ab und verschwand. Und er arbeitete für beide Seiten. Leider war er so gut, daß man nicht auf ihn verzichten konnte. Deswegen habe ich ihn Euch auch geschickt.«

Olivares hielt einen Moment lang inne, dann wechselte sein Tonfall. Verschwunden war der Sanguiniker in seinem Wutanfall über den Kardinal. »Seid vorsichtig mit dem Schatten, Fontrailles. Irgendwann werden gute gefährliche Männer zu gefährlich. Ich habe für diese Eventualität vorgesorgt, aber ich hoffe, Ihr habt ebenfalls Eure eigenen Maßnahmen getroffen.«

Fontrailles nickte. »O ja. Das haben wir.«

23. Kapitel

Charlotte hatte sich inzwischen an den allwöchentlichen Gang zum Hôtel-Dieu gewöhnt, so daß es sie überraschte, als ihre Herrin sie diesmal, nachdem sie gemeinsam ein fieberkrankes Kind versorgt hatten, abrupt fragte: »Glaubst du, daß es einen Sinn hat, was wir hier tun, Charlotte?«

Charlotte strich sich eine Locke aus dem erhitzten Gesicht und war sich nicht sicher, richtig gehört zu haben. Es klang wahrhaftig, als wäre Madame an ihrer Meinung etwas gelegen.

»Nun, Madame«, entgegnete sie vorsichtig, »gewiß ist das arme Gör jetzt besser dran als vorher, und die übrigen, die hier versorgt werden, auch. Und mit dem Geld, daß Ihr Monsieur Vincent für seine Waisenhäuser gebt, rettet Ihr gewiß vielen Kindern das Leben.«

Sie hielt kurz inne, weil ihr plötzlich die ausgesetzten Kinder vor Augen standen, die nicht rechtzeitig von den Helfern des emsigen Monsieur Vincent de Paul entdeckt wurden. Einmal hatte sie etwas gesehen, das der Leichnam eines solchen Kindes gewesen sein mußte und gerade von hungrigen Hunden zerrissen wurde. Das hätte ich sein können, dachte Charlotte fröstelnd.

»Aber«, fuhr sie brüsk fort, um solche Gedanken zu verscheuchen, »das Elend in der Welt wird deswegen wohl doch nicht kleiner.«

Madame nickte, doch sie ließ nicht erkennen, ob sie über

diese Antwort verärgert oder zufrieden war. Schweigend machten sie sich an das Waschen und Verbandswechseln bei einem Verwundeten. Es wurde Charlotte bewußt, daß sie und Madame mittlerweile so übereinstimmend miteinander arbeiten konnten wie zwei Bäckerjungen, bei denen einer den Teig knetete und formte und der andere ihn in den Ofen schob. Der Vergleich stimmte sie heiter und vertrieb die unangenehme Betretenheit, die Madames Frage in ihr hinterlassen hatte. Das Gedicht fiel ihr ein.

Seit Matthieu sich immer öfter im Palais Cardinal und einmal sogar in Rueil blicken ließ, war Le Vals Interesse an ihr wieder aufgeflackert. Er wußte, daß er nun nicht mehr mit einem verzweifelten, hungrigen Mädchen rechnen konnte, und begann ihr tatsächlich den Hof zu machen. Zuletzt hatte er ihr ein Gedicht zugesteckt. Charlotte hatte nicht gewußt, daß Le Val überhaupt lesen konnte; die meisten Dienstboten konnten es nicht, und sie selbst verdankte diese Fähigkeit ohnehin nur Annettes Marotten. Selbstverständlich dachte sie überhaupt nicht daran, ihm noch einmal auch nur den kleinen Finger ihrer Hand zu reichen, und das närrische Gedicht stammte eindeutig von einem der Schreiber auf dem Pont-Neuf, die es dort für liebeskranke Bürgerfrauen und ihre Verehrer verfaßten, doch was sie irritierte, war die Überschrift: *Für die Katze aus Gold.* Die Katze aus Gold? Was hatte das zu bedeuten?

Charlotte hätte den Fetzen schon längst fortgeworfen, wenn sie die Überschrift verstanden hätte. Doch vielleicht sollte sie eine geheime Drohung darstellen, eine Erinnerung an die Verhältnisse, in denen Le Val sie gefunden hatte. Wenn sie nur sicher wäre. Ihn selbst konnte sie natürlich nicht fragen, und auch sonst niemanden im Haushalt, denn abgesehen davon, daß sie nicht wußte, wer von ihnen überhaupt imstande war, zu lesen, hätte irgendwer dann bestimmt Le Val von Charlottes

Neugier erzählt. Sie wollte nicht, daß er auch nur auf den Gedanken kam, sie mache sich etwas aus ihm.

Sie warf einen Blick auf ihre Herrin. Madame schien heute in zugänglicher Stimmung zu sein, und außerdem gab es sonst niemanden, bei dem sie so sicher war, daß er nichts erzählen würde. Im Gegenteil, wahrscheinlich würde es die Herzogin sofort wieder vergessen; was kümmerten sie schließlich Dienstbotenangelegenheiten?

»Madame«, begann Charlotte zögernd, »ich habe da dieses Gedicht.«

Ohne in ihrer Tätigkeit innezuhalten, schaute die Herzogin sie an und wölbte fragend eine Augenbraue.

»Nicht hier«, sagte Charlotte hastig, »es ist auch zu dumm, um es herzuzeigen. Aber es ist an mich gerichtet, das weiß ich, weil man es mir gegeben hat, nur verstehe ich die Widmung nicht.«

Einen Moment lang fürchtete sie, Madame la Duchesse würde sie indigniert darauf hinweisen, man solle sie mit derartigem Unsinn nicht belästigen. Doch die Herzogin erwiderte neutral: »Wie lautet sie?«

Nun, sie hörte ja jedesmal Gedichte, wenn sie ihre Salons besuchte, und diese Vorträge klangen auch nicht viel sinnvoller als Le Vals Gefasel. Charlotte gab sich einen Ruck und antwortete: »Für die Katze aus Gold.«

Einmal ausgesprochen, schien es noch peinlicher zu sein. Es wäre vielleicht verständlich gewesen, hätte sie blonde Haare gehabt wie Annette, aber so klang es nur albern. Madame machte zuerst ein etwas verdutztes Gesicht, dann lachte sie, und Charlotte stieg das Blut in die Wangen.

»Dein Verehrer muß einen Studenten mit einer Vorliebe für Wortspiele kennen, Charlotte«, sagte ihre Herrin. »Es ist ein Anagramm auf deinen Namen.«

Und was, bitte, war ein Anagramm? Es klang auf jeden Fall nach nichts Gutem, auch wenn sich bestätigte, daß Le Val das Gedicht unmöglich selbst verfaßt haben konnte. Madame hatte inzwischen die letzte Binde befestigt. An der Taille trug sie, wie viele Damen, einige modische Kleinigkeiten, nur waren es bei ihr eine kleine Uhr, statt eines Parfumfläschchens, und ein kleines Buch mit leeren Seiten, an dem ein noch winzigerer Stift hing. Mit diesem schrieb sie jetzt auf eine der leeren Seiten Charlottes Namen in großen, breiten Buchstaben, und darunter: *Die Katze aus Gold*.

»Siehst du, Charlotte? Wenn man die Buchstaben neu mischt, geht es auf, bis auf eines der T's, das durch ein D ersetzt werden muß.« Charlotte blickte auf das Blatt.

CHARLOTTE
LE CHAT D'OR

Nun, es sah Le Val ähnlich, daß er glaubte, sie durch so ein dummes Buchstabenspiel beeindrucken zu können.

»Ich verstehe, Madame.«

Die Herzogin wusch ihre Hände in der bereitstehenden Schüssel und reichte sie dann an Charlotte weiter.

»Ich hätte nicht gedacht, daß Matthieu unsere Sprache schon so gut beherrscht.«

»Oh, es ist nicht von Matthieu, Madame. Er würde keine Zeit auf Gedichte verschwenden.«

Kaum war es ausgesprochen, biß Charlotte sich auf die Lippen. Fast ein Jahr lang hatte sie Takt und Diskretion bewiesen, und dann ließ sie sich zu so einer Bemerkung hinreißen. Sie hatte zum erstenmal mit Madame gesprochen, ohne nachzudenken, wie ... wie mit einer Freundin. Aber Madame war nicht ihre Freundin, sondern die Frau, welche die Macht hatte, sie umgehend auf die Straße zurückzubefördern.

Im übrigen stimmte es. Matthieu sagte manchmal eigenartige

Dinge, und er brachte sie dazu, über Angelegenheiten nachzugrübeln, mit denen sie sich früher nie befaßt hatte, aber er hatte
nie versucht, die Herrin mit ihren blumigen Worten zu imitie-
ren.

»Du hältst nicht viel von Gedichten, Charlotte?« fragte ihre
Herrin, ob ironisch oder aufrichtig interessiert, ließ sich nicht
feststellen, aber zumindest klang es nicht tadelnd.

»Nun, Madame«, gab Charlotte zurück, »mir scheint, Gedichte sind Lügen.« Sie besann sich auf einige der poetischen
Ergüsse, die Annette von ihren Verehrern bekommen hatte,
und das, was sie in Bruchteilen vor Madame de Rambouillets
Salon mitbekommen hatte. »*Wangen wie Schnee*. Ich habe
noch niemanden gesehen, der eine so weiße Haut gehabt hat,
Madame, und so kalt sind die Menschen auch nicht, wenn man
sie anfaßt. *Wie Diana so grausam*. Das habe ich mir einmal
erklären lassen. Wir lernen doch, daß die heidnischen Götter
nichts als Märchen waren, Madame, also, wie kann jemand so
grausam wie eine heidnische Göttin sein? All diese Vergleiche
stimmen entweder nicht, oder man braucht einen Gelehrten,
um sie zu enträtseln. Nein, Gedichte sind nichts für mich,
Madame, ich höre lieber ganz klar, was man von mir will.«

»Manche Gedichte wollen nichts als Schönheit schaffen.
Aber ich verstehe, was du meinst. Du bist eine Ameise, Charlotte, und wehe der Grille, die dir über den Weg läuft. Und jetzt
komm.«

Ameise, Grille, dachte Charlotte, da haben wir es wieder.
Auch sie ist von diesem Wortgeklingel nicht abzubringen. Was
habe ich mit diesem Getier zu schaffen? Trotzdem überlegte sie
noch, was dieser Vergleich bedeuten sollte, als ihr auffiel, daß
Madame diesmal nicht wie sonst jede Woche ihren Besuch mit
einem Aufenthalt in der Abteilung für die Irren abschloß.

»Wollt Ihr heute nicht zu den Tollhäuslern, Madame?«

Ihre Herrin blieb jäh stehen. Die leichte Belustigung, die während ihrer Unterhaltung über Gedichte in ihrer Miene gelegen hatte, verschwand vollständig. Entweder verändert sie sich, dachte Charlotte, oder ich bekomme Übung darin, sie zu beobachten. Früher hätte ich den Unterschied nicht bemerkt.

»Du hast recht. Ich hatte es vergessen«, sagte Madame schließlich. Sie kehrte um. Während Charlotte ihrer Herrin folgte, verwünschte sie ihr Mundwerk. Sie legte wirklich keinen Wert auf den grausigen Anblick, und er wäre ihr diesmal erspart geblieben. Warum hatte sie Madame la Duchesse nur daran erinnern müssen?

Etwas stimmt heute nicht mit uns beiden, schloß Charlotte, mit mir genausowenig wie mit ihr.

Paul d'Irsdmasens schien nicht überrascht zu sein, sie zu sehen. Er stand im Halbdunkel seines Zimmers; trotz der hereinbrechenden Dämmerung hatte er keine Anstalten gemacht, die Kerzen anzuzünden.

»Also seid Ihr gekommen.«

»Ja.«

»Ihr wißt, was das bedeutet.«

»Ich weiß, was Ihr glaubt, daß es bedeutet. Aber ich weiß auch, was es bedeutet, daß Ihr nicht zu mir gekommen seid.«

Er lachte leise und trat aus dem Halbdunkel heraus auf sie zu. Noch immer machte er keine Anstalten, sie zu berühren, aber er stand so nahe vor ihr, daß sie seine Körperwärme spüren konnte.

»Ah, Madame la Duchesse, was für ein Anreiz Ihr doch seid.«

Anreiz, *aiguillon*. Unwillkürlich erinnerte sie sich an Charlottes Gedicht vom heutigen Morgen und entgegnete amüsiert: »Und Ihr scheint eine unausrottbare Vorliebe für Wortspiele zu haben.«

»In der Tat. Ein Erbe meiner Mutter, könnte man sagen. Doch

die Zeit für Spiele ist vorbei. Euch ist klar, Madame, worum es hier geht?«

Sie wich seinem Blick nicht aus. »Ihr glaubt«, sagte sie ruhig, »was Ihr mir auf dem Place de Grève gezeigt habt, das sei die Wahrheit. Das wahre Gesicht der Menschen. Und Ihr wollt mich dazu bringen, daß ich es ebenfalls glaube. Chaos und Gier, und sonst nichts.«

»*Homo homini lupus*.« Der Mensch ist dem Menschen ein Wolf.

»*Sunt lacrimae rerum, et mentem mortalia tangunt*.« Im Herzen der Dinge sind Tränen, und alles, was dem Tode geweiht ist, berührt das Innerste der Menschen.

Er legte eine Hand an ihren Hals und spürte die Halsschlagader pochen, schnell, heftig, was ihre äußere Gelassenheit Lügen strafte.

»Möglich, Madame. Das ist es also, was Ihr mich glauben machen wollt?«

Ihre Haut war kalt, aber sie erwärmte sich rasch. Die Augen in der roten Maske blieben fest auf ihn gerichtet.

»Wenn Ihr nicht Angst hättet, ich könnte es tun, dann wärt Ihr zu mir gekommen, Monsieur.«

Dann nahm sie ihre Maske ab. Etwas in ihm dachte verwundert: Wie schön sie ist. Aber was war neu daran? Er hatte ihr Gesicht nun schon lange vor sich gesehen, sich jeden einzelnen Zug eingeprägt, wie er es bei seinen Zielen immer tat. Nur war dieses kein Ziel wie jedes andere. Sollte es tatsächlich möglich sein, daß ihr Selbstbewußtsein, echt oder gespielt, sich auf ein Korn Wahrheit stützte?

Die Ader unter seinen Fingern pochte. So fragil, so dünn, dieser Strom, der die Menschen am Leben hielt. Wie hatte sie es ausgedrückt? *Sunt lacrimae rerum, et mentem mortalia tangunt.*

Es spielte keine Rolle, natürlich spielte es keine Rolle, wichtig war, die Geschehnisse weiterhin in der Hand zu behalten. Warum dann diese Überraschung, als sie mit ihren Lippen seinen Mund berührte, sachte, scheu, völlig ohne die Selbstsicherheit, die sie sonst immer zeigte? Als wäre es, dachte er ungläubig, als wäre es ihr erster Kuß, aber wie kann das sein?

Seine Hand glitt unter ihren Kopf, vergrub sich in ihrem Haar, er erwiderte ihren Kuß und wußte selbst nicht, ob er ihr Schmerzen zufügen oder sie heilen wollte. Die Barrieren, die Barrieren gegen die Vergangenheit wurden durchlässig, und das war gefährlich, aber er konnte nicht mehr aufhören. *Marie, marié, la mer*: La Rochelle.

VI

Die Vergangenheit: Paul

Das Gesetz ist stärker als die scheinbare Gerechtigkeit.

Jean Bodin: Über den Staat

Wir beide, du und ich, sind bis auf den Tod verletzt.

Pierre Corneille: Der Cid

24. Kapitel

»So, Messieurs«, sagte Philippe d'Irsdmasens abschließend, »ist die Lage. Ihr versteht nun, warum mein Cousin Rohan Euch keine militärische Unterstützung zukommen lassen kann, abgesehen von dem Trupp, den wir mitgebracht haben.«

Die Ratsherren von La Rochelle wechselten Blicke. Paul, der seinen Vater begleitet hatte, starrte zum Fenster hinaus und wünschte sich, sie würden endlich zur Sache kommen. Regen peitschte mit einer Wucht gegen die Scheiben, welche die Jahreszeit verleugnete. Es war bestimmt der kühlste Sommer seit Menschengedenken, dachte Paul, und es sah so aus, als ob der Herbst auch nicht viel besser würde.

»Ihr habt es alle gehört«, ergriff der Bürgermeister nun das Wort. »Bis Monseigneur de Rohan den Fürsten Condé besiegt hat, können wir mit keinerlei Unterstützung rechnen. Wir müssen uns also jetzt endgültig entscheiden, ob wir uns auf die Engländer verlassen und ihnen offen helfen sollen oder nicht. Die Botschaft des Kardinals hat keinen Zweifel daran gelassen, daß er eine weitere Duldung der Engländer vor und in unseren Mauern als offene Rebellion gegen den König ansehen wird.«

»Eine Kleinigkeit habt Ihr dabei vergessen zu erwähnen, Godefroy«, sagte Jean Guiton sarkastisch. »Wenn wir die Hilfe der Engländer zurückweisen und uns Seiner Unheiligen Eminenz beugen, dann müssen wir außerdem einen königlichen Intendanten in Kauf nehmen, der in Zukunft über uns Recht sprechen wird, alle unsere neuen Festungswerke schleifen und uns in unsere alten Mauern von 1560 zurückziehen. Mit einem Wort, die alte Freiheit von La Rochelle aufgeben. Wollen wir das etwa?«

Godefroy, der im Gegensatz zu dem see- und kriegserfahrenen Guiton sein Leben als friedlicher Kaufmann verbracht hatte, entgegnete unglücklich: »Nein. Aber wollen wir gegen den Sohn unseres guten Königs Henri rebellieren, unseren rechtmäßigen Herrscher?«

Pauls Sinn für Ironie war angesprochen, und er konnte ein Quentchen Mitleid für Godefroy erübrigen, auch wenn für ihn die Lösung klar auf der Hand lag und er den Bürgermeister mit der Ungeduld seiner Jugend für ein altes Waschweib hielt.

Die Situation zwischen den Bewohnern von La Rochelle und dem König hatte sich stetig verschlechtert, seit der Kardinal unangefochtener Erster Minister geworden war und sich immer deutlicher herausstellte, daß er mit freien Städten genausowenig im Sinn hatte wie mit eigenwilligen Adligen und souveränen Prinzen von Geblüt. Doch mit dem Entschluß des Herzogs von Buckingham, samt einer Flotte vor La Rochelle aufzutauchen und die königliche Garnison auf der Ile de Ré zu belagern, hatte niemand gerechnet. Buckingham, wie er wissen ließ, hatte ein ganzes Regiment eigens zur Unterstützung von La Rochelle mitgebracht, und wenn er erst die beiden der Stadt vorgelagerten Inseln mit ihren königlichen Garnisonen erobert hatte, dann würden die Engländer La Rochelle im Fall einer Belagerung frei vom Meer aus versorgen können. Also stand die Stadt jetzt vor dem Dilemma, die ungebetene Hilfe entweder zu akzeptieren und sich damit offiziell ins Unrecht zu setzen, oder ihre Rechte aufzugeben und sich der ungewissen Gnade eines Kardinals zu überlassen, der sie erst im letzten Jahr gezwungen hatte, das Wohnrecht für Katholiken in ihrer Stadt zu akzeptieren.

»Wir befinden uns nicht im Krieg mit England«, sagte Guiton mitleidlos. »Der Sohn unseres guten Königs Henri hat seine Schwester mit dem englischen König verheiratet, oder? Wir empfangen hier keinen Feind, nur einen Verbündeten, mit dem es im Augenblick etwas Schwierigkeiten gibt. Und der uns in eine Position der Stärke versetzt, sicherstellt, daß es bei einem freien protestantischen La Rochelle bleibt.«

Er sollte Bürgermeister sein, dachte Paul, und musterte Guiton bewundernd. Dann würde La Rochelle sich jetzt schon auf die Belagerung vorbereiten, statt sich zwischen Engländern und königlichen Anordnungen einzwängen zu lassen wie eine Auster. Er erinnerte sich, daß sein Onkel, der Herzog von Rohan, einmal sardonisch gemeint hatte, das Problem mit den bürgerlichen Protestanten sei, daß sie so viele Meinungen wie Pastoren hätten und lieber miteinander stritten, statt gegen die Katholiken zu kämpfen. Nun, Guiton, der sich schon bei der letzten Belagerung bewährt hatte, stellte da offensichtlich eine Ausnahme dar.

Seinem Vater schienen sich die Debatten ebenfalls zu lange auszudehnen. »Also, Messieurs, welche Nachricht soll ich meinem Cousin Rohan überbringen?« unterbrach er, als er sah, wie Godefroy den Mund zu einer empörten und zweifellos weitschweifigen Antwort öffnete. Godefroy errötete. Seine Hände verkrampften sich.

»Daß alles beim alten bleibt«, entgegnete er eingeschnappt. »Weder sind wir Rebellen, noch werden wir mit einem Land paktieren, das Jahrhunderte lang Unglück über Frankreich gebracht hat.«

Mehrere der Ratsherren sprangen auf, Guiton an erster Stelle. »Das habt nicht Ihr zu entscheiden, Godefroy, Bürgermeister oder nicht!« donnerte er. »Wir alle müssen diese Entscheidung treffen, und bei Gott, wir werden uns nicht der römischen Hure und ihrem Abgesandten unterwerfen...«

Paul sah seinen Vater an, der die Achseln zuckte und sich erhob. Über das Stimmengewirr hinweg rief er: »Wenn Ihr Eure Entscheidung getroffen habt, Messieurs, dann laßt es mich wissen. Ihr werdet mich im Hôtel Rohan finden.«

Als sie den Ratssaal verließen, eilte Godefroy ihnen nach. »Monsieur le Comte, es ist mir sehr peinlich, aber...«

Paul konnte nicht widerstehen. »...der große böse Wolf im roten Pelz da draußen hat so scharfe Zähne und ein so riesiges Maul, und er wird die Stadt verschlingen, wenn Ihr nicht artig seid.«

»Paul!«

Die Stimme seines Vaters schnitt wie ein Hieb. »Ich entschuldige mich für meinen Sohn, Monsieur le Maire.«

Godefroy war bleich geworden. »Wenn Ihr morgen wiederkommt, Monsieur le Comte, werde ich Euch unsere Entscheidung mitteilen«, entgegnete er steif. »Ich wäre Euch dankbar, wenn Ihr dann auf die Begleitung dieses Eures Sohnes verzichten könntet.«

»Mir gefällt die Formulierung ›dieses Eures Sohnes‹«, sagte Paul, als sie das Ratshaus verließen, um das eisige Schweigen seines Vaters zu brechen. »Als ob es exzentrisch von Euch war, mich in die Welt zu setzen.«

»Vermutlich war es das. Auf alle Fälle hätte ich dir nicht gestatten sollen, mit mir hierher zurückzukehren. Ich fürchte nur, dann würdest du jetzt statt meiner Philippe und den Herzog unmöglich machen.«

Paul zog eine Grimasse. Sein älterer Halbbruder Philippe war genau dort, wo er hingehörte, bei der Armee des Herzogs

von Rohan, die sich im Süden des Landes mit Condé herum-
schlug. Philippe, der den Namen ihres Vaters trug, war das
Musterbild eines guten Sohnes, und da Paul schon sehr früh in
seiner Kindheit erkannt hatte, daß sich mit diesem Inbegriff an
Ehrfurcht und Frömmigkeit nicht konkurrieren ließ, hatte er
sich entschieden, sich die Aufmerksamkeit seines Vaters auf
andere Weise zu sichern, und seine Neigung, unmöglich zu
sein, zu einer hohen Kunst entwickelt.

»Gebt zu, Euch hat der gute Bürgermeister auch gelangweilt«, sagte er und wurde dann ernsthaft. »Selbst ein Blinder
sieht, daß es La Rochelle bestimmt ist, den Kampf um die
protestantische Freiheit auszufechten. Nichts gegen den Herzog, aber Ihr wißt genausogut wie ich, Vater, sein Kampf gegen
Condé unterscheidet sich nicht wesentlich von früheren Aus-
einandersetzungen, nur daß Condé jetzt auf Seiten des Königs
steht. Aber die Bürger von La Rochelle haben die Chance, die
Rechte aller Protestanten des Landes zu verteidigen, und ich
finde es einfach jämmerlich, da noch zu zögern.«

Sein Vater klang immer noch kühl, aber nicht mehr so er-
zürnt wie vorher. »Du hast das wahre Gesicht des Krieges noch
nicht erlebt, Paul, nur ein paar Scharmützel im Süden, und vor
allem noch keine Belagerung. Wenn wir jetzt mit deiner Großtante und Cousin Soubise speisen, will ich keine leichtfertigen
Bemerkungen mehr hören, verstanden?«

»Angesichts der Miene des Grafen Soubise«, erwiderte Paul
und wich einer Pfütze aus, »wird selbst die frivolste Leichtfer-
tigkeit sauer und gerinnt. Er muß das von den Engländern
gelernt haben. Schon gut, schon gut, ich werde die Ehrfurcht in
Person sein und nur von ernsthaften Dingen sprechen.«

Cathérine de Parthenay-Lusignan, die alte Herzoginwitwe
von Rohan, war sich ihrer Stellung als Oberhaupt der letzten
Familie des Hochadels, die noch nicht wieder zum Katholizis-

mus konvertiert war, sehr bewußt, und wen sie in dem Palais, das sie in La Rochelle bewohnte, empfing, der konnte nicht umhin, das mit einem königlichen Empfang im Louvre zu vergleichen. Doch während die Herzogin und ihr ältester Sohn, der jetzt im Midi kämpfte, mühelos Würde ausstrahlten, wirkte sie bei ihrem jüngeren Sohn, dem Grafen Soubise, immer leicht aufgesetzt und übertrieben. Paul tat sein Bestes, um sich den weitschweifigen Bericht über Soubises Heldentaten im englischen Exil geduldig anzuhören; aber als Soubise zum zehntenmal seine innige Freundschaft mit dem Herzog von Buckingham betonte, brachen seine guten Vorsätze zusammen.

»Ist Eure Freundschaft wirklich so eng? Was für ein Glück«, sagte er unschuldig, »daß der Herzog von Buckingham unserer Königin so öffentlich den Hof gemacht hat, daß niemand mehr an seinen naturgemäßen Neigungen zweifelt. Schließlich war der verstorbene König James, durch den er zu Amt und Würden kam, ja für seine Vorlieben bekannt, und das würde sonst bei bösartig gesonnenen Katholiken einen gemeinen Verdacht über Eure Freundschaft mit dem Herzog erregen, Cousin...«

Befriedigt beobachtete er Soubises purpurrot angelaufenes Gesicht. Natürlich glaubte er keinen Moment daran, daß Cousin Soubise so etwas Interessantes wie ein geheimes Liebesleben hatte, aber sein Anblick und vor allem die plötzliche Stille waren ein Schmaus für die Götter.

»Paul, das genügt«, sagte sein Vater. »Da du dich immer noch wie ein Kind benimmst, werde ich dich auch wie ein solches behandeln. Geh auf dein Zimmer.«

Sein verletzter Stolz, der mit neunzehn Jahren noch sehr empfindlich war, hätte genügt, um sich zu weigern und an Ort und Stelle einen Streit vom Zaum zu brechen. Doch zum einen hatte er noch Neuigkeiten, die bei seinem Vater auf Widerstand stoßen würden und ihm schonend, in guter Stimmung beigebracht werden mußten, und zum anderen wollte er den Rohans nicht die Gelegenheit geben, sich seinetwegen wieder über den jüngeren Zweig der Irsdmasens zu ereifern. Also gehorchte er und spürte mehr, als er ihn hörte, den erleichterten Seufzer seines Vaters.

Nach dem Mahl kam, wie er es erwartet hatte, Philippe d'Irsdmasens noch einmal zu ihm. »Ich war im Unrecht, und ich entschuldige mich«, sagte Paul sofort, als sein Vater eintrat. »Wenn Ihr wollt, werde ich mich sogar bei Cousin Soubise entschuldigen.«

Für Paul hatten die Patriarchen der Bibel immer seinem Vater geglichen: grauweiße Haare, eine große Autorität in der Stimme und eine strenge, unnachgiebige Miene. Durch die ungewöhnliche Einsichtigkeit seines zweiten Sohnes löste sich Philippe d'Irsdmasens' Gesichtsausdruck jetzt etwas.

»Paul«, entgegnete er kopfschüttelnd, »was soll ich nur mit dir machen?«

»Es ist etwas zu spät dazu, findet Ihr nicht? Ihr könnt mich nicht mehr aussetzen, was im übrigen nichts genützt hätte, denn zweifellos hätte mich eine Wölfin adoptiert, und dann wärt Ihr für das vierte Rom verantwortlich gewesen. Außerdem mache ich selbst Besserungsanstrengungen. In der Tat möchte ich Euch für eine der christlichsten Arten, mit denen ein Mann sein Leben verbessern kann, um Euren Segen bitten.«

Während Paul sprach, hatte sich widerwillig so etwas wie Belustigung in Philippes Gesicht gestohlen, und er hatte sich mit ineinander verschränkten Armen auf einem Schemel niedergelassen, um dem Redestrom seines Sohnes zu lauschen. Zum Schluß jedoch kehrte Argwohn in seinen Blick zurück.

»Was für Verbesserungen meinst du?« erkundigte er sich mißtrauisch.

Paul, der bis dahin auf dem Tisch gesessen hatte, sprang auf, legte eine Hand aufs Herz, streckte den anderen Arm weit aus, kniete vor seinem Vater nieder und sagte: »*Mon père*, ich bitte um Euren Segen für meine Eheschließung mit Jacqueline Fenier.«

»Wer«, fragte Philippe unheilverkündend, »ist Jacqueline Fenier?«

»Das bezauberndste Geschöpf auf Gottes Erdboden und willig, Euren sehr ergebenen Sohn zu einem ehrbaren Mann zu machen. Abgesehen davon ist sie die Tochter des höchst ehrenwerten Jacques Fenier, Buchhändler und Papiermacher hier zu La Rochelle.«

Es war heraus. Er hatte sich bemüht, so amüsant wie möglich zu sein, um seinem Vater die bittere Pille zu versüßen, aber er hatte sich umsonst bemüht. Philippe war nicht amüsiert; seine buschigen Augenbrauen hatten sich zusammengezogen, und die Knöchel der Hand, mit der er den Rand des Schemels umkrampfte, waren weiß. Abrupt stand er auf und begann, in dem kleinen Raum auf und ab zu gehen.

»Der Herr weiß, ich habe viel von dir ertragen«, stieß er hervor. »Ich sagte mir, Paul ist noch ein Junge, er wird sich bessern. Ich habe sogar darauf verzichtet, dich zu bestrafen, als du Raoul zu einem dieser gottlosen Schausteller mitgenommen hast...«

»Es war sein Geburtstag«, warf Paul ein und stand ebenfalls auf. Philippe ignorierte ihn.

»...die mit ihren Vorführungen nur dem Teufel dienen. Aber dieser Scherz geht zu weit! Es gibt Dinge, über die spaßt ein Irsdmasens nicht!«

»Es war kein Scherz.«

»Vielleicht sollte ich ... was hast du gesagt?«

»Ich sagte, daß es sich nicht um einen Scherz handelt. Ich

liebe Jacqueline, ich will sie heiraten, und ich bitte Euch um Euren Segen.«

Diesmal empfand er die Stille, die plötzlich zwischen ihnen stand, als belastend. Seine Kehle war trocken, und Paul wünschte, er hätte daran gedacht, sich etwas Wasser mitzubringen.

»Deswegen hast du also darauf bestanden, mich zu begleiten«, sagte Philippe tonlos.

»Nicht nur. Ich möchte mich hier auch an dem Kampf um die Freiheit beteiligen, aber ja, es war einer der Gründe.«

Paul schöpfte kurz Luft und stürzte sich in einen neuen Redestrom, ehe sein Vater seine Fassung wiedergewinnen konnte. »Seht Ihr, ich wollte alle Eure Einwände vorwegnehmen. Jacqueline und ich waren jetzt über längere Zeit getrennt, und ich liebe sie trotzdem noch. Und falls Ihr glaubt, mich plagt nur die Begierde – so ist es nicht. Ich kenne den Unterschied. Als ich eine Affaire mit Madame de Rozy hatte...«

Philippe starrte ihn an wie einen Abgrund, aus dem unaufhaltsam Dämonen der Hölle quollen.

»Eine Affaire ... mit Madame de Rozy...«, ächzte er.

»Nun, ich mußte doch herausfinden, ob ich nur mit Jacqueline ins Bett wollte. Aber so ist es nicht. Ins Bett wollte ich mit Madame de Rozy. Im übrigen ist es längst vorbei, und ich kann Euch versichern, ihr Gatte weiß von nichts. Bei Jacqueline ist es Liebe, und deswegen möchte ich sie heiraten.«

Jetzt war es Philippe, der sich ans Herz griff. Besorgnis, jenseits der Frage nach seiner Heirat, regte sich in Paul; sein Vater war alt, wenn auch bisher von unerschütterlicher Gesundheit. Er griff nach Philippes Arm.

»Geht es Euch nicht gut?«

»Rühr mich nicht an!« schrie Philippe und machte sich so heftig los, daß er Paul dabei gegen die Wand schleuderte. »Ein

Glück, daß deine Mutter diesen Tag nicht mehr erleben muß. Wenn sie geahnt hätte, was aus dir wird...«

Wäre es um weniger gegangen, hätte Paul jetzt widersprochen. Seine Mutter war eine ergebene Ehefrau gewesen, doch manchmal flackerte in ihr etwas auf, das verdächtig wie Rebellion wirkte, und er hatte eigentlich immer die Vermutung gehegt, daß sein Vater sie genau deswegen so liebte. Sie hatte Paul ihre Vorliebe für Wortspiele und respektlose Neckereien vererbt, und einige seiner glücklichsten Erinnerungen hingen damit zusammen. Aber seine Mutter war tot, vor fünf Jahren am Kindbettfieber gestorben, wie das kleine Mädchen, das sie zur Welt gebracht hatte. Kurz vor ihrem Tod hatte sie noch etwas Seltsames getan; sie hatte ihn, als er ihre Hand hielt, zu sich gezogen und ihm leise zugeflüstert: »Verzeih mir, Paul.«

Verzeihen? Was? Er wußte, daß er nicht ihr Lieblingssohn war, trotz ihrer Gemeinsamkeiten; das war Raoul, der Jüngste, und warum nicht, er liebte Raoul auch, und sie kümmerte sich genug um ihn, um ein Gefühl der Eifersucht nicht aufkommen zu lassen.

»Ich verstehe nicht.«

»Ich hoffe«, hatte sie mit einem Aufblitzen ihres alten trockenen Humors entgegnet, »das wirst du nie. Und laß dich nicht von ihnen einsperren, Paul.«

Nein, seine Mutter hätte ihn wohl jetzt unterstützt, aber sie war tot, und ihr letztes Rätsel hatte er noch immer nicht gelöst.

»Kein Irsdmasens«, fuhr Philippe unterdessen fort, und senkte seine Stimme wieder ein wenig, »hat je eine Bürgerliche geheiratet!«

Paul spürte, wie in ihm nun ebenfalls Zorn erwachte, Zorn und der Wunsch, zu verletzen. »Was für eine Heuchelei«, gab er sarkastisch zurück. »Ihr wißt genau, daß wir unsere Verwandtschaft mit den Rohans nur der Tatsache zu verdanken haben, daß vor zweihundert Jahren ein Irsdmasens reich und ein Rohan mit vielen Töchtern und nur einem Sohn arm war. Wenn wir diesmal arm wären und Jacquelines Vater reich, dann würdet Ihr nicht das geringste dagegen einwenden.«

»Paul«, sagte Philippe d'Irsdmasens, »genug ist genug. Du wirst in meiner Gegenwart nie wieder von diesem Mädchen sprechen, du wirst sie nicht wiedersehen, und du wirst auch jeden fleischlichen Verkehr mit anderen Frauen aufgeben.«

»Ich verstehe. Wenn es gegen die Katholiken geht, sind wir alle Brüder und Schwestern, aber beim Heiraten unterscheiden wir uns wie Tag und Nacht. Nun, ich bin ein besserer Christ, als Ihr ahnt, Vater. Ich liebe Jacqueline, und ich werde sie heiraten, und wenn ihr Vater Bettler auf der Straße wäre!«

Diesmal wich er dem Arm seines Vaters, der nach ihm schlug, aus. Die beiden starrten sich an. Philippe war der erste, der den stummen Willenskampf unterbrach.

»Nun gut«, sagte er. »Ich werde es nur noch einmal sagen, Paul, und dann nie wieder. Kein Irsdmasens heiratet jemals unter seinem Stand. Wenn du darauf bestehst, dieses Mädchen zu ehelichen, wirst du kein Irsdmasens mehr sein. Du hörst auf, mein Sohn zu sein. Wir werden dich betrauern, als seist du gestorben. Kein Mitglied der Familie wird je wieder mit dir sprechen. Und bei Morgengrauen wirst du dieses Haus verlassen.«

»Bei Morgengrauen?« wiederholte Paul zornig. »Ihr seid zu großzügig, Vater! Ich ziehe es vor, jetzt schon zu gehen.«

Er schlug die Tür mit einer Wucht hinter sich zu, die den Rahmen an den Schloßstellen zum Splittern brachte. Aber Paul, von einer weißglühenden Wut getrieben, wie er sie noch nie erlebt hatte, hörte noch nicht einmal den Knall.

Jacques Fenier gehörte zu den wohlhabenderen Handwerkern, und sein Haus, das im Viertel seiner Zunft lag, war sogar von einem kleinen Garten umgeben. Es bereitete Paul keine Mühe, über die Mauer zu klettern; er hatte es schon öfter getan. Er pfiff den Beginn des spöttischen Volksliedes, das ihr Kennzeichen geworden war: »*Il faut toujours aux grands seigneurs/ Rendre toutes sortes des honneurs...*«

»*...les aimer, c'est une autre affaire/ Laire, lanlaire!*« kam es von oben. Es dauerte nicht lang, bis die Tür zum Garten aufging und Jacqueline selbst erschien.

»Paul, ich habe so auf dich gewartet!« flüsterte sie, während er sie umarmte. »Was hat er gesagt?«

»Wir heiraten heute nacht noch«, erwiderte Paul knapp. »Komm mit, ich habe alles schon mit Simon vereinbart.«

»Simon? Simon wer? Und was soll das heißen, heute nacht noch? Du weißt genau, daß ich meinen Eltern noch nicht das geringste erzählt habe.«

»Nein, und das wirst du auch nicht«, antwortete Paul, küßte sie und fuhr, als sie wieder zu Atem kamen, fort, »weil sie nämlich genauso reagieren werden wie mein Vater. Simon ist der Engländer aus Buckinghams Flotte, mit dem ich mich angefreundet habe. Er hat mit seinem Kapitän gesprochen, der eingewilligt hat, uns zu trauen.«

Er sah Überraschung, Begreifen, Entsetzen und Zweifel sich in ihren Zügen jagen. »Es ist gültig, das versichere ich dir.«

Jacqueline schüttelte den Kopf. »Ich will dich nicht von deiner Familie trennen.«

»*Du* bist meine Familie, und wenn du das nicht genauso siehst, liebst du mich nicht wirklich. Jetzt komm!«

Simon Stephen gehörte zu den Engländern, die von Buckingham zur neuen Garnison von La Rochelle bestimmt worden waren, aber sich im Moment noch damit beschäftigen mußten, die alte Garnison, die sich in der Feste Saint-Martin auf der Ile de Ré verschanzt hatte, zu belagern. Bei dem regen Verkehr, der zwischen dem Hafen von La Rochelle und der englischen Flotte herrschte, fiel ein einzelnes Boot nicht weiter auf.

»Das erinnert mich an eines unserer Theaterstücke«, sagte Simon vergnügt, während er sie auf die *Lion* zuruderte, die gleich neben Buckinghams Flaggschiff, der *Triumph,* vor Anker lag. »Ihr seid Julia, Mademoiselle, Ihr, Irsdmasens, seid Romeo, und ich bringe Euch jetzt zu Bruder Lorenzo, der Euch heimlich trauen wird.«

Sein Französisch war ganz passabel, aber Jacqueline verstand kein Wort von dem, was er sagte. Sie schaute fragend zu Paul, der ebenfalls ratlos die Achseln zuckte.

»Französische Barbaren!« versetzte Simon gutgelaunt. »Dieses Stück kennt bei uns jedes Kind. Aber ich vergaß, Ihr Hugenotten seid ja wie unsere Puritaner, Ihr würdet die Theater am liebsten alle schließen.«

»Ich nicht. Erklärt es mir ein andermal. Euer Kapitän«, fragte Paul, nun doch ein wenig beunruhigt, da er Zeit gehabt hatte, darüber nachzugrübeln, »hat auch ganz bestimmt nichts dagegen, uns ohne die elterliche Einwilligung zu trauen? Unsere Pastoren würden...«

»Er ist einverstanden, ich sagte es doch schon. Er sieht es als gutes Omen für die Belagerung an. Ich will doch nicht hoffen, daß Euch jetzt noch Zweifel kommen?«

Paul schaute zu Jacqueline, und ihr Anblick zog ihm das Herz zusammen wie damals, als er sie zum erstenmal gesehen hatte. »Nein.«

Er ließ ihre Hand nicht mehr los, bis der Kapitän, ein großer, bärtiger Mann mit einem dieser knappen angelsächsischen Namen, die im Hals kratzten, sie zu Mann und Frau erklärt hatte.

Der Kapitän hatte darauf bestanden, ihnen zu Ehren ein hastig improvisiertes Fest zu geben. Der Horizont erhellte sich bereits allmählich, ehe das Gelächter und Gegröle verklungen, die letzten der seltsamen englischen Seemannstänze vorüber und die Feier beendet war.

»Habt nochmals Dank, Monsieur…«, begann Paul müde, aber glücklich, und versuchte sich an dem fremden Namen, »…Riker. Ihr wart außerordentlich großzügig.«

Der Kapitän lachte. »Es war mir eine Freude. Und bei den Papisten dort drüben«, er wies in die ungefähre Richtung der Ile de Ré, »dürften die hungrigen Mägen noch unangenehmer knurren. Ihre Rationen müßten mittlerweile erschöpft sein. Ich wette, bald werden sie sich ergeben.«

»Hoffentlich«, murmelte Paul und versuchte, ein Gähnen zu unterdrücken. Er schaute auf Jacqueline herab, die ihren Kopf an seine Schulter gelehnt und die Augen geschlossen hatte, und entschied, daß jetzt der geeignete Zeitpunkt gekommen war, um zu der Kabine zu gehen, die man ihnen versprochen hatte. Als er jedoch den Mund öffnete, um sich zu verabschieden, fiel ihm noch etwas ein.

»Simon«, fragte er seinen Freund, der neben dem Kapitän saß, »wie geht das Stück, das bei Euch jeder Mensch kennt, eigentlich aus? Ist die Hochzeit der Schluß?«

»Ich kann mich nicht mehr erinnern«, entgegnete der junge Engländer seltsam betreten.

Paul lachte. »Das glaube ich Euch nicht. Kommt schon, wie geht es aus?«

»Welches Stück?« erkundigte sich Kapitän Riker, als Simon Stephen weiterhin Anstalten machte, sich um die Antwort zu drücken.

»Eines, in dem der Held und die Heldin Romeo und Julia heißen.«

»Oh«, entgegnete Riker und leerte seinen Bierkrug, »das kennt bei uns wirklich jeder. Am Schluß sterben die beiden, und die Eltern versöhnen sich. Ich habe es als Junge im *Globe* gesehen, ehe es abgebrannt ist. Damals gefielen mir die Duelle immer am besten, und der Knabe, der die Julia spielte, war wirklich hübsch.«

25. Kapitel

Es war seltsam, dachte Paul oft, daß sein Hochzeitstag auch der letzte sorgenfreie Tag für La Rochelle gewesen sein sollte. Als er mit Jacqueline an Land zurückkehrte, fanden sie die Stadt in Aufruhr vor. Eine Armee, so hieß es, nähere sich und habe bereits die Versorgung der Stadt vom Hinterland unterbrochen.

Er machte sich daran, seinen neuen Schwiegervater, dem, vor vollendete Tatsachen gestellt, nichts anderes mehr übrigblieb, als die Heirat seiner Tochter mit einem enterbten Adligen widerstrebend zu akzeptieren, so gewinnend wie möglich zu behandeln, und besuchte den Ratsherrn Guiton.

»Ich kann nicht behaupten, daß ich Euer Verhalten billige«, sagte der Rochelleser, nachdem Paul seine Lage geschildert hatte, »aber es sieht so aus, als würden wir bald tapfere Kämpfer brauchen. Wenn Ihr das Eure zur Verteidigung der Stadt beitragen wollt, seid Ihr willkommen.«

Er nahm an, daß sein Vater nun, da die Entscheidung für La Rochelle gefallen zu sein schien, so schnell wie möglich zu Rohan zurückkehren würde, ehe sich ein Ring um die Stadt legte. Doch da er das Hôtel Rohan noch nicht einmal mehr betreten wollte, um seine Kleidung und mitgebrachten Habseligkeiten abzuholen, wußte er es nicht, und er wollte es auch nicht wissen.

In der Nacht zum siebten Oktober wurde er durch eine

einzeln abgefeuerte Kanone geweckt. Von dem Fenster des kleinen Zimmers aus, das er mit Jacqueline teilte, sah er immer mehr Lichter vor der Ile de Ré aufflackern und begriff, daß die Engländer begannen, so schnell wie möglich die Erkennungslichter ihrer Schiffe anzuzünden, die verhindern sollten, daß sie in der Nacht auf ihre eigenen Leute schossen. Er zog sich an und rannte zum Hafen. »Was ist los?« fragte Paul, als er auf die ersten Angehörigen der Stadtwehr traf.

»Die verfluchten Papisten sind angekommen und versuchen, sich an den englischen Schiffen vorbeizunavigieren.«

Immer mehr Salven wurden abgefeuert. Paul starrte auf das Meer hinaus und versuchte zu erkennen, um wie viele französische Schiffe es sich handeln mochte. An der Richtung des Geschützfeuers wie an den Bewegungen der Schiffsmasten zeigte sich, daß die Engländer inzwischen die Anker gelichtet haben mußten, um ihren Gegnern zu folgen. Aus der Lichterkette wurde ein Halbkreis, der sich schließlich immer stärker verengte.

»Gelobt sei der Herr«, stieß der rüstige Pastor Étienne, der ebenfalls zur Stadtwehr gehörte, hervor. »Sie haben sie umzingelt.«

Etwas nagte an Paul, ein häßlicher, winziger Zweifel. Der Anführer der königlichen Schiffe mußte doch gewußt haben, daß er nicht an den Engländern vorbeikommen könnte, selbst mitten in der Nacht nicht, dazu war die englische Flotte zu groß.

Das Gefecht ging weiter, und allmählich wurde es heller. Als die Sonne aufging, strich der französische Kommandant die Fahne und ergab sich. Aber die erwartete freudige Reaktion auf den englischen Schiffen blieb aus. Im Gegenteil, die englische Flotte geriet einige Zeit lang aus ihrer Formation und machte sich jetzt daran, auf die Ile de Ré zu feuern. Paul mußte jedoch auf den erst abends an Land gehenden Simon warten, um eine Bestätigung seiner immer stärker werdenden Vermutung zu bekommen.

»Papistische Dreckskerle«, sagte Simon erbittert. »Während wir uns mit diesen sechsundvierzig Schiffen und ihren paar Kanonen herumstritten, sind inzwischen neunundzwanzig – stellt Euch das vor, neunundzwanzig! – andere still und heimlich auf der Ile de Ré gelandet und haben die Garnison mit Vorräten versorgt. Soviel zu einem baldigen Ende der Belagerung dort.«

»Aber«, erkundigte sich Jacqueline beunruhigt, als Paul ihr davon erzählte, »das bedeutet doch nicht, daß die Engländer wieder fortgehen?«

»Simon hat erwähnt, daß der Herzog die Sache auf jeden Fall noch vor dem Winter zu einem Ende bringen will, und das ist verständlich. Im Winter kann man keine Belagerung der Ile de Ré von der See aus durchführen.«

Vier Tage später traf die französische Armee vor den Toren der Stadt ein. »Nun«, sagte Guiton zu der Gruppe aus Engländern und Rochellesern, die jetzt die innere Garnison bildeten, »es ist soweit. Der Kampf um unsere Freiheit hat begonnen. Wir sind im Vorteil; nicht nur helfen uns unsere englischen Freunde«, ein höfliches Nicken zu den anwesenden Briten, »sondern auch unsere unbezwinglichen Stadtmauern, an denen selbst die verdammte Liga seinerzeit scheitern mußte. Niemand hat La Rochelle je erobert, und niemand wird es je erobern.«

»Wer führt die Armee an?« fragte Paul in die ehrfürchtige Stille hinein. Er war ganz Guitons Meinung, aber diese Treffen sollten doch schließlich auch praktischen Erwägungen dienen. »Immer noch Angoulême?«

»Nein. Demzufolge, was unsere Leute herausgefunden haben, gibt es zwei Hauptquartiere. Der König selbst lagert bei Aytré, und der Kardinal hat das alte Haus der Bernes in der Nähe von Pont-de-la-Pierre bezogen.«

Das brachte Paul auf eine Idee. Bisher, so vermutete er, hatte ihn Jacques Fenier als unnützen Esser, Guiton und die Leute von der Stadtwehr als adligen Tunichtgut eingestuft; es war ein unangenehmes Gefühl, so eingeschätzt zu werden, und er wollte das so bald wie möglich ändern. Er verschwendete keine Zeit damit, seinen Plan dem Bürgermeister Godefroy vorzuschlagen.

»Monsieur«, sagte er zu Guiton, »ich kenne das Haus der Bernes. Es liegt ziemlich einsam, direkt an der Küste, und der Großteil des Heeres schart sich zweifellos um den König. Warum machen wir nicht nachts dort eine Landung mit Booten und schnappen uns den Kardinal?«

»Schnappen uns...«

»Entführen ihn, halten ihn als Geisel, tauschen ihn zu unseren Bedingungen wieder ein. Wenn es dann überhaupt noch nötig ist. Wer weiß, ob der König uns ohne den Kardinal nicht in Frieden läßt?«

»Junge«, rief Guiton und schlug Paul auf die Schulter, »Ihr habt den richtigen Geist!«

Den richtigen Geist vielleicht, aber noch nicht die richtige Erfahrung. Die Schiffe, die Paul so siegessicher zum Strand von Pont-de-la-Pierre führte, wurden von einer Kompagnie königlicher Musketiere, die in den Dünen versteckt lagen, empfangen.

Es war höchst demütigend. »Ich habe den Kardinal unterschätzt«, sagte er am Morgen naß, durchfroren und unglücklich zu Jacqueline. »Ich meine, wir haben ihn alle unterschätzt. Jedenfalls wird es mit der Belagerung doch länger dauern.«

Um ihn aufzumuntern, erzählte sie ihm etwas, das sie bisher nur vermutet und daher für sich behalten hatte. Sie erwartete ein Kind.

»Meinen Glückwunsch«, sagte Simon düster, während sie sich an dem Kamin einer Hafenschenke wärmten. »Hört, Paul, könntet Ihr bei Eurem Schwiegervater ein gutes Wort für mich einlegen? Ich würde gerne bei Euch wohnen. Auf unseren Schiffen ist die Ruhr ausgebrochen.«

»Selbstverständlich.«

In den folgenden Wochen häuften sich solche Bitten. Schließlich nahm die Stadt über tausend erkrankte Engländer in ihren Mauern auf. »Schließlich sind wir alle Brüder im Kampf um die Freiheit«, rechtfertigte sich der weichherzige Godefroy vor den Ratsherren, nicht ohne eine Spur Ironie in seine Stimme einfließen zu lassen. Paul, der um Jacqueline und das Kind in ihrem Leib fürchtete, entdeckte an sich die ersten Anzeichen von unbrüderlichem Egoismus und bat Simon darum, keine kranken Kameraden in Feniers Haus zu bringen.

»Wenn es mein Haus wäre und ich allein darin lebte...«, schloß er verlegen.

»Schon gut. Ich verstehe Euch, ich habe selbst Kinder. Im übrigen hat sich der Herzog entschlossen, alles auf eine Karte zu setzen und einen Generalangriff auf die Ile de Ré zu unternehmen. Morgen um diese Zeit ist vielleicht schon alles vorbei und unser aller Versorgung vom Meer aus gesichert.«

Es war der fünfte November, als Buckingham mit seinen Regimentern auf die Ile de Ré übersetzte. Paul stand unter den übrigen Angehörigen der Stadtwehr auf den Mauern und versuchte mit zusammengekniffenen Augen, das Geschehen auf der Insel zu verfolgen. Die Ile de Ré wurde teilweise von der nördlichen Landzunge verdeckt, und es fiel sehr schwer, überhaupt etwas zu erkennen, aber solange die Flagge von Saint-Martin noch unverändert blieb, konnte man sicher sein, daß Buckingham noch keinen Erfolg gehabt hatte.

Es wurde Nachmittag, und die ersten begannen, die Stadtmauern zu verlassen. Am Abend kehrte auch Paul zurück zu den Feniers, wo ihn ein niedergeschlagener Simon bereits erwartete.

»Es ist aus«, sagte Simon kurz. »Ich gehöre zu denen, die bleiben werden, aber der Herzog segelt mit der Flotte und dem Heer nach England zurück. Oder besser gesagt, mit dem, was noch davon übrig ist. Die Franzosen haben uns in die Salzsümpfe getrieben, eingekreist und niedergemacht. Es hat mindestens achtzehntausend Tote gegeben, und unsere Artillerie hat Euer Kardinal jetzt auch in seinen Händen.«

»Er ist nicht *unser* Kardinal. Was soll das heißen, Buckingham segelt zurück? Ihr laßt uns hier im Stich?«

»Oh«, antwortete Simon mit erschöpftem Zynismus, »der Herzog kommt wieder. Wenn das Parlament, das ihn nicht ausstehen kann, ihm eine neue Flotte bewilligt. Was mich angeht, du hast ja gehört, ich bleibe hier.«

Sie waren inzwischen längst zum Du übergangen. »Dein Cousin Soubise übrigens hat darauf bestanden, wieder an Bord kommen zu dürfen. Er legt keinen Wert darauf, den Winter in La Rochelle zu verbringen, ihm sagt anscheinend das englische Klima mehr zu.«

Drei Tage später sahen sie die englische Flotte am Horizont verschwinden. »Welch eine Hilfe sie doch waren«, meinte Jacqueline bitter. Sie hatte sich verändert; ihre Schwangerschaft schien sie älter zu machen. »Sie treiben uns in einen Krieg mit unserem eigenen König, lassen uns ihre Kranken pflegen, und anschließend laufen sie fort wie Einbrecher, die man in einem Haus erwischt hat.«

Es lag Paul auf der Zunge, zu erwidern, wie ungerecht sie urteilte; schließlich waren es die Engländer gewesen, die bis jetzt die tatsächlichen Kämpfe ausgefochten hatten, wenn man von seinem eigenen ruhmlosen Scharmützel einmal absah. Aber er wollte nicht mit ihr streiten. Außerdem hatte sie in einem recht: La Rochelle war jetzt auf sich allein gestellt.

26. Kapitel

Es wurde der härteste Winter, den er je erlebt hatte. Die Lebensmittel fingen an, knapp zu werden, und Paul entdeckte, wie viel er früher für selbstverständlich genommen hatte. Das Mehl ging zur Neige, und bald wurde Brot nur noch für den Gottesdienst verwendet. Die Leute begannen, sich offen um Fleisch zu schlagen, wenn es verkauft wurde. Zumindest Feuerholz gab es zur Genüge, obwohl es auf etwas ungewöhnliche Weise zur Verfügung gestellt wurde.

»Es ist soweit«, sagte Guiton eines Tages grimmig zu Paul. »Die ersten Ratten verlassen das Schiff. Vielleicht erinnert Ihr Euch an Pierre Tallemant, unseren fetten Bankier. Er ist gestern nacht zu den Königlichen übergelaufen. Es würde mich nicht wundern, wenn er im Herzen schon immer ein Papist war.«

Es war kennzeichnend für die veränderte Lage, daß Paul, statt Zorn über den desertierten Tallemant zu empfinden, sofort an etwas ganz anderes dachte.

»Könnt Ihr mir die genaue Lage seines Hauses beschreiben, Monsieur?«

Guiton zuckte die Achseln und tat ihm den Gefallen. Paul nahm Simon und einige leere Säcke mit sich und stellte fest, daß es ihm nicht das geringste ausmachte, sich als Plünderer zu betätigen. Was die Vorräte anging, so mußte er allerdings entdecken, daß die Dienerschaft des Sieur Tallemant schon vor

271

ihm auf die gleiche Idee gekommen war. Doch die Möbel waren noch vorhanden.

»Brennholz«, sagte er kurz, als Simon ihm einen erstaunten Blick zuwarf, während er einen zierlichen Stuhl auseinanderbrach. »Sei so gut und mach dich gleichfalls nützlich.«

Danach war es erstaunlich leicht, in andere Häuser zu gehen, deren Besitzer ebenfalls verschwunden waren. Zumindest würde Jacqueline es auf diese Weise warm haben und nicht frieren müssen. Ihr Bauch wölbte sich allmählich, aber ihre Arme und Beine wurden dünner. Er machte sich Sorgen um sie.

Was die Katholiken inzwischen unternahmen, beunruhigte ihn zunächst so wenig wie die übrigen Rochelleser. Sofort nach dem Abzug der englischen Flotte waren nämlich zweihundert alte Schiffe vor der Hafeneinfahrt erschienen und waren an Ort und Stelle versenkt worden. Dann hatten andere, neuere Schiffe begonnen, Gesteinsbrocken an diesen Stellen zu entladen.

»Er will einen Damm vor unseren Hafen bauen«, sagte Guiton verächtlich. »Das zeigt, wieviel so ein Pfaffe von der See versteht, nämlich gar nichts. Die Winterstürme werden seinen Damm hinwegfegen, als sei er nie dagewesen.«

Zunächst schien es, als würde er recht behalten. Zur Jahreswende, die erfahrungsgemäß die schlimmsten Winde und Strömungen mit sich brachte, brach auch Richelieus Damm. Aber vor den ungläubigen Augen der Bürger von La Rochelle fing der Dammbau noch einmal von vorne an, geduldig, Stück für Stück. Paul bemerkte, daß Guiton bei seinen allmorgendlichen Ansprachen allmählich besorgt wirkte.

»Ihr Engländer kennt euch doch angeblich am besten mit der See aus«, sagte er zu Simon. »Besteht die Möglichkeit, daß der Damm hält?«

Simon knetete seine Unterlippe. »Wenn er Glück mit dem Wetter hat.«

Das Wetter blieb weiterhin wechselhaft, doch der Damm wuchs und wuchs. Man konnte erkennen, daß Boote an der dem offenen Meer zugewandten Seite vertäut wurden. Paul wurde an eine schwimmende Mauer erinnert, wenn er jeden Morgen mit Guiton und einigen anderen Mitgliedern der Stadtwehr auf den Turm der Bartholomäuskirche stieg, um nach der versprochenen Rückkehr der englischen Flotte Ausschau zu halten. Wenn der Damm nicht bricht, dachte er, dann ist es dem Kardinal gelungen, La Rochelle von seiner Lebensader abzuschneiden.

Er hatte in der letzten Zeit nicht mehr oft gebetet, aber das änderte sich mit der Befestigung des Dammes und dem Fortschreiten von Jacquelines Schwangerschaft. Er betete bald jeden Morgen und jeden Abend auf den Knien um Jacquelines Sicherheit, um die Zerstörung des Dammes und die Rückkehr der Engländer.

Inzwischen blieb er nicht untätig. Er war überzeugt davon, daß die Königlichen sich nicht mit ihrem Damm zufriedengeben würden. Bestimmt würden sie versuchen, in die Stadt einzudringen. Paul bat also den Hauptmann der Stadtwehr um ein paar Leute und die Erlaubnis, die Befestigungen auf schwache Stellen hin zu untersuchen. Sie wurde ihm gewährt, wenn auch auf etwas gönnerhafte Weise.

»Ihr habt zu viele Romane gelesen, junger Mann. Unsere Befestigungen sind unbezwingbar.«

Soweit es die Mauern anging, stimmte das, doch Paul entdeckte schließlich mit einer Mischung aus Befriedigung und Unruhe die Schwachstelle, die er gesucht hatte: Auf der Ostseite der Stadt gab es einen nur mit einem Schleusengitter abgesperrten Kanal, durch das die Boote zur Gewinnung von Salz in die Salzsümpfe fuhren. Der Kanal war nicht tiefer als einen Meter.

Paul ließ sich von seinen Wachtpflichten entbinden und legte sich vor dieser Schleuse auf die Lauer. Er erzählte nur Simon und einigen wenigen Leuten, auf deren Verschwiegenheit er sich verlassen konnte, von seinem Verdacht. Einmal hatte er sich mit seinen Ideen lächerlich gemacht; es sollte kein zweites Mal geschehen. In dieser Zeit lernte er zu warten, er lernte Geduld, und er lernte Verschwiegenheit und Zurückhaltung angesichts des offenen Spottes einiger Mitglieder der Stadtwehr in bezug auf das Durchhaltevermögen junger Adliger.

Endlich, im März, wurde seine Ausdauer belohnt. Inzwischen war er dazu übergegangen, seine Begleiter zwar hinter der Schleuse, sich selbst jedoch außerhalb der Stadtmauern in dem Sumpfgebiet zu postieren. Die Turmglocken hatten gerade zehn geschlagen, und der abnehmende Mond spendete wenig Licht, doch Paul hatte sich inzwischen an die Dunkelheit gewöhnt. Er nahm schattenhafte Bewegungen wahr, pirschte sich geräuschlos heran und stellte fest, daß es sich um zwei Soldaten handelte, die etwas schleppten, das sehr nach einem Pulverfäßchen aussah.

Paul dachte nach. Er konnte auf der Stelle in die Stadt zurückkehren und Alarm schlagen, aber selbst wenn die gesamte Stadtwehr und die zurückgebliebenen Engländer sich hinter der Schleuse einfanden, würde es das Problem mit dem Pulver nicht lösen. Wenn es erst einmal direkt vor der Schleuse angebracht war... Aber dazu mußten sie den Weg durch den Sumpf erst finden. Auch das sprach gegen eine Verstärkung aus La Rochelle – der unvermeidliche Lärm würde den Königlichen mit Sicherheit die richtige Stelle weisen.

Es blieb nicht viel Zeit, um eine Entscheidung zu treffen. Die Soldaten waren nur zu zweit, und die Idee, die er jetzt hatte, bedingte, daß er seine gesamte Erziehung, alles, was er über Ehre und Kriegsführung als Edelmann gelernt hatte, verraten mußte.

Ehre würde La Rochelle, würde Jacqueline wenig helfen.

Paul nahm die Hand von der Pistole, zu der er instinktiv gegriffen hatte, und zog statt dessen sein Messer. Es war nicht weiter schwer, die beiden Soldaten voneinander zu trennen; die nächtlichen Geräusche des Sumpfes, ihm mittlerweile bestens vertraut, hatten sie nervös genug gemacht, und als er auf die uralte List zurückgriff und einen Stein in die gegenüberliegende Richtung warf, zog einer von ihnen erwartungsgemäß los, um nach der Ursache dieses neuen Geräusches zu suchen.

Der andere wartete, rieb sich in der Kälte die Hände und pfiff ein, zwei Takte, ehe er sich darauf besann, was sich in seiner Lage schickte, und schwieg. Paul schloß kurz die Augen; dann glitt er aus seinem Versteck, riß den Mann nach hinten, preßte ihm die Hand auf den Mund und stieß mit seinem Messer nach der Kehle.

Er brauchte lange, endlos lange, so schien es ihm. Da er noch nie jemanden auf diese Weise getötet hatte – um die Wahrheit zu sagen, hatte er überhaupt noch niemanden von Angesicht zu Angesicht getötet, alles, woran er gewöhnt war, waren ein paar abgefeuerte Schüsse und nahezu unblutig ausgegangene Duelle –, kam er sich wie ein Schlächter vor, und ein ungeschickter noch dazu. Stich, Schnitt, Stich nach Stich, und immer noch war der Mann nicht tot. Es war ihm irgendwie gelungen, sich auch noch zu erbrechen, und das Erbrochene klebte an Paul zusammen mit dem Blut, das ihn über und über bedeckte, während er auf den zweiten Soldaten wartete.

Er hatte gehofft, der zweite Mord würde einfacher sein, doch es war das gleiche, lange und widerliche Schlachten, schwerer und gefährlicher diesmal noch, weil der Mann ihn bemerkte und kämpfte. Aber schließlich erreichte er auch diesmal sein Ziel.

Als er hinter die Mauern zurückkehrte, entdeckte er, daß nur noch Simon auf ihn wartete. »Die anderen sind schon gegangen«, sagte er. »Um Himmels willen, Paul, was ist das für ein ...«

Dann erkannte er den Geruch.

»Was hast du getan?«

Seltsam, dachte Paul später, seltsam, daß Simon es so formulieren sollte, denn es hätte ja auch so sein können, daß ihn die Patrouille entdeckt und er sich in Notwehr verteidigt hatte.

»Es ist soweit«, sagte er. »Sie haben die Schwachstelle mit der Schleuse herausgefunden. Heute nacht werden sie vielleicht noch umsonst auf ihre Leute warten und nicht kommen, aber morgen sollten wir Vorkehrungen treffen, damit es sich nicht wiederholt.«

Simon ging nicht neben ihm, sondern folgte ihm in einigem Abstand, als er zu den Quartieren der Wachen ging, um Meldung zu machen und sich zu waschen, ehe er in das Haus der Feniers zurückkehrte.

Es war, als habe sich eine seltsame Taubheit über ihn gelegt; er wollte nur noch schlafen. Die gleiche Müdigkeit begleitete ihn auch den gesamten nächsten Tag. Als die Stadtwache beim Bauen ihrer eilig improvisierten Mauer die Leichen fand, merkte er, wie sich das Verhalten der Männer ihm gegenüber veränderte. Am Abend stellte ihm Jacqueline die gleiche Frage wie Simon.

»Was hast du getan, Paul?«

Auch ihr konnte er keine Antwort darauf geben. Er bemerkte ohnehin, daß er weniger und weniger mit Jacqueline sprach, je schlimmer die Lage von La Rochelle wurde. Er wollte nicht, daß sie von den Schrecken berührt wurde, die ihm bald überall begegneten, doch irgendwann gab es kaum etwas anderes, über das man reden konnte. Also schwieg er.

Er verschwieg ihr, daß er sah, wie sich Frauen den reicheren Bürgern für eine Mahlzeit hingaben; wie Kinder die wenigen Haustiere, die es noch gab, jagten, nicht um sie sich anzueignen, sondern um sie als Nahrung mit nach Hause zu bringen; wie die Männer, die sich sonst höflich im Vorbeigehen auf der Straße grüßten, bei dem Kampf um die täglichen Rationen jede Würde verloren. Wie er selbst auf nichts und niemanden mehr Rücksicht nahm, um ihr etwas mehr als nur die übliche Zuteilung bringen zu können. Und wie er die Entdeckung gemacht hatte, daß eine Aura von Furcht zu verbreiten für solche Zwecke sehr nützlich sein konnte. Es war nicht sehr schwer. Nach dem Vorfall an der Schleuse übertrug man ihm die Aufgabe, als Kundschafter regelmäßig die Stellungen der königlichen Armee auszuspionieren, und er gewöhnte sich mehr und mehr daran, die Wachtposten, die er einzeln vorfand, genau wie die Soldaten jener Nacht umzubringen, nur um mit ihrem Proviant und ihrer Munition in die Stadt zurückkehren zu können. Die übrigen Mitglieder der Stadtwehr erkannten bald, was er tat; sie waren ihm dankbar, aber sie wichen ihm mehr und mehr aus.

Inzwischen hatten die Wahlen des Stadtrats und des Bürgermeisters dafür gesorgt, daß Godefroy sein Amt los war. Guiton war es, der den einzigen englischen Kapitän empfing, dem es gelungen war, bei Flut Damm und Blockade zu durchbrechen.

»Wann wird die englische Flotte kommen?«

»Mylord of Buckingham tut, was er kann. Aber das Parlament weigert sich noch immer, ihm öffentliche Gelder für eine zweite Flotte zur Verfügung zu stellen. Doch aus seinen eigenen Mitteln und denen des Königs will er Euch seinen Schwager, Graf Denbigh, und sechzig Schiffe schicken, bis er selbst mit weiteren kommen kann. Haltet nur aus, Europa schaut auf Euch.«

Jeder der zehn Pastoren, die im Stadtrat saßen, wiederholte diese Worte in seinen Predigten. Europa, dachte Paul, was nützt Europa uns, solange es uns nicht hilft?

In den letzten Apriltagen endete seine Schweigsamkeit Jacqueline gegenüber in einem heftigen Streit.

»Warum hast du mich geheiratet?« fragte sie bitter. »Du könntest genausogut bei deinem Vater im Süden sein, soviel, wie du mit mir sprichst.«

»Das ist nicht wahr.«

»Nein? Es mag sein, daß dergleichen in adligen Ehen üblich ist, da kenne ich mich nicht aus. Aber bei uns verhält man sich nicht so. Meine Eltern haben es mir ja prophezeit, daß es so kommen würde. Du hast mich satt. Du wünschst dir, wir hätten nie geheiratet, gib es doch zu!«

»Ich wünschte nur«, sagte Paul und sprach zum erstenmal in seinem Leben kalt mit ihr, »du würdest endlich den Mund halten.«

Sie stürzte sich auf ihn und hämmerte mit ihren kleinen, zu sehr abgemagerten Händen auf ihn ein. Er konnte sie leicht abwehren, doch mitten in der Bewegung hielt sie plötzlich inne und krümmte sich.

»Was hast du?«

»Die Wehen«, stöhnte sie, »die Wehen haben eingesetzt.«

»Aber es ist doch noch viel zu früh!«

»Sag das dem Kind...«

Simon gab seine Zurückhaltung ihm gegenüber auf und versuchte, ihn aufzumuntern, während Paul vor Jacquelines Kammer auf und ab schritt. »Siebenmonatskinder überleben manchmal«, sagte er tröstend. »Und Jacqueline kommt bestimmt auch durch, du wirst sehen!«

Paul bot Gott einen letzten Handel an: Bußfertigkeit, Reue, sein eigenes Leben – für Jacqueline und das Kind.

Als die Hebamme endlich herauskam und ihm sagte, er habe einen Sohn, einen lebenden Sohn, und auch der Mutter gehe es gut, war das für ihn die Antwort, um die er gebetet hatte. Es war ein Wunder, dieses kleine, winzige Bündel, auf das Jacqueline, die selbst nur noch ein Kind zu sein schien, herablächelte.

Am nächsten Tag überwand er seinen Stolz und ging zum Hôtel Rohan, um seine Großtante Cathérine um ihre Hilfe zu bitten. Sie hörte ihn ruhig an.

»Ich würde Euch gerne helfen, Neffe«, sagte sie, als er geendet hatte, »wiewohl ich Euch früher wohl nicht mehr empfangen hätte. Doch inzwischen ist vieles nicht mehr so wichtig. Mein Arzt steht Euch zur Verfügung, und wenn Ihr wollt, dann bringt das Mädchen und Euren Sohn her, sobald es ihnen gut genug geht. Ich muß Euch allerdings darauf aufmerksam machen, daß wir mittlerweile auf die Vorräte der Stadt angewiesen sind. Meine Kutschpferde sind schon verzehrt.«

Jacqueline weigerte sich, in das Hôtel Rohan umzuziehen, obwohl sie dankbar für den Arzt war. »Was macht das für einen Unterschied? Und wenn es zum Schlimmsten kommt, möchte ich ohnehin lieber bei meinen Eltern sein.«

Sie sagte nicht: Und bei dir.

Am elften Mai erwachten in La Rochelle noch einmal die stürmische Begeisterung und die Hoffnung, mit denen die Belagerung begonnen hatte, denn die Engländer wurden gesichtet. Sie wurden vom Damm aus mit Geschützfeuer empfangen und zogen sich schließlich zurück, doch das tat der Erleichterung in der Stadt keinen Abbruch.

»Das muß Denbigh sein«, sagte Simon zuversichtlich zu Paul. »Du wirst sehen, er wird den Damm durchbrechen!«

Die kleine Flotte, ein so schwacher Abglanz der unzähligen Schiffe, mit denen Buckingham im vergangenen Jahr erschienen war, blieb genau eine Woche. In dieser Zeit versuchte sie mehrmals mit Mörsergranaten und Geschützfeuer, den Damm und den Ring, den die französischen Schiffe bildeten, zu durchbrechen, doch sie blieb jedesmal erfolglos. Als sie am achtzehnten Mai abdrehte und hinter der Ile de Ré verschwand, konnte niemand glauben, daß es wirklich ein Abzug war.

»Eine List«, sagte Guiton fieberhaft. »Um die Katholiken zu täuschen. Wir müssen auf den Herzog vertrauen.«

Paul vertraute mittlerweile nichts und niemandem mehr. Allerdings hielt er das Gerücht, das bald in La Rochelle die Runde machte, für unwahrscheinlich. »Es heißt«, sagte ein Mann, dem es wie ihm gelungen war, ein Stück Fleisch zu ergattern, »der Kardinal habe die Königin überredet, an Buckingham zu schreiben und ihn bei seiner Liebe zu ihr zu beschwören, uns im Stich zu lassen.«

»Unsinn«, unterbrach Simon, der Paul begleitete, heftig. »Erstens wurde die Flotte nicht von Mylord Buckingham, sondern dem Grafen Denbigh befehligt, und zweitens würde er etwas Derartiges niemals tun.«

Der Mann blickte ihn argwöhnisch an. »Ihr klingt selbst wie ein Engländer«, sagte er langsam. »Die Engländer sind keine wirklichen Protestanten, nicht so wie wir. Euer gottloser Henry hat sich ja nur von den Römlingen losgesagt, um seiner Vielweiberei zu frönen, und Ihr habt alle Zeichen des papistischen Aberglaubens beibehalten, sogar ihre heidnischen Heiligenbilder. Außerdem ist Euer König mit der Schwester unseres Königs verheiratet. Es würde mich nicht wundern, wenn Ihr in Wirklichkeit gemeinsame Sache mit ihnen machtet!«

Simon schüttelte den Kopf und setzte zu einer Entgegnung an, doch Paul zog ihn beiseite. »Gehen wir.«

»O nein, Ihr werdet nicht gehen!« Der Bürger hatte sich in eine fieberhafte Erregung hineingesteigert. »Ihr seid Spione! Gute Leute, hier sind zwei verfluchte katholische Spione!«

Das genügte, um einen Aufruhr zu verursachen. Paul hieb und stach in alle Richtungen und stellte fest, daß es ihm mittlerweile kaum noch etwas ausmachte, wen er dabei verletzte. Als er Simon endlich, grün und blau geschlagen, aus dem Knäuel seiner Angreifer herausgeholt und in Sicherheit gebracht hatte, sagte dieser schwer atmend: »O Gott, ich fürchte, das wird mir in der nächsten Zeit noch öfter bevorstehen.«

»Zweifellos. Aber rechne das nächste Mal nicht mit meiner Hilfe.«

»Du glaubst doch nicht etwa auch, daß ich ein Spion bin?« rief Simon entsetzt.

»Nein. Aber durch deine Schuld habe ich mein Stück Fleisch verloren, und das ist etwas, was mir nicht noch einmal geschehen wird.«

Die Ideale, die ihn ursprünglich in die Stadt geführt hatten, kamen ihm flüchtig in den Sinn; der Kampf um die Freiheit, nicht um die tägliche Nahrung. Aber der Freiheitskampf war zu einer mechanischen Bewegung geworden. Die nächste Woche zu erleben, das war die Wirklichkeit.

Im Haus der Feniers teilte ihm Jacqueline mit, der Stadtrat habe den Frauen und Kindern per Erlaß befohlen, La Rochelle zu verlassen. Das riß ihn noch einmal aus seiner Abgestumpftheit. Jacquelines Augen waren geweitet vor Angst.

»Sie sagen, die Katholiken würden gewiß Mitleid mit uns haben, aber das sagen sie jetzt erst. Früher hat der Pastor uns jede Woche an die Bartholomäusnacht erinnert. Was ist, wenn sie uns umbringen?«

»Euch bestimmt nicht«, erwiderte Paul. Er brachte sie und das Kind, das er nach seinem kleinen Bruder Raoul genannt hatte, in das Hôtel Rohan. Seine Großtante hatte sich bereits bewaffnet.

»Mich wird man hier aus La Rochelle nicht fortbringen, ehe die Belagerung beendet ist«, sagte Cathérine de Parthenay-Lusignan entschlossen. »Den ersten Schurken, der es wagen sollte, Hand an ein Mitglied des Hauses Rohan zu legen, erschieße ich!«

Danach ging Paul zu Guiton, aber der Bürgermeister hörte ihn nur müde an und schüttelte dann den Kopf. »Seid vernünftig, Paul. Wenn wir nicht mehr auf unsere Frauen und Kinder Rücksicht nehmen müssen, werden wir viel stärker sein. Und wir haben dann mehr Nahrung für alle, die noch in der Stadt sind.«

Die Logik, die in diesen Worten lag, begriff er, aber er sah auch den Fehler, den sie enthielt.

»Und was verrät Euch, wie die Katholiken sie empfangen werden? Eine Armee, die seit vielen Monaten keine Frauen mehr gesehen hat? Bei Gott, Monsieur le Maire, meine Gemahlin werde ich so einer Gefahr nicht aussetzen.«

Jacqueline und sein Sohn waren nicht unter den Frauen, die La Rochelle verlassen mußten, doch Paul vergaß den Anblick nie. Die zitternde Menge wurde von den königlichen Soldaten mit gezückten Schwertern und Hellebarden in die belagerte Stadt zurückgetrieben.

»Befehl des Kardinals«, berichtete seine Schwiegermutter schluchzend. »Sie haben gesagt, entweder die ganze Stadt ergibt sich, oder sie ergibt sich nicht. Teilen der Bevölkerung werde kein Pardon gewährt.«

Nun wußte er mit Sicherheit, daß es auch für Jacqueline und das Kind keinen anderen Ausweg gab, als die Belagerung durchzustehen. Und er hatte einen neuen Grund gefunden, für den Sieg zu kämpfen. Sein Haß auf Richelieu, der für ihn bisher nur die etwas blasse Symbolfigur einer königlich-katholischen Tyrannei gewesen war, die er sich nicht näher vorstellen konnte, wurde von einem allgemeinen Gefühl zu einer auflodernden Flamme.

27. KAPITEL

Die erste offizielle Aufforderung zur Kapitulation seit einem Jahr erfolgte im Juli, und Guiton verlas sie öffentlich. Sein ausgezehrtes Gesicht war noch einmal von der Energie erfüllt, die ihn früher ständig ausgezeichnet hatte.

»Denkt daran, wofür wir kämpfen, Brüder und Schwestern«, beschwor er seine Mitbürger. Er deutete auf eine Schildwache auf der Stadtmauer. »Seht Ihr diesen Mann dort? Er leidet Hunger und tausend Entbehrungen, wie ihr alle, weil er das Abendmahl unter beiderlei Gestalt nehmen will, während andere ihn daran hindern wollen. Ist dies nicht ein würdiger Streitpunkt, um ganz Frankreich zu erschüttern? Ich weiß, daß bereits viele von uns gestorben sind, aber wir dürfen die Hoffnung nicht aufgeben. Die Engländer werden zurückkehren. Und diejenigen, die vorher sterben, können sich sagen, daß sie für die Sache aller gestorben sind, für die Sache Gottes, die Sache der Freiheit. Diejenigen, die uns verraten haben und sich jetzt auf der anderen Seite der Stadtmauern befinden, leben vielleicht länger, aber selbst ihre neuen Herren verachten sie, und wenn sie sterben, dann werden ihre Höllenqualen ewig dauern.«

Er erhob seine Stimme und sang, rauh und triumphierend, und seine Zuhörer, noch einmal mitgerissen, fielen ein: »Eine feste Burg ist unser Gott...«

Jacqueline zählte nicht zu den Anwesenden. Paul fand sie

weder im Hôtel Rohan noch bei ihren Eltern, obwohl seine Schwiegermutter sich dort mit grimmiger Miene um das Kind kümmerte und ihm deutlich machte, sollte Jacqueline etwas zugestoßen sein, wäre es allein seine Schuld. Der Säugling wimmerte.

Er suchte sie überall, doch es war umsonst. Als er schließlich zu den Feniers zurückkehrte, fand er sie dort endlich. Sie hielt ihr Kind im Arm und flößte ihm etwas ein, was es in der Stadt eigentlich gar nicht mehr geben durfte: Milch. Paul war so erleichtert, sie lebend vorzufinden, daß es ihm erst einige Sekunden später auffiel, und er brauchte eine Minute, ehe er bemerkte, daß ihr Mund verschmiert war, als habe sie, unerfahren und ungeschickt, versucht, sich zu schminken. Sie begegnete seinem Blick und sagte tonlos: »Ich habe keine Milch mehr. Aber wenn ich das Kleine nicht mehr stillen kann, stirbt es. Also habe ich Milch gekauft, von den Katholiken.«

»Nein«, sagte Paul.

An Jacqueline war nichts Mädchenhaftes mehr, als sie verächtlich entgegnete: »Ihr Männer seid solche Narren. Freiheit und Ehre, was nützen mir Freiheit und Ehre, wenn mein Kleines tot ist? Es war gar nicht so schlimm. Und eines schwöre ich dir, wenn ich dadurch meinem Kind das Leben retten kann, schlafe ich mit der gesamten Armee dort drüben!«

Er schlug sie ins Gesicht, mit der Härte, welche die letzten Monate ihn gelehrt hatten. Während sich ihre Wange rot färbte, starrten sie einander erschrocken an; es war, als hätten sie eben die jungen Liebenden, die vor fast einem Jahr geheiratet hatten, zu Grabe getragen.

Paul fand als erster die Sprache wieder. »Es tut mir leid. Es wird nie wieder geschehen.« Doch seine Worte klangen hohl.

»Verschwinde aus diesem Haus«, sagte Jacqueline kalt. Dann beugte sie sich wieder zu ihrem Kind nieder und stieß leise, beruhigende Laute aus, während sie fortfuhr, ihm Milch einzuflößen.

La Rochelle verwandelte sich immer mehr in eine Stadt der Toten. Zuerst hatte man diejenigen, die an Hunger gestorben waren, mit aller Sorgfalt beerdigt; dann hatte man Massengräber ausgehoben; mittlerweile lagen die Toten auf der Straße, wo die Schwäche sie hatte umkommen lassen. Guiton hatte anfangs noch versucht, einige Männer der Stadtwehr zum Aufsammeln der Leichen zu organisieren, und war selbst mit gutem Beispiel vorangegangen, aber nach zwei Ohnmachtsanfällen hatte er entschieden, daß die wenige verbleibende Kraft der kampffähigen Bürger für Wichtigeres aufgespart werden sollte.

Paul sah die Leichen kaum noch, wenn er durch die Straßen ging. Er hatte keinen festen Wohnort mehr; bei all den leeren Häusern fand sich immer eines, in dem man schlafen konnte, wenn es nicht mehr weiterging. Seine Kundschaftergänge waren vorbei; er hatte nicht mehr die Kraft, die gutgenährten katholischen Soldaten zu töten, selbst wenn die Überraschung ihm zum Vorteil gereichte, und er wollte ihnen auf keinen Fall die Möglichkeit geben, ihn gefangenzunehmen. Was ihn am Leben hielt und dazu zwang, alles zu tun, um am Leben zu bleiben, wurde ihm nur hin und wieder bewußt, wenn er auf eines der zahlreichen Flugblätter stieß.

Wie kamen diese Flugblätter in die Stadt? Einige wurden von den Königlichen mit Pfeilen herübergeschossen, doch andere mußten von Spionen des Kardinals stammen. Zu schade, daß sich nicht herausfinden ließ, wer diese Spione waren; sie besaßen vermutlich heimliche Vorräte. Jedes der Flugblätter rief die Bürger von La Rochelle auf, sich ihrem König zu ergeben, und beschrieb Guiton und den Stadtrat als mon-

ströse Egoisten, die zur Befriedigung ihres Ehrgeizes den Tod
der gesamten Bevölkerung in Kauf nehmen würden.

»Als ob er nicht vorhätte, uns alle umzubringen, der Teufel
in Rot«, sagte Guiton, während er mit seinen verbliebenen
Getreuen wie jeden Morgen den Turm der Bartholomäuskirche erklomm, um nach den Engländern Ausschau zu halten. In
Paul flackerte der Gedanke auf, daß es nicht mehr viele Menschen zum Umbringen gab, aber sein altes leichtherziges Ich,
das diesen Gedanken sofort ausgesprochen hätte, war längst
gestorben.

Wenn er jedoch Zweifel in bezug auf Guitons Einschätzung
von Richelieus Zielen hatte, so verschwanden sie wieder, als er
zum erstenmal seit langer Zeit seiner Großtante einen Besuch
abstattete.

»Wenn Ihr etwas zu essen wollt, Neffe«, sagte Cathérine
müde, »Ihr habt die Wahl zwischen Brot aus Leder in Kalk und
braunem Zucker oder Suppe aus Schuhsohlstückchen. Wenn
man mir einmal prophezeit hätte, ich würde mich davon ernähren, hätte ich es für einen geschmacklosen Scherz gehalten.
Mein Koch denkt gewiß noch immer so. Er ist vor zwei Tagen
zu den Katholiken übergelaufen, weil er, wie er behauptete,
lieber hängen wolle, als seine Kunst durch die Zubereitung
meines Kutschgeschirrs zu entweihen.«

Wer hätte gedacht, daß die ehrwürdige Witwe de Rohan zu
so makabrem Humor fähig war? Paul suchte nach Worten; es
lag so lange zurück, daß er so etwas wie geistreiche Konversation betrieben hatte. Doch es tat gut, es wieder zu versuchen;
der Geist mußte ebenso wie der Körper am Leben erhalten
werden.

»Wer kocht dann diese Meisterwerke der Gastronomie für
Euch, Madame?«

Cathérine legte den Kopf leicht zur Seite. Sie stützte sich auf ihren Stock, stand auf und bedeutete ihm mit dem Kinn, ihr zu folgen. Ihre Schritte hallten in dem verlassenen Hôtel Rohan wie Echos an einer Felswand wider. Er hatte nicht gewußt, es hatte ihn nie interessiert, wo sich in einem Palais die Küche befand, ehe die Belagerung begann; nun hätte er den Weg so gut wie sie finden können.

Auf den Anblick in dem riesigen Raum, der einmal dazu gedient hatte, nicht nur die Familie de Rohan und ihre Gäste, sondern an die hundertfünfzig Bedienstete zu versorgen, war er dennoch nicht gefaßt. Vor dem Herd stand ein Korb mit einem trotz der Sommerhitze sorgsam eingewickelten Säugling, neben ihm eine junge, zu einem Schatten ihrer Selbst abgemagerte Frau, die emsig in einem der Töpfe rührte.

»Und ihr sollt sein ein Fleisch«, zitierte Cathérine. »Seid gut zu ihr, Neffe.«

Damit verschwand sie wieder. Jacqueline drehte sich um. Ihre Hände flogen unwillkürlich an ihren Mund, als sie Paul erblickte. Dann schluckte sie und sagte mit ein wenig rauher, aber ungebrochener Stimme: »Mein Vater hat mir Pergament für das Brot gegeben. Es wird besser so.«

Er hatte nicht geglaubt, für etwas so dankbar sein zu können wie für die Hand, die sie ihm reichte und in der sie eines ihrer lächerlichen Brotstücke hielt. Es ließ sich ertragen, alles ließ sich ertragen, wenn es nur einen Sinn hatte, und er brauchte Jacqueline und das Kind, um sich einen Sinn zu geben, jetzt, da sein Glaube an die Sache Stück für Stück zusammengebrochen war.

Später sagte Jacqueline: »Es darf jetzt nichts mehr als Wahrheit zwischen uns geben, Paul. Die Soldaten, die sich Frauen aus La Rochelle für Nahrung und Geld genommen hatten, sind gerädert worden. Nun wagt es keiner mehr.«

Soviel zu den Absichten des Kardinals. Er machte sich nicht mehr die Mühe, die Flugblätter zu lesen, so daß ihm Simon erst mitteilen mußte, welche Neuigkeiten sie enthielten, als der September anbrach.

»Buckingham soll tot sein, ermordet von einem gewissen John Felton.«

»Es muß sich um eine Lüge handeln«, erklärte Guiton im Gottesdienst vor den Bürgern der Stadt, denn sie konnten sich mittlerweile in einer Kirche versammeln. »Und selbst wenn der Herzog tot ist, werden uns die Engländer nicht im Stich lassen. Sie werden kommen!«

»Mag sein«, knurrte Simon, doch er wartete damit, bis er und Paul allein waren, durch einschlägige Erfahrungen klug geworden, »aber Mylord Buckingham ist oder war der einzige, der es notfalls auf einen Krieg mit Frankreich hätte ankommen lassen. Wenn Buckingham tot ist und der König noch einmal eine Flotte schickt, dann wird sie höchstens verhandeln, doch nicht mit der französischen Flotte kämpfen. Achte auf meine Worte.«

Simon war nicht der einzige, den die Nachricht, echt oder falsch, erschüttert hatte. Zwei der Ratsherren verließen die Stadt und gaben sich als offizielle Abgesandte aus, mit der Aufgabe betraut, über die Kapitulationsbedingungen zu verhandeln. Paul, der Madame de Rohan begleitete, war in der Sitzung anwesend, die sie bei ihrer Rückkehr empfing.

»Wenn wir uns jetzt ergeben, können wir mit Gnade rechnen, hat der Kardinal gesagt.«

»Gnade, was heißt Gnade?« fuhr Guiton auf. »Wir haben erlebt, was Katholiken unter Gnade verstehen. Bei Gott, man müßte Euch hängen, weil Ihr uns alle durch diese Kriecherei verraten habt! Im übrigen«, fügte er hinzu, als er sich wieder ein wenig beruhigt hatte, »beweist dieses Gerede von Gnade nur eines: Richelieu erwartet die Engländer zurück, deswegen will er, daß wir uns jetzt sofort ergeben.«

Der Glaube der Stadt an ihren Bürgermeister wurde noch einmal neu gestärkt, als sich seine Worte bewahrheiteten, denn am neunundzwanzigsten September tauchten die Masten einer englischen Flotte wieder am Horizont auf. Sie wurde von den Franzosen mit Geschützfeuer empfangen, zog sich außer Reichweite der Kanonen zurück und blieb dort – eine quälende, unsichere Hoffnung für die Bürger von La Rochelle.

Sie hielt knapp einen Monat lang an, einen Monat, in dem Paul mehr und mehr in Erwägung zog, die neuen Leichen auf der Straße als mögliche Nahrungsquelle zu betrachten. Noch hatte er diesen letzten Schritt nicht getan, aber er spürte, daß es bald soweit war, und versuchte, Jacqueline darauf vorzubereiten.

»Du hast gesagt«, erinnerte er sie ernst, »du würdest alles tun, damit das Kind nicht stirbt.«

Sie zuckte zusammen, nickte jedoch langsam. »Ja.«

Bei der nächsten Vollversammlung, die Guiton einberief, erkannte man zum erstenmal, was das vergangene Jahr mit ihm angerichtet hatte. Vorher war seine abgezehrte Gestalt die eines Märtyrers oder Propheten gewesen; jetzt glich sie der eines Gefangenen.

»Man hat«, begann er, hielt inne, räusperte sich und schöpfte kurz Luft, »man hat einen englischen Abgesandten zu uns durchgelassen. Es ist wahr. Der Herzog von Buckingham ist tot. Graf Lindsey befehligt jetzt die Flotte, und er rät uns«, wieder hielt er inne; seine Hände krampften sich um die Kanzel, »er rät uns, den König um die Kapitulation zu ersuchen.«

Jacqueline zeigte keine Erleichterung. Sie weinte zum erstenmal seit langer Zeit, aber sie weinte aus Furcht. »Sie werden uns alle umbringen«, flüsterte sie. »Wie in der Bartholomäusnacht. Paul, ich weiß es ganz bestimmt, sie werden uns alle umbringen.«

Er konnte sie nicht beruhigen, nicht trösten, vor allem deshalb nicht, weil er das selbst für wahrscheinlich hielt. Er beherrschte die Kunst zu töten mittlerweile besser als die meisten Überlebenden in La Rochelle, aber wie konnte er sie in seinem ausgehungerten Zustand gegen die königliche Armee verteidigen?

Er nahm ihre Hände in die seinen. »Jacquette«, sagte Paul, »ich werde dafür sorgen, daß ich zu der Gesandtschaft gehöre. Was auch immer ausgehandelt wird, ich schwöre dir, ich werde es dir erzählen, und ich werde dir auch sagen, ob ich glaube, daß die Bedingungen eingehalten werden.«

»Was, Ihr auch?« fragte Guiton, nachdem Paul seine Bitte vorgetragen hatte. »Nun, ich nehme an, ich kann niemandem Vorwürfe machen. Ihr hofft natürlich, daß die Königlichen Euch etwas zu essen geben. Nur zu, Ihr habt es Euch verdient.«

Paul hatte nicht daran gedacht, aber andere taten es. »Kannst du mich als deinen Diener mitnehmen?« bat Simon verlegen.

»Wenn du den Mund hältst. Ich weiß zwar nicht, wie die englisch-französischen Beziehungen zur Zeit stehen, aber ich habe nicht die Absicht, derjenige zu sein, der den Kardinal provoziert.«

Am Ende waren es sechs offizielle Abgesandte, die sich auf den Weg zu dem nächstgelegenen Fort machten. Diejenigen von ihnen, die noch lebende Söhne hatten, gaben sie als ihre Diener aus, so daß Simon nicht auffiel. Paul spürte eine eigenartige Wachheit in sich pulsieren, während man sie zu dem Haus bei Pont-de-la-Pierre brachte. Also würden sie ihn endlich sehen, würde er ihn sehen, den Mann, der für das vergangene Jahr verantwortlich war.

Er bat sie nicht herein; er wartete auf einer der Palisaden, die er um das alte Haus der Bernes hatte bauen lassen, auf sie, wandte ihnen den Rücken zu und schaute auf das Meer hinaus, bis der Marschall Bassompierre sich räusperte und sagte: »Monseigneur, die Leute aus La Rochelle sind hier.«

Richelieu drehte sich um. Pauls erste Reaktion war Überraschung; er hatte sich den Kardinal größer vorgestellt. Auf diese Weise entging ihm fast, daß Pastor Salbert sichtlich zusammenzuckte. Ein schlechter Anfang; der Pastor war mit der undankbaren Aufgabe betraut, ihr Wortführer zu sein. Richelieu sagte nichts, er wartete, bis Salbert sich wieder gefangen hatte und mit seiner Ansprache begann. Paul hörte die Worte kaum; er versuchte, die reglose Miene des Mannes zu entschlüsseln.

Die tiefliegenden schwarzen Augen verrieten nichts. Doch häufig erzählt die Körperhaltung von Menschen Dinge, die selbst die beherrschtesten unter ihnen nicht unterdrücken können. Der Kardinal trug unter seinem roten Mantel einen Panzer und Hosen statt eines Ornats, und der kriegerische Aufzug schien ihm nicht ungewohnt oder unbequem zu sein. Doch was Paul widerwillig faszinierte, waren die Hände, die langen, feingliedrigen Finger, die nicht die eines Kriegers waren, sondern eher einem Arzt oder Gelehrten gehören sollten. Sie waren es, die eine Reaktion verrieten; als der Pastor endlich zu den Bedingungen kam, die Guiton stellte.

»... und daher«, schloß Salbert, »müssen wir darauf bestehen, daß uns unsere früheren Privilegien garantiert und schriftlich festgesetzt werden. Die Soldaten unserer Garnison, ob nun Engländer oder Franzosen, müssen unter militärischen Ehrenbezeugungen abziehen dürfen, wie es ihrem Heldentum während des vergangenen Jahres entspricht. Madame de Rohan soll den ihr aberkannten Adelsrang wieder erhalten. Und schließlich entspricht es nur der einzigartigen Stellung von La Rochelle, wenn der König mit uns einen Friedensvertrag schließt, kein Par...«

Paul, der beobachtet hatte, wie sich die Hände des Kardinals um eine Papierrolle geschlagen hatten, war als einziger vorgewarnt, und doch ließ auch ihn der Ausbruch, der den Pastor unterbrach, erstarren.

»Das genügt, bei Gott! Mir scheint, Messieurs, Ihr verkennt Eure Lage noch immer. Eine solche Unverschämtheit ist nicht nur stur, sondern geradezu verbrecherisch dumm, und falls Ihr das noch immer nicht begriffen habt, dann weiß ich wirklich nicht, warum Ihr Euch hierherbemüht habt!«

»Aber Monseigneur«, sagte Salbert, nun grau im Gesicht, »wir können Euch doch die Stadt nicht einfach übergeben, nicht nach...« Er machte eine hilflose Geste. »Wir müssen doch Bedingungen haben, die uns garantieren, daß Ihr nicht...«

»Rebellen, die sich im Aufstand gegen ihren König befinden, haben keine Bedingungen zu stellen!«

König? Ich sehe hier keinen König, dachte Paul, ich sehe nur Euch. Die übrigen Gesandten begannen nun ebenfalls, lauthals zu protestieren. Endlich fragte Salbert erschöpft: »Aber was erwartet Ihr denn von uns, Monseigneur?«

»Die bedingungslose Kapitulation.«

Bedingungslos! Paul starrte ihn an. Er hatte als einziger nicht gesprochen, und es schien ihm, als bliebe der Blick des Kardinals kurz auf ihm haften, ehe er sich wieder auf den Pastor richtete. Bedingungslos! Das bedeutete...

»Monseigneur«, sagte der Pastor leise, »habt doch Mitleid. Ein Versprechen des Königs, Euer Versprechen, daß es zu keinem Massaker kommen wird, wenn Ihr die Stadt übernehmt, würde uns schon genügen.«

»Meine Antwort kennt Ihr. Was den König angeht, er befindet sich auf einer Exkursion und wird in acht Tagen zurückkehren. Wenn Ihr ihn dann direkt um seine Gnade bitten wollt, so steht dem nichts im Wege. Um seine *Gnade*.«

»Was, Monseigneur, in acht Tagen?« platzte der Bankier Rissot heraus. »In La Rochelle reichen die Vorräte keine drei Tage mehr!«

Die steinerne Miene blieb ungerührt. »Das ist Euer Problem.« Damit wandte er ihnen den Rücken zu, unzugänglicher als die See, auf die er hinausblickte.

»Ein Massaker«, sagte Salbert fassungslos, als sie wieder auf die Stadt zustolperten. »Er plant ein Massaker. Und wenn wir alle sterben – es ist ihm gleichgültig, es nimmt nur vorweg, was er ohnehin vorhatte. Der Teufel wohnt in diesem Mann.«

»Es wird eine zweite Bartholomäusnacht geben«, stieß Simon hervor. »Genau, wie es der Herzog prophezeit hat.«

Als Paul ihn hart an der Schulter packte, stöhnte er überrascht auf. »Kein Wort davon zu Jacqueline, hörst du?«

»Aber du hast ihr doch versprochen, ihr die Wahrheit zu erzählen, wie sie auch lauten mag.«

»Du glaubst doch nicht«, sagte Paul kalt, »daß das mein Ernst war. Sie muß jetzt vor allem ruhig bleiben. Ich habe einen Plan, und wenn er gelingt, dann ist es mir gleichgültig, ob die Bartholomäusnacht sich tatsächlich wiederholt, verstehst du? Es ist mir gleichgültig.«

Auf Simons Gesicht erkannte er denselben Ausdruck wie damals, als er, Paul, aus den Sümpfen gekommen war, doch der junge Mann, mit dem er früher gescherzt und gelacht hatte, schwieg und sagte nichts weiter.

Paul verließ den Rest der Gesandtschaft, sowie sie das Stadttor passiert hatten, und ging direkt in das Gefängnis, in dem man den Marquis de Feuquières, den einzigen Gefangenen von Rang, den die Rochelleser im vergangenen Jahr gemacht hatten, untergebracht hatte.

»Der Bürgermeister schickt mich«, sagte er zu dem einzelnen Mann, der mittlerweile die gesamte Wache darstellte. »In den Verhandlungen gibt es Schwierigkeiten. Ich soll den Gefangenen zu ihm bringen.«

Der Wachmann kannte Paul, er hatte zu denjenigen gehört, die gelegentlich mit ihm hinter der Schleuse zu den Salzsümpfen gewartet hatten. Es gab keinen Grund, an seinen Worten zu zweifeln, und im übrigen hatte ihn dieselbe lethargische Gleichgültigkeit befallen, die jetzt die meisten Überlebenden zeigten.

Feuquières, der im März gefangengenommen worden war und sich daher in wenig besserer Verfassung befand, bemerkte erst, als sie vor dem Hôtel Rohan standen, daß etwas nicht stimmen konnte.

»Das ist nicht das Ratshaus«, meinte er unsicher.

»Nein. Aber wenn Ihr wißt, was gut für Euch ist, dann werdet Ihr genau das tun, was ich Euch sage.«

Es war der Plan, den er sich als letzten Ausweg zurechtgelegt hatte. Aus der Stadt herauszukommen war nicht weiter schwer; er kannte die einzelnen Pfade nur allzugut. Auch den Frauen, die seinerzeit versucht hatten, sich von den königlichen Soldaten ihre Nahrung zu holen, war es ohne weiteres geglückt; von den vielen Flüchtlingen ganz zu schweigen. Es waren die Soldaten und ihre mehrfachen Ringe um die Stadt, bei denen die Schwierigkeit lag. Aber wenn er den Marquis de Feuquières, der die Bürger von La Rochelle bei seiner Gefangennahme hochmütig informiert hatte, er sei der Vetter des Pater Joseph, der rechten Hand des Kardinals, und kein Niemand, als Geisel hatte, konnte er sich mit Jacqueline und dem Kind den Durchgang erzwingen, falls man sie stellte.

Er wußte, daß Guiton Feuquières als letzten Trumpf für die Verhandlungen aufgespart hatte, sollte der Kardinal die Haltung zeigen, die der Bürgermeister von ihm erwartete. Tut mir leid, Monsieur le Maire, dachte Paul emotionslos. Ihr werdet bedingungslos kapitulieren müssen. Und Jacqueline und das Kind werden überleben, und ich werde den Wolf im Purpurgewand eines Tages für all das bezahlen lassen.

Feuquières warf ihm nur einen Blick zu und protestierte nicht weiter. Paul ging mit ihm in die Küche, wo sich Jacqueline jetzt ständig aufhielt, aber sie war nicht dort. Er rief nach ihr, ohne eine Antwort zu erhalten. Seine Großtante befand sich im Ratshaus, das wußte er. Sollte Jacqueline zu ihren Eltern zurückgekehrt sein?

Um sicherzugehen, durchsuchte er die Räume, die im Hôtel Rohan noch bewohnt wurden. In ihrem Schlafzimmer schließlich fand er sie, das Kind so an ihrer Brust, wie er es nach der Geburt zum erstenmal gesehen hatte. Es rührte sich nicht, das fiel ihm als erstes auf; kein Wimmern, kein Atemzug. Neben dem Bett lag ein kleines, wie fortgeschleudertes Kissen. Dann sah er, was Jacqueline in ihrer anderen Hand hielt. Es war die Pistole, die er ihr als Schutz gegen mögliche Überfälle durch Verzweifelte gegeben hatte. Er hatte sie gelehrt, wie man sie gebrauchte.

Ihre Augen waren weit aufgerissen. Er wußte nicht, wie lange er da stand und auf seine tote Frau und sein totes Kind herabschaute. Als ihm endlich ein Geräusch bewußt wurde, eine entsetzte Mischung aus Würgen und Keuchen, hatte das Licht sich verändert; es mußte Nachmittag, mußte Abend geworden sein.

Feuquières war verschwunden. Es war Simon, der im Türrahmen stand und sinnlose Laute stammelte, die Pauls Gehirn erst nach einiger Zeit zu verständlichen Wortketten zusammensetzte.

»Mein Gott! O Gott, Paul, wenn ich gewußt hätte, daß sie das tun würde ... wenn ich geahnt hätte...«

»Du hast es ihr gesagt.«

»Ich ... ich ... ich hätte nie geglaubt...«

»Du hast es ihr gesagt«, wiederholte Paul, »du hast es ihr gesagt.«

Sein Verstand fing wieder an, zu arbeiten. Er sah alles sehr klar und deutlich vor sich, bis zu der kleinen Narbe, die sich von Simons Oberlippe zu seiner Nase zog. Alles trat schärfer, ausgeprägter als sonst hervor.

Simon stotterte weiterhin irgend etwas von Ahnungslosigkeit, Ehre und einem Versprechen, das auch er Jacqueline hatte geben müssen. Als Paul ihn packte und mit einem Schnitt seines Messers den Gürtel durchtrennte, an dem sein Degen hing, stockte er mitten im Satz. Was er in Pauls Gesicht sah, veranlaßte ihn zu einem letzten Versuch, sich loszureißen, doch er blieb erfolglos.

»O ja«, sagte Paul und stach zum erstenmal zu, »das ist es, worauf du die ganze Zeit gewartet hast, mein Freund, nicht wahr? Nun, du sollst es bekommen. Das eben war eine Bauchwunde, sehr schmerzhaft, sehr unangenehm, aber es dauert einige Zeit, bis man daran verblutet. Das«, ein weiterer Schnitt, »ist nicht im geringsten tödlich, aber es macht das Sprechen etwas schwer, oder nicht?«

Simon wehrte sich, doch gegen das, was Paul jetzt trieb, kam er nicht an. Er hatte noch nie aus Rache getötet, niemals verwundet, um Schmerzen zuzufügen, doch er stellte fest, daß er es genoß. Simon schreien zu hören, löschte für kurze Zeit die erdrückende Gegenwart von Jacqueline und dem Kind aus. Geist und Körper ganz auf Simons Vernichtung zu konzentrieren, machte es sogar möglich, die kalte weiße Glut, die ihn erfüllte, Vergangenheit und Zukunft verbrennen zu lassen.

Als Simon endlich tot war, bemerkte Paul, daß die Nacht angebrochen sein mußte; es war dunkel. Er kehrte zu dem Bett zurück, auf dem seine Frau und sein Sohn lagen, und wartete darauf, daß die ersten Soldaten auftauchten. Kein Selbstmord, nicht für ihn; er beabsichtigte, so viele wie möglich in den Tod mitzunehmen.

Die bleierne Erschöpfung, die ihn irgendwann überkam, hatte ihn wohl einschlafen lassen, denn als ihn jemand an der Schulter berührte, dämmerte gerade der Morgen.

»Paul«, sagte eine Stimme, »Paul.«

Er öffnete die Augen und sah seinen Vater vor sich. Philippe war gealtert; seine Haare waren nun vollständig weiß, und sein tief zerfurchtes Gesicht wirkte weniger ehrfurchtgebietend denn gebrochen. Paul blickte ihn an, ohne ihn wirklich zu erkennen; er wußte, daß der alte Mann ihm einmal sehr viel bedeutet hatte, auch daß es einen Grund gab, auf ihn zornig zu sein, doch er konnte sich an keines dieser Gefühle erinnern.

»Mein Gott«, sagte Philippe fast schluchzend, »was ist mit dir geschehen?« Dann straffte er sich und sagte gefaßter: »Es ist vorbei, Paul. Der Herzog hat Frieden geschlossen, deswegen bin ich hier, und nun, da auch La Rochelle seine Tore geöffnet hat…«

Das drang bis zu Pauls Verstand vor. »Die Tore sind geöffnet? Warum sind dann noch keine Soldaten hier?«

»Oh, hat man es euch noch nicht mitgeteilt? Der gesamten Bevölkerung wird vollständiger Pardon gewährt, nachdem sie sich ergeben hat, bis auf Guiton und fünfzehn andere aus dem Rat, die verbannt werden. Paul, ich weiß, daß zwischen uns böse Worte gefallen sind, aber jeder Protestant in Frankreich hat für euch alle in La Rochelle gebetet, und…«

»Es wird vollständiger Pardon gewährt«, wiederholte Paul.

Philippe nickte. »Ja, und der Kardinal hat versprochen, daß weiterhin Gewissensfreiheit herrschen wird.« Erst jetzt bemerkte er im allmählich heller werdenden Licht der Sonne die Leichen von Jacqueline, von dem Kind, von Simon.

»Was …«

Paul hörte ihn nicht mehr. Vollständiger Pardon. Keine Zwangsbekehrungen. Natürlich hatte der Kardinal gewußt, was sie alle befürchteten, und er hatte gewußt, daß er ihnen nichts davon antun würde. Aber es war unmöglich gewesen, ihnen das zu sagen, denn er wollte, was er von Anfang an gewollt hatte: Er wollte sie als gebrochene Untertanen. Keine freie Stadt, die Bedingungen stellte, sondern Untertanen, die ihr Leben und ihren Glauben als Gnade von ihrem Herrscher *empfingen*, nachdem sie sich ihm bedingungslos ausgeliefert hatten.

Es war so logisch, so bestechend logisch. Und um dieser Logik willen waren von den fünfundzwanzigtausend Einwohnern der Stadt La Rochelle höchstens noch fünftausend am Leben. Um dieser Logik willen war Jacqueline tot, und das Kind, und der letzte Rest von Paul d'Irsdmasens.

Philippe, der inzwischen das Blut an Paul bemerkt haben mußte, hatte wohl endlich die richtigen Schlüsse gezogen und sagte irgend etwas von besessen und teuflisch. Paul ignorierte ihn. Er erhob sich, verließ das Zimmer, verließ das Haus. Als er in die blendende Morgensonne trat, wurde ihm bewußt, daß er die drei Leichen nicht mehr angesehen hatte. Aber es war auch nicht nötig. Ihr Anblick hatte sich in ihn eingebrannt und war zu einem Teil von ihm geworden. Zu töten, wie er letzte Nacht getötet hatte, konnte das Bild vielleicht für kurze Zeit verschleiern, aber endgültig würde es erst verschwinden, wenn er irgendwie, irgendwann die Macht gefunden hatte, es dem Verursacher zurückzubringen. Zu Seiner Eminenz, dem Ersten Minister, Kardinal Richelieu.

VII

Die Vollstreckung

Die Liebe ist für unser Herz, was die Winde dem Meer sind: freilich erregen sie oft Unwetter, verursachen sogar oft Schiffsbrüche.

Ninon de Lenclos: Briefe

28. Kapitel

»Nun«, sagte Fontrailles und konnte die Erwartungsfreude in seiner Stimme nicht ganz unterdrücken, »ist das nichts?«

Die anderen Verschwörer studierten den Vertrag, den er mitgebracht hatte. Keiner von ihnen wirkte begeistert. »Was ich nicht verstehe«, sagte Cinq Mars, »ist, wieso Ihr so lange dafür gebraucht habt und er trotzdem nicht vom spanischen König unterschrieben ist. So werdet Ihr die Reise noch einmal machen müssen, wenn wir unterzeichnet haben.«

»Olivares hat darauf bestanden, daß Monsieur und die Königin zuerst unterzeichnen«, gab Fontrailles zurück und bemühte sich, nicht eingeschnappt zu klingen. Natürlich, jeder von ihnen war der Meinung, *er* hätte günstigere Bedingungen aushandeln können. Aber keiner von ihnen hätte Spanien unentdeckt durchqueren können.

De Thou, der die Rechte studiert hatte, unterzog sich inzwischen der Mühe, jeden einzelnen Punkt auf seinen Sinn zu prüfen, und runzelte die Stirn. »Was soll diese Klausel in bezug auf Monsieur?«

»Er hat darauf bestanden«, entgegnete Fontrailles achselzuckend. »Für den Fall, daß es Monsieur le Grand nicht gelingt, die Einwilligung des Königs zu bekommen, was jetzt im übrigen endlich geschehen müßte. Wenn ich nach Spanien zurückkehre, muß hier alles bereit sein.«

Wofür die Klausel, in der Gaston erklärte, nichts gegen den

303

ausdrücklichen Willen seines Bruders unternehmen zu wollen, tatsächlich dienen sollte, war, der Welt seine Unschuld zu beweisen, wenn er die Regentschaft für die Kinder seines verstorbenen Bruders übernahm. Aber da dies nie der Fall sein würde, bestand keine Notwendigkeit, es den übrigen Teilnehmern der Verschwörung mitzuteilen.

Fontrailles entschloß sich, zum Angriff überzugehen. »Wie weit seid Ihr mit dem König?« wandte er sich herausfordernd an Cinq Mars. »Wann werdet Ihr ihm endlich die entscheidende Frage stellen?«

Soweit es Cinq Mars betraf, würde Fontrailles ganz sicher zu den Opfern des Umsturzes gehören. Der bucklige Marquis mit der scharfen Zunge und den unleugbar wichtigen spanischen Verbindungen war ihm ein Dorn im Auge; er sah seine Rolle als Anführer der Verschwörung durch ihn bedroht.

»Genau dann, wenn ich es für richtig halte«, konterte er. »Ihr wollt doch nicht, daß in letzter Minute alles schiefgeht?«

In Wirklichkeit, aber das ging die anderen nichts an, hatte er erst kürzlich einen unangenehmen Streit mit Louis gehabt, nicht wegen des Kardinals, sondern wegen seiner, Cinq Mars', Ausgaben.

»Könnt Ihr mir sagen, wozu Ihr dreihundert Paar Schuhe benötigt, Monsieur le Grand?« hatte der König kühl gefragt und Cinq Mars auf diese Art daran erinnert, daß Louis, auch wenn er ihm tausendmal seine unverbrüchliche Zuneigung schwor, mitnichten Wachs in seinen Händen war und bisweilen einen ernüchternden Krämergeist an den Tag legen konnte.

Dennoch, wo Fontrailles recht hatte, da hatte er recht. Es mußte bald geschehen. Marie-Louise de Nevers hatte ihm bereits mehr als einmal deutlich gemacht, sie habe das Warten allmählich satt, und wenn er Wert darauf lege, Herzog von Gonzaga zu werden, solle er sich damit beeilen.

»Während der Dreikönigsfeiern«, setzte er also hinzu, »dürfte der beste Zeitpunkt sein.«

»So viel zu den Schweden und den deutschen Kleinstaaten. Jetzt zu der anderen Angelegenheit«, sagte der Kardinal. »Colmardo, Ihr werdet für mich schreiben müssen. Ich kann meinen rechten Arm nicht mehr bewegen.«

In der letzten Zeit hatte er Le Masle nur noch diktiert, doch der getreue Michel war nicht unbeschränkt belastbar; er hatte sich zurückgezogen, um etwas zu schlafen, während Richelieu und Giulio Mazzarini alleine weiterarbeiteten. Der Kardinal blickte auf seinen straff verbundenen Arm. Geschwüre waren ihm nichts Neues, doch dieses hatte sich entschlossen, nicht mehr zu verschwinden, ganz gleich, was die Ärzte auch unternahmen. Es war nicht so wichtig, nicht so schlimm, was die Regierungsgeschäfte anging, aber er hielt es für einen persönlichen Verlust, nicht mehr schreiben zu können. Seine Gedanken auf das Papier zu bannen, die Freude am Formulieren direkt dem Fluß der Tinte anzuvertrauen, das war etwas, was ihn immer entspannt und abgelenkt hatte, ob es sich nun um philosophische Abhandlungen, Artikel für die *Gazette* oder die gelegentlichen Versuche für das Theater handelte.

Alphonse, von dem gerade wieder eine erzürnte Epistel aus Lyon eingetroffen war, würde zweifellos von einer Strafe Gottes sprechen. Doch jetzt war nicht der Zeitpunkt, um an seinen Bruder zu denken, den er mit Gewalt aus seinem Kloster herausgeholt, hintereinander zum Bischof und zum Kardinal gemacht und danach nach Rom geschickt hatte, als französischen Abgesandten an den Papst. Damals hatte Alphonse seinen ersten Zusammenbruch gehabt und sich öffentlich für Gottvater erklärt. Man hatte ihn nach Lyon zurückbringen müssen, und Richelieu konnte den Verdacht nicht loswerden, daß Alphonse es darauf angelegt hatte, selbst um den Preis des Wahnsinns willen.

Der Gedanke an Alphonse und Rom brachte ihn auf etwas anderes. »Die Bestätigung des Heiligen Stuhls ist da«, sagte er zu seinem Protegé. »Im Februar wird Euch offiziell der Kardinalshut verliehen werden.«

»Doch nicht in Rom?« fragte Giulio Mazzarini beunruhigt. »Ich würde Euch jetzt ungern allein lassen, Monseigneur.«

Es machte einen Teil von Mazzarinis Charme aus, daß er derartige Äußerungen ohne Hintergedanken tat, doch der Kardinal konnte nicht anders, er entgegnete ironisch: »Oh, macht Euch keine Sorgen, Colmardo, ich habe nicht die Absicht, zu sterben. Zumindest nicht, ehe ich beim König durchgebracht habe, daß Ihr mich als Erster Minister ersetzt.«

»Ich könnte Euch nur nachfolgen«, parierte Mazzarini, »nie ersetzen.« Und mit einem Lächeln, das dem zweischneidigen Kompliment die Schärfe nahm, fügte er hinzu: »Ich habe nicht Eure *terribilità*.«

»Sehr wahr«, antwortete der Kardinal trocken. »Aber ich habe das Gefühl, die Zeit für *terribilità* ist allmählich vorüber. Ihr habt ein Talent dafür, Frieden zu schließen, Colmardo, und zwar so, daß derjenige, für den Ihr Frieden schließt, dabei gewinnt, und genau das braucht der Staat jetzt. Obwohl es Euch schwerfallen dürfte, noch einmal etwas so Dramatisches auf die Beine zu stellen wie Euren ersten Friedensschluß.«

Giulio Mazzarini versuchte vergeblich, bescheiden dreinzuschauen. Es war eine seiner liebsten Erinnerungen, wie er als junger päpstlicher Abgesandter, direkt von seiner ersten Begegnung mit Richelieu kommend, vor den Mauern von Casale in einem halsbrecherischen Galopp zwischen die aufeinander zurückenden spanischen und französischen Truppen gepreßt war. Das lag mehr als eine Dekade zurück, aber er konnte noch immer den Wind auf seiner Haut spüren, die ersten Kanonen hören, die bereits das Feuer eröffnet hatten – das Bewußtsein, jeden Moment sterben zu können; die pure Freude, am Leben zu sein.

»*Pace, pace! Alto, alto!*«

Und die Soldaten hatten innegehalten. Der Kardinal, der sein Mienenspiel beobachtete, lachte.»Bemüht Euch nicht, Colmardo. Es war wundervoll, hochdramatisch, selbst unser Sieur Corneille hätte sich nichts Besseres einfallen lassen können, und es hat uns Mantua eingebracht.«

Sein Lachen ging in ein Husten über, kein Hüsteln, wie es bei ihm öfter vorkam, sondern ein schmerzhaftes Ringen um Luft, das ihn beinahe zerriß. Mazzarini sprang auf.

»Ihr seid krank, Monseigneur«, sagte er. Jede Heiterkeit war aus seiner Stimme verschwunden.»Ihr solltet Euch ins Bett legen. Ich werde Eure Ärzte rufen lassen.«

Der Kardinal winkte ab. Als er wieder sprechen konnte, erwiderte er:»Spart Euch die Mühe. Sie sind an meine Krankheiten gewöhnt. Nein, Colmardo, es gibt heute noch zu viel zu erledigen. Wenn ich recht mit meiner Vermutung habe, ist doch noch etwas *terribilità* nötig. Und dann…«

Er hielt inne und blickte auf die Uhr, die in einer Ecke des Raumes stand. Es war ein Wunderwerk der Feinmechanik, das nicht nur die Stunden und Minuten anzeigte, sondern auch den Tag, den Monat, das Jahr. Ein Geschenk des Königs anläßlich der Unterwerfung von La Rochelle.

»Habt Ihr daran gedacht, daß es möglicherweise nicht nur besser für Euch wäre, den Kardinalshut in Rom entgegenzunehmen, sondern auch sicherer?« fragte er Mazzarini unvermittelt.

»Ich habe daran gedacht«, sagte Giulio Mazzarini sehr ernst. »Aber ich ziehe es vor, bei Euer Eminenz zu bleiben.«

Der Kamin in dem kleinen Raum verbreitete genügend Wärme, um den Winter draußen vergessen zu machen. Als sie ein Kratzen hörte, stand Marie auf, öffnete die Tür einen Spalt und ließ die Katze der Wirtin herein.

»Das muß an Euch liegen«, sagte Paul. »Ich glaube, Ihr würdet sogar noch in der Wüste eine Katze finden, die Euch zuläuft.«

Sie spürte seinen Blick, während sie zu ihm zurückkehrte. Die Katze folgte ihr und rieb sich an ihren nackten Beinen, als Marie kurz stehenblieb, um den Mann, der halb angezogen auf der Kante des breiten Bettes saß, zu betrachten.

Es war immer noch neu für sie, sich vor einem anderen Menschen so verwundbar zu machen und ihn selbst so zu erleben. Sie hatte geglaubt, diese speziellen Erinnerungen an den Sieur de Combalet längst überwunden zu haben, aber nach jenem ersten Kuß war ihr Körper unwillkürlich erstarrt und hatte ihr nicht mehr gehorcht. Was ihr half, diesen Augenblick und spätere, ähnliche zu überwinden, war, sich ganz auf das zu konzentrieren, was sie bei Paul empfand.

Er hatte es bemerkt, natürlich bemerkte er es. »Was hat er dir getan, dein Gatte?« hatte er damals gefragt, und sie, wohl wissend, daß sie ihm damit eine weitere Waffe in die Hand gab, hatte es ihm erzählt. Und erst danach, erst, als er sie lange und zärtlich umarmte, und ihr Zeit ließ, zu sich zu finden, erst da war das Gespenst ihrer Ehe endlich verschwunden.

Was sie von Paul erfuhr, waren Bruchstücke, Splitter einer Vergangenheit, die sich zu dem fügten, was sie bereits geahnt hatte. Sie wußte noch immer nicht, was es war, das sie für ihn empfand. Manchmal, selbst in den intimsten Augenblicken, schien es ihr, als wäre das, was er von ihr wollte, Haß, nicht Liebe. Es machte ihr keine angst; es erregte sie, und *das* beunruhigte sie zutiefst.

Jetzt war keiner dieser Momente. Sie las die Katze auf und begann sie zu streicheln, während sie sich neben ihn setzte und lächelnd entgegnete: »Katzen kommen aus der Wüste. Es wird nicht weiter schwer sein, dort eine zu finden.«

Paul berührte ihr Haar. »Zumindest müssen Eure Freunde sich nie den Kopf über Geschenke zerbrechen. Ihr habt Glück, Marie, daß Ihr nicht auf dem Lande lebt ... in Loudun beispielsweise. Vielleicht würde man Euch sonst wegen Eurer Vorliebe der Hexerei anklagen.«

Es war eine der Bemerkungen, die hinter ihrer Harmlosigkeit Gift verbarg. Sie wußte genau, worauf er anspielte, obwohl es zehn Jahre zurücklag. Loudun; die drei Nonnen, die ihren Beichtvater, Urbain Grandier, beschuldigten, sie mit der Macht des Satans zu verfolgen. Es wäre vielleicht dabei geblieben, wenn die Pest nicht nach Loudun gekommen wäre. Bald war die ganze Stadt von Urbain Grandiers Schuld überzeugt gewesen und hatte bereits begonnen, nach weiteren Hexen und Hexenmeistern zu suchen, als die außerordentliche Kommission ihn schuldig sprach, sein Gesuch an den König ignorierte und noch am Tag des Schuldspruchs verbrannte. Und das alles auf Anordnung des Kardinals de Richelieu.

Sie spürte, wie Paul ihr Haar teilte und ihr über den Nacken strich. Er tat das öfter, als gäbe es für ihn keine andere Möglichkeit. Keine Verletzung ohne Zärtlichkeit, keine Zärtlichkeit ohne Verletzung.

»Katzen waren schon immer meine Lieblingstiere«, erwiderte sie und weigerte sich, auf die versteckte Aufforderung zum Streit einzugehen. Das war ihre Möglichkeit der Abwehr.

»Und in der Tat, Madame, man kann nicht ernsthaft an einer Sache zweifeln, die das Glück hat, Euch zu gefallen; das Urteil, das Ihr gefällt habt, ist das sichere Kennzeichen ihres

Wertes; und wie Ihr immer großzügig den echten Schönheiten die Wertschätzung zuteil werden laßt, die sie verdienen, so haben die Fehler nie die Macht, Euch zu entgehen«, zitierte Paul, ohne in seiner Bewegung innezuhalten. Die Stelle stammte aus dem Vorwort, mit dem Corneille ihr den *Cid* gewidmet hatte.

Sie küßte ihn und atmete den Geruch ein, der ihr immer vertrauter wurde. Die Katze maunzte protestierend und sprang auf den Boden, mit aufgestellten Ohren und peitschendem Schwanz.

»Und wie steht es mit Euren Vorlieben?« fragte sie, mit einem Mal übermütig gestimmt. »Der Dreikönigstag rückt näher, Monsieur d'Irsdmasens. Was ist es, das Ihr Euch wünscht?«

»Nur das Unmögliche, Madame. Ein Stück einer Wolke vom Himmel vielleicht.«

Sie rümpfte die Nase. »Nein, ernsthaft, was wünscht Ihr Euch?«

»Das habe ich Euch gerade gesagt. Ein Stück einer Wolke in meiner Hand.«

Einen Moment lang dachte er, sie sei verärgert, dann lachte sie. So behende wie die Katze vorhin sprang sie auf und griff nach ihrem dichten, pelzgefütterten Umhang.

»Wartet hier!«

Sie stand schon an der Tür, als sie ihre bloßen Füße bemerkte und hastig ihre Stiefel anzog. Dann rannte sie hinaus. Die Katze miaute und blickte ihn vorwurfsvoll an, ehe sie sich trollte. Die Wärme verschwand sehr schnell aus dem Zimmer, da Marie die Tür offengelassen hatte, doch er ignorierte die Kälte. Marie mit ihrer eigenartigen Mischung aus Verwundbarkeit und Stärke. Weise Marie. Weise oder weiß? Sie erinnerte ihn an die Beschreibung der Prinzessin in dem Märchen, das ihm seine

Mutter vor langer Zeit einmal erzählt hatte. Die erwünschte, die ersehnte Frau. Weiß wie Schnee. Schwarz wie Ebenholz. Rot wie Blut.

»Ich will doch nicht hoffen, daß Ihr wieder eingeschlafen seid, Monsieur.«

Er öffnete die Augen und sah sie mit geröteten Wangen triumphierend vor sich stehen. In ihren Händen hielt sie, dicht und glitzernd, Schnee.

»Hier«, sagte sie. »Ich habe Euch gebracht, was Ihr Euch wünschtet. Ein Stück einer Wolke.«

29. Kapitel

Louis langweilte sich, und er haßte es, sich zu langweilen. Das schlechte Wetter hinderte ihn an der Jagd, und die Staatsgeschäfte allein waren auf Dauer nur ermüdend, ohne das bleierne Gefühl der Langeweile wirklich zu vertreiben. Dem Ballett, das zu seinen Ehren aufgeführt wurde, gelang es auch nicht, ihn in gute Laune zu versetzen.

»Ich wünschte, ich wäre nicht hier«, sagte er heftig zu Cinq Mars.

»Wo wäret Ihr denn am liebsten, Sire?«

Die Schnelligkeit, mit der die Antwort kam, bewies, daß der König lange über diese Frage nachgedacht hatte, denn er war sonst nicht schlagfertig.

»Vor La Rochelle, damals, bei der Belagerung. Das war eine Zeit, mein Freund! Ich weiß noch, wie ich selbst mithalf, die letzten Steine zur Befestigung des großen Damms zu tragen. Die Soldaten jubelten mir zu ... damals gab es keine lästigen Empfänge, sondern nur das einfache Leben mit der Armee.«

Es war schwer, sich ein Gähnen zu verkneifen, doch Cinq Mars hatte Übung darin. Zuerst stellte er sich darauf ein, weitere endlose Reminiszenzen an die glorreiche Belagerung von La Rochelle zu hören, aber dann ließ ein Gedanke ihn jäh aufrecht sitzen. La Rochelle ... das konnte ein Ansatzpunkt sein.

»Aber, Sire«, erwiderte er und versuchte, verwundert zu

klingen, »seid Ihr nicht während der Belagerung nach Paris zurückgekehrt?«

»Nur für ein paar Wochen«, sagte Louis, und ein wenig von seiner Nostalgie verflüchtigte sich. »Wißt Ihr, daß Gaston damals die Unverschämtheit besaß, zu sagen, ich müsse mich sputen und nach La Rochelle eilen, denn der Monat Urlaub, den der Kardinal mir gewährt habe, sei abgelaufen? So ist Gaston. Ich wünschte, er wäre in Belgien geblieben, aber nein, er ist hier, und ich leider auch, und ich muß ihn zu Dreikönig auch noch empfangen. Nein, vor La Rochelle war das noch anders. Es gab ständig etwas zu tun. Zu Pfingsten fielen uns ein paar Musiker aus, und da bin ich eingesprungen und habe den Chor selbst eingeübt und während der Messe dirigiert...«

Cinq Mars beeilte sich, das Gespräch wieder in die Richtung zu lenken, die er anstrebte, ehe der König sich von neuem in angenehmen Erinnerungen vergrub.

»Sire«, fiel er ein, als Louis eine Atempause machte, »ich wünschte, ich hätte dabei sein können. Mein Vater hat mir so viel davon erzählt, von der Zeit, als der Kardinal die letzte selbständige Feste der Protestanten eroberte...«

Louis runzelte die Stirn. »La Rochelle hat sich *mir* ergeben«, verbesserte er. »Nicht dem Kardinal.«

»Und doch, Sire«, murmelte Cinq Mars, »habe ich jemanden fragen hören, ob Ihr während der Belagerung überhaupt anwesend wart. Es ist verständlich, denn man bringt nun einmal den Namen des Kardinals sofort mit La Rochelle in Verbindung, und ohne ihn...«

»Ohne ihn«, unterbrach der König, »hätte Bassompierre oder Angoulème oder ein anderer meiner Feldherren den Oberbefehl gehabt und die Stadt zur Unterwerfung gezwungen. Vielleicht sogar mein Vetter Condé, obwohl ihn das noch unerträglicher gemacht hätte, als er ohnehin schon ist. Ich habe es satt, daß man ständig alles, was der Kardinal tut und getan hat, als einzigartig hinstellt.«

Er hatte es mehr als satt. Sogar die Grußbotschaft des Papstes zum Jahreswechsel hatte mehr Zeilen an Richelieu beinhaltet als an ihn, den König. Ganz zu schweigen davon, daß Gaston ihn sarkastisch gefragt hatte, ob er sich schon einen neuen Titel für seinen Ersten Minister habe einfallen lassen, denn wenn jener überaus französische Jules Mazarin den Kardinalshut erhielte, dann könne man ja in Zukunft nicht mehr wissen, von wem bei der Bezeichnung »der Kardinal« die Rede sei.

Daß sein Favorit sich jetzt auch noch zu den Lobrednern des Kardinals gesellte, tat weh. Natürlich, Richelieu hatte ihn an den Hof gebracht, doch Louis hatte geglaubt, wenigstens bei Cinq Mars an erster Stelle zu stehen.

»Aber gewiß trägt es nur zum Ruhm Eurer Majestät bei, einen so einzigartigen Minister zu haben.«

Das brachte das Faß zum Überlaufen.

»Zum Teufel mit seiner Einzigartigkeit! Ich wünschte, es gäbe eine richtige Partei gegen ihn, wie damals gegen den Marschall von Ancre!«

Und wer bitte, dachte Cinq Mars in einer Mischung aus freudiger Erregtheit und Frustration, war der Marschall von Ancre? Fieberhaft durchstöberte er seine nicht sehr umfangreichen Kenntnisse französischer Geschichte. Wenn er Pech hatte, bezog sich Louis auf irgendeinen obskuren Würdenträger zu Zeiten der Valois, und er, Cinq Mars, konnte nicht richtig auf das Stichwort reagieren. Er warf einen hilfesuchenden Blick auf de Thou und Tréville, die in einiger Entfernung, aber immer noch in Hörweite standen, und sah, daß sie beide freudig entsetzt dreinschauten. De Thou formte ein Wort mit seinen Lippen. Endlich begriff Cinq Mars. Concini. Marschall von Ancre – das war der offizielle Titel des Günstlings der

Königinmutter gewesen. Concini, dessen Leiche vom Pöbel in Stücke gerissen worden war.

Wenn er diese Gelegenheit versäumte, dann würde es keine zweite geben. Cinq Mars holte tief Luft.

»Sire«, sagte er dann leidenschaftlich. »Eine solche Partei gibt es. Viele Männer bei Hofe wären glücklich, wenn der Kardinal das Schicksal Con... des Marschalls von Ancre teilte. Ihr müßtet nur den Befehl dazu geben.«

Für Louis brachten diese Worte eine jähe Ernüchterung. Er erkannte, daß man ihn manipuliert hatte. Also war Cinq Mars schon die ganze Zeit der Feind des Kardinals gewesen, und das offene, schöne Gesicht hatte Listen und Schliche verborgen. Man konnte ihm nicht mehr trauen.

Dennoch... Während er nach Worten suchte, um Cinq Mars kühl zu entlassen, kamen ihm andere Gedanken, Gedanken, die mit dem befreienden Ausbruch zusammenhingen, den er sich gerade geleistet hatte. Natürlich wünschte er dem Kardinal nicht wirklich das Schicksal Concinis. Aber es war demütigend, so demütigend, sich ständig bewußt zu sein, was er dem Mann alles schuldete. *Schuldete...*

»Er ist Kardinal und Priester«, sagte Louis kurz. »Man würde mich exkommunizieren.«

Cinq Mars traute seinen Ohren kaum. Kardinal und Priester? Das war alles? Mehr Einwände hatte der König nicht? Er hoffte, daß Tréville sein Stichwort erkannte, und richtig, der Hauptmann der Musketiere trat hinzu, kniete vor Louis nieder und sagte: »Sire, Rom würde sich überglücklich schätzen, dürfte es dem König in einem solchen Fall Absolution erteilen. Ich und jeder meiner Männer wären sofort bereit, uns für Euch dem Papst zu Füßen zu werfen und...«

Ja, aber nicht, es auf eigene Verantwortung zu tun. Die Ernüchterung breitete sich weiter aus. Er hätte sich nicht zu solchen Äußerungen verleiten lassen sollen. Louis unterbrach Tréville.

»Der Kardinal ist das Beste, was Frankreich geschehen konnte. Ich will nichts mehr davon hören.«

Damit wandte er sich ab, stand auf und verließ den Raum. Cinq Mars folgte ihm, nicht ohne de Thou einen triumphierenden Blick zuzuwerfen. Das war es, das mußte das königliche Einverständnis sein. Deutlicher hätte Louis es gewiß nicht formulieren können. *Nichts mehr davon hören* – gut, er würde erst wieder davon hören, wenn Richelieu tot war.

Als er sich mit seinem Ersten Minister in sein Kabinett zurückzog, um die Lage im Krieg mit Spanien zu besprechen, der mittlerweile so erfolgreich verlief, daß die Spanier wahrscheinlich noch in diesem Jahr einen Frieden zu französischen Bedingungen anbieten mußten, hatte der Aufruhr in Louis seinen Siedepunkt erreicht.

Er konnte Cinq Mars' Worte nicht aus dem Gedächtnis verbannen, und auch nicht seine eigene Antwort. *Er ist Kardinal und Priester. Man würde mich exkommunizieren.* Warum hatte er es so ausgedrückt, warum hatte er nicht einfach gesagt, derartige Vorhaben seien verbrecherisch, und Cinq Mars müsse mindestens mit der Bastille rechnen, wenn er sie weiter verfolgte?

Natürlich war es seine Pflicht, Richelieu sofort darauf aufmerksam zu machen, daß solche Pläne gegen ihn geschmiedet wurden. Wie hatte er ihm vor Jahren geschrieben, nach dem Tag der Geprellten: *Ihr könnt sicher sein, daß ich Euch immer und gegen jederman in Schutz nehmen werde.*

Er hatte bemerkt, daß es mit der Gesundheit des Kardinals nicht zum besten stand, aber eigentlich war dem immer so gewesen. Mir geht es auch nicht gut, dachte Louis. Er schaute wie so häufig über seinen Tisch hinweg auf Richelieu und sah plötzlich eine Monstrosität vor sich, die man ihm vor Jahren einmal gezeigt hatte: zwei erwachsene Männer, die an der Hüfte zusammengewachsen zur Welt gekommen waren. Damals hatte er schaudernd zu Saint-Simon, Cinq Mars' Vorgänger, gesagt, solche Mißgeburten müsse man bei der Geburt ertränken. Jetzt kam es ihm in den Sinn, daß er und der Kardinal ebenfalls eine solche Mißgeburt darstellten; aneinandergekettet, untrennbar, Tag für Tag, Jahr für Jahr, und das schon eine endlos lange Zeit.

Plötzlich schien es ihm unerträglich.

Also sagte er nichts, bis sie schließlich zu einem Ende kamen und der Kardinal Anstalten machte, sich zurückzuziehen. Dann fiel ihm ein, daß, sollte Cinq Mars sein Verbot nicht beachten – *Verbot?* wisperte eine höhnische Stimme in ihm –, es unsicher war, wie lange Richelieu noch am Leben bleiben würde. Jede Zusammenkunft konnte die letzte sein, auch diese.

»*Mon cousin*«, sagte er, was den Kardinal veranlaßte, die Papiere sinken zu lassen, die er gerade ordnete. Diese Anrede, die eine reine Ehrenbezeugung war, denn eine Verwandtschaft zwischen den du Plessis de Richelieus und den Bourbonen ließ sich beim besten Willen nicht feststellen, verwendete Louis nur in außerordentlich emotionsgeladenen Momenten.

»*Mon cousin*, ich bitte Euch, antwortet mir ehrlich. Hat es je etwas gegeben, um das Ihr mich beneidet habt, abgesehen von meinem Thron?«

Keine Schmeichelei jetzt, dachte Louis und hörte seine ungeheuerliche Frage, die wie eine Bitte klang, widerhallen, obwohl er sie geflüstert hatte. Kein höfisches Kompliment. Sprecht nur einmal, ein einziges Mal mit mir, als wäre ich nicht König und Ihr nicht … was Ihr seid.

317

Schweigen. Er nahm alles sehr genau wahr: das Wachs, das von den beinahe niedergebrannten Kerzen tropfte; die Tinte, die auf den Staatspapieren trocknete und von ihm eben mit Sand bestreut worden war; das Knarzen des alten Holzes, aus dem die Wände bestanden. Wie er den Louvre haßte! Den Louvre mit seinen Geistern vergangener Könige. Ermordeter Könige. Viel besser, in Saint-Germain zu sein oder in Versailles, oder, noch besser, in überhaupt keinem Schloß eingesperrt, sondern bei der Armee, wie damals vor La Rochelle. Wie hieß die Stadt, die seine Truppen jetzt gerade belagerten? Perpignan. Ja, er würde zu seinen Truppen nach Perpignan gehen und all das, was ihn belastete, hinter sich lassen.

»An dem Tag, als der Dauphin geboren wurde«, sagte der Kardinal endlich, »hätte ich den erleichterten Jubel von ganz Frankreich teilen sollen. Doch ich war nicht erleichtert. Das war der Tag, an dem ich Euer Majestät beneidete.«

»Ich verstehe«, sagte Louis.

Er schaute auf seine Hand, die unkontrolliert anfing, zu zittern. Ein Sohn, die Unsterblichkeit, die Kinder verliehen – warum hatte er nie daran gedacht, daß dies dem Kardinal verwehrt war? Dieses Eingeständnis der Schwäche befriedigte ihn, und gleichzeitig empfand er es als Schlag ins Gesicht. Die Fähigkeit, Kinder zu zeugen, besaß selbst der einfachste Bauer, schlimmer, sogar die Tiere besaßen sie. Es war keine Leistung, kein Talent: nur ein Umstand der Natur.

Aber was war daran neu? Er hatte immer geahnt, daß er für den Kardinal nur eine Entschuldigung war, um Frankreich regieren zu können.

Er erhob sich. Der Kardinal stand schon, aber er wartete höflich, wie es sich gebührte, darauf, daß der König vor ihm den Raum verließ.

»Geht Ihr nur als erster«, sagte Louis und ballte seine Hand zur Faust, um dieses lächerliche Zittern zu unterdrücken. »Ihr seid ohnehin der wahre König.«

Er hatte es ausgesprochen, und er würde den Kardinal zwingen, dieses eine Mal die Wahrheit über ihre Situation zuzugeben. Denn wenn er sich jetzt weigerte, als erster zu gehen, war es eine Majestätsbeleidigung, und wenn er gehorchte, ebenso.

Richelieu beobachtete ihn noch einen Moment, dann ergriff er den Kerzenhalter und nahm die Position eines Kammerdieners ein. »Nur, um Euer Majestät zu leuchten«, erwiderte er leise.

»Michel«, sagte der Kardinal, als er wieder in seinem Palais war, »schickt einen Boten zu Monsieur Mazarin und bittet ihn, sofort zu mir zu kommen.«

»Monsieur Mazarin befindet sich noch hier«, entgegnete Le Masle sofort. »Nachdem Euer Eminenz zum König aufgebrochen waren, hat er Madame la Duchesse besucht und sie gebeten, in der nächsten Zeit hier wohnen zu dürfen.«

»Ausgezeichnet. Holt ihn her.«

Vorausschauender Colmardo. Als er eintraf, der Inbegriff der Eleganz und Gesundheit, fühlte der Kardinal Irritation in sich aufflackern und erstickte sie sofort wieder.

»Giulio«, sagte er, ohne sich die Mühe einer Begrüßung zu machen, »wir müssen den Lauf der Dinge etwas beschleunigen. Wir warten nicht auf die Berichte aus Spanien; setzt Euren Teil des Plans sofort ins Werk.«

Sein Protegé nickte stumm, aber sein Gesichtsausdruck blieb fragend. Diese lebhafte Mimik; daran mußte er noch arbeiten. Oder auch nicht, bei Verhandlungen war sie ihm bisher nicht im Weg gewesen. Doch er verdiente es, die Wahrheit zu wissen.

»Heute«, sagte Richelieu, »hat mich der König etwas gefragt, das er nie ausgesprochen hätte, wenn er nicht mit meinem baldigen Tod rechnen würde.«

Seltsamerweise war es nicht Concini, an den er dachte, sondern Concinis Frau, die Milchschwester der Königinmutter, die Zwergin Leonora. Sie hatte man nicht sofort umgebracht, sondern erst ein Jahr später. Man hatte sie verbrannt, nach einem langen Prozeß, in dem man sie ständig zu dem Geständnis zwingen wollte, sie habe die Königinmutter durch Hexenkünste beeinflußt. Kleine, häßliche Leonora, ohne jedes Verständnis dafür, was es hieß, einen Staat zu lenken, in dem sie nur eine gigantische Geldtruhe sah, die sie und ihr Gemahl ausplündern konnten; aber was für ein Mut, und was für ein Ende.

»Nie habe ich andere Mächte beschworen als jene eine Gewalt, die den starken Seelen über die schwachen gegeben ist.«

»Monseigneur«, meinte Mazzarini, »ich habe bereits gesagt, daß ich Euch nicht verlassen werde. Aber wenn Ihr recht habt und der König selbst Euren Tod will, was kann Euch dann noch retten?«

Möglicherweise war es ein schlechtes Omen, aber er antwortete: »Die Gewalt, die einem starken Willen über einen schwächeren gegeben ist.«

»Dann besteht kein Anlaß zur Sorge mehr«, sagte der Italiener. Er hatte das Zitat erkannt, und es beunruhigte ihn, daß der Kardinal sich mit Leonora und Concini gleichsetzte, also versuchte er, bewußt leichtherzig zu sprechen, um den Druck, den er auf seinem Mentor lasten spürte, zu vertreiben. »Schließlich habt Ihr bereits das ganze Land durch Euren Willen verändert.«

Richelieu schüttelte den Kopf. »Nicht genug. Oh, es gibt keine protestantischen Stadtstaaten mehr, aber was den Adel angeht... Ich fürchte, es dauert noch ein oder zwei Generationen, Giulio, bis sie endgültig begriffen haben, daß sie nicht mehr selbständige Herren, sondern Diener des Königs sind. Erst wenn das erreicht ist, haben wir ein wirklich geeintes Land.«

»Wir werden es erreichen«, erwiderte Mazzarini ernst.

Der Kardinal warf ihm einen etwas spöttischen Blick zu. »Wir, in der Tat. Wißt Ihr, Colmardo, als ich in Eurem Alter war, fing ich gerade an, zu erkennen, daß ein Leben dazu nicht reicht. Meines nicht, und Eures möglicherweise auch noch nicht. Keine sehr angenehme Erkenntnis, aber sie verhilft dazu, die Eitelkeit hinunterzuschlucken und rechtzeitig nach einem Nachfolger Ausschau zu halten.«

»In weiteren zwanzig Jahren«, entgegnete Mazzarini unerschütterlich optimistisch, »wenn Ihr Euch den Achtzig nähert und ich mich den Sechzig, wird Frankreich auf so sicheren Füßen stehen, daß wir uns höchstens Sorgen um unseren Alterswohnsitz machen werden, und nicht mehr um Nachfolger. Ich werde dann vielleicht nach Italien zurückkehren, in die Sonne. Dann ist die Zeit, um nach Rom zu gehen, und Ihr solltet mich begleiten. Was meint Ihr, Monseigneur? Werdet Ihr mit mir kommen?«

Befriedigt stellte er fest, daß die Schatten aus der Miene des Kardinals verschwunden waren. Richelieu griff mit der linken Hand nach einem Dokumentenstapel und sagte mit nur einem leisen Hauch von Ironie. »So wird es sein, zweifellos. Und ich werde gerne mit Euch kommen.«

Es war erstaunlich, welche belebende Energie ihm der Kampf gegen den Tod verlieh. Als er Colmardo fortgeschickt hatte, war er noch nicht im geringsten müde, aber mit seinem unbrauchbaren Arm konnte er eine weitere schlaflose Nacht nicht auf die gewohnte Art füllen. Außerdem hatte die Begegnung mit dem König, diese erzwungenen gegenseitigen Eingeständnisse, ihre Spuren hinterlassen.

Langsam begann sich Zorn in ihm zu regen. Jahre, Jahrzehnte, um diesem Mann und seinen Erben einen innen und außen gefestigten Staat zu geben, und sie wurden beiseite gewischt von einem jungen, gutaussehenden, geistlosen Ehrgeizling.

Nein, das war eine Lüge. Er hatte es nicht für Louis getan. »Hochmut und Eitelkeit«, hatte Alphonse geschrieben. Nicht nur. Dieser Satiriker, der junge Scarron, drückte es etwas eleganter und wahrheitsgemäßer aus: »Ich zweifle nicht daran, daß der Kardinal Frankreich liebt, aber leider kann er für die Franzosen nicht ganz das gleiche Gefühl aufbringen.«

Es war etwas abstrakt, ein Land zu lieben. Der Ehrgeiz, aus diesem Haufen streitsüchtiger Fürstentümer und aufrührerischer protestantischer Städte einen einigen Staat zu formen: Reflexion seiner Eigenliebe, der Sucht, in die Geschichtsbücher einzugehen, auf Kosten der Menschen, die auf dem Weg dorthin ihr Leben verloren? Gewiß, sagte Alphonse in ihm. Sei ehrlich. Wärest du bereit, für das, was du da geformt hast, zu sterben, so wie diese Ketzer es in La Rochelle waren?

Er erinnerte sich an die Leichen, die beim Einzug des Königs immer noch nicht beerdigt worden waren und in den Gassen lagen, den Gassen einer Geisterstadt. Warum, um alles in der Welt, hatten sie sich nicht früher ergeben? Zwanzigtausend Tote, und weitere vierhundert, die starben, als die Vorräte eintrafen, weil sie zu schnell und zu hastig aßen. Märtyrer wofür?

Es waren keine Gedanken für eine einsame Meditation. Er tat, was er fast immer in solchen Fällen tat; er ging zu Marie.

Sie hatte ebenfalls noch keine Anstalten gemacht, sich für die Nacht zurückzuziehen, sondern saß mit den Katzen Rodrigue und Diègue vor dem Feuer in ihrem Salon. Ihre Beine waren hochgezogen; in dem riesigen Schaukelstuhl, den sie von ihrem Vater geerbt und bis jetzt in jedes Palais mitgeschleppt hatte, sah sie aus wie ein Kind.

Kind. Seltsam, dieses primitive Bedürfnis nach Nachkommen, dachte er, während er Maries Anblick und die besänftigende Reaktion, die sie auf ihn ausübte, auf sich einwirken ließ. Er hatte Louis die Wahrheit gesagt. Es war lächerlich und vollkommen überflüssig, denn er hinterließ etwas Besseres als einen Sohn. Aber da war es: die Sucht nach dieser Art von Unsterblichkeit. Armand, sagte die Stimme von Pater Joseph in seiner Erinnerung, Armand, Ihr wollt immer, was Ihr nicht bekommen könnt. Für eine gewisse Zeit mag es ein Antrieb sein, aber dann ist es der sicherste Weg zum Verlust der Seele.

Er setzte sich Marie gegenüber, und einer der Kater kam zu ihm. Der Kardinal achtete darauf, ihn von seinem verbundenen rechten Arm fernzuhalten, aber es war beruhigend, das kleine schnurrende Bündel Wärme zu spüren.

Sie schauten gemeinsam in die Flammen, die Maries Gesicht in unregelmäßige Schatten tauchten. Sie hatte sich verändert; er konnte den Finger nicht auf den Punkt legen, aber er wußte, daß es so war, und er wußte, daß sie schon seit einiger Zeit etwas belastete, was sie ihm verschwieg. Es verstörte ihn mehr, als er sich selbst eingestehen wollte.

»Monseigneur«, sagte sie plötzlich, ohne den Blick vom Feuer zu wenden, und er lauschte dankbar ihrer Stimme, einem warmen Mezzosopran, der ihn immer an die Sommerabende in Avignon erinnerte, »habt Ihr jemals bereut, das Urteil in Loudun beschleunigt zu haben?«

Loudun? Wie kam sie darauf? »Nein«, entgegnete er, ohne zu zögern. »Sonst wäre die Sache weiter eskaliert. Ich habe auf der Reise nach Rom in den deutschen Fürstentümern Dörfer gesehen, die durch langwierige Hexenprozesse vollständig ausgerottet worden waren.«

»Und der Mann hatte Pamphlete gegen Euch geschrieben.« Täuschte er sich, oder lag eine gewisse Schärfe in ihrem Ton? »Ja. Aber das lag Jahre zurück. Ich hätte sein Gnadengesuch auch abweisen lassen, wenn er nur Lobeshymnen auf mich verfaßt hätte.«

Rodrigue, der gelbbraune Kater, der bei ihr geblieben war, spürte anscheinend Maries innere Unruhe; er verließ sie, streckte sich und begann sich zu putzen, während sie, ohne sich zu rühren, zitierte: »*Besser, ein Mann stirbt, als das Volk.* So hat Kaiphas die Verurteilung Christi begründet.«

Als er nichts entgegnete, wandte sie sich von den Flammen ab und schaute ihn an. Ihr Blick wurde sofort besorgt.

»Was habt Ihr, Monseigneur?«

Er konnte ihr erzählen, was er Colmardo mitgeteilt hatte. Aber nein; sie neigte ebenfalls zur Schlaflosigkeit, und wenn sie es erfuhr, würde es sie belasten, ohne daß sie etwas dagegen unternehmen konnte, und er wußte selbst, wie sehr er dieses Gefühl der Ohnmacht haßte. Außerdem war da noch dieses andere, Unausgesprochene, was zwischen ihnen stand.

Andererseits war er nicht grundlos hierhergekommen, und er wollte sie nicht durch Schweigen kränken. Besser, eine halbe Wahrheit zu teilen, die ihn ohnehin genug bedrückte.

»Ich hatte heute ein … einzigartiges Gespräch mit dem König, *ma nièce*«, erwiderte der Kardinal. Sie wartete. Er musterte den Ring an seiner Hand, Symbol der Ehe mit der Kirche. Es war außerdem das Symbol des Endes der Familie du Plessis de Richelieu, zumindest in direkter Linie, denn Henri war kinderlos gestorben. Nun, die Wahl hatte immer bei ihm gelegen, nicht wahr? Niemand hatte ihn je zu seinem Schicksal gezwungen.

»Ich habe keinen Sohn.«

Es war ausgesprochen, und es traf sie schlimmer, als wenn er sie wieder ausgeschlossen hätte. »Ich verstehe«, sagte Marie, um ihre Beherrschung kämpfend, und wiederholte damit unbewußt die Reaktion des Königs. »Ich habe Euch immer als meinen Vater angesehen. Ich dachte, Ihr wüßtet das. Aber anscheinend ist es Euch nicht genug.«

Sie stand auf und verließ den Raum; es bereitete ihr Mühe, die Türflügel behutsam und nicht heftig hinter sich zu schließen. Männer und ihre unübertroffene Gabe, einen zu verletzen. Plötzlich wünschte sie, sie wäre damals wirklich zu den Karmeliterinnen gegangen. Die Sicherheit und die Abgeschiedenheit eines Klosters, ja, und vor allem weder Armand de Richelieu noch Paul d'Irsdmasens.

30. Kapitel

Cinq Mars schritt unruhig auf und ab. »Ich konnte es ihm nicht ausreden, Auguste«, sagte er zu de Thou. »Der König reist zur Belagerung nach Perpignan, und das bedeutet, der Kardinal ebenfalls.«

Sein Freund runzelte die Stirn. »Auf Reisen trifft er bestimmt verstärkte Sicherheitsvorkehrungen.«

Der Optimismus, der ihm angeboren war, begann in Cinq Mars wieder die Oberhand zu gewinnen. »Ja, aber es wird eine lange Reise werden, quer durch das ganze Land. Er wird an Orten residieren müssen, die er nicht kennt. In die beiden Fuchsbauten, die er hier hat, können wir ohnehin niemanden einschmuggeln.«

»Ich dachte, der Plan sei, ihn in Gegenwart des Königs umzubringen?«

»Ja. Was mich übrigens darauf bringt, daß ich mit unserem Schatten sprechen muß. Aber Fontrailles und ich sind übereingekommen, daß es besser ist, noch einen zweiten Mann bereitzuhalten.«

Auguste de Thou seufzte. Das alles unterschied sich sehr von dem, was er sich einmal vorgestellt hatte. Hatten Brutus und Cassius auch solche Unterredungen führen müssen, die ihnen das Gefühl gaben, nicht Befreier, sondern, nun, Mörder zu sein?

»Wieder einen Musketier?« fragte er.

»Gott bewahre. Tréville würde Feuer speien. Er hat sich seinerzeit ohnehin genug geziert, bevor er den Mann in seinem Haufen unterbrachte, obwohl er sich seither nicht mehr beschwert hat.«

»Wieviel weiß Tréville eigentlich?«

»Nur, daß wir den Kardinal erledigen wollen. Also bitte kein Wort über Spanien zu ihm.«

In dieser Hinsicht sympathisierte de Thou mit Tréville. Er war nicht blind; angesichts des Kriegsverlaufes ließ sich inzwischen nur allzu klar erkennen, warum Olivares bereit gewesen war, sich in einen Handel mit ein paar obskuren Hofleuten ohne offizielle Regierungsämter einzulassen. Die Vorstellung, sich von dem Spanier ausnutzen zu lassen, bereitete de Thou Unbehagen. Er dachte an seinen Vater, Jacques de Thou, der eine große Rolle bei der Versöhnung zwischen Henri III und Henri de Navarre, dem zukünftigen Henri IV, gespielt hatte. Und weswegen hatten sich die beiden versöhnt? Um sich gegen Spanien und die von Spanien unterstützte Liga zu verbünden.

Aber vor allem anderen war es wichtig, das Land von Richelieu zu befreien, und wenn man dazu einen Pakt mit dem Teufel eingehen mußte. Ein weiteres unangenehmes Bild. Er hatte das Puppenspiel über den deutschen Doktor oft genug auf Marktplätzen gesehen. Handel mit dem Teufel brachten es mit sich, daß man verlor; wenn nicht das Leben, dann die Seele.

»Ja, wir werden es auf der Reise tun«, schloß Cinq Mars, der inzwischen die letzten Reste seiner Beunruhigung abgelegt hatte. »Und wenn wir nach Paris zurückkehren, dann wird es mit einem neuen Ersten Minister sein!«

De Thou sagte dazu nichts. Brutus, Cassius und die anderen hatten Erfolg gehabt. Aber bisher hatte er, wenn er an seine Vorbilder dachte, nie die weitere Geschichte in Betracht gezogen. Brutus hatte Rom von Caesar befreit … nur um dann von Marcus Antonius besiegt zu werden.

»Sollten wir nicht warten, bis Fontrailles mit dem Vertrag wieder aus Spanien zurück ist?«

»Ganz bestimmt nicht«, entgegnete Cinq Mars entschlossen. »Er kann unterwegs zu uns stoßen. Vielleicht ist dann schon alles vorbei, und wir brauchen keine spanischen Truppen mehr.«

Ja, das war ein guter Gedanke. De Thou verscheuchte die schlechten Vorahnungen, schenkte Wein in zwei der teuren Kristallgläser von Marie-Louise de Nevers ein und reichte seinem Freund eines davon.

»Auf die Freiheit!« sagte er. Der Wein sah sehr rot in dem glitzernden Kristall aus; purpurn wie die Roben des Kardinals.

Maries Kopf schmerzte. Ein Streit mit ihrem Bruder François und ihrem Onkel de Brézé war nicht die beste Art, um einen Tag zu beginnen, aber es ließ sich nicht ändern. Die beiden waren, was bei ihnen ungewöhnlich war, sehr früh bei ihr erschienen, um ihre Beschwerden vorzubringen.

»… aber du mußt doch zugeben, Schwester«, sagte François, »daß es für mich eine schwere Beleidigung ist, meines Amtes als Befehlshaber der Galeeren zugunsten eines neunzehnjährigen Jungen enthoben zu werden!«

»Das betrifft mich noch stärker als Euch, Neffe«, warf Urbain de Brézé ein, »denn bei dem Jungen, der uns in unserem *gemeinsamen* Amt, wie ich betonen möchte, ersetzt, handelt es sich um meinen eigenen Sohn.«

Das genügte. Für François hätte Marie noch etwas länger Takt aufgebracht, aber sie hatte nie vergessen können, daß Urbain de Brézé bereit gewesen war, Nicole im pestverseuchten Milly im Stich zu lassen.

»Habt Ihr«, sagte sie kühl zu allen beiden, »Euch einmal gefragt, ob Eure Amtsführung etwas damit zu tun haben könnte? Ganz abgesehen davon, daß Ihr, Onkel, Euch über die Fähigkeiten freuen solltet, die Euer Sohn schon in so jungen Jahren beweist.«

»Ich habe die Spanier bei Hydrit besiegt«, protestierte François gekränkt.

Ja, dachte Marie, und dabei fast alle deine Schiffe verloren. Der Kardinal hatte nicht sehr viel für diese Art von kostspieligem Heroismus übrig. Wohingegen der junge Armand de Brézé bereits gezeigt hatte, daß er rechnen konnte.

»Weiß Gott«, sagte Urbain de Brézé, »das habe ich nicht geahnt, als ich einwilligte, den guten Namen meiner Familie mit dem Euren zu verbinden. Darf ich Euch daran erinnern, Nichte, daß die Brézés ihren Wert schon mit dem Schwert bewiesen haben, als die du Plessis noch wenig mehr als begüterte Bauern waren?«

»Nun beweist Euer Sohn seinen Wert, und Eure Tochter hat in die königliche Familie eingeheiratet«, entgegnete Marie ungerührt, »ganz abgesehen davon, daß Eure Schulden getilgt sind, zumindest diejenigen, die Ihr hattet, als Ihr meine arme Tante geheiratet habt. Ich finde also nicht, Monsieur, daß Ihr Euch über schlechte Behandlung beklagen könnt.«

Brézé schlug mit der rechten Faust auf den Tisch und brachte damit Tintenfaß und Briefbeschwerer zum Erzittern.

»Ich will mich aber beschweren! Und ich will mich direkt bei meinem Schwager, dem Kardinal, beschweren. Ich habe es satt, immer an Euch verwiesen zu werden, Madame! Und nur damit Ihr es wißt: Wenn Ihr es seid, der ich diesen Affront zu verdanken habe, dann werde ich es Euch eines Tages büßen lassen!«

Er stürmte hinaus. François ließ sich auf einen der Stühle fallen und lächelte schwach. »Wie schade, daß er Grandmère

Suzanne und ihre Lektionen in Selbstbeherrschung nicht mehr kennengelernt hat. Es tut mir leid, Marie, aber diesmal hat er sogar recht. Es *ist* ein Affront.«

»Um Himmels willen, François«, entgegnete seine Schwester überdrüssig, »ihm bleiben genug einträgliche Ämter, und dir übrigens auch.«

François de Vignerot de Pont-Courlay hatte, im Gegensatz zu Marie, das rotbraune Haar der Richelieus geerbt, glich aber ansonsten seinem Vater. Er nahm in den letzten Jahren immer mehr zu und hatte bereits ein Doppelkinn. Vielleicht fiel es ihr deswegen schwer, ihn anders denn als das unbeherrschte, schreiende Baby zu sehen, das so lange gebraucht hatte, um sprechen zu lernen.

»Ja, Ämter«, sagte er langsam. »Ist es dir eigentlich nie in den Sinn gekommen, Marie, daß ich vielleicht etwas ganz anderes will? Etwas wie Respekt? Aber Monseigneur hat uns allen schon längst klar gemacht, daß die einzige in der Familie, die er respektiert, du bist. Wir andern werden versorgt wie unmündige Kinder, und wenn wir einen Fehler machen, gibt es einen Klaps auf die Hand.«

»Das ist nicht wahr.«

»Ach nein? Wieso hast du dann Einblick in seine Finanzen, und ich nicht? Ich hätte ein Recht darauf, weißt du. Immerhin bin ich, als der Sohn seiner ältesten Schwester, der nächste Herzog.«

»Du hast niemals auch nur die Geduld für deine eigenen Finanzen aufgebracht, François, und das weißt du. Außerdem finde ich es abstoßend, jetzt schon auf dein Erbe zu spekulieren.«

»Da er den König nun einmal dazu bekommen hat, aus dem Marquisat Richelieu ein Herzogtum zu machen, muß er es doch jemandem hinterlassen, nicht wahr? Dem teuren Onkel

Brézé hinterläßt er es bestimmt nicht, und der heilige Onkel Alphonse wird es nicht wollen. Obwohl Monseigneur nach allem, was mir Margot erzählt hat, sehr wohl dazu imstande sein dürfte, es ihm aus reiner Boshaftigkeit zu vererben.«

Marie nahm einen Federhalter in die Hand und ließ ihn von Finger zu Finger gleiten. »Margot weiß genausowenig über diese Angelegenheit wie du, und nach allem, was ich heute morgen erlebt habe, ist das auch gut so.«

Der Wunsch, diesem Raum, diesem Palais und all ihren Verpflichtungen zu entkommen, erstickte sie beinahe. Aber sie unterdrückte ihn. Später, dachte sie.

»Warum spreche ich eigentlich mit dir?« fragte François bitter. »Ich könnte genausogut mit einem Spiegel Seiner Eminenz reden. Margot hat recht. Er hält sich vielleicht für den Wohltäter seiner Familie, aber in Wahrheit hat er uns alle ausgesaugt. Ein Bruder tot, ein Bruder verrückt, eine Schwester tot, eine Schwester verrückt, und seine sämtlichen Neffen und Nichten sehen ihn als Vater an, der sie nach seinem Bild formen darf. Aber er ist nicht unser Vater. Kannst du dich noch an unseren Vater erinnern, Marie? Was für Gewohnheiten er hatte, worüber er gerne sprach? Nein? Ich auch nicht. Aber du weißt alles über Seine Eminenz, und sogar ich weiß mehr über ihn als über meinen eigenen Vater.«

Der Federhalter in den Händen seiner Schwester zerbrach. »Wenn du unbedingt etwas über unseren Vater wissen willst, François, bitte. Er hat unsere Mutter allein sterben lassen, er hat sich nach Kräften bemüht, uns loszuwerden, und nachdem ich geheiratet hatte, hielt er es nicht ein einziges Mal für nötig, mich zu besuchen. Was dich angeht, so bezweifle ich, daß er sich an deinen Namen erinnern konnte.«

Das dickliche, ewig jungenhafte Gesicht ihres Bruders legte sich in Falten und wurde fahl. Scham und Reue stiegen in ihr auf; sie kam sich vor wie Condé, als er die kleine Claire Clémence ausgelacht hatte. »Es tut mir leid…«

»Schon gut«, sagte er würdevoll und erhob sich. »Ich verstehe. Du kannst stolz auf dich sein, Marie. Du bist wirklich ganz und gar eine Richelieu.«

»Nur heute«, sagte sie zu Paul, als sie ihn auf dem Pont-Marie traf, »ich werde nie wieder darum bitten, aber heute keine einzige Anspielung auf den Kardinal.« Und mit einer leichten Grimasse fügte sie hinzu: »Als Ausgleich biete ich eine Diskussion über einen atheistischen Philosophen Eurer Wahl an.«

Er lachte. »Einem solchen Angebot kann ich nicht widerstehen.« Er war nicht allein; sein jüngerer Bruder, spürbar unglücklich, begleitete ihn. »Raoul«, sagte Paul, »macht sich Sorgen um Euch, Madame. Er möchte sich persönlich vergewissern, daß Euch nichts angetan wird.«

Das, dachte Raoul niedergeschlagen, war etwas, was nur Paul fertigbrachte: Wahrheiten als Entwaffnung zu verwenden. Inzwischen hatte er sich dazu überwunden, Philippe um eine Auskunft über das zu bitten, was er als Kind immer nur in Andeutungen gehört hatte. Doch Philippe schien sich entschlossen zu haben, Vergangenes vergangen sein zu lassen, wenn ihm Paul nicht sogar direkt den Mund verboten hatte, und sein Vater, der ihm gewiß die Wahrheit erzählt hätte, war tot.

Allerdings verhielt sich Paul in der letzten Zeit wieder mehr wie der Bruder, den er in Erinnerung hatte, und seine Scherze blieben meistens ohne sinistre Untertöne. Doch Raoul konnte nicht vergessen, was Paul über die Herzogin von Aiguillon gesagt hatte. Also hatte er sich entschlossen, das Undenkbare zu wagen. Es gab Dinge, über die man mit einer Dame nicht sprach, und gewiß würde sie ihn nie mehr empfangen, aber auch Céladon, der Held aus *Astrée*, hatte die lebenslange Verbannung von seiner Schäferin in Kauf genommen, um sie zu retten.

»So ist es, Madame«, begann er, »ich...«

Er spürte Pauls sardonischen Blick, und all die Worte, die er sich zurechtgelegt hatte, flohen und ließen sich nicht mehr einholen.

»Monsieur d'Irsdmasens«, sagte Marie freundlich, »ich danke Euch, aber ich bin mir jeder Gefahr bewußt.«

»Schließlich ist es kein Geheimnis, daß in den Straßen von Paris bösartige Dinge lauern«, kommentierte Paul.

»In der Tat. Und manches ist stärker als anderes.«

Damit war Raoul so klug wie vorher. Sprach sie nun nur von Dieben und Räubern, oder wußte sie wirklich, was Paul von ihr wollte? Jedesmal, wenn er sich für eine der beiden Möglichkeiten entschied, schien ihm die andere wahrscheinlicher zu sein.

Wider Erwarten wurde es ein schöner Tag. Sie gingen in das Universitätsviertel, wo die Sorbonne dank der umfangreichen Geldmittel, die ihr der Kardinal zur Verfügung stellte, dabei war, die alten, viel zu kleinen Hörsäle durch große Neubauten zu ersetzen. Einige der Vorlesungen fanden daher im Freien statt, und sie gesellten sich eine Zeitlang einem Kreis von Studenten zu, deren Dozent über Abaelard und den Nominalismus sprach.

Danach kaufte ihnen Paul wegen der Kälte etwas Glühwein in einer Schenke, und Raoul fühlte sich nicht im mindesten ausgeschlossen, im Gegenteil, er beteiligte sich an der lebhaften Diskussion zwischen der Dame seines Herzens und seinem Bruder und stellte irgendwann überrascht fest, daß er glücklich war. In Gesellschaft zweier Menschen zu sein, die er bewunderte – was gab es Schöneres?

Der erste Schatten fiel auf sein Glück, als Paul sagte: »Ihr schuldet mir noch einen Disput, Marie.«

Der beiläufige Gebrauch ihres Vornamens ärgerte Raoul etwas, aber was ihn noch mehr verstörte, war der veränderte Tonfall. In dieser Art hatte Paul, kurz bevor sie von den Briganten überfallen wurden, gesagt: *Vielleicht können wir deiner Muse zu einem neuen Gewand verhelfen.*

Sie hatte es ebenfalls bemerkt. »Und wer ist der Philosoph Eurer Wahl?«

»Kein Philosoph, noch nicht einmal ein Atheist, Madame. Seid Ihr mit den englischen Dichtern vertraut? Man hat mich vor Jahren auf einen von ihnen aufmerksam gemacht. Seine Stücke verstoßen zwar gegen die drei Einheiten, und ich fürchte, er fände keine Gnade vor der Akademie, aber eines von ihnen schien mir trotzdem an die Griechen heranzureichen. Ihr kennt vielleicht das Märchen von dem König und seinen drei Töchtern, zwei bösen Töchtern und einer guten?«

Sie nickte. Raoul wußte nicht, wovon Paul sprach, aber er bemerkte, daß Marie de Vignerot den gesammelten, konzentrierten Eindruck einer Katze kurz vor dem Sprung machte. Es beruhigte ihn etwas; zumindest war sie nicht unvorbereitet.

»Er verliert sein Königreich, und in dem Märchen findet er schließlich seine gute Tochter, und sie kann ihm Krone und Leben retten. Aber dieser englische Dichter, zweifellos aufgrund seiner angelsächsischen Ungeschliffenheit, veränderte das. In seinem Stück gibt es kein glückliches Ende. Am Schluß hält der wahnsinnig gewordene König seine geliebte Tochter tot in den Armen, ehe er selbst stirbt.«

»Ich verstehe«, sagte sie, und an der Art, wie sie Paul ansah, erkannte Raoul, daß sie seine Gegenwart völlig vergessen hatte. »Wer tötet die Tochter?«

»Oh, ein namenloser Helfershelfer des Schurken. Aber letztendlich ist es die Schuld des Königs, denn wenn sie nicht versucht hätte, ihm zu helfen, wäre sie sicher an der Seite ihres Gemahls in Frankreich. Was mich an diesem Stück beeindruckt hat, Madame, sind die Dinge, die der Engländer seinen alten Mann sagen läßt. *As flies for wanton boys are we to the Gods, who kill us for their sport.* Ich weiß nicht, ob Ihr die englische Sprache beherrscht, Marie, aber Raoul tut es nicht. Wir sind für die Götter nicht mehr als Fliegen für Knaben, und sie töten uns zu ihrem Vergnügen. Keine sehr elegante Übersetzung, Raoul, du solltest die Sprache wirklich lernen.«

»Ich ...«

Paul ignorierte ihn und fuhr fort: »Euer kritisches Urteil über Inhalt und Philosophie dieses Stückes, Madame?«

»Eindrucksvoll«, entgegnete Marie, »aber einseitig.«

Er hatte sein Versprechen gebrochen, und damit fühlte auch sie sich nicht mehr an Rücksichtnahme auf den armen Raoul gebunden, der wie ein Kind wirkte, das sich plötzlich in einer römischen Arena zwischen den Löwen wiederfindet.

»Mir erscheint die Vorstellung von einem Gott, der die Menschen nur erschaffen hat, um sie zu quälen, primitiv, wie eines dieser Monumente in der Bretagne. Eine solche Vorstellung sagt etwas über den Geist des Menschen aus, der sie hat, nicht über seinen Schöpfer.«

Sie waren inzwischen wieder in Sichtweite der Seine angelangt, und sie wies auf den Fluß. An einigen Stellen hatte sich eine dünne Eisschicht gebildet, und die Sonne dieses Wintertages fing sich auf ihr und machte das strömende Wasser darunter zu einem unregelmäßigen Band aus Diamanten.

»Schönheit«, sagte Marie ruhig. »Es kann mir nichts nützen, es bringt mir keinen Gewinn, daß ich Entzücken fühle, wenn ich auf diesen Fluß schaue, oder Freude, wenn ich die ersten Vögel höre und weiß, daß sie wieder zurückgekehrt sind. Ein kleinlicher und grausamer Gott könnte so etwas nicht erschaffen.«

»Ihr denkt zu kurz, Madame. Was, wenn es alles eine gigantische Falle ist? Schönheit ist nur der Köder. Und Vergänglichkeit, Sterblichkeit die Gitterstäbe der Falle. Woran auch immer Ihr Euer Herz hängt, es ist dazu bestimmt, zu sterben, und damit schnappt die Falle zu. Gleichgültige Geschöpfe kann man nicht quälen. Man mußte uns erst lehren, zu empfinden, um uns zerstören zu können.«

»Uns, Monsieur?« fragte sie mit hochgezogenen Augenbrauen.

»Eine rhethorische Figur, Madame.«

»Das dachte ich mir. Nun, um wieder auf Euer Stück zu kommen...«

»Wir reden *nur* über das Stück.«

»...mir scheint, Ihr billigt Eurem Dichter einen zu engen Horizont zu. Vielleicht war die Tochter des Königs froh, für ihren Vater sterben zu können. Wie auch der Sohn Gottes und der Menschen bereit war, für uns alle zu sterben.«

»War er das, Madame? Er hat Ihn gebeten, diesen Kelch an ihm vorübergehen zu lassen.«

»Er sagte auch: Nicht mein, sondern dein Wille geschehe.«

Was für Raoul am unerwartetsten kam, war, daß Paul seine undurchdringliche Miene verloren hatte. Er schaute mit einer Mischung aus Zorn und noch etwas anderem, das Raoul nicht identifizieren konnte, auf Madame d'Aiguillon, aber es war ihr tatsächlich gelungen, ihn um seine unzugängliche Gleichgültigkeit zu bringen. Mit einer theologisch-poetischen Diskussion, dachte Raoul verdutzt. Wer hätte geahnt, daß Paul sich von Theologie so aus der Fassung bringen ließe?

»Ihr vergeßt das letzte. Soweit ich mich erinnere, rief er am Kreuz: Mein Gott, mein Gott, warum hast du mich verlassen? Da habt Ihr sie wieder, die gigantische Falle, Madame. Und ich denke, am Schluß hat Er es auch begriffen. Er wurde in die Welt geschickt, nicht um uns zu erlösen, sondern um uns vorzumachen, Gott habe Mitleid mit uns, ein Gott, der seinen eigenen Sohn nicht hörte, als er nach ihm rief.«

»Aber Gott ist auch der Sohn, Paul«, sagte sie, und Raoul fühlte die Eifersucht brennen, als sie die Hände seines Bruders ergriff und in die ihren nahm. »Wie könnte er wissen, was völlige Verzweiflung und Tod den Menschen bedeuten, wenn er sie nicht selbst erlebt hätte?«

Paul schaute sie weiter mit diesem seltsamen Ausdruck an, und plötzlich wurde Raoul klar, was das andere war, das sich zu dem Zorn gesellte. Ihn fror. Einen solchen Hunger hatte er einmal bei einem Wolf gesehen, kurz bevor dieser ein Reh anfiel.

»Ihr haltet die Erfahrung von Schmerz, Verzweiflung und Tod für wichtig?«

»Für wichtig, um menschlich zu sein.«

»Ich bin gespannt darauf, wie Ihr auf das Stück reagiert, wenn Ihr es einmal aufgeführt seht, Madame«, sagte Paul, und seine unbeteiligte Stimme stand im Gegensatz zu seiner Miene. Dann lächelte er. »Eure Hände sind kalt.«

»Deswegen habe ich sie Euch gegeben. Die Euren sind warm.«

Genug war genug. Schmerz und Verzweiflung mochten wichtig sein, doch er, Raoul, gehörte nicht zu den Menschen, die sich um das Martyrium rissen. Er verabschiedete sich und beschloß, zu der Schenke zurückzukehren, bei der Paul den Glühwein gekauft hatte. Möglicherweise hatten sie dort auch noch etwas Stärkeres.

31. Kapitel

Marie war überrascht, als der Haushofmeister zu ihr kam und wissen wollte, wer vom Personal im Palais Cardinal bleiben und wer auf die Reise mitkommen sollte.

»Welche Reise?«

Erst auf diese Weise zu erfahren, daß ihr Onkel beabsichtigte, Paris zu verlassen, machte sie wütend. Sie hatte seit der Nacht ihres Streits – ja, man mußte es wohl so nennen – nicht mehr mit ihm gesprochen, doch jetzt teilte sie dem Haushofmeister mit zusammengebissenen Zähnen mit, sie würde ihm ihre Anordnungen in der nächsten Stunde erteilen, und ging geradewegs in das Arbeitszimmer des Kardinals. Sie ignorierte Le Masles betretene Miene, mit der er sie zurückhalten wollte. Wenn sie je bereit zu einer wirklichen Auseinandersetzung mit ihrem Onkel gewesen war, dann jetzt.

Als sie eintrat, bemerkte sie sofort, daß etwas nicht stimmte. Zunächst einmal saß ihr Onkel weder hinter seinem Schreibtisch, noch stand er irgendwo, um zu diktieren. Er lag in einem Mittelding zwischen einer Sänfte und einem riesigen Bett, voll angekleidet, aber eindeutig zu krank, um es zu verlassen.

»Monseigneur«, rief sie, und ihr Zorn schwand. »Was soll das Gerede über eine Reise? Ihr seid nicht in der Verfassung, auch nur das Palais zu verlassen, geschweige denn die Stadt.«

»Meine Liebe«, entgegnete er, »ich wollte es Euch heute erzählen. Der König beabsichtigt, die Belagerung von Perpignan persönlich zu leiten. Und da sich der Sitz der Regierung, wie uns Bodin lehrt, stets beim König befindet, kann ich nicht umhin, ihn zu begleiten.«

Sie war entsetzt. Perpignan lag so weit im Süden, daß man, um es zu erreichen, durch das gesamte Land ziehen mußte. Die Straße zwischen Paris und Lyon mochte noch ausreichend befestigt sein, aber danach gab es fast nichts mehr, was einer guten Straße auch nur annähernd glich. Und selbst der Weg bis Lyon würde eine Tortur sein, schwierig für einen Gesunden, mit großer Wahrscheinlichkeit tödlich für einen Kranken.

»Ihr könnt nicht gehen«, sagte Marie, und seine Mundwinkel zuckten.

»*Ma nièce*, ich höre und gehorche, aber leider ist der König noch etwas mächtiger als Ihr.«

Sie unterdrückte die *lèse majesté*, die ihr auf der Zunge lag.

»Nun«, sagte sie mit ihrer üblichen Effizienz, »dann werde ich mit den Reisevorbereitungen beginnen. Ich hoffe nur, wir erleben nicht zu viele Frühlingsstürme. Ich reise gerne, aber ich hasse es, bei Schneeregen unterwegs zu sein.«

Ihr Onkel stützte sich in seinen Kissen auf. »Ihr werdet mich begleiten, Marie?« fragte er behutsam.

Es war gleichzeitig eine Bitte um Entschuldigung, und sie wußte es.

»Selbstverständlich«, sagte sie und antwortete damit auf das Ausgesprochene und das Unausgesprochene, »werde ich Euch begleiten, Monseigneur.«

Charlotte war gerade damit beschäftigt, die verschiedenen Kleider verschiedenen Körben zuzuteilen, als Le Val erschien und ihr mit einem herablassenden Grinsen mitteilte, ihr »Wilder« sei hier. Er schien sich damit abgefunden zu haben, daß seine Anstrengungen bei ihr erfolglos blieben, aber er konnte es nicht lassen, Matthieu herabzusetzen.

»Ich habe nur ganz kurz Zeit«, sagte sie zu Matthieu, als sie ihn in der Küche traf. »Madame begleitet Seine Eminenz, und das bedeutet sehr viel Arbeit für mich.«

»Wie lange wirst du fort sein, Charlotte Dieudonnée?«

Er hatte immer noch diese aufreizende Gewohnheit, sie ständig mit ihrem vollen Namen anzureden.

»Ich weiß es nicht. Madame sagt, so eine Reise in den Süden dauere Monate, und man wisse nicht, wie lange der König gedenke, dort zu bleiben.«

»Aber du mußt im Sommer wieder hier sein«, protestierte er, »um mit mir zu gehen.«

Es war das erste Mal, daß er eine Andeutung in dieser Richtung machte.

»Wohin?« fragte Charlotte entgeistert.

»Charlotte Dieudonnée«, erklärte Matthieu kopfschüttelnd, »habe ich dir nicht erzählt, daß ich gelobt habe, ein Jahr in Euren Steinhütten zu verbringen? Das Jahr wird im Sommer vorüber sein. Dann kehre ich zu meinem Stamm zurück, und mein Weib wird mich begleiten.«

Sie war einiges von Männern gewöhnt, aber das übertraf alles.

»Matthieu«, antwortete Charlotte, »ich habe lange gebraucht, um in diesem Haushalt eine Stellung und Sicherheit zu finden. Wenn du glaubst, daß ich das alles aufgebe, um dir in irgendwelche Wälder zu Leuten zu folgen, die noch nicht einmal anständig Französisch können, dann irrst du dich. Außerdem hast du mich noch nicht einmal gefragt, ob ich dich überhaupt heiraten will.«

»Ich habe Pater Columban gefragt. Er wird uns trauen«, stellte er fest.

Charlotte wußte nicht, ob sie ihm eine Ohrfeige geben sollte oder... Es war natürlich undenkbar, aber irgendwo rührte es sie. Einmal abgesehen davon, daß sie noch niemand je um ihre Hand gebeten hatte, würde sie Matthieu vermissen. Sie würde einsam ohne ihn sein. Verwünscht seien die Männer, wenn sie einem ans Herz wuchsen.

Inzwischen sprach Matthieu weiter, sagte etwas von den Söhnen, die sie ihm schenken würde, und ihre Rührung endete mit einem Schlag.

»Wenn es das ist, was du willst, brauchst du mich nicht zu heiraten«, unterbrach sie ihn. »Ich kann keine Kinder mehr bekommen.«

Die Engelmacherin mit ihren bitter schmeckenden Getränken und den groben Händen hatte es ihr gesagt. Damals hatte Charlotte in ihrem Unglück nur gedacht: Gut, dann brauche ich das nicht noch einmal durchzumachen. Aber jetzt tat es weh, besonders, als sie Matthieus Bestürzung sah.

»Ich habe zu tun«, sagte sie brüsk und rannte davon. In ihren Augen brannten Tränen. Töricht, töricht, über etwas zu weinen, das ihr längst klar und ohnehin nicht wünschenswert war.

»Also«, sagte Cinq Mars, »es ist offensichtlich, daß es auf der Reise geschehen muß.«

»Vollkommen, Monsieur le Grand.«

War der Mann sarkastisch? Möglich. Er wünschte, es wäre nicht nötig gewesen, sich ausgerechnet mit diesem Individuum abzugeben. Nun, es würde nicht mehr lange dauern.

»Wann«, fragte er unbehaglich, »wollt Ihr es tun? Schließlich muß ich Tréville mitteilen, wann er Euch für die Wache beim König einteilen soll«, fügte er hastig hinzu.

Jetzt war es ganz gewiß Sarkasmus, mit dem ihm geantwortet wurde. »Ihr werdet nichts dergleichen tun. Monsieur de

Tréville, Gott schütze ihn, ist nicht eben der Selbstbeherrschteste, und wenn er weiß, zu welchem Zweck er mich einteilen soll, dann merkt es mit Sicherheit auch der Kardinal. Überlaßt es dem Zufall.«

»Zufall? Aber…«

»Oder habt Ihr einen anderen Grund, warum Ihr das Datum unbedingt wissen müßt?«

Den hatte er allerdings, aber das ging diesen Unverschämten, für den das Vierteilen noch zu gut sein würde, nichts an. Was für eine Last, sich mit derartigen Kreaturen abgeben zu müssen.

Der Mann lachte leise. »Keine Sorge, Monsieur le Grand. Wenn es soweit ist, werdet Ihr es schon merken.«

Ihr auch, dachte Cinq Mars zähneknirschend, Ihr auch. Glaubt nicht, daß ich auch nur das Geringste vergessen habe. Er erinnerte sich an die Demütigung im Louvre, als habe sie sich gestern ereignet. Das brachte ihn zu der Überlegung, was mit der Hexe von Herzogin geschehen sollte, die es gewagt hatte, ihn abzuweisen.

Als erstes würde sie selbstverständlich Titel und Domänen verlieren. Es war ohnehin ein Skandal, daß eine Frau Herzogin aus eigenem Recht war, während andere, verdiente Männer wie er, immer noch zum niederen Adel zählten. Sollte man sie verbannen? Das war eigentlich noch zu wenig. Besser, mit ihr so umzugehen, wie mit der häßlichen kleinen Zwergin umgegangen worden war, der Concini seine Bekanntschaft mit der Königinmutter zu verdanken gehabt hatte. Jawohl, Madame, und wenn Ihr erst wegen Hexerei vor Gericht steht, wird sich zeigen, wie stolz Ihr noch seid. Ich werde Euch einen Besuch in Eurer Zelle abstatten, und dann werden wir sehen.

32. Kapitel

Der neue Kardinal saß in dem Stuhl, den ihm die Herzogin von Aiguillon fürsorglich bereitgestellt hatte, und wurde erbarmungslos geneckt.

»Wollt Ihr vielleicht noch einen Schemel für Eure Füße, Monsieur le Cardinal?« fragte Marie ehrerbietig. »Soviel Würde beschwert doch.«

»In der Tat, er sieht schon ganz gebeugt aus«, fiel ihr Onkel ein. »Nichte, laßt ihm einen Stock bringen. Aber sorgt bitte dafür, daß er aus Ebenholz besteht und sein Knauf diamantenbesetzt ist, sonst nimmt er ihn nicht.«

»Und eine perlenbesetzte Hutschachtel, um die entsetzliche Last darin unterzubringen«, sagte sie, »das hätte ich beinahe vergessen.«

Das Objekt ihrer Hänseleien hob hilfesuchend die Hände. »Monseigneur, Madame, ich bitte um Gnade! Zeigt doch etwas christliche Nächstenliebe mit einem armen Diener Gottes.«

»Ab mit Euch nach Lyon, Colmardo«, erwiderte Richelieu. »Wir sind ohnehin in der Nähe, also könnt Ihr Euch eine von Alphonses Predigten über Armut anhören.«

Seine Eminenz Kardinal Jules Mazarin zog eine Grimasse. »Ihr seid und bleibt mein einziges Vorbild, Monseigneur, auch in diesem Bereich.«

Er bemerkte den dankbaren Blick, den Marie ihm zuwarf, als sie lachte. Sie hatten beide die ganze Reise lang daran gearbeitet, Richelieu so gut es ging von den Strapazen und den Beschwerden seiner immer rascher verfallenden Gesundheit abzulenken. Jetzt saßen sie in dem Empfangsraum, den Marie in dem Landhaus, wo man Quartier bezogen hatte, improvisiert hatte, und feierten die offizielle Übergabe des Kardinalshuts. Sein Mentor schien bester Laune zu sein; er hatte ein Mahl aus römisch-sizilianischen Gerichten angeordnet, um Mazarin, der sich gelegentlich etwas ketzerisch über die französische Küche äußerte, eine Freude zu machen, und wandte sich nun seiner Nichte zu.

»Aber unser frischgebackener Kardinal ist nicht der einzige, der strahlt, *ma nièce*. Ihr scheint den Frühling trotz des schlechten Wetters ebenfalls schon zu spüren, nicht wahr, Colmardo?«

»Ich bin die Niedergeschlagenheit in Person«, protestierte sie.

»Im Gegenteil, Madame. Eminentissime hat recht, es läßt sich nicht leugnen: Ihr strahlt.«

»Wir sollten sie jedes Jahr auf die Landstraßen schicken«, bemerkte Richelieu.

»Ah, ich verstehe«, sagte Marie. »Ihr wollt Euch rächen, Colmardo.«

»Rachegefühle sind mir verboten, Madame. Es ist eine Tatsache, daß Euch die Reise bekommt. Man könnte schier meinen, Ihr wärt verliebt.«

»Fragt mich das noch einmal, wenn ich Euch beim Primero geschlagen und damit mein Glück im Spiel bewiesen habe«, erwiderte sie leichthin, aber Mazarin, der sie kannte, hatte eine winzige verräterische Reaktion bemerkt. Grundgütiger, dachte er. Wer ist der Glückliche?

Er selbst hatte sich immer vor derartigen Empfindungen gehütet. Er verliebte sich leicht und ohne Gewissensbisse, denn erstens hatte er zwar Ehelosigkeit, aber keine Keuschheit geloben müssen, und zweitens war es ohnehin seine Familie und nicht er selbst gewesen, die diesen speziellen Weg für ihn gewählt hatte. Aber Marie de Vignerot war nicht nur die Nichte seines Gönners, sondern auch eine Frau, die man nicht so schnell vergessen würde können. Also machte er ihr nur insoweit den Hof, wie er es unwillkürlich bei jeder Frau tat, und im Laufe seiner Jahre in Frankreich hatte sich eine tiefe Freundschaft zwischen ihnen entwickelt. Er spürte jetzt, daß sie das Thema wechseln wollte, und akzeptierte ihre Aufforderung. Während sie den Raum verließ, um die Karten zu holen, blickte Richelieu ihr nach.

Dann sagte er: »Es tut mir leid, Colmardo, aber Ihr müßt Euch noch einmal in Giulio Mazzarini zurückverwandeln und einen weiteren dramatischen Ritt für mich auf Euch nehmen. Heute ist der Brief der Königin eingetroffen, auf den ich gewartet habe.«

Jede Zerstreutheit verschwand schlagartig aus Mazarins Gedanken. »Der König hat...«

»Monsieur le Grand«, sagte der Kardinal, »ist nicht der einzige, der weiß, wie man den Unwillen des Königs gegen bestimmte Personen erregt. In diesem Fall war es eine der leichteren Übungen. Es scheint, das letzte Jahr trägt Früchte, Colmardo. Die Königin bittet um meine Hilfe, also seid ein Kavalier, eilt zu ihr und sorgt dafür, daß sie diese Hilfe bekommt.«

Zu den vielen Nachteilen, wenn man mit dem Hof reiste, zählte, daß es so gut wie unmöglich war, allein zu sein. Ständig liefen ihr entweder zu unterwürfige Anhänger ihres Onkels wie Chavigny oder Höflinge wie Cinq Mars über den Weg, und Marie sehnte sich schon aus diesem Grund nach Paris zurück. Oder, noch besser, nach Rueil. Sie hatte gerade erfolgreich eine weitere Begegnung mit Cinq Mars vermieden und widerstand siegreich der Versuchung, erleichtert aufzuseufzen, als sie Charlotte dabei entdeckte, wie sie sich mit dem Handrücken über die Augen fuhr.

Marie hatte sich mittlerweile so an Charlottes trockene, unsentimentale Wesensart gewöhnt, daß ihre erste Reaktion pures Erstaunen war. Dann besann sie sich. Früher hätte sie es für das Beste gehalten, taktvoll über Charlottes ungewöhnliches Verhalten hinwegzugehen, aber was ihr selbst in den letzten Monaten geschehen war, mußte sie wohl verändert haben.

»Charlotte«, sagte sie behutsam.

Charlotte schrak zusammen und richtete sich steif auf. »Madame, das Bad ist fertig«, sagte sie schnell.

»Ich weiß. Laß es kalt werden. Hast du Kummer?«

Kaum war es ausgesprochen, hätte sie sich auf die Lippen beißen mögen. Törichte Frage; daß sie Kummer hatte, war offensichtlich. Doch Marie war nicht daran gewöhnt, ein Gespräch dieser Art mit einer Frau zu beginnen. Margot pflegte ihre Probleme in der Regel entweder wie eine Anklage oder wie ein Triumphlied vorzutragen, und das Verhältnis zu den übrigen Cousinen und Nichten war nicht eng genug, um eine solche Vertraulichkeit zu rechtfertigen.

Charlottes Miene war beinahe feindselig, als sie entgegnete: »Nein, Madame.«

Marie entschloß sich, die Sache anders anzugehen. »Seltsam«, sagte sie und ging an das Fenster, »man spürt beinahe, wie der Frühling sich bemüht, in die letzten Festungen des Winters einzudringen, besonders hier im Süden. Der Frühling setzt einem manchmal merkwürdige Gedanken in den Kopf, und es kann schmerzhaft sein, ihnen zu folgen.«

»Verzeihung, Madame, aber davon weiß ich nichts«, gab Charlotte zurück. »Das ist wieder poetisches Gerede.«

Sie war müde und wünschte sich nur, ins Bett gehen zu können. Dann bemerkte sie, daß sie schon wieder dabei war, sich auf eine echte Unterhaltung mit Madame einzulassen. *Wie macht Ihr das?* dachte sie und gab sich Mühe, sich an ihrer mürrischen Haltung festzuklammern. Madame schien nicht beleidigt zu sein; ihre Mundwinkel zuckten.

»Charlotte die Ameise«, erwiderte sie. »Aber sag mir, Charlotte, wenn du sehr glücklich oder sehr unglücklich bist, spürst du dann nicht manchmal das Bedürfnis, zu singen?«

»Manchmal«, gestand Charlotte ein und gab ihren Widerstand auf. Wie es aussah, würde sie sich ohnehin erst ausruhen können, wenn sie das Gespräch mit Madame hinter sich hatte... Und die Idee, mit irgend jemandem über das, was sie plagte, zu reden, war verlockend.

»In der letzten Zeit bin ich eher unglücklich als glücklich.«

Madame entgegnete nichts. Sie ging zu dem kleinen Frisiertisch und begann, die Nadeln und Kämme aus ihrem Haar zu ziehen. Charlotte gesellte sich zu ihr, nahm einen der Kämme an sich, und ihre Augen trafen sich in dem Spiegel.

»Matthieu hat mich gefragt, ob ich ihn heiraten will«, platzte Charlotte heraus.

Ihre Herrin neigte den Kopf.

»Ich dachte zuerst, ich will nicht nach Neufrankreich, aber das ist es nicht. Matthieu hat mir von der Siedlung erzählt. Es gibt eine kleine Kirche dort, und ich stelle es mir schön vor, in einem Wald zu wohnen. Aber er möchte Kinder, und ich... ich kann keine bekommen.«

Es war heraus. Was soll's, dachte Charlotte, das mit Enghien weiß sie, und den Rest hat sie sich ohnehin zusammenreimen können.

»Liebst du ihn?«

Liebte sie Matthieu? »Ich werde ihn schrecklich vermissen«, sagte Charlotte, »und jedesmal, wenn ich einen Vogel sehe, muß ich an die merkwürdigen Sachen denken, die er immer erzählt. Außerdem, wenn jemand einem weh tun kann, dann ist es wohl Liebe, oder?«

»Vermutlich«, antwortete Marie und starrte auf die Haarnadel, die sie gerade niederlegen wollte. »Aber wenn er dich wirklich liebt, dann wird ihm das wichtiger sein als Kinder, und er kehrt zu dir zurück.«

»Aus Neufrankreich?« fragte Charlotte skeptisch. »Außerdem will jeder Mann Kinder. Das ist der Sinn der Ehe. Es wäre dumm, etwas anderes zu erwarten, Madame.«

Erwarten, warten … der Wunsch in Marie verfestigte sich. »Vielleicht ist es das Warten, das dumm ist, Charlotte. Warten, statt selbst etwas zu unternehmen, meine ich.«

Charlotte sah zuerst aus, als wolle sie widersprechen, dann runzelte sie die Stirn, dachte darüber nach und nickte langsam.

»Charlotte«, sagte Marie, »ich mache dir einen Vorschlag. Geh du in das Bad. Wir hatten einen solchen Ärger mit dem Transport der Wanne, da wäre es eine Schande, sie nicht zu nutzen. Und leih mir inzwischen deine Kleider.«

Charlotte, Gott segne sie, schien zu verstehen. Sie stellte keine Fragen. »Ja, Madame«, sagte sie, und dann sah Marie sie zum erstenmal, seit sie das Mädchen eingestellt hatte, schwach lächeln.

Es war aufschlußreich, wie wenig Beachtung selbst in dem zusammengedrängten Hof einer Zofe zuteil wurde. Marie gelangte ohne weitere Schwierigkeiten in den Garten des Landhauses, wo sich um diese Zeit niemand mehr befand. Sie lehnte sich gegen eine Birke und schaute zu den Sternen empor.

Zumindest schien das schlechte Wetter vorbei zu sein; man konnte sie klar erkennen. Sie versuchte, die einzelnen Sternbilder auszumachen, und erinnerte sich daran, wie sie und Margot die Geschichten gelernt hatten, welche die Griechen um diese Sterne spannen. Andromeda, die erste von vielen Prinzessinnen, die einem Ungeheuer geopfert werden sollte, aber rechtzeitig von ihrem Ritter befreit wurde...

Sie wußte, daß er es war, als sie ihn hörte, noch ehe sie ihn sah. Sie wußte es, weil sie in dieser Nacht nach ihm gerufen hatte, mit einer Stimme, die so alt war wie die Erde unter ihren Füßen.

»Ihr seid zu mir gekommen«, sagte sie mit geschlossenen Augen. »Ihr wißt, was das bedeutet.«

Und er antwortete, wie sie es getan hatte: »Ich weiß, was Ihr glaubt, daß es bedeutet.«

Später gab er ihr seinen Umhang. »Es ist noch immer sehr kühl in der Nacht«, sagte er.

Sie mußte lachen. »Du hast das schon einmal getan, erinnerst du dich? Wie viele Mäntel für Damen in Not hast du eigentlich?«

»Es werden täglich weniger. Aber ganz im Ernst, so eine Nacht kann gefährlich sein.«

Sie schüttelte den Kopf. »Nicht diese Nacht.« Eine Sternschnuppe fiel vom Himmel. »Siehst du? Heute nacht sind wir außerhalb der Zeit.«

Und warum nicht, eine Nacht, eine einzige Nacht. Sie würde bald genug zu Ende sein, dachte Paul. Er stand auf. »Warte hier.«

Hier im Süden hatten die Kamelien und Magnolien bereits angefangen zu blühen. Als er zurückkehrte, leuchteten die Zweige, die er in den Armen hielt, weiß im Mondschein.

»Keine Wolken heute nacht«, sagte er zu ihr, »aber ich habe dir ein Stück Erde mitgebracht.«

Als der Horizont heller zu werden begann, löste sie seinen Mantel von ihren Schultern. »Ich muß zurück.«

»Ihr behaltet ihn besser, Marie, Ihr friert so leicht.«

»Und Ihr scheint ein unerschütterliches Vertrauen in Eure Gesundheit zu haben.«

»Vertrauen … jeder Art ist etwas, das ich vor langer Zeit verlernt habe, Madame.«

Sie zog den Umhang enger um sich. »Es läßt sich wieder erlernen.«

»Gesprochen von einer wahren Meisterin des Vertrauens. Sagt mir, habt Ihr Eurem Onkel schon von unserer Bekanntschaft erzählt?«

Sie wich seinem Blick nicht aus. »Nein. Wünscht Ihr denn, daß ich ihm von Euch erzähle?«

Die Zeit hatte sie wieder eingeholt. »Noch nicht.«

33. KAPITEL

Fontrailles hatte diesmal die ganze Zeit über das Gefühl nicht loswerden können, beobachtet zu werden. Er hätte eigentlich Erleichterung empfinden müssen, als er die Pyrenäen nun endlich mit einem von beiden Seiten unterzeichneten, fertigen Vertrag im Gepäck in Richtung Frankreich überquerte, aber sein Instinkt sagte ihm, daß die Zeit für Erleichterung noch nicht gekommen war. Inzwischen hatte er gehört, daß der König sich auf dem Weg nach Perpignan befand und in Narbonne angekommen war, also wandte er sich ebenfalls in diese Richtung.

Was er in den Schenken und auf den Straßen hörte, vertiefte seine Beunruhigung, aber nicht, weil er ständig Blicke im Rükken zu spüren vermeinte. Anscheinend standen die Spanier kurz davor, sich aus Perpignan zurückzuziehen. Noch dazu war die kaiserliche Armee von den Franzosen bei Kempen am Oberrhein geschlagen worden, alles Dinge, die ihm Olivares, verflucht sollte er sein, natürlich nicht mitgeteilt hatte.

So, wie es aussah, würde der König alles andere als dankbar für einen Friedensschluß seines Favoriten sein, der ihn verpflichtete, dem nahezu besiegten Haus Österreich beinahe sämtliche errungenen Festungen und Gebiete wieder zu überlassen. Dankbar? Cinq Mars würde Glück haben, wenn ihn Louis am Leben ließ. Es konnte sogar sein, daß der König in aufrichtige Trauer über den dann gerade erst dahingeschiedenen Kardinal verfiel und das sämtliche Personen, die schuld an dessen Tod waren, spüren ließ.

Je mehr sich Fontrailles Narbonne näherte, desto sicherer wurde er sich seiner Sache. Der spanische Vertrag, den er ausgehandelt hatte, war ein Desaster, ganz gleich, wie die Sache mit dem Kardinal ausging. Er grübelte und grübelte und zerbrach sich den Kopf nach einer Lösung. Endlich fand er sie.

Es war ganz einfach, wie bei Gaston. Bisher wußte der König nichts von einem Pakt mit den Spaniern. Wieso sollte er je davon erfahren? Wenn er, Fontrailles, den Vertrag jetzt vernichtete, wer konnte dann beweisen, daß er je existiert hatte? Olivares bestimmt nicht. Ganz gleich, wie es um Entwürfe aussah – das einzige unterschriebene Exemplar hielt Fontrailles in seinen Händen. Ja, das war es. Man mußte den Vertrag zerstören. Es galt nur noch, Cinq Mars, de Thou und Bouillon davon zu überzeugen, daß es einen derartigen Vertrag nie gegeben hatte. Was Monsieur und die Königin anging, sie würden mit Sicherheit schweigen, schon aus eigenem Interesse. Fontrailles Laune besserte sich mit einem Schlag, und für den Rest des Wegs nach Narbonne ignorierte er das ständige Ziehen in seinem Rücken.

Es war, dachte die Königin, eigenartig, wie sehr sie sich im Verlauf des letzten Jahres an die Besuche dieses Protegés ihres alten Feindes gewöhnt hatte. Sie hatte ihn sogar vermißt, als er Paris mit dem Kardinal verlassen hatte. Doch was sie jetzt bewegte, als er auf sie zutrat, war nicht die unausgesprochene Anziehungskraft, die er auf sie ausübte, sondern pure Erleichterung. Der König hatte wieder gedroht, ihr die Kinder wegzunehmen, und sie hatte ihren Stolz überwunden und abermals an den Mann geschrieben, der sie schon einmal unterstützt hatte. Hier war seine Antwort.

»Wird Monseigneur le Cardinal mir helfen?« fragte sie Mazarin, sofort nach der Begrüßung.

»Er hat Euch schon geholfen, Madame. Der König ist bereits wieder umgestimmt. Aber Seine Eminenz bittet um eine kleine Gegenleistung.«

Ihr Gesicht verschloß sich. »Das hätte ich mir denken können. Er tut nichts umsonst, nicht wahr?«

»Er war all die Jahre Euer Freund, ohne dafür die Freundschaft Euer Majestät zu erhalten«, erwiderte Mazarin ernst.

Die Königin, die sich mit ihm in die Gärten von Luxembourg zurückgezogen hatte, schlug heftig ihren Fächer auf.

»Mein Freund? Er hat mich bespitzeln lassen, er hat meine treuen Diener in die Verbannung geschickt und...«, aber das andere, das konnte sie nicht aussprechen, »... er hat mir Unrecht getan«, schloß sie deshalb.

»Madame«, entgegnete Mazarin, nahm mit der größten Selbstverständlichkeit ihren Arm und führte sie, die stehengeblieben war, weiter, »gestattet mir, offen zu sein.«

»Bitte.«

»Der König liebt Euch nicht, wie Ihr wißt. Und, Madame, Ihr habt ihm über die Jahre hinweg mehr als genug Vorwände geliefert, um den Heiligen Stuhl um eine Annullierung Eurer Ehe zu ersuchen. Ich war lange genug in päpstlichen Diensten; glaubt mir, er hätte sie bekommen. Eine Ehefrau, die sich gegen ihren Gatten verschwört und noch dazu für den Fall seines Todes seinem Bruder ihre Hand verspricht, eine Königin von Frankreich, die keinen Erben zur Welt bringt, aber mit dem Oberhaupt eines Landes korrespondiert, mit dem sich Frankreich im Krieg befindet – es wäre eine Kleinigkeit gewesen. Und wenn er Euch, statt Euch nach Spanien zurückzuschikken, für den Rest Eures Lebens in ein Kloster gesperrt hätte, der Papst hätte Euch nicht helfen wollen, und Euer Bruder hätte Euch nicht helfen können. Was meint Ihr, wer Euch vor diesem Schicksal bewahrt hat? Blickt in Euer Herz, Madame. Seid Ihr wirklich davon überzeugt, daß Seine Eminenz Euch *haßt?*«

Mit dem letzten Satz hatte er sich sehr weit vor gewagt. Richelieu hatte nie mit ihm über seine Empfindungen in bezug auf die Königin gesprochen, und was die Königin anging, so mußte er sich auf Klatsch, Spekulationen und seine eigenen Beobachtungen in den letzten vierzehn Monaten verlassen. Aber er hatte immer das Spiel geliebt.

Sie schwieg eine Weile, doch sie zog ihren Arm nicht zurück. Der Frühling zeigte den Park von Luxembourg von seiner angenehmsten Seite. Der Duft der Bäume in ihrer Blüte war fast betäubend.

»Wie dem auch sei«, sagte Anne schließlich, »es ist zuviel geschehen, um … Wenn ich Euch richtig verstehe, dann habt Ihr eine ganz bestimmte Gegenleistung im Sinn. Ich bitte Euch, seid weiter offen.«

»Madame, laßt mich eine Hypothese aufstellen. Angenommen, einige Edelleute fassen den Plan, den Ersten Minister eines Königreichs umzubringen, angenommen, sie verbünden sich mit einer anderen Nation, in deren Interesse eine solche Tat ebenfalls wäre, und angenommen, die Königin dieses Reiches ist für ihre Feindschaft mit dem Ersten Minister bekannt, wäre es da nicht naheliegend, daß die Edelleute sich mit der Bitte um Unterstützung an sie wenden?«

»Sehr naheliegend.«

»Angenommen, es gelingt ihnen sogar, das stillschweigende Einverständnis des Königs für ihren Plan zu gewinnen. Dann bliebe dem Ersten Minister nur noch eine Möglichkeit, Leben und Stellung zu behalten. Er müßte das Komplott aufdecken, und zwar so öffentlich und unwiderlegbar, daß dem König nichts anderes übrig bliebe, als sich von den Verschwörern loszusagen und sie zu bestrafen. Dazu allerdings bräuchte der Erste Minister einen eindeutigen Beweis, nicht nur der Verschwörung gegen seine Person, sondern des Landesverrats.« Anne verbarg ihr Gesicht hinter dem Fächer, während sie kühl sagte:»In der Tat. Lassen wir die Umschreibungen. Warum sollte ausgerechnet ich ihm diesen Beweis liefern und ihm das Leben retten? Selbst wenn man von der Vergangenheit absieht, und wenn Ihr recht habt – wohlgemerkt, ich sage nicht, daß es so ist –, warum sollte ich mich selbst in Gefahr bringen, indem ich meine eigene Beteiligung an einem solchen Komplott zugebe? Der König kann unsere Ehe jetzt zwar nicht mehr annullieren lassen, aber das Kloster ist immer noch eine Möglichkeit. Es war schwer genug, die Sicherheit zu erringen, die ich jetzt habe. Warum sollte ich das riskieren, um das Leben dieses Mannes zu retten?«

»Weil Ihr Königin dieses Landes seid, Madame.«

»Richelieu ist nicht Frankreich!«

»Nein«, entgegnete Mazarin,»aber solange er lebt, gibt es niemanden, der Frankreich besser regieren kann, und das wißt Ihr.«

Sie ließ den Fächer sinken. Er dachte mit einem Mal überrascht: Wie jung sie noch aussieht! All die Jahre an der Seite eines Mannes, der sie offen verabscheut, und sie hat immer noch dieses Stück ungenützte Jugend und Unschuld bewahrt. In diesem Moment war er sich sicher, daß Buckingham niemals ihr Geliebter gewesen war. Aber was für eine Hölle, dachte Mazarin, und sah die Frau neben sich ihm erstmals getrennt von der Königin, muß dieses Leben für sie gewesen sein.

»Frankreich«, wiederholte sie und preßte die Lippen zusammen. »Ich bin keine Französin, *Monsignore*, und Ihr, Ihr seid nicht französischer, als ich es bin. Und wenn Ihr hier für den

Rest Eures Lebens bleibt, wie ich es tun muß, glaubt mir, die Leute werden es Euch niemals vergessen lassen.«

Mazarin lächelte. »Madame«, sagte er, »manchmal kann man Dinge wählen, die einem sonst bestimmt werden. Ich habe dieses Land für mich gewählt, und ich denke, Ihr habt es auch, denn Euer Sohn wird es eines Tages beherrschen.«

»Ja.«

Wieder schwiegen sie, aber ihre Schritte befanden sich mittlerweile in vollkommenem Einklang miteinander.

»Mazarin«, sagte die Königin unvermittelt, »warum tut Ihr das für ihn? Was ist er für Euch?«

Der Italiener entgegnete leise: »Manchmal, Madame, begegnet man Menschen, die das Schicksal für einen darstellen, und man weiß es. Ich hatte das Glück, nicht nur eine, sondern zwei solcher Begegnungen zu haben. Die eine fand statt, als man mich nach Lyon schickte, um mit dem Ersten Minister von Frankreich zu verhandeln. Die andere, als mich dieser Erste Minister der Königin seines Landes vorstellte.«

Sie blieben stehen. Anne sah ihn an. Schneidende Worte der empörten Zurückweisung lagen ihr auf der Zunge, aber dort blieben sie auch. Sie erinnerte sich an einen anderen Spaziergang mit einem anderen Kardinal und an ihre jugendliche Entrüstung damals.

Wie kann er es wagen! Die Kreatur dieser vulgären Frau, ein Priester, ein Emporkömmling ...

Es war undenkbar gewesen. Aber jetzt hatte das Rad des Schicksals seine Umdrehung vollendet; noch einmal stand sie am Anfang, und, nicht wissend, ob zu Mazarin oder zu Richelieu, hörte sie sich sagen: »Ich verstehe.«

Er küßte ihre Hand. Damit war der seltsame Augenblick beendet; er fiel in die Rolle des aufmerksamen Höflings zurück, und sie nahmen ihren Spaziergang wieder auf.

»Wenn Ihr Seine Eminenz, den Ersten Minister, wiederseht«, sagte die Königin, »dann könnt Ihr ihm die Kopie eines Vertrages aushändigen, der ihn interessieren wird.«

Für Paul hatte es nicht nur Vorteile, Musketier zu sein. Es war jetzt immens wichtig, alle Teilnehmer des Spiels im Auge zu behalten, und seine Dienstverpflichtungen machten das zumindest für gewisse Zeitspannen unmöglich. Zum Glück, dachte er, während er mit der Übung langer Jahre sein Äußeres veränderte, ohne einen Spiegel in Anspruch nehmen zu müssen, war es nie sehr schwer, Cinq Mars aufzuspüren. Monsieur le Grands Vorstellungen von Diskretion bestanden darin, seinen Dienern nicht mitzuteilen, wohin er ging, und seine höfische Pracht unter einem schlichten Umhang zu verbergen.

Fontrailles stellte da schon eine größere Herausforderung dar, doch er würde nicht derjenige sein, der die endgültigen Befehle gab. Seit der bucklige Marquis zu dem königlichen Zug gestoßen war, hatte sich Cinq Mars, statt Paul erneut anzusprechen, völlig zurückgehalten. Der Grund ließ sich erahnen, reflektierte der unauffällige, dickliche Knecht, während er durch die Ställe ging, ohne beachtet zu werden; aber man brauchte Gewißheit.

Er fand Cinq Mars ohne weitere Verzögerungen; der Günstling des Königs unterhielt sich leise mit einem der königlichen Sänftenträger. Hervorragend, dachte Paul, während er mit den schwerfälligen Bewegungen eines Mannes um die Fünfzig, der sein ganzes Leben lang schwer gearbeitet hatte, das nächststehende Pferd fütterte, ohne die beiden aus dem Auge zu verlieren. Wie wunderbar verläßlich die Menschen doch sind.

Marie war gerade dabei, die Vorbereitungen für die morgige Weiterreise nach Tarascon zu treffen, als sie in dem dichten

Knäuel aus Lakaien, Mägden, Schreibern und Höflingen eine stetige Bewegung wahrnahm. Dann stand Paul vor ihr, in seiner Uniform. Sie wußte sofort, daß sein Erscheinen nichts mit ihr zu tun hatte.

»Madame«, sagte er, »wir haben nicht viel Zeit. Besucht Euer Onkel heute den König?«

»Warum...«

»Vertrauen«, sagte er. »Schönheit. Erlösung. Wenn Ihr das wirklich glaubt, Marie, wenn Ihr glaubt, daß es möglich ist, die Vergangenheit zu ändern, dann vertraut mir jetzt.«

Alles, was seit ihrer ersten Begegnung im Louvre geschehen war, stand zwischen ihnen. Sie erinnerte sich an den Place de Grève, aber sie erinnerte sich auch an die Magnolien und Kamelien. Es war ihr unmöglich, zu sprechen, aber sie nickte.

»Wann?«

Die Worte lösten sich endlich.

»Um die Mittagsstunde.«

»Gut«, sagte er.

Als sich die Menge wieder hinter ihm geschlossen hatte, spürte sie etwas Feuchtes an ihren Händen. Sie schaute herab und stellte fest, daß sich ihre Nägel so tief in das Fleisch gegraben hatten, daß Blut ausgetreten war.

Louis gelangte mehr und mehr zu der Überzeugung, daß der Einfall mit Perpignan kein guter gewesen war. Die Reise hatte ihn krank gemacht, und als man ihn in seiner Sänfte zu seinem Ersten Minister trug, der ebenfalls nicht imstande war, zu laufen, stand ihm wieder das unheimliche Bild vor Augen, das ihn seit Januar verfolgte: Er und Richelieu, aneinandergekettet, an der Hüfte zusammengewachsen, dazu verurteilt, das gleiche Schicksal zu teilen.

Die Leibgarde des Kardinals zog sich respektvoll zurück,

und Louis fing an, über den neuesten Brief des deutschen Kaisers zu sprechen, als die Ereignisse sich überstürzten.

Man hatte seine Sänfte direkt neben der des Kardinals abgestellt. Einer der königlichen Sänftenträger machte einen Schritt auf die Sänfte des Kardinals zu, wobei seine Hand sich gleichzeitig hüftwärts bewegte. Noch ehe Louis die Bedeutung der Geste begriffen hatte, ertönte ein Schuß. Der Sänftenträger brach zusammen. Mit einem kurzen, harten Klirren fiel ein Messer zu Boden. Louis wälzte sich herum und sah, daß einer seiner Musketiere gefeuert hatte. Die Pistole rauchte noch, während der Musketier ausdruckslos erklärte: »Ich bitte um Verzeihung, Sire, aber der Mann hatte eine Waffe und war bereit, sie in mörderischer Absicht zu gebrauchen. Derartige Personen darf man nicht in die Nähe des Königs gelangen lassen.«

Louis starrte von dem Musketier zu dem Mann auf dem Boden, aus dessen Mund blutiger Schaum drang. Er zuckte noch ein wenig, doch es war deutlich, daß der Schuß tödlich gewesen war.

»Meine Herren«, hörte er die Stimme des Kardinals und bemerkte jetzt erst, daß er selbst begonnen hatte, unkontrolliert zu zittern, »das war ein Zeichen des Himmels. Gott hält seine Hand über Euch, Sire. Es lebe der König!«

Während die restlichen Sänftenträger und seine Leibwache in den Ruf einstimmten, schaute Louis zu seinem Ersten Minister. Er weiß es, dachte der König. Er weiß sehr genau, daß nicht ich es war, der eben in Gefahr stand, umgebracht zu werden. Dann blickte er wieder zu dem Musketier, der dem Kardinal das Leben gerettet hatte. Er erinnerte sich vage an den Mann, an das ungewöhnlich hellblonde Haar, das fast weiß wirkte. Aber er hatte den Musketier d'Irsdmasens heute noch gar nicht unter seiner Leibwache bemerkt.

34. Kapitel

»Also, was zum Teufel ist da geschehen?« fragte Bouillon. Seine Stimme klang fast hysterisch.

»Das ist doch offensichtlich«, antwortete Cinq Mars wütend. »Dieser Dreckskerl war die ganze Zeit ein Agent des Kardinals.«

Sie hatten sich sofort, nachdem sie die unerhörte Neuigkeit erfahren hatten, in seinem Quartier getroffen.

Fontrailles schüttelte den Kopf. »Nein«, sagte er. »Wenn er ein Agent des Kardinals wäre, dann hätte man uns schon längst alle verhaftet, und wir wären nie soweit gekommen.«

»Was mich betrifft, ist es weit genug.« Bouillon zerrte an seinem Wams. »Ich weiß nicht, was Ihr zu tun gedenkt, aber ich fliehe.«

Cinq Mars warf ihm einen verächtlichen Blick zu. »Ihr seid sowohl ein Feigling als auch ein Narr. Wenn Fontrailles recht hat, dann gibt es immer noch keinen Beweis gegen uns. Wir können immer noch…«

»Was ich wissen möchte«, unterbrach Fontrailles, »ist, wieso der Anschlag überhaupt heute stattfand.«

De Thou schaute zu Cinq Mars, der zum erstenmal unsicher wurde. »Nun ja – mir wurde das Warten zu lang. Außerdem traute ich Irsdmasens nicht, und es hat sich ja herausgestellt, daß ich recht damit hatte. Deswegen habe ich einen meiner Anhänger unter den Dienern des Königs gebeten … die Sache etwas voranzutreiben. Wirklich großartig, was Eure spanischen Verbindungen uns da aufgeladen haben«, schloß er, nun wieder selbstbewußt und zornig, an Fontrailles gewandt.

»Olivares hat mich vor ihm gewarnt«, sagte Fontrailles nachdenklich, »aber er hat auch geschworen, der Schatten würde den Kardinal ganz gewiß umbringen.«

Bouillon schüttelte den Kopf. »Mir ist es mittlerweile gleich. Gehabt Euch wohl, Messieurs. Wenn Ihr meinem Rat folgt, dann sehen wir uns in England wieder.«

Keine schlechte Idee, dachte Fontrailles. Aber so, wie er Bouillon kannte, brachte es der Mann bestimmt fertig, seine Flucht zu ruinieren und sich gefangennehmen zu lassen. Nein, jetzt galt es, kühlen Kopf zu bewahren. England, ja, aber bestimmt nicht mit Bouillon. Er blieb noch etwas, denn anders als Bouillon hatte er nicht die Absicht, seine Pläne lauthals vor Cinq Mars zu verkünden. Doch als er ging, sagte der Favorit des Königs:

»Er wird ebenfalls klein beigeben. Und Ihr, Auguste?«

De Thou schüttelte stumm den Kopf. »Hätte Brutus Cassius im Stich gelassen?« sagte er dann.

»Es ist noch nicht vorbei«, erklärte Cinq Mars. »Offiziell war es ein Anschlag auf den König. Und der König liebt mich. Selbst wenn der Kardinal mich verdächtigt, er hat keine Beweise, und gegen Verdächtigungen nimmt der König mich in Schutz. Das einzige, worum wir uns Sorgen machen müssen, ist, wer das alte Ungeheuer jetzt umbringen soll.«

So häufig Louis auch krank gewesen war, Schlaflosigkeit hatte bisher nie zu seinen Beschwerden gezählt, bis zu dieser verwünschten Reise. Aber er wußte, daß er ein Bild der Unerschütterlichkeit bieten mußte, wie es einem König zustand, und wartete daher, bis sein Kammerherr kam, um ihn aufzuwecken, obwohl er die ganze Nacht nicht eine Minute geschlafen hatte.

An diesem Morgen wurde die gewohnte Prozedur allerdings gestört. Sein Kammerherr teilte ihm mit, der Sieur de Chavigny sei im Auftrag des Ersten Ministers aus Tarascon gekommen und habe eine Nachricht, die sofort gehört werden sollte.

»Sire«, sagte Chavigny, nachdem er vorgelassen worden war, »es ist ein Komplott gegen Seine Eminenz aufgedeckt worden. Wie es scheint, galt der Anschlag des Sänftenträgers doch nicht Eurer Majestät.«

An seiner höfischen Formalität ließ sich nichts aussetzen, doch Louis hatte das Gefühl, insgeheim verhöhnt zu werden. Er wußte, daß Chavigny dem Kardinal bedingungslos ergeben war; daß der Mann seinen Sohn nach Richelieu benannt hatte, war noch das geringste Zeugnis seiner Loyalität. Plötzlich fragte sich Louis, ob Chavigny oder andere gleich ihm auch zur Todsünde des Königsmordes bereit wären. Seltsamerweise jagte ihm der Gedanke keine Angst ein. Ganz gleich, was der Kardinal ahnen mochte, er wußte, daß Richelieu nie den Befehl geben würde, ihn zu ermorden.

»Wir sind bestürzt, es zu erfahren«, entgegnete Louis und hüllte sich in den Schutz der königlichen Unnahbarkeit. »Gibt es schon Spuren, die auf die Hintermänner hinweisen?«

Statt zu antworten, reichte Chavigny ihm eine Liste. Eine Liste! Das ging über Ahnungen hinaus.

Er überflog sie; als er zu dem letzten Namen kam, hielt er inne. »Das muß ein Irrtum sein«, sagte Louis. »Monsieur le Grand würde sich nie in derartige Machenschaften verwickeln lassen.«

Immer an der Grenze zwischen Formalität und Insolenz balancierend, verneinte Chavigny. »Leider ist es kein Irrtum, Sire.«

»Es ist unmöglich«, wiederholte Louis starr. Seit er bemerkt hatte, daß auch Cinq Mars zu Listen und Schlichen fähig war, hatte er zwar angefangen, ihm zu mißtrauen, was aber nichts an seiner Grundempfindung änderte. Er würde sich Cinq Mars nicht wegnehmen lassen.

»Sire«, beharrte Chavigny, »es gibt *schriftliche* Beweise. Wie es scheint, hat Monsieur le Grand mehr getan, als Seiner Eminenz nach dem Leben zu trachten. Er hat auch Euer Vertrauen mißbraucht und einen Pakt mit den Spaniern geschlossen.«

»*Was?*«

Während Chavigny in seiner monotonen Stimme Punkt für Punkt aufzählte, brach die Mauer von Louis' Widerstand Stück für Stück zusammen. Er konnte es noch immer nicht wirklich glauben, aber er entschied sich, in bezug auf die bereits ausgestellten Haftbefehle nachzugeben. Schließlich würde Cinq Mars dann immer noch die Chance haben, seine Unschuld in dieser ungeheuerlichen Angelegenheit zu beweisen, und außerdem war es das Privileg des Königs, selbst Verurteilten Gnade zu gewähren.

Charlotte hatte ihre Herrin selten so erlebt wie in Tarascon. Sie wirkte wie jemand, den man aus dem Gefängnis befreit hatte. Als sie eine freie Stunde für sich fand, ging sie mit Charlotte in die nächstgelegene Kirche und stiftete der heiligen Jungfrau drei Dutzend Kerzen. Dann fragte sie Charlotte, ob sie Geld haben wolle, um ebenfalls welche zu stiften.

»Bitte um das, was du dir am meisten wünschst, Charlotte«, sagte Madame, »glaub mir, Gebete werden erhört.«

Es war schwer, ihrem Enthusiasmus zu widerstehen. Als Charlotte ihre Kerzen anzündete, schloß sie kurz die Augen und dachte an Matthieu, ein eigenes Haus ohne die ständige

Furcht, entlassen werden zu können, und ein Land ohne große Herren, die in einem nur ein Spielzeug sahen.

»Es ist ein wunderschöner Anblick, jedesmal«, sagte Madame. »Licht in der Dunkelheit. Ein Funke, der zu einer stetigen Flamme wird.«

Es war wieder eine ihrer poetischen Grillen, aber diesmal widersprach Charlotte nicht. Der Anblick der Kerzen in der dämmrigen Seitenkapelle, die der Jungfrau geweiht war, löste auch in ihr jedesmal ein Gefühl des Friedens aus. Sie kniete neben ihrer Herrin nieder und stimmte in ihre Rezitation ein.

»Gegrüßet seist du, Maria, voll der Gnade, der Herr ist mit dir...«

Ihre leise murmelnden Stimmen ergänzten sich, während sie den Rosenkranz beteten, wie zwei Bäche, die sich schließlich zu einem einzigen Fluß vereinten.

De Thou schaute auf, als die Tür seiner Zelle sich öffnete. An und für sich durften Mitglieder des Adels nicht gefoltert werden, es sei denn, der König gestattete es. Seit man ihn verhaftet hatte, rechnete er jedoch mit allem. Aber die hagere Gestalt, die sich im Schein der Fackeln abzeichnete, gehörte nicht dem Folterknecht.

»Wie ich sehe«, sagte er und versuchte, stolz und ungebrochen zu klingen, »hat sich die Gesundheit Eurer Eminenz so weit verbessert, um Eure Gefangenen besuchen zu können. Ich danke für die Ehre.«

»Man hat seine Prioritäten«, entgegnete der Kardinal. Er wurde von zwei seiner Gardisten begleitet, welche die Tür hinter sich schlossen und wieder verriegelten.

»Es wird Euch freuen, zu hören, daß Ihr diese Festung nicht mit Monsieur le Grand teilen müßt. Man hat ihn nach Montpellier gebracht.«

»Und warum seid Ihr dann nicht ebenfalls in Montpellier, Monseigneur?«

Der Kardinal kam näher. De Thou hatte ihn schon längere Zeit nicht mehr anders als aus großer Entfernung gesehen und stellte nun fest, daß die Gerüchte nicht übertrieben waren. Aber das, was ihn sonst erleichtert hätte, löste diesmal den Wunsch aus, sich zu bekreuzigen. Denn was er in dem ausgezehrten Gesicht, das mit feinen Schweißperlen bedeckt war, erkannte, war nicht Richelieus Tod, sondern sein eigener.

»Weil ich Monsieur le Grand kenne«, erwiderte der Kardinal. »Chavigny und Monsieur de Noyes werden endlos große Gesten und Flüche über sich ergehen lassen müssen, bis sie irgendwelche Auskünfte erhalten, da ich sie mit der unerfreulichen Aufgabe betrauen mußte, ihn zu vernehmen. Meine Zeit ist beschränkt, und ich verschwende sie nicht gerne.«

»Und Ihr erwartet«, fragte de Thou ungläubig, »daß ich Euch ein Geständnis mache?«

»Ich erwarte ein Minimum an großen Gesten und ein Maximum an Intelligenz in diesem Gespräch, Monsieur. Ich kann mich an Eure erste Rede vor dem Pariser Stadtparlament erinnern. Euch mangelt es, im Gegensatz zu Monsieur le Grand, weder an Vernunft noch an Vorstellungskraft. Also würde ich gerne wissen, warum Ihr Euer Leben für ein derartig verblendetes Unternehmen riskiert habt.«

De Thou schaute zu den beiden Gardisten. »Ihr werdet kein Geständnis von mir erhalten, Monseigneur. Ich weiß, daß mich das nicht retten wird, denn in einem Land, das von Eurer Tyrannei beherrscht wird, ist das Urteil bereits gesprochen. Aber wenn man nicht mehr anders kann als fallen, dann kommt es darauf an, wie man fällt. Mag sein, daß ich sterben muß, aber ich werde nicht zulassen, daß Ihr mich zu einem Instrument macht, um meine Freunde ins Verderben zu ziehen.«

Ein trockener Husten schüttelte den Kardinal, und er wandte sich kurz ab. Dann sagte er: »Ihr werdet entschuldigen, daß ich jetzt nicht meinerseits eine große Geste mache und meine Gardisten fortschicke. Ein Vorurteil gegen Männer, die mich ermorden wollen, Ihr versteht. Ich brauche Euer Geständnis nicht, Monsieur, ich habe andere.«

»Ihr könnt mir nicht einreden, daß Cinq Mars gestanden hat, Monseigneur«, entgegnete de Thou und lachte verächtlich. »Das ist sogar für Eure Verhältnisse zu durchsichtig.«

Der Kardinal schüttelte den Kopf. »Monsieur, gebraucht Euren Verstand«, sagte er, milden Vorwurf in der Stimme. »Ich zweifle nicht daran, daß Monsieur le Grand, was auch sonst seine Fehler sein mögen, über genügend Mut verfügt, um noch lange auf seinen großen Gesten zu beharren. Aber Ihr scheint vergessen zu haben, daß Ihr Euch noch andere Verbündete ausgesucht habt.«

Fontrailles und Bouillon. Den beiden war tatsächlich zuzutrauen, daß sie zu Verrätern wurden, um ihre eigene Haut zu retten. Aber wie konnte er sicher sein, daß den beiden ihre Flucht nicht doch geglückt war? Es würde dem Kardinal ähnlich sehen, ihm auf diese Weise belastende Aussagen entlocken zu wollen. Es sei denn … Aber nein. Das war zu unwahrscheinlich.

»Ich glaube noch immer nicht, daß Ihr etwas anderes als ein Geständnis von mir wollt«, sagte de Thou, während er überlegte, »aber nur für den Fall, daß ich mich irre … und angenommen, es hätte ein Plan bestanden, Euch zu ermorden … läge der Grund nicht auf der Hand? Auch Euch mangelt es weder an Vernunft noch an Vorstellungskraft, Monseigneur. Die Geschichte lehrt uns, daß es manchmal für Männer von Ehre, die ihr Land lieben, keinen anderen Weg gibt, als es durch eine unehrenhafte Tat von einem Tyrannen zu befreien.«

»Ich verstehe«, entgegnete der Kardinal. »Ihr seht Euch als Brutus. Das macht mich zum Caesar, also sollte ich mich geschmeichelt fühlen. Aber Eure unehrenhafte Tat bestand aus etwas mehr als ein paar Dolchstichen, de Thou.«

Mehr und mehr war der Sarkasmus in seinem Tonfall Kälte gewichen. De Thou hatte gehört, daß der Kardinal gelegentlich zu erschreckenden Wutausbrüchen imstande war, doch da er ihn immer nur in Ausübung von Staatsfunktionen erlebt hatte und ihm eher zu wenig als zu viel Gefühl zutraute, hatte er es nicht geglaubt. Jetzt konnte er nicht verhindern, daß seine Haut sich unwillkürlich zusammenzog, als die schneidende, zornige Stimme fortfuhr:

»Ihr wäret bereit gewesen, eine spanische Armee ins Land zu holen und ihnen halb Frankreich in den Rachen zu werfen! Das ist nicht mehr jugendliche Torheit, das ist Verrat der schlimmsten Sorte, Monsieur. Wißt Ihr, was man in Spanien dafür mit Euch tun würde? Man würde Euch Euren adligen Rang aberkennen und Euch vierteilen lassen, aber nicht, ohne Euch vorher gefoltert zu haben.«

De Thou glaubte zu begreifen. »Ich werde auch unter der Folter nicht mehr sagen.«

Der Kardinal musterte ihn noch einen Moment lang, dann bedeutete er seinen Wachen, die Tür wieder zu öffnen. »Es scheint, ich habe Euch überschätzt. Ich hoffe, die Aussicht, heroisch zu sterben, ist Euch ein gebührender Trost, de Thou.«

Er hätte es nicht für möglich gehalten, doch aus irgendeinem Grund hatte de Thou das Gefühl, bei diesem Gespräch den kürzeren gezogen zu haben, ganz abgesehen davon, daß ihn der Vorwurf des Verrates stärker traf, als er erkennen ließ.

»Monseigneur«, rief er dem Kardinal nach, um den schlechten Geschmack der Niederlage aus seinem Mund zu vertreiben, »ich hoffe doch, Ihr habt Euren Handlanger, der uns ans Messer geliefert hat, gebührend belohnt?«

Der Kardinal drehte sich noch einmal um. Sein Gesicht wurde durch den Schatten, den die geöffnete Tür warf, scharf in zwei Hälften geteilt.

»Ich weiß nicht, wen Ihr meint«, sagte er langsam. »Aber falls Ihr Euch auf den Musketier beziehen solltet, der so zuvorkommend war, mir das Leben zu retten, dann wäre ich Euch für nähere Auskünfte dankbar. Der Mann scheint den Dienst Seiner Majestät nämlich quittiert zu haben, ohne Wert auf eine Belohnung zu legen.«

»Ihr wißt genau, daß ich Euch nichts sagen werde, was man als Geständnis auslegen kann.«

»De Thou«, erwiderte der Kardinal, und Auguste de Thou meinte, leise Belustigung herauszuhören, »Ihr habt mir schon längst alles gestanden, was ich wissen wollte.«

35. Kapitel

Es war eine Erleichterung, wieder in Paris zu sein. Marie hätte Rueil vorgezogen, aber sie verstand, warum es das Palais Cardinal sein mußte. Außerdem war sie seit Tarascon davon überzeugt, daß Gott auf ihrer Seite stand und sich alles zum Guten wenden würde. Sogar die fortschreitende Krankheit ihres Onkels belastete sie nun weniger; er würde genesen, jetzt, wo fast alles vorbei war und keine Albträume mehr nachts auf ihn warteten.

Nichtsdestoweniger achtete sie darauf, daß er zu seinen Ruhestunden kam. Le Masle und die übrigen hatten längst gelernt, ihr zu gehorchen, und fügten sich ohne weiteres, wenn sie sie bat, zu gehen; Mazarin wußte selbst, wann es nötig war.

Das einzige, was sie in diesen Tagen wirklich bedrückte, waren die Zusammenkünfte mit der verwitweten Marquise d'Effiat und ihrer Tochter, Cinq Mars' Mutter und der Schwester, die denselben Namen trug wie sie und mit ihrem Cousin Charles de La Porte verheiratet war. Die Marquise tauchte jeden Tag auf, und da der Kardinal sich weigerte, sie zu sehen, wandte sie sich an Marie. Ihre Klagen wurden zu einem Refrain, der dennoch nie an Eindringlichkeit verlor.

»Bitte, Madame, habt doch ein Herz! Mein Sohn ist doch noch so jung. Er mag gefehlt haben, aber...«

»Das Gericht wird darüber entscheiden.«

Sie kam sich falsch und grausam vor, wenn sie so antwortete, aber was sollte sie sagen? Sie wußte genau, daß es keine Hoffnung auf Rettung für Cinq Mars gab, trotz des zögernden Königs.

»Seine Eminenz war so lange ein Freund unserer Familie«, sagte Marie de La Porte, »und hat sie durch meine Ehe sogar mit der Euren verknüpft. Wie kann er meinen Bruder dann hinrichten lassen?«

Marie de Vignerot entschied, daß Mitleid hier nicht helfen würde. »Euer Bruder, Madame«, entgegnete sie, »war bereit, Monseigneur, meinen Onkel, seinen Wohltäter, zu ermorden.«

Wenn sie an die Monate voller Ungewißheit dachte, daran, daß es Cinq Mars, wie er vor Gericht oft genug versicherte, außerdem noch gelungen war, die Billigung des Königs zu bekommen, war ihr Mitgefühl mehr als gering. Aber das war nicht die Schuld der beiden Frauen, die sie jetzt vorwurfsvoll ansahen.

»Er hatte schlechte Freunde«, sagte die Marquise. Ihre Augen waren rot und geschwollen, aber sie hatte zu lange geweint, um jetzt noch Tränen zu haben. »Bitte, Madame, Ihr müßt versuchen, Seine Eminenz umzustimmen!«

Sie machte Anstalten, vor Marie auf die Knie zu fallen. Marie hielt sie auf. »Mesdames«, sagte sie ernst zu den beiden, »ich würde Euch helfen, wenn ich könnte, aber es ist unmöglich.«

»Aber warum?«

Sie wiederholte noch einmal, was sie jeden Tag zu ihnen sagte. Doch jenseits von Landesverrat und Mordanschlag gab es einen weiteren Grund, den sie jedoch verschweigen mußte. Sie kannte ihn, weil sie ihren Onkel kannte, und weil sie selbst eine ähnliche Reaktion empfunden hatte, als sie von der Antwort des Königs auf Cinq Mars' Vorschlag erfuhr.

Er ist Kardinal und Priester. Man würde mich exkommunizieren.

Zwanzig gemeinsame Jahre, und dann das. Es war eine Sache, es zu ahnen, und eine andere, von diesem wortwörtlichen Höchstmaß an königlicher Loyalität zu hören. Die Hinrichtung von Cinq Mars war die einzige Möglichkeit, um seinen Freund Louis, den König von Frankreich, dafür zu bestrafen, besonders indem man ihn zwang, das Todesurteil selbst zu unterzeichnen.

Als die Marquise und ihre Tochter endlich gegangen waren, kam eine Bittstellerin, mit der sie nie gerechnet hätte. Marie erhob sich erstaunt, als ihr Le Val Ihre Durchlaucht Marie-Louise de Nevers, Herzogin von Gonzaga, ankündigte.

Ihre Bekanntschaft mit der Herzogin war bestenfalls oberflächlich; es bestand weder Freund- noch Feindschaft zwischen ihnen, und sie hatten nie mehr als höfische Floskeln ausgetauscht. Nun, offensichtlich mußte sie jetzt auch der Herzogin erklären, daß ihr Cinq Mars nicht mehr zu retten war.

Zunächst verlief alles erwartungsgemäß. »Madame«, begann die Fürstin, »ich weiß, wir waren nie Freundinnen, aber Ihr müßt mir helfen.«

»Das Schicksal von Monsieur le Grand liegt in den Händen des Gerichts, Madame«, erwiderte Marie, »und leider...«

Die Herzogin machte eine wegwerfende Handbewegung. »Was schert mich das Schicksal von Monsieur le Grand! Dieser widerwärtige kleine Intrigant, der sich einbildete, ich würde ihn heiraten. Nein, Madame, Ihr müßt *mir* helfen. Leider war ich so unklug, ihm einige Briefe zu schreiben, die ... falsch ausgelegt werden könnten. Wenn diese Briefe vor Gericht verlesen werden, ist mein Ruf ruiniert. Ich bin eine Prinzessin von Geblüt, Madame, und ich habe nicht die Absicht, mein Leben lang unverheiratet zu bleiben.«

Ein so unverblümter, arroganter Egoismus war fast eine

Erholung nach den täglichen Tränen der Marquise und ihrer Tochter, die ihr das ohnmächtige Gefühl gaben, ein herzloses Ungeheuer zu sein.

»Madame, Ihr überrascht mich. Ich dachte, Ihr wäret verlobt mit ihm gewesen?«

»Es gab ein gewisses Einverständnis, das gestehe ich ein. Aber ich habe von vorneherein klargestellt, daß ich mich niemals zu einem Cinq Mars herablassen würde. Wenn er die falschen Wege eingeschlagen hat, um eine höhere Stellung zu gewinnen, so ist das seine Sache. Ihr begreift meine Lage?«

»Vollkommen, Madame. Aber da wir, wie Ihr so treffend bemerkt habt, niemals Freundinnen waren – warum sollte ich Euch helfen?«

Schweigen. Marie-Louise de Nevers war eine schöne Frau, und die souveräne Selbstverständlichkeit, mit der sie annahm, die Welt sei da, um ihr zu Diensten zu sein, machte einen Teil ihrer Anziehungskraft aus. Es war leicht zu erkennen, was zuerst Gaston und dann Cinq Mars in ihr gesehen hatten, auch jenseits ihrer Stellung und ihres Reichtums. Es war ebenso leicht zu verstehen, warum die Königinmutter bei der Aussicht, ihr Lieblingssohn könne diese Frau heiraten, ein paar ihrer berühmten Szenen aufgeführt hatte. Jetzt verengten sich ihre Augen.

»Ihr mögt für mich keine Freundschaft empfinden, Madame«, entgegnete sie honigsüß, »aber ganz gewiß doch für Eure Cousine, Madame de Grammont.«

Marie war sofort auf der Hut. »Der Name von Madame de Grammont taucht etwas plötzlich in unserem Gespräch auf, Madame. Darf ich fragen, inwieweit er mit dem Thema in Zusammenhang steht?«

Die Herzogin von Gonzaga lächelte. »Die teure Margot«, sagte sie. »Ein so charmantes Wesen, aber leider hat sie einige Schwächen. Es wäre doch schade, wenn sie publik würden.«

Hexe, dachte Marie. Wenn du glaubst, du kannst mich damit erpressen, dann irrst du dich. »Wir alle«, entgegnete sie und erwiderte das Lächeln der Herzogin, »sind nur Menschen. Ich bin sicher, der Hof vergäße Madame de Grammonts Indiskretionen ziemlich rasch, wenn er damit beschäftigt ist, darüber zu klatschen, daß sich eine Prinzessin von Geblüt und eine stadtbekannte Kurtisane, wie, sagen wir, Marion de Lorme, denselben Liebhaber teilten.«

Marie-Louise de Nevers schlug ihren Fächer auf. Eine Wolke teuren Parfüms schwebte zu Marie hinüber. »Aber Madame«, sagte die Herzogin, »wer hätte das gedacht? Nun, ich habe immer vermutet, daß sich hinter Eurer Heiligenmiene etwas Derartiges verbirgt. Ihr seid eine beachtliche Gegnerin. Allerdings fehlt Euch eine entscheidende Information, dank derer Ihr mir geben werdet, was ich möchte. Eure Cousine hat nämlich bei meiner Korrespondenz mit dem hoffentlich bald verblichenen Cinq Mars gelegentlich als, sagen wir, Sekretärin fungiert. Sie war in alles eingeweiht, versteht Ihr? In *alles*.«

Marie verstand nur allzugut. Und das Schlimmste war, sie konnte noch nicht einmal einige Minuten unsicher sein und vermuten, die Herzogin lüge, um ihr Ziel zu erreichen. Margot war durchaus dazu imstande.

»Ihr könnt gehen, Madame«, sagte sie steinern. Die Fürstin erhob sich. Sie fragte nicht, ob und wann ihre Korrespondenz nun vernichtet würde; sie hatte es nicht nötig.

»Es war angenehm, mit Euch zu plaudern, Madame«, sagte sie freundlich. Marie sah, wie Chimène, die in einem Korb nahe des Schreibtisches geschlafen hatte, gähnte, einen Buckel machte, sich streckte und sich ihr zuwandte. Chimène, dachte sie so intensiv, wie sie konnte, wenn du jetzt tust, was ich möchte, gibt es eine Woche lang nur sorgfältig zerlegten Fisch und gebratene Täubchen.

Die grünen Augen der Katze schlossen sich kurz. Sie begann, auf die Tür zuzugehen, verfing sich aber in den Röcken der Herzogin, die dasselbe Ziel hatte. Marie konnte nicht sehen, was geschah, aber sie hörte ein Fauchen, und die Herzogin schrie auf.

Chimène tauchte wieder aus den Röcken auf und lief zu Marie. »Euer Biest hat mich gekratzt, Madame«, zischte Marie-Louise de Nevers. »Habt Ihr es darauf dressiert?«

»Man sieht, wie wenig Ihr von Katzen versteht, Madame«, antwortete Marie, bückte sich und hob Chimène auf, die sofort anfing, zu schnurren. »Sie lassen sich nicht dressieren.«

»Damit stehen wir bei Gericht vor einem Engpaß, Monseigneur«, schloß Mazarin. »Es muß de Thous Einfall gewesen sein. Er hat die Rechte studiert, und Cinq Mars ist nicht intelligent genug, um auf so etwas zu kommen. Da Fontrailles in England ist und Bouillon zwar alles andere gestehen will, aber schwört, er habe den Vertrag nie vollständig zu Gesicht bekommen, brauchen wir jemanden, der die Korrektheit der Abschrift bestätigt. Natürlich könnten wir die Königin darum bitten, aber ...«

Er brauchte nicht weiterzusprechen. Wenn die Königin zugab, daß die Kopie von ihr stammte und sie daher ebenfalls um das Komplott gewußt haben mußte, wäre der König, der wie immer, wenn er in die Enge getrieben wurde, nach Personen suchte, an denen er seine ohnmächtige Wut auslassen konnte, nur allzugern bereit, es sie entgelten zu lassen.

»Das ist nicht nötig«, sagte Richelieu. »Wir haben immer noch Monsieur. Unser geschätzter Gaston hat die letzten Wochen damit verbracht, von Grenzfestung zu Grenzfestung zu ziehen, immer auf dem Sprung in die spanischen Niederlande, falls wir die Armee hinter ihm herschicken. Es ist jetzt an der Zeit, ihn von seiner Angst zu erlösen und ihm klarzumachen, daß er nur die Korrektheit der Vertragskopie zu bestätigen braucht. Dann kann er sich wieder in seine Schlösser an der Loire zurückziehen und auf das nächste Komplott warten.« Mazarin nickte. »Ich werde die betreffenden Instruktionen weitergeben, Monseigneur.« Er blickte auf und lächelte. »Und da kommt Madame la Duchesse, um mich hinauszuwerfen.«

»Euch zu entlasten, Monsieur le Cardinal«, verbesserte Marie, aber er spürte, daß ihr heute nicht nach Scherzen zumute war. Sie mußte etwas auf dem Herzen haben. Er verbeugte sich, flüsterte »Viel Glück dabei, Madame« und empfahl sich.

»Ich habe Euch neuen Kräutertee gebracht, nachdem Ihr den letzten nicht ausgetrunken habt«, sagte Marie, als er gegangen war.

»Eine Freiheit, die man sich nehmen kann, wenn man die Anordnungen der Ärzte nicht mehr zu befolgen braucht, weil sie ohnehin nutzlos sind. Aber Ihr seid doch nicht gekommen, um über Medikamente zu sprechen, *ma nièce*.«

»Nein. Die Herzogin von Gonzaga war hier. Wäre es möglich, alles, was sie kompromittiert, aus dem Prozeßmaterial zu entfernen, Monseigneur?«

Er erwiderte nichts, wölbte nur eine Augenbraue.

»Es würde niemandem etwas nützen, sie zu belasten.«

»Sehr wahr. Die königliche Familie hätte dann eine Möglichkeit weniger, durch Heiraten Bündnisse zu schließen. Aber mich wundert, daß Ihr Euch so für die Herzogin erwärmt, Nichte.«

Sie begann, die Kissen auszuschütteln, auf denen er lag. »Die Marquise d'Effiat war hier«, sagte sie dabei, »mit ihrer Tochter, wie jeden Morgen. Ich verstehe, daß Cinq Mars verurteilt werden muß, Monseigneur, und seid versichert, ich weine ihm keine Träne nach. Aber er hat schon genug Unheil unter den Unschuldigen angerichtet. Wenn ich seiner Mutter und seiner

Schwester nicht helfen kann, dann wenigstens seiner Verlobten. So, nun könnt Ihr Euch wieder zurücklehnen.«

Er hielt ihren Arm fest. »Marie«, sagte er, »es besteht kein Grund, mich anzulügen.«

Sie ließ sich auf den Schemel sinken, wo vorher Mazarin gesessen hatte. »Es tut mir leid, Monseigneur.«

Er hielt sie noch ein wenig länger fest, dann löste er seine Hand von ihrem Handgelenk, seufzte und lehnte sich zurück. »In der Tat, er hat schon genug Unheil angerichtet. Die Fürstin Marie-Louise ist mir gleichgültig. Ihr könnt Chavigny sagen, er soll ihre Briefe ins Feuer werfen.«

»Danke«, sagte sie, griff nach dem Tablett, das sie hinter sich abgestellt hatte, nahm Tasse und Teekanne und spürte, wie der bittergrüne Duft den Raum erfüllte, während sie einschenkte. »Und jetzt der Tee.«

»Colmardo hat recht. Ihr seid gnadenlos«, bemerkte er, aber er trank. »Es ist seltsam«, sagte er, als er die Tasse geleert hatte, »wie die Vergangenheit einen manchmal einholt, wenn man es am wenigsten erwartet. Heute erhielt ich die Nachricht, daß die Königinmutter in Köln gestorben ist. Ihr Beichtvater schreibt mir, sie habe ihren Feinden am Schluß vergeben. Ehrlich gesagt, das hat mich überrascht. Ich habe die Erfahrung gemacht, daß Männer vielleicht dazu imstande sind, zu vergessen und zu vergeben, aber Frauen nicht.«

»Das ist eine Verallgemeinerung, wie Ihr sehr wohl wißt. Schaut Euch selbst an. Aber Ihr wart nie der Feind dieser Frau, und vielleicht hat sie das am Schluß begriffen.«

Er schüttelte den Kopf. »Das ist zu einfach, *ma nièce*. Natürlich hätte sie, soweit es mich anging, bis an ihr Lebensende im Louvre oder bei ihrem Gaston in Chambord leben können. Aber sie hat nie Politik und Persönliches auseinanderhalten können, und als sie sich mit mir als Person verfeindete, mußte sie natürlich auch gegen meine Politik arbeiten. Doch dem allen zugrunde liegt, daß ich ihr sehr wohl Unrecht zugefügt habe, wenn auch nicht so, wie sie glaubte.«

Sie hatte niemals gefragt, und sie tat es auch jetzt nicht. Was gegeben wurde, mußte freiwillig gegeben werden.

Er lächelte plötzlich. »Sie pflegte zu sagen, ich sei nicht glücklich, wenn ich nicht allen Menschen meinen Willen aufzwingen könne. Das von einer der herrschsüchtigsten Frauen Europas. Aber sie hatte natürlich recht. Habt Ihr je bereut, Marie, daß Ihr nicht in ein Kloster gegangen seid, wie Ihr es einmal tun wolltet?«

Sie erwiderte sein Lächeln. »Hin und wieder. Wenn ich wütend auf Euch bin, tue ich es noch. Habt Ihr je bereut, daß Ihr nicht zur See gegangen seid, wie Ihr es wolltet?«

»Hin und wieder. Hauptsächlich in meiner Zeit in Luçon.«

Er schwieg. »Anne«, sagte er dann unvermittelt. Wegen ihres vorigen Gesprächsthemas nahm Marie an, er meinte die Königin.

»Ihre Majestät scheint die Fehde mit Euch begraben zu haben«, sagte sie leichthin. »Haben wir das Colmardo zu verdanken?«

»Oh, ich dachte nicht an Ihre Majestät. Obwohl es eine elegante Ironie des Schicksals ist. Anne, in der Tat. Das war ihr Name. Habe ich Euch je erzählt, *ma nièce*, daß ich La Rochelle lange vor der Belagerung besucht habe?«

»Einmal, Monseigneur. Aber Ihr habt nur von dem Anblick des Meeres gesprochen, und von dem Reichtum der Stadt.«

»Ich begegnete damals einigen protestantischen Familien«, sagte er und betrachtete die kleine marmorne Psyche, die Mazarin ihm aus Italien mitgebracht hatte. »Einschließlich, wie ich mich erinnere, dieses feuerspeienden späteren Bürgermeisters Guiton.«

Eine Vermutung drängte sich ihr auf, eine Frage, doch sie sah, daß er müde war. Seit einiger Zeit tat er nicht einmal mehr so, als würde er schlafen, und daß ihn tatsächlich die Erschöpfung übermannte, war so selten, daß sie sich hütete, ihn jetzt wachzuhalten. Sie blieb bei ihm, bis seine Atemzüge regelmäßig genug waren, um annehmen zu können, daß er schlief.

36. Kapitel

Die Menschenmenge, die sich in Lyon versammelt hatte, um die beiden jungen Männer sterben zu sehen, war so riesig, daß sie nicht Raum genug auf dem Place de Terreaux fand.

»Zum Schluß habt Ihr doch recht gehabt, Auguste«, sagte Cinq Mars. »Das Volk liebt uns.«

De Thou erwiderte nichts. Er war sich nicht sicher, ob es Mitleid oder Schaulust war, was die Massen heute hierhergelockt hatte. Immer noch erschien es ihm unwirklich, daß er sterben sollte. Der Prozeß war eher eine Möglichkeit gewesen, all seine Fähigkeiten noch einmal zu entfalten, und es war ihm gelungen, zwei der Richter auf seine Seite zu ziehen. Aber das hatte nicht genügt. Er warf einen Blick zu der rotgekleideten Gestalt am Schafott hinüber und bemerkte mit eisiger Überraschung, daß der Mann nichts von der ruhigen Gleichgültigkeit hatte, die Henker sonst auszeichnete. Er trat von einem Fuß auf den anderen und schien jung und unsicher zu sein. Cinq Mars folgte seinem Blick.

»Hat man es Euch nicht erzählt?« fragte er spöttisch. »Der Scharfrichter von Lyon hat sich den Arm gebrochen. Also haben sie irgendeinen Tölpel aus den Gefängnissen hergeholt und ihm die Begnadigung versprochen, falls er uns ins Jenseits befördert. Reizende Aussichten, nicht wahr?«

Cinq Mars konnte ebensowenig wie de Thou an seinen baldigen Tod glauben, obwohl das Urteil der Richter in seinem

Fall einstimmig gewesen war. Er reckte ein wenig den Hals. Er wußte nicht genau, was er erwartete, einen königlichen Boten vielleicht, der sich durch die Menge drängte und in letzter Minute die Begnadigung des Königs überbrachte. Louis liebte ihn. Er würde ihn nicht im Stich lassen.

Ein Bogenschütze der Wache nahm ihm den Hut ab, was Cinq Mars in die Wirklichkeit zurückversetzte. Bei Gott, er würde nicht barhäuptig wie ein gewöhnlicher Räuber zum Schafott gehen! Er riß den Hut wieder an sich, was unter den Zuschauern einigen Applaus auslöste. Ein letztes Mal erfaßte ihn die überschäumende Lebenslust, die ihm zusammen mit seinem guten Aussehen die Freundschaft des Königs eingebracht hatte. Er stemmte die Arme in die Hüften und umschritt das Schafott, als betrachte er es prüfend. Dann zog er mit einer dramatischen Verbeugung den Hut vom Kopf, salutierte seinem Publikum und warf ihn in die Menge.

De Thou blickte mißbilligend drein, als er sich ihm wieder zuwandte. »Ihr könnt wie ein Römer sterben, Auguste«, sagte Cinq Mars lachend. »Ich will ihnen noch etwas zu denken geben.«

Achselzuckend wandte sich de Thou an den Priester. »Haben wir noch etwas Zeit zum Beten?« Der Priester nickte.

»Habt Ihr noch nicht genug gebetet?« fragte Cinq Mars. »Das ist neurömisch, de Thou, nicht altrömisch.«

Der neue Henker näherte sich ihm mit der Augenbinde. »Hör zu, du Tölpel«, sagte der ehemalige Günstling des Königs verächtlich, »ein Cinq Mars geht mit offenen Augen in den Tod.«

Mittlerweile war der Beifall der Menge immer stärker geworden. Es wurden Rufe laut: »Gnade! Gnade für Monsieur le Grand!«

Cinq Mars stieß de Thou mit dem Ellenbogen an. »Bitte«,

sagte er befriedigt. »Sie werden uns im Triumph auf den Schultern davontragen.«

»Henri«, erwiderte de Thou bitter, »Ihr seid wahrhaftig immer noch ein Kind.«

Dann sagte er zu dem Priester: »Pater, ich bin bereit.«

Erst als der Junge mit dem Beil ein zweites Mal zuschlug, und dann ein drittes Mal, weil es ihm immer noch nicht gelungen war, den Kopf seines Freundes vom Körper zu trennen, erkannte Cinq Mars, daß keine Rettung kommen würde, nicht von Louis, nicht von der Menge, so sehr sie ihm auch zujubelte. Ich werde sterben, dachte er fassungslos. Ich werde sterben! Dann war er an der Reihe, und der Henker, den die unwilligen Rufe der Menge zum Zittern gebracht hatten, hob erneut die Axt.

Vor der großen Statue Henris IV wartete er auf sie, und Marie, die eigentlich vorgehabt hatte, ihn zurückhaltend zu fragen, wo er seit Narbonne gewesen war, konnte nicht anders, sie lief wie ein junges Mädchen in seine Arme.

Dann besann sie sich auf ihre Würde und sagte: »Ich wäre um ein Haar nicht gekommen. Hättet Ihr vielleicht die Güte, Eure Botschaften das nächste Mal selbst zu überbringen, Monsieur?«

»Das nächste Mal gewiß«, erwiderte Paul. »Und Ihr, Madame, wie ist es Euch in der Zwischenzeit ergangen?«

»Abgesehen von Verschwörungen und Bittstellern und kleinen Erpressungen... ausgezeichnet.«

»Gut. Dann könnt Ihr mich auf einem längeren Weg begleiten?«

Er führte sie in das Marais, und sie sahen sich eine Vorführung der Truppe dort an. Marie hatte ein Theaterstück noch nie im Parkett unter den Stehenden miterlebt. Es war entschieden anders als in den Logen; man mußte seinen Platz mit den

Ellenbogen verteidigen, ständig liefen Verkäuferinnen umher, die Süßigkeiten und Getränke anboten, das Publikum reagierte ohne jede Zurückhaltung sofort auf das, was es zu sehen bekam, und unterhielt sich lauthals darüber. Sie würde nie mehr wieder das Parkett besuchen, aber heute genoß sie jede Minute.

Paul kaufte einer der Verkäuferinnen etwas gezuckertes Eis ab, das im Sommer in den Höhlen unter der Seine aufbewahrt wurde und zu den beliebtesten Köstlichkeiten zählte.

»Zur Abkühlung. Heute sind Eure Hände warm.«

»Danke«, sagte sie und fuhr dann ernster fort, »für alles. Ich weiß, daß Ihr mehr getan habt, als diesen Mann daran zu hindern, meinen Onkel umzubringen.«

»Danke für Euer Vertrauen. Vertraut mir jetzt noch ein wenig länger, Marie. Ihr wißt auch, daß es nicht leicht für mich war. Ich ... ich würde die Vergangenheit jetzt gern endgültig hinter mich bringen.«

Sie nickte. »Ich verstehe«, erwiderte sie. »Ihr wollt mit ihm sprechen.«

Einer ihrer Nachbarn zischte: »Ruhe! Der große Buillot singt jetzt!«

Auf der Bühne kniete der Hauptdarsteller nieder und begann mit einem Ständchen an die Heldin. Diese Unterlegung eines Sprechstücks mit Musik wurde von der Akademie abgelehnt und daher nicht in der Tragödie, sondern nur in der Komödie verwendet. Das Lied, das Buillot sang, war trotzdem leicht melancholisch und eigentlich ungeeignet für die Burleske.

»Ich liebte dich nicht so sehr, mein Kind/ wär mir die Ehre nicht mehr ...«

»Kommt mit«, flüsterte ihr Paul ins Ohr. »Wir haben nur noch wenig Zeit.«

Das Hôtel Sully, in dem sein älterer Bruder wohnte, lag in der Nähe. Sie fragte sich flüchtig, ob dieser unbekannte dritte

Irsdmasens, dem sie nie begegnet war, wohl Paul oder Raoul glich. Der ehemalige Eigentümer des Palais, der Herzog von Sully, war im letzten Winter gestorben, allein, verbittert und im Exil, wie die Frau, die ihn dorthin verbannt hatte, Maria de'Medici, die Königinmutter. Bei dem Gedanken legte sich ein Schatten auf sie. Die merkwürdige Wehmut, die das Lied in ihr ausgelöst hatte, vertiefte sich. Wenn die Nacht in Narbonne etwas Zeitloses gehabt hatte, dann besaß diese heutige die ganze Mischung aus Schönheit und Verzweiflung, die der anbrechende Herbst immer für sie hatte.

Aber es ist noch nicht Herbst, dachte sie und erinnerte sich vage, das schon einmal zu jemandem gesagt zu haben. Es ist noch Sommer. Es wird noch lange nicht Herbst sein.

Dennoch weinte sie und wußte selbst nicht, warum. Paul fragte nichts. Aber er berührte die Spuren, die ihre Tränen hinterließen, mit seinen Lippen, als trinke er sie, und als er sie küßte, schmeckte sie das Salz und die Bitterkeit.

Dann sagte er: »Es ist Zeit zu gehen.«

Als sie in ihren Räumen im Palais Cardinal angekommen waren, hielt sie inne. »Wenn er schläft«, sagte sie zögernd, »dann jetzt. Der Kardinal Mazarin hat mir versprochen, daß er nicht länger als eine Stunde bleiben würde, und Le Masle habe ich schon fortgeschickt.«

»Es sollte ohnehin ein Gespräch ohne Zeugen sein.«

Sie sah ihn an, und für einen Moment schien er ihr so fremd zu sein wie an dem Tag, als er ihr zum erstenmal begegnet war.

»Marie«, sagte er, »ich weiß, es ist nicht leicht für Euch. Aber es ist auch nicht leicht für mich. Doch wenn Ihr mir noch einmal vertraut, dann wird die Vergangenheit keine Macht mehr über uns haben, weder über Euch noch über mich.«

Das zweite Mal war es leichter als das erste Mal in Tarascon.

Sie verließ mit ihm ihre eigenen Räume und ging durch den kleinen Verbindungsgang zu den Zimmern ihres Onkels. Die beiden Leibgardisten, die gerade Dienst taten, grüßten sie und warfen einen Blick auf ihren Begleiter. Als ihr Gast wurde er nicht durchsucht.

»Er schläft noch immer nicht, Madame«, sagte der ältere der beiden mit einer Grimasse.

»Ausnahmsweise trifft sich das gut. Ich habe noch einen Besucher für ihn.«

Vor der Tür zum Studierzimmer hielt sie inne. Es war die letzte Prüfung, das wußte sie, auch ihre Prüfung. Sie sah, wie das Licht, das aus dem Türspalt drang, in Pauls metallischen Augen reflektierte, so wie die Sonnenstrahlen von dem Eis auf der Seine zurückgeworfen worden waren.

»Also gut«, sagte sie. »Geht hinein.«

Es erregte in Charlotte im ersten Moment mehr Schrecken als Freude, als sie Matthieu im Vorhof stehen sah. Dann spürte sie wieder das Bedürfnis, zu weinen, und um es zu überspielen, sagte sie brüsk: »Ich dachte, du bist auf dem Weg nach Amerika.«

»Pater Columban«, erwiderte er, »ist ohne mich zurückgefahren. Aber er hat mir versprochen, daß sein Bruder, der Kapitän Picard, im nächsten Sommer wieder über das große Wasser kommen wird. Ich werde noch ein weiteres Jahr in euren Steinhäusern leben, Charlotte Dieudonnée, wenn du mir dafür die restlichen Jahre deines Lebens gibst.«

Charlotte öffnete den Mund, aber sie konnte nicht sprechen. Dann breitete sie die Arme aus, und dieser Moment, der glücklichste Moment ihres Lebens, mußte natürlich von einem ungeduldigen Herrn unterbrochen werden, der an Kutschen und Bediensteten vorbeilief und lauthals ihren Namen rief.

»Charlotte! Charlotte!«

Sie hätte ihn umbringen können. Statt dessen beschränkte sie sich darauf, Matthieu einmal kurz, aber heftig zu umarmen, und wandte sich dann mit mühsam bezähmter Wut dem jungen adligen Herrn zu, der zu glauben schien, er halte eine seiner Vorlesungen in den Salons, so laut, wie er sprach.

»Charlotte, ich muß unbedingt mit ihr sprechen! Mit deiner Herrin, meine ich! Wo ist sie? Ich muß unbedingt ... es ist lebenswichtig!«

»Sehr wohl, Monsieur d'Irsdmasens«, entgegnete Charlotte eisig und schwor sich, Madame, wenn sie erst eine unabhängige Frau war, zu sagen, was sie von ihren Dichterlingen hielt.

Auf halbem Weg kam ihr Madame entgegen, die sehr überrascht wirkte, als sie der junge Irsdmasens keuchend und immer noch viel zu laut mit einem Redestrom überfiel.

»Madame, ich weiß, Ihr werdet mir nie verzeihen, aber es ist mir gleichgültig. Ich bin gerade erst nach Paris zurückgekehrt ... und was ich in Pauls Zimmer gefunden habe ... Ihr müßt ... wißt Ihr, was Paul ... Er hat ... wißt Ihr, warum mein Vater ihn verstoßen hat?«

»Ich weiß, daß er in La Rochelle war«, entgegnete Madame in einem Tonfall, als beruhige sie ein Kind, das sich das Knie aufgeschlagen hatte, »und auch, daß er dort mit einem bürgerlichen Mädchen verheiratet war.«

»Ja, aber das war nicht der eigentliche Grund. Oh, Vater war wütend. Aber nach dem Jahr der Belagerung, bei all dem, was wir über La Rochelle hörten, hätte er schon aus Stein sein müssen, um nicht weich zu werden. Also ging er mit den Abgesandten des Herzogs von Rohan zu den königlichen Truppen, und sowie man die Stadt betreten konnte, war er dort, um Paul zu suchen und ihm zu sagen, daß er ihm verziehen habe. Madame, er kam aus der Stadt zurück und sagte, Paul sei Kain und dem Teufel anheim gefallen. Ich habe damals nicht verstanden, was er meinte, ich dachte, es sei eine ihrer gewöhnlichen Streitereien oder immer noch die unstandesgemäße Ehe. Ich war noch ein Kind. Aber im Frühling, als Ihr im Süden wart, habe ich meine Großtante Rohan besucht, und sie hat mir erzählt, was in La Rochelle passiert ist.«

Er hielt inne, um nach Atem zu ringen. »Sie hat es auch gesehen, Madame. Als mein Vater Paul fand, war seine Frau tot, sein Kind war tot, und sein Freund war ... Sie sagte, er muß ihn zerfleischt haben wie ein wildes Tier. Er war vollkommen verrückt danach. Und als er körperlich wieder zu Kräften gekommen war, verschwand er. Wir haben lange nichts von ihm gehört, dann ab und zu ein paar Briefe erhalten, meistens aus dem Kaiserreich oder Italien, also dachte ich, er wäre Söldner geworden, wie so viele Verbannte. Aber ich habe mich inzwischen erkundigt. Niemand kennt einen Paul d'Irsdmasens. Ich weiß nicht, was er getan hat, aber, Madame, nach dem, was er gesagt hat ... Ich glaube, er ist immer noch verrückt.«

Charlotte hatte ihre Herrin schon immer etwas bleich gefunden, aber sie stellte fest, daß Madames gewohnte Blässe nichts gegen die aschfahle Gesichtsfarbe war, die sie jetzt hatte. Sie selbst erinnerte sich jetzt auch an etwas, das ihr seinerzeit im Louvre aufgefallen war, und warf nun ein: »Madame, ich weiß nicht, ob Monsieur d'Irsdmasens verrückt ist, aber ich hatte ihn schon einmal gesehen, bevor Ihr ihn kennengelernt habt, meine ich. An dem Morgen, als Ihr mich eingestellt habt, stand er, genau wie ich, lange vor dem Palais. Ich glaube, er muß Euch an dem Tag gefolgt sein, Madame, aber ich dachte bis jetzt, es wäre, weil er sich in Euch verliebt hat.«

»Paul d'Irsdmasens«, sagte Madame mit einer Stimme, die

hart und klirrend klang wie zerbrechendes Glas. Dann fragte sie den jungen Irsdmasens plötzlich etwas, das scheinbar nichts mit der ganzen Angelegenheit zu tun hatte.

»Raoul, wie hieß Eure Mutter?«

Er war verwirrt genug, um sofort und ohne Rückfrage zu antworten.

»Anne.«

»Ich nehme nicht an«, sagte Paul, »daß Ihr Euch an mich erinnern könnt, Monseigneur, außer vielleicht als an den Musketier, der den König um einen Sänftenträger brachte.«

Er hätte es vorgezogen, wenn der Mann, der vor ihm lag, bei voller Gesundheit gewesen wäre, aber die ausreichende geistige Klarheit war ihm wichtiger.

»Laßt mich raten«, entgegnete der Kardinal kühl. Er verfügte über eine bemerkenswerte Kaltblütigkeit, wenn man bedachte, daß ihm ein Messer an der Kehle saß, aber auch das entsprach Pauls Erwartungen.

»Ihr seid außerdem der Mann, der eigentlich von meinem Freund Olivares für den Anschlag vorgesehen war und der für den um diese Uhrzeit mit Sicherheit schon dahingeschiedenen Monsieur le Grand den Sündenbock hätte spielen sollen. Statt dessen habt Ihr Eurerseits die gesamte Verschwörung als Deckung und Ablenkung benutzt. Sehr eindrucksvoll, Monsieur.«

»Es gibt in meinem Beruf nichts Schlimmeres, als sich mit inkompetenten Auftraggebern einzulassen. Ihr werdet den Beruf erraten haben, Monseigneur, aber Ihr wißt vielleicht nicht, daß ich ihn Euch zu verdanken habe. Ihr habt Euch verändert, Monseigneur, Ihr seid hinfällig geworden. Ihr solltet Euch öfter an der See aufhalten. In La Rochelle wart Ihr noch fähig, zu stehen.«

»La Rochelle.«

»Ja. Wo Ihr mein Leben und alles, was mir etwas bedeutete, vernichtet habt. Nun verratet mir, Monseigneur, wie rächt man sich für so etwas? Ein einfacher Mord genügt nicht. Ich hätte Euch vermutlich schon öfter töten können. Aber der unbeweinte Monsieur le Grand und seine Freunde boten mir die Möglichkeit, Euch außerdem noch zu demonstrieren, wie hohl und zerbrechlich das ist, wofür Ihr meine Frau und mein Kind umgebracht habt: Euer König und Euer Staat. Nur genügt das natürlich immer noch nicht. Selbst Ihr werdet inzwischen bemerkt haben, daß ein Staat keinen Menschen ersetzt.«

Die schwarzen Augen bewegten sich zur Tür und wieder zu ihm zurück.

»Marie.«

»Ja. Marie. Es wird Euch erstaunen, Monseigneur, aber ich muß der einzige Eurer Gegner sein, der Marie nicht für Eure Mätresse hält. Obwohl die drei Frauen, mit denen man Euren Namen in Zusammenhang bringt, einiges über Euch aussagen. Die beiden Königinnen – da ist die Attraktion offensichtlich. Und Eure Nichte – das wäre der reinste Narzißmus. Nur hätte es alles verdorben, nicht wahr? Seht Ihr, ich hatte Zeit, Euch und Männer wie Euch zu studieren. Ihr seid nicht einzigartig auf der Welt, Monseigneur. Männer wie Ihr haben einen schwachen Punkt. Sie brauchen etwas in ihrem Leben, irgend jemanden, den sie zwischen sich und das Grauen, das sie selbst angerichtet haben, schieben können. Ein Schild gegen die Dunkelheit. Jemand, von dem sie sagen können: Diese eine Liebe ist unberührt von all dem Chaos. Von der Macht und der Gier.«

Der Kardinal bewegte sich etwas. »An Eurer Stelle würde ich vorsichtig sein, Monseigneur. Die Klinge ist scharf, und Ihr hofft doch noch immer darauf, daß einer Eurer Gardisten zufällig das Zimmer betritt.«

»Ist Euch je in den Sinn gekommen«, sagte Richelieu leise,

»daß Ihr die Bedeutung, die mein Leben für mich hat, überschätzt? Ich bin für das, was ich in die Wege geleitet habe, nicht mehr nötig. Um mich zu vernichten, hättet Ihr Mazarin töten müssen.«

Paul achtete darauf, sich nicht von dem aufkommenden Triumphgefühl überwältigen zu lassen. Der Kardinal war auf Ausflüchte reduziert; es begann schon zu wirken.

»Nicht schlecht, Monseigneur. Es klingt sehr glaubhaft, nur ist es nicht die Wahrheit. Ihr habt Euch in den letzten Monaten sehr stark darum bemüht, am Leben zu bleiben, aber das war natürlich, als Ihr Eure Waffe gegen die Dunkelheit noch hattet. Marie. Nun, was glaubt Ihr, Monseigneur, wie ich hier hereingekommen bin, an Euren Wachen vorbei, und woher ich mit Sicherheit wußte, daß Ihr allein seid? Ich hätte sie töten können, wißt Ihr. Aber das wäre nicht das gleiche gewesen, wie sie Euch wegzunehmen. Schweigt, ich weiß, was Ihr jetzt sagen wollt. Ihr glaubt, daß ich lüge. Aber der Zweifel hat schon begonnen, in Euch Wurzeln zu schlagen. Denkt an das ganze letzte Jahr. Sie verheimlicht Euch Dinge. Sie lügt Euch an. Ihr wißt, wie klug sie ist, wie sie sich all die Jahre um Eure Sicherheit bemüht hat, und doch läßt sie jemanden wie mich zu Euch? Man kann viel ertragen, nicht wahr, Monseigneur, aber diese Art von Verrat nicht. Und sie hat Euch verraten. Was für ein Gedanke, um damit in den Tod zu gehen.«

Er kniete seitlich zur Tür, den Blick auf den Kardinal gerichtet und ganz auf ihn konzentriert; aber er hörte mit der Übung langer Jahre, wie sie sich öffnete. Ein schwacher Luftstrom wehte herein, und er wußte auch, wer dort stand. Der schwache Geruch nach Kamelien. Natürlich.

»Marie Mariolle«, sagte er. »Noch einen Augenblick, mein Schatz.«

»Nein«, erwiderte sie, »Marie la Mort. Steh auf.«

Paul schaute zu ihr hinüber, ohne seinen Dolch von der Kehle des Kardinals zu nehmen. Die Hand, mit der sie die Pistole auf ihn richtete, zitterte nicht.

»Eine ziemlich überflüssige Geste. Erstens bezweifle ich, daß du schießen würdest, und zweitens, daß du triffst, falls du es doch tust. Man braucht Übung dazu, Marie.«

»Ich bin geübt. Ich bin auch geübt darin, zu töten, das weißt du. Jetzt steh auf.«

Weiß wie Schnee, rot wie Blut, schwarz wie Ebenholz. Wie schade, sie zum letztenmal zu sehen. Er schaute wieder zu Richelieu.

»Das spielt keine Rolle. Du weißt nicht, wie schnell ich bin, meine Liebste. Und ich habe immer damit gerechnet, danach sterben zu müssen.«

»Nein. Du hast das alles so geplant, daß dir eine ziemlich gute Chance bleibt, zu entkommen. Aber deine Rache hat einen fatalen Makel.«

Ihre leise Stimme war bar aller Emotionen, als sie langsam näher kam, Schritt für Schritt, und fortfuhr: »Wenn du glaubst, ich wäre so wichtig für ihn, dann täuschst du dich. Es gibt etwas, das ihm mehr bedeutet, etwas, das er sich immer gewünscht hat, und nur du kannst es ihm gleichzeitig geben und wieder wegnehmen.«

Jetzt hatte sie seine Aufmerksamkeit für einen etwas längeren Zeitraum. Sie blickte kurz zu ihrem Onkel, dann sagte sie: »Er wünscht sich, was er nie hatte und jetzt auch nicht mehr haben kann: einen Sohn. Du bist so geschickt mit Worten, Paul, hast du nie über deinen eigenen Namen nachgedacht? Deine Mutter hat dich Paul genannt, nicht wahr? Deine Mutter mit ihrer Vorliebe für Wortspiele.«

Er erkannte, worauf sie hinauswollte. Er sah auch das schockierte Begreifen in Richelieus Gesicht. *Ich hoffe, du wirst es nie verstehen*, hatte seine Mutter zu ihm gesagt. Er erinnerte sich an ein Spiel: die sechsundzwanzig Buchstaben des Alphabets, mit roter Farbe auf Holzklötzchen gemalt, die er zu einem Turm aufbaute. Der Turm aus Buchstaben fiel zusammen, wie die Befestigungen von La Rochelle, geschleift, zerstört.

Seine Stimme war die eines verstörten Kindes, als er erwiderte: »Nein.«

»*Paul d'Irsdmasens. Armand du Plessis*«, sagte Marie. Ohne Mitleid, ohne Haß, kühl und gleichmütig, als treffe sie eine simple Feststellung. »Sie muß es für eine sichere Möglichkeit gehalten haben, es ihn eines Tages wissen zu lassen. Wenn du jetzt aufstehst und davongehst, wird er mit dem Wissen leben müssen, daß er deinen Sohn, seinen Enkel, getötet hat, daß der einzige Sohn, den er je haben wird, ihn haßt, und daß es keine Möglichkeit gibt, ihn je zu versöhnen. *Das* ist die Hölle. Hast du mir nicht gesagt, das Leben sei eine Falle, in die uns die Erfüllung unserer Wünsche nur lockt, damit wir in ihr eingesperrt sind?«

»Oh, Ihr seid gut, Madame«, sagte er tonlos. »Keine Amateurin, ich entschuldige mich. Ihr seid vollkommen.«

Er stand auf. Sie war ihm nahe genug gekommen, um ihm den Dolch aus der Hand zu nehmen, doch sie berührte ihn nicht. »Kommt«, sagte sie.

Paul warf noch einen Blick auf den Kardinal, dann stieß er die Klinge in die verborgene Scheide in seinem Stiefel. Die Leibgardisten, die nun wahrscheinlich entlassen werden würden, nickten ihr kurz zu, als sie den Raum wieder mit ihm verließ. Sie sprach nicht, bis sie in dem Vorhof angekommen waren, wo Raoul zusammen mit ihrer Zofe und einem bronzehäutigen Mann wartete, der ein gesatteltes Pferd hielt.

Zum erstenmal, seit sie das Zimmer des Kardinals verlassen hatten, sprach Marie ihn an. »Geht«, sagte sie.

Paul ergriff die Zügel des Pferdes. Dann schaute er sie an. »Ihr habt gewonnen, Madame. Ich meine es ehrlich. Komm mit mir, Marie.«

Die Farbe kehrte langsam in ihre fahlen Wangen zurück. »Nein. *Ihr* habt gewonnen, Monsieur. Vielleicht kann ich dich nicht töten, aber ich weiß nicht, ob ich dir je verzeihen werde.«

Raoul, für den das Warten in der letzten Viertelstunde schlimmer als alles Bisherige in seinem Leben gewesen war, blickte von einem zum anderen. Er verstand keinen von beiden, hatte es nie getan und wollte es auch nie tun.

Sein Bruder schwang sich in den Sattel, riß das Pferd herum und preschte durch das große Eingangstor hinaus in die Nacht. Raoul wandte sich wieder Marie zu und sah die Tränen auf ihrem Gesicht. Sie schluchzte nicht, sie stand so reglos da wie eine Statue, so daß er im ersten Moment glaubte, sich zu täuschen.

»Madame«, sagte er dann fassungslos, »Ihr weint!«

Die dunkelhäutige Zofe warf ihm einen verärgerten Blick zu. »Monsieur«, stieß sie hervor, »Ihr seid ein Idiot. Männer!«

Marie hörte sie nicht. Sie drehte sich um und ging zurück, Treppen und Gänge hinter sich lassend, bis sie wieder im Zimmer ihres Onkels stand.

»Ich frage mich«, sagte er, »ob er je wissen wird, daß Ihr nicht mein Leben gerettet habt, sondern seines.«

Er hatte die Decke zurückgeschlagen. In seiner linken Hand ruhte die Pistole, mit der er seit der Ermordung Concinis schlief. Er schob sie an ihren Platz unter die Kissen zurück. Marie war noch nicht bereit, darüber zu sprechen.

»Es geht Euch gut, Monseigneur?«

»Den Verhältnissen entsprechend, *ma nièce*.«

»Dann werde ich jetzt zu Bett gehen. Es«, die Erschöpfung überfiel sie plötzlich, ihre Knie wurden weich, und sie mußte sich an dem Pfosten der bettartigen Sänfte festhalten, die man jetzt ständig im Arbeitszimmer ihres Onkels aufgestellt hatte, »es wird heute nacht nichts mehr geschehen, nicht wahr?«

Und die vertraute Stimme ihres Onkels antwortete ihr: »Es wird nichts geschehen, *ma nièce*.«

37. Kapitel

Seit der Aufdeckung der Verschwörung hatten der König und
sein Erster Minister nur noch durch Boten oder schriftlich
miteinander verkehrt. Louis war inzwischen daran gewöhnt,
daß Chavigny oder Sublet de Noyers ihn mit der gleichen
morgendlichen Regelmäßigkeit begrüßten wie sein Kammerherr. Aber das, was ihm Chavigny an diesem Morgen in Saint-
Germain vorlas, riß ihn völlig aus der Lethargie, in die er
verfallen war, seit er das Todesurteil für Cinq Mars unterzeichnet hatte.

»...daher wird Seine Majestät der König«, trug Chavigny
unbewegt vor, »schriftlich bestätigen, daß er niemals die folgenden Gebiete aufgeben wird: Lothringen, Arras, Hesdin,
Bapaume, Perpignan, Breisach und Pinerolo. Außerdem, daß
er weder die Sache seines Neffen Charles von Savoyen noch
seine derzeitigen Verbündeten, ob protestantisch oder katholisch, im Stich lassen wird. Zusätzlich, um eine weitere Beein-
flussung des Urteilsvermögens Seiner Majestät in politischen
Fragen unmöglich zu machen, wird er die noch in seiner Umgebung verbliebenen Freunde des verstorbenen Großkämme-
rers entfernen, einschließlich des Hauptmanns der Musketiere,
Charles de Tréville. Sollte der König diese Maßnahmen nicht
treffen, sieht der Erste Minister sich gezwungen, zurückzutre-
ten.«

Das war ungeheuerlich. In all den Jahren hatte Richelieu

sorgfältig darauf geachtet, den König zu einer gottähnlichen Majestät zu erhöhen, und jetzt verlangte er eine derart öffentliche Demütigung? Louis wandte sich wortlos von Chavigny ab und brach zur Jagd auf. Grotesk, dachte er, während er seinem Pferd wütend die Sporen gab, lächerlich. Rücktritt? Soll er doch zurücktreten. Ich bin froh, wenn er zurücktritt. Wenn er sich einbildet, ich weiß nicht allein, wie man Politik betreibt...

Als die Jagd zu Ende war, hatte sich sein Zorn immer noch nicht gelegt. Er hatte dem Staat seinen besten Freund geopfert, ganz zu schweigen von seiner Familie, und Richelieu traute ihm nicht einmal mehr zu, Gebiete zu behalten. Und die Forderung, Tréville zu entlassen, war schlichtweg eine Unverschämtheit.

Doch das, was ihm verboten hatte, Cinq Mars zu begnadigen, teilte ihm in einer Stimme, die verdächtig wie die des Kardinals klang, mit, daß Tréville ganz offenbar zumindest von der Absicht, Richelieu zu ermorden, gewußt und sie begünstigt hatte. Und nach dem, was in dem Prozeß gegen Cinq Mars und de Thou zur Sprache gekommen war, konnte man es dem Kardinal nicht verdenken, wenn sein Vertrauen in die Königliche Majestät ... gesunken war.

Chavigny wartete. Er schien sich all die Stunden nicht vom Fleck gerührt zu haben, als hätte er gewußt, daß Louis ihm schließlich doch antworten würde.

»Ich habe«, sagte Louis, und die Kehle wurde ihm eng, »meinem Cousin, dem Kardinal de Richelieu, nichts zu sagen, es sei denn, etwas, was er nur allzugut weiß. Es kann keine Rede davon sein, daß ich seinen Rücktritt wünsche. Ich akzeptiere all seine Vorschläge und verspreche ihm außerdem, daß ich jedes Geheimnis unverbrüchlich hüten werde, das ich nach seinem Willen hüten soll.«

Mehr und mehr Verwandte fanden sich in diesen Wochen im Palais Cardinal ein. Marie war nicht überrascht, daß auch Margot und ihr Gemahl erschienen. Sie begrüßte sie, wie sie alle Mitglieder der Familie begrüßte, machte aber keine Anstalten, Margot allein zu sprechen, bis ihre Cousine sie schließlich eines Abends in ihren Räumen aufsuchte.

»Was ist los?« fragte Margot. »Sind wir wieder in eine deiner Schweigephasen eingetreten?«

Ihre Selbstbeherrschung brach zusammen. Irgend jemand mußte für all das büßen, was sich seit dem Septemberanfang in ihr aufgestaut hatte, und Margot eignete sich hervorragend dafür; sie hatte es verdient. Marie ging schweigend zu ihr und schlug ihr mit aller Kraft, zu der sie imstande war, ins Gesicht.

»Du liebst es, wenn ich wütend bin?« sagte sie, als sie noch einmal zuschlug. »Du sollst mich wütend sehen. Aber du bist ja hierhergekommen, um ihn sterben zu sehen, nicht wahr, wenn nicht auf die eine, dann auf die andere Weise! Gott, wenn ich daran denke, daß ich mich deinetwegen zu einer Handlangerin dieser arroganten Frau erniedrigt habe... Du hättest es verdient, verbannt zu werden, Margot, du hättest es verdient, in der Bastille zu sein!«

Margot hatte keine Anstalten gemacht, sich zu wehren. Durch die Schläge hatte sich ihre kunstvolle Frisur etwas gelöst, und das rote Haar fiel ihr auf einer Seite in den Nacken. Maries Hand brannte; sie hielt inne und sagte müde: »Warum, Margot? Haßt du ihn so sehr?«

»Marie«, entgegnete Margot, und ihre Stimme klang rauh, »du bist blind. Ich habe es nicht seinetwegen getan, sondern deinetwegen. Es ist so einfach, dich zu lieben, und du merkst es nicht einmal. Weißt du eigentlich, daß der Tag, an dem sie dich verheiratet haben, der schlimmste in meinem Leben war? Und als ich merkte, wie deine Ehe aussah, war ich froh, froh, froh.«

Sie ergriff Marie bei den Schultern. »Der Tod von Puylaurens war mir gleichgültig, aber daß du mit deiner Blindheit dem Mann dort oben dein Leben widmest, das werde ich ihm nie verzeihen. Und dann, als du dich endlich genügend von ihm freimachst, um die Augen zu öffnen, siehst du immer noch nicht mich, sondern einen völlig Fremden!«

Marie rührte sich nicht. Endlich sagte sie: »Sprich mir nicht von Liebe, Margot. Ich weiß nicht, was es ist, dieses gegenseitige Zerfleischen, aber es ist nicht Liebe, und ich habe es satt. Du verstehst es nicht, er hat es nicht verstanden, dabei ist es so einfach, was mich und unseren Onkel aneinander bindet. Er hat nie versucht, mich zu ändern, er nimmt mich so an, wie ich bin; ich habe nie versucht, ihn zu verändern. Das ist Liebe, Margot.«

Jetzt, da man sich überall erzählte, daß der Kardinal im Sterben lag, riß der Strom der Besucher nicht mehr ab. »Ich habe den leisen Verdacht«, sagte Richelieu zu Marie, »daß sie einfach sichergehen wollen. Seit dem Tag der Geprellten traut mir niemand mehr zu, die Bühne tatsächlich zu verlassen.«

»Sollten sie Euch denn trauen, Monseigneur?«

»Ich erkenne mein Stichwort, wenn ich es höre. Ah, *ma nièce*, ich werde das Theater vermissen. Ich fand es immer einfacher und leichter als das Leben.«

Sie verließ ihn nicht mehr. »Schlaflosigkeit muß erblich sein«, sagte sie, als er sie danach fragte, und ließ frisches Wasser bringen, um ihm die Stirn abzutupfen. Als man den König ankündigte, bestand er darauf, ihn sitzend und in vollem Ornat zu empfangen, also sorgte sie dafür, daß er noch einmal die makellose Fassade des Ersten Ministers errichten konnte.

Louis hatte einige Musketiere mitgebracht, aber er entließ sie, nachdem er seinem Ersten Minister als Zeichen seiner Huld eigenhändig ein Ei, was allgemein als Universalheilmittel galt, verabreicht hatte. »Ihr dürft Euch ebenfalls zurückziehen, Madame.«

Er war erstaunt über die Reaktion der Herzogin von Aiguillon. Zwar hatte er immer den Verdacht gehegt, daß jeder ihn haßte, aber seit seine Mutter das Land verlassen hatte, war Louis nicht mehr einer so offenen Feindseligkeit begegnet, wie die Nichte des Kardinals sie jetzt zeigte.

»Ich halte das nicht für angebracht, Sire.«

Es war so ungewohnt, derartiges von einem Untertanen zu hören, daß er im ersten Moment nicht wußte, wie er darauf reagieren sollte.

»Es ist gut, Marie«, sagte der Kardinal. Daraufhin erhob sie sich und ging.

Als der König und sein Erster Minister allein waren, murmelte Louis: »Ihr habt Glück mit Eurer Familie, *mon cousin.*«

Der Kardinal erwiderte nichts. Er hatte seine offizielle Abschiedsrede bereits gehalten, vor den Musketieren. *Indem ich von Eurer Majestät Abschied nehme, habe ich den Trost, Euch das Königreich im höchsten Grade von Ruhm und Reputation zurückzulassen, den es je erreicht hat...*

Aber das kann doch nicht alles sein, dachte Louis. Es mußte noch etwas geben, das ausgesprochen werden mußte. Und dann wußte er, was es war. Wann, wenn nicht jetzt? Sie waren allein, und er würde nie wieder mit einem anderen Menschen auf diese Art allein sein.

»*Mon cousin*«, sagte er, »ich erinnere mich an Euch im Hofstaat meiner Mutter. Es fiel mir damals auf, daß Ihr anders wart als der Rest ihrer Anhänger, für die ein Königreich zu regieren nur bedeutete, mehr Reichtum und mehr Prunk zu genießen als beim Verwalten einer Grafschaft. Ich habe erkannt, was Ihr seid, aber Ihr, Ihr habt mich nicht erkannt. Ihr habt mich, genau wie die anderen, für einen unreifen Jungen gehalten. Und dafür haßte ich Euch.«

»Ich verstehe, Sire.«

»Wirklich?« Louis musterte die vertrauten Züge und war sich bewußt, daß er sie zum letztenmal sah. »Ich habe länger dazu gebraucht. Es ist schwer, wißt Ihr, all die Jahre auf diese Weise mit jemandem zu leben. Oh, ich hätte Euch jederzeit entlassen können, natürlich. Es hätte einem König viel eher entsprochen als das, wofür der arme, törichte Cinq Mars sterben mußte. Nur war es mir unmöglich, Euch zu entlassen. Bis daß der Tod uns scheidet. Ich war nicht mit der Königin verheiratet, sondern mit Euch. Und eine solche Ehe scheint unauflöslich zu sein. Es geht mir nicht gut, wißt Ihr das? Ich werde Euch bald ins Grab nachfolgen.«

Eine Weile herrschte Stille in dem Raum, wo der Geruch der Arzneien und der wiederholten Aderlässe sich mit dem von schmelzendem Wachs, Tinte und Papier mengte.

»Ihr braucht Euch keine Sorgen um den Staat zu machen«, sagte Louis. »Ich werde Euren Mazarin zum Ersten Minister ernennen, wie Ihr es wünscht. Ihr vertraut mir nicht einmal genügend, um mich das Königreich für ein paar Monate allein regieren zu lassen, nicht wahr?«

»Sire«, sagte der Kardinal, »ich erinnere mich auch an Euch in jenen Tagen. Ich erinnere mich an Euch in all den Jahren danach, und glaubt mir, ich wäre ein noch größerer Narr, als Monsieur le Grand es je gewesen ist, wenn ich nicht wüßte, was es für mich bedeutete, einem solchen König dienen zu können.«

Louis stand auf. »Seht Ihr, so seid Ihr. Jetzt kann ich nichts mehr sagen. Immer müßt Ihr das letzte Wort haben.«

»Gott schütze und erhalte Eure Majestät.«

Als er den Raum verließ, hörte er noch, wie Pater Léon, der

Beichtvater des Kardinals, der mit Marie de Vignerot in das Zimmer zurückgekehrt war, sowie die Tür wieder geöffnet wurde, sagte: »Es ist nun an der Zeit, daß Ihr all Euren Feinden vergebt, Monseigneur.«

»Ich habe nie andere Feinde gehabt als die Feinde des Staates.«

Das war zuviel. Louis drehte sich noch einmal um und sagte herrisch: »Madame la Duchesse, es ist Unser Wunsch, daß Ihr Uns durch dieses Palais führt. Wie Wir erfuhren, wird Unser Erster Minister es Uns hinterlassen.«

Keine anderen Feinde als die Feinde des Staates! Nicht einmal jetzt konnte er so etwas Menschliches wie Rachsucht zugeben, dachte Louis, nicht einmal jetzt. Aber wenn schon nichts anderes, dann war es zumindest möglich, diese Ruhe zu erschüttern, und außerdem kamen in ihm Haßgefühle gegenüber der Herzogin von Aiguillon auf. Wer war sie, um ihm diese stillschweigenden Vorwürfe zu machen? Glaubte sie, er wüßte nicht ganz genau, wer dort in diesem Zimmer starb?

Ihr verliert einen Onkel, Madame, dachte er und zwang sie, die gesamte Bildergalerie abzuschreiten, aber ich, ich verliere den Grund für meine Existenz. Wer ist Louis XIII ohne Richelieu? Schließlich blieb er vor einem der Bilder stehen.

»Wen stellt dieses Gemälde dar, Madame?«

»Castor und Pollux«, erwiderte sie mit der gleichen undurchdringlichen Gelassenheit wie ihr Onkel, »die Zwillinge.«

Louis lachte. Er lachte, obwohl jeder Atemzug ihn schmerzte. *Was für grausame Scherze das Schicksal mit uns treibt.*

Nun, da er den Minister und den Kardinal abgestreift hatte wie all die anderen Hüllen seines Ichs, war es schwer, an der Gegenwart festzuhalten. Er blickte immer wieder auf die Uhr,

und manchmal konnte er sich an längere Zeiträume nicht mehr
erinnern, obwohl er sich sicher war, nicht geschlafen zu haben.
Nicole in ihrem schmutzigen Kleid, unfähig, sich zu bewegen.
Alphonse, mit ausgebreiteten Armen auf dem Boden liegend.
Siehst du die Stigmata nicht, Armand? Der Wahnsinn ver-
suchte ein letztes Mal, ihn einzuholen.

»Marie.«

»Ich bin hier.«

»Ich möchte nicht das Bewußtsein verlieren. Das julisch-
claudische Kaiserhaus.«

Sie begriff. Es war eine der Gedächtnisübungen, die der alte
Priester, der sowohl ihn als auch später sie unterrichtet hatte,
vorgeschrieben hatte.

»Octavianus Augustus«, begann sie, »Tiberius Claudius
Nero...«

»...Gaius, genannt Caligula. Claudius. Nero. Das flavische
Kaiserhaus.«

»Vespasian.«

»Titus. Domitian.«

Als die Kerzen niedergebrannt waren und er ihr Gesicht
nicht mehr erkennen konnte, sagte er: »Glaubt Ihr, daß er noch
lebt, *ma nièce?* Wie ich Olivares kenne, wird er von mindestens
zwei spanischen Agenten verfolgt, und die Spanier vergessen
nie.«

»Er lebt noch«, erwiderte sie. Das Rascheln ihres Kleides
verriet ihm, daß sie sich noch etwas näher zu ihm setzte. »Ich
weiß es.«

La Rochelle, der Besuch, den er nie hätte machen dürfen.
Und der letzte Tag, das Meer, ihr unausgesprochener Name.
Das war es gewesen, was sie zu ihrem Vorschlag veranlaßt
hatte. *Der Tag wird kommen, an dem Ihr für das, was Ihr
wollt, bezahlt.*

»Ihr hättet mit ihm gehen sollen.«

Ihr Haar streifte sein Gesicht, als sie den Kopf schüttelte.

»Es war alles meine Schuld«, sagte sie. »Meine Eitelkeit. Als ob ein Mensch genügte, um ein ganzes Leben wettzumachen. Ich dachte, er würde mich töten wollen, und als er es nicht tat, als er Euch das Leben rettete, war ich in meiner Selbstgefälligkeit überzeugt, gewonnen zu haben. Als ob es je ein Spiel gewesen wäre.«

Irgend jemand brachte neue Kerzen herein, und er konnte sie wieder sehen. »Marie«, sagte er, »er ist alles, was ich versäumt habe, zu tun. Aber Ihr, Ihr seid ... wie hat er es ausgedrückt? Ein Licht in der Dunkelheit. Er hat von sich gesprochen, nicht von mir. Ihr seid es für ihn.«

Als seine Ärzte wieder kamen, um ihn zur Ader zu lassen, fragte er sie: »Wie lange noch?«

»Morgen um diese Zeit«, entgegnete einer von ihnen, der längst gelernt hatte, auf Ausflüchte zu verzichten, »seid Ihr entweder tot oder gerettet.«

»Es ist gut so.«

Um drei Uhr morgens spendete Pater Léon ihm die Letzte Ölung. Aber der Wille, der ihn so lange am Leben gehalten hatte, ließ ihn noch immer nicht los. Als der Morgen anbrach, fand sich noch einmal der Rest der Familie ein, und die Bischöfe und Kleriker, die ihn unterstützt hatten. Es freute ihn, daß auch Colmardo gekommen war; eigentlich sollte er bei der Königin sein. Es gab noch so viel, was er Colmardo sagen wollte, aber es gehörte zu dem Ersten Minister und dem Kardinal, die er bereits hinter sich gelassen hatte.

Der Abt de la Rivière erklärte, Monsieur, der Bruder des Königs, habe ihn gebeten, den Kardinal um Verzeihung zu bitten. Der überaus vorsichtige Gaston.

»Der Kardinal gewährt sie«, entgegnete Richelieu trocken.

Dann bat er die Kleriker und die Familienmitglieder, sich zurückzuziehen, und blieb wieder mit Marie allein.

»Monseigneur«, sagte sie, »eine Ordensfrau hat eine Vision gehabt, in der sie sah, wie Ihr wieder gesund werdet.«

»*Ma nièce*, ich habe mich mit der mystischen Seite des Glaubens nie anfreunden können. Die Prophezeiungen des Evangeliums genügen mir.«

Ihre Mundwinkel zuckten, und er sah zufrieden, daß er sie zum letztenmal zum Lächeln gebracht hatte. Dann setzte die Benommenheit wieder ein.

»Nerva«, flüsterte er.

»Trajan. Hadrian.«

Das pochende Gefühl in den Schläfen schwand, sein Blickfeld klärte sich wieder, aber er wußte, daß ihm nicht mehr viel Zeit blieb. Maries Hand lag auf der Decke. Mühsam zog er seinen Arm hervor und berührte ihre Fingerspitzen.

»*Ma nièce*«, sagte er, »ich habe Euch mehr geliebt als jeden anderen Menschen. Deswegen möchte ich nicht, daß Ihr mich sterben seht. Ich bitte Euch, zieht Euch zurück.«

Er spürte, wie sie zitterte, aber sie nickte. Sie verstand. Dann tat sie etwas, was den wieder einsetzenden schmerzhaften Nebel durchstieß und vertrieb. Sie legte seine Hand auf ihren Bauch, nur kurz, aber es genügte.

Pater Léon trat zu ihm. »Es ist Zeit für eine neue Absolution. Armand Jean, bereut Ihr...«

Seine Augen blieben auf Marie gerichtet, die langsam den Raum verließ. Ihre hochaufgerichtete, gerade Gestalt war das letzte, das er sah, ehe er starb.

EPILOG

Charlotte schloß die Tür hinter ihrer Herrin. Sie waren eben von der Beisetzung des Kardinals zurückgekehrt. Was Charlotte dabei am meisten verwundert hatte, war, daß die königliche Familie von der Königin repräsentiert wurde, nicht vom König, der, wie es hieß, mit Schwindsucht darniederlag. Angesichts der wohlbekannten Feindschaft zwischen dem Verstorbenen und der Königin hätte man annehmen können, daß sie sich eine ähnliche Entschuldigung zunutze machte, um nicht viele Stunden lang in der dichtgedrängten Menschenmenge in der kleinen Kirche der Sorbonne, wo man ihn beigesetzt hatte, stehen und für seine Seele beten zu müssen.

Der Gedanke an das stundenlange Stehen brachte sie auf etwas anderes. »Madame, Ihr solltet Euch ein wenig hinlegen vor dem großen Empfang«, sagte sie zu ihrer Herrin. Marie ließ sich hinter ihrem Frisiertisch nieder.

»Du weißt es, Charlotte, nicht wahr?«

Ohne zu antworten, löste Charlotte das lange, schwarze Haar und begann, es zu bürsten.

»Charlotte«, sagte Marie, »ich werde mich, wenn die Erbschaftsangelegenheiten einigermaßen geregelt sind, nach Rueil zurückziehen, bis zum nächsten Sommer vermutlich. Ich wäre dir dankbar, wenn du mir dann eine andere Zofe empfehlen könntest, bevor du mit Matthieu nach Neufrankreich aufbrichst.«

Die regelmäßigen Bürstenstriche gerieten keine Sekunde aus dem Takt. »Gewiß, Madame.«

»Du wirst Hilfe brauchen, für dich, Matthieu – und das Kind.«

Das brachte Charlotte dazu, innezuhalten. In den klaren Tiefen des Spiegels blickte ihr Maries Gesicht so entgegen, wie sie es von dem ersten Tag ihrer Begegnung an in Erinnerung hatte, aber inzwischen hatte sie gelernt, es zu lesen.

»Danke, Madame, aber Matthieu und ich werden schon zurechtkommen – und das Kind«, entgegnete sie. Während sie die Bürste gegen einen Kamm austauschte und begann, Maries Haar neu zu legen, meinte sie: »Verzeiht, Madame, aber es gibt etwas, das ich Euch immer fragen wollte. Was soll das bedeuten, daß ich eine Ameise bin?«

»Es ist eine alte Geschichte, Charlotte«, antwortete Marie und fing an, ihr Gesicht zu pudern. Wenn sie ihrer Familie und den Gästen gegenübertrat, mußten die Spuren dieses Morgens verschwunden sein.

»Die Ameise arbeitet und arbeitet für den Winter und wird deswegen von der Grille, die nichts tut, als zu singen und zu tanzen, geneckt. Aber wenn der Winter kommt, ist die Ameise gerüstet, und die Grille muß sie um Unterschlupf bitten.«

»Ich verstehe, Madame.«

»Die Winter in Neufrankreich sollen sehr kalt sein«, sagte Marie, und ihre Stimme klang ein wenig brüchig. Gleich darauf fing sie sich wieder. »Aber du bist eine gute Ameise, Charlotte, du wirst überleben, du und Matthieu und – euer Kind.«

»Ganz gewiß, Madame. Aber obwohl ich poetisches Gerede nach wie vor für Unsinn halte, muß ich zugeben, daß es an langen Winterabenden schön sein kann, sich Geschichten zu erzählen. Wollt Ihr, daß ich meinem Kind eine von Euren erzähle?«

»Nein. Es wird genügend Geschichten in der Neuen Welt geben. Unsere hier sind vergiftet, Charlotte, wie die Erde, wie die Menschen, und ich möchte nicht... Charlotte, du mußt mir versprechen, daß du ihm nie etwas erzählst, niemals.«

»Ich verspreche es, Madame.« Charlotte legte den Kamm beiseite. »So, wir sind fertig. Aber wollt Ihr Euch nicht doch noch ein wenig ausruhen, bevor Ihr zu den anderen zurück-kehrt?«

Marie drehte sich zu ihr um und schüttelte den Kopf. »Nein. Es gibt Dinge, die man tun muß. Und dann werde ich bald alle Ruhe haben, die ich brauche, in Rueil.«

»Gewiß, Madame.«

Doch statt zur Tür zu gehen, näherte sich Marie dem Fenster. Sie preßte die Stirn gegen das kühle Glas und sagte: »Der Beginn des Winters ist eine eigenartige Jahreszeit, Charlotte. Voller Traurigkeit und Verlust, und man weiß, das alte Jahr wird nie wiederkehren. Und doch kann man die Hoffnung nicht aufgeben. Die Hoffnung, daß der Frühling eines Tages zurückkehrt.«

NACHWORT

Es begann natürlich alles mit Alexandre Dumas. Die Schurkin der *Drei Musketiere*, Mylady de Winter, gehört zu meinen Lieblingsfiguren, und ich wollte eigentlich einen Roman über sie schreiben. Aber bei der Recherche stieß ich auf zwei Schwierigkeiten. Zum einen gibt es da einige Ungereimtheiten in Myladys Vergangenheit: Athos erzählt, sie seien monatelang glücklich verheiratet gewesen, bis er durch Zufall – genauer gesagt, durch einen Reitunfall – die eingebrannte Lilie auf ihrer Schulter entdeckte. Worauf er, ohne erst lange zu fragen, wie sie dazu kam, sie an Ort und Stelle beinahe erwürgte. Abgesehen davon, daß dies an Selbstgerechtigkeit kaum zu überbieten ist – wieso brauchte er als ihr Ehemann erst einen Reitunfall, um ihre Schulter zu sehen?

Zum anderen wurde, während ich mich in das Umfeld einlas, das historische Vorbild für Myladys Arbeitgeber, Kardinal Richelieu, immer faszinierender. Als ich schließlich auf die Lieblingsnichte Seiner Eminenz stieß, Marie de Vignerot, Madame de Combalet, die Herzogin von Aiguillon – suchen Sie sich einen Namen aus –, schlugen sie vereint Lady de Winter aus dem Feld. (Spuren ihrer Persönlichkeit finden sich noch in Margot und Anne d'Irsdmasens; ich konnte sie nicht ganz aufgeben.)

Erfunden sind in meinem Roman nur Charlotte und – leider – die gesamte Familie d'Irsdmasens. Nicht daß die Historie nicht abenteuerlich genug wäre. Der Tag der Geprellten zum Beispiel, mit seinen Geheimgängen und hochdramatischen Auftritten, könnte direkt aus einem Melodrama stammen, hat sich aber tatsächlich so abgespielt. Und Marie erhielt in der Tat später einen Brief von der Königinmutter, in der sie um ihre Vermittlung gebeten wurde, wie Marie-Louise de Nevers sie ebenfalls – mit Erfolg – um die Beseitigung der Korrespondenz mit Cinq Mars bat.

Richelieu hatte Marie zu seiner Testamentsvollstreckerin und außerdem zum Vormund und zur Vermögensverwalterin für den Erben des Herzogtitels, den Sohn ihres Bruders, gemacht, was in Familienkreisen einige Stürme hervorrief. (Ihr Bruder beriet sich mit seinen Anwälten, und die Brézés, die sich düpiert fühlten, gingen zusammen mit den Condés vor Gericht.) Aber sie wurde damit fertig und hatte bald nicht nur die enttäuschten Familienmitglieder, sondern auch die Königin dazu gebracht, sie gegen Condé – der bis zur Fronde weiter prozessierte – zu unterstützen.

Noch im Jahr von Richelieus Tod schenkte Marie der französischen Kolonie in Kanada zehn Millionen Écus, die erheblich zum Überleben der Kolonisten beitrugen und die Gründung der Siedlung Ville-Marie ermöglichten. Ich glaube, daß Charlotte und Matthieu sich dort niedergelassen haben.

Die letzten Worte Richelieus an Marie sind authentisch und bildeten einen der Grundsteine für den Roman.

Abschließend möchte ich mich bei zwei Menschen bedanken, die mir auch diesmal während der schwierigsten Phase, der Korrektur, zur Seite standen: Hans-Paul Raab und Zeus. Grand merci de mon cœur.

Bibliographie

Bergin, Joseph: *Cardinal Richelieu. Power and the pursuit of wealth.* Yale University Press, Yale 1984.

Bodin, Jean: *Über den Staat.* Reclam Verlag, Stuttgart 1976.

Burckhardt, Carl: *Richelieu.* Callwey Verlag, München 1935.

Camorna, Michel: *La France de Richelieu.* Fayard, Paris 1984.

Carmorna, Michel: *Richelieu.* Fayard, Paris 1983.

Castagnos, Pierre: *Richelieu face à la mer.* Éditions Ouest-France, Paris 1989.

Corneille, Piere: *Le Cid, Horace, Polyceucte.* Booking International, Paris 1993. Dt. *Der Cid,* Reclam, Stuttgart 1980.

Couton, Georges: *Richelieu et le théâtre.* Presses Universitaires de Lyon, Lyon 1986.

Dulong, Claude: *Anne d'Autriche.* Hachette, Paris 1980.

Elliott, J.H.: *Richelieu and Olivares.* Cambridge University Press, Cambridge 1984.

Guth, Paul: *Mazarin.* Wilhelm Heyne Verlag, München 1965.

Lacroix, L: *Richelieu à Luçon.* Letourey, Paris 1890.

Magne, E. (Hrsg.): *Gédéon Tallemant des Reaux: Le Cardinal de Richelieu.* Éditions Complexe, Paris 1990.

Marvick, E.W.: *The young Richelieu.* University of Chicago Press, Chicago 1980.

du Moulin, Pierre: *The Antibarbarian: or, a treatise concerning an unknown tongue.* George Miller for George Edwards, London 1630.

O'Connel, D.P.: *Richelieu*. Wilhelm Heyne Verlag, München 1968.

du Plessis, Armand: *Emblema animae or morrall discourses*. Translated by I.M., Printed by N.Okes, London 1635.

du Plessis, Armand: *The principall points of the faith of the Catholic Church defended*. Translated by M.C., Paris 1635.

Tanja Kinkel
bei Blanvalet

Mondlaub
Roman. 414 Seiten

Spanien in den Wirren der Reconquista

Bedrängt von den christlichen Königreichen Spaniens und Portugals und zerrissen von inneren Machtkämpfen, gehen 1492 siebenhundert Jahre Maurenherrschaft zu Ende. Auch für Layla, die Tochter des Emirs von Granada und seiner zweiten Frau, der Kastilierin Isabel de Solis.

Layla, die schon als Kind den Giftstachel der Intrigen zu spüren bekam und die als Dona Lucia unfreiwillig am Hof Isabellas und Ferdinands Zeugin des Untergangs ihrer geliebten Heimat wird.